Nancy Kress

Nancy Kress est née à Buffalo en 1948. Enseignante pendant plusieurs années, elle décide ensuite de se consacrer à ses enfants et se met à écrire pendant son temps libre. Son premier roman, *The Prince of Morning Bells* (*Le Prince de l'aube*, J'ai Lu) paraît en 1981. Puis elle obtient un poste dans une agence de publicité, devient critique pour le *Writer's Digest*, donne des conférences à l'université et participe à des ateliers d'écriture.

Elle est l'auteur d'une vingtaine de romans, dont très peu ont été traduits en France. Nancy Kress a commencé par écrire de la fantasy puis est très vite devenue un grand écrivain de science-fiction et en particulier de hard science. Elle a obtenu trois prix Nebula pour ses nouvelles, dont *Beggars in Spain* (*L'un rêve et l'autre pas*) qui a également eu le prix Hugo. Son œuvre a été traduite dans le monde entier.

Nancy Kress avait épousé en 1998 Charles Sheffield, grand écrivain de S.-F. lui aussi, disparu en 2002.

Réalité partagée est le premier volet d'une trilogie, inédite en France. Le dernier volet, *Les Faucheurs*, a obtenu le prestigieux John W. Campbell Award pour le meilleur roman de S.-F.

RÉALITÉ PARTAGÉE

DU MÊME AUTEUR

CHEZ POCKET

ARTEFACTS

LES FAUCHEURS

SCIENCE-FICTION
Collection dirigée par Bénédicte Lombardo

NANCY KRESS

RÉALITÉ PARTAGÉE

Traduit de l'américain
par Monique Lebailly

POCKET

Titre original :
PROBABILITY MOON

OUVRAGE PROPOSÉ PAR
PATRICE DUVIC

ISBN : 2-266-11771-8

À Charles, qui a bien mérité cette dédicace

« Les hommes aiment la liberté parce qu'elle les protège du contrôle que les autres exercent sur eux et de l'humiliation qui s'ensuit, leur offrant ainsi la possibilité de garder leur dignité. Ils la détestent parce qu'elle les renvoie à leurs propres ressources et à leurs responsabilités, les confrontant ainsi à la possibilité de leur insignifiance. »

Thomas Szasz [1]

1. Psychiatre et psychanalyste américain d'origine hongroise, démis en 1956 de ses fonctions d'enseignant à l'université de New York à cause de ses critiques des institutions psychiatriques basées sur une conception humaniste du sujet libre. Cette citation est probablement tirée de *La loi, la liberté et la psychiatrie* (1979) aujourd'hui épuisé. *(N.d.T.)*

PROLOGUE

Lowell City, mars

L'aide de camp se matérialisa à côté du général Stefanak au moment le plus inopportun. La fille avait été trop bien formée pour réagir ; cela faisait deux ans qu'elle était ici avec sa firme de première qualité, la plus populaire et la plus discrète sur Titan. Elle ne prêta aucune attention à l'intrusion, mais l'érection du général n'y résista pas.

« Je suis vraiment navré, mon général, dit l'holo en détournant les yeux — ceux de Malone —, mais un message prioritaire est arrivé.

— Vous n'êtes pas à blâmer, répliqua le général selon la coutume. Un instant. »

La fille revêtait déjà sa robe, les yeux baissés, comme il se devait. Bien entendu, elle serait tout de même payée. Stefanak enfila un peignoir et la salua ; elle lui rendit la pareille et sortit par la porte de service. Ses longs cheveux noirs ruisselaient sur son dos, leurs extrémités brillaient de perles holographiques. Le reste de sa personne n'avait rien d'holographique. Ce message ferait mieux d'être important.

Le général gagna l'antichambre de son bureau et attendit Malone qui, venant probablement du Service des Communications, devait traverser toute la base. Les messages prioritaires étaient matériellement encodés et portés en main propre. Celui-ci venait sans doute d'arriver. Pendant qu'il attendait, Stefanak prit un verre en pensant à la fille.

Peut-être avait-il besoin d'un réajustement de son taux hormonal. Il n'avait plus quatre-vingts ans.

Malone se pointa avec le cube de communication, salua et repartit. Stefanak activa le champ de sécurité. Tant que celui-ci serait branché, rien ne pourrait pénétrer dans ses quartiers. Ni radiation électromagnétique, ni ondes de compression, ni air, ni même aucun neutrino. Puis il mit le cube en lecture, en utilisant les protocoles de niveau-un.

Le message venait d'une équipe de reconnaissance, formée et financée par des profs de sciences humaines de l'université de Princeton en vue d'effectuer la « recherche » mollassonne habituelle, sur une planète lointaine et insignifiante. Mais toute équipe de reconnaissance devait comporter un représentant militaire des troupes spatiales. Habituellement, les jeunes officiers faisaient tout pour ne pas partir en reconnaissance. En général, on passait une année terrienne à se barber, coupé de tout, sur des planètes primitives, et la plupart du temps inhabitées.

Pas cette fois-ci.

Stefanak visionna le cube une fois, puis le repassa. Ensuite, il réfléchit durant cinq bonnes minutes, très attentivement. Le *Zeus* était disponible, ou pouvait le devenir sans trop attirer l'attention. Il serait impossible de trouver un officier supérieur, mais il y avait moyen de contourner le problème. Des physiciens... Malone pourrait s'en occuper. Mais il serait peut-être possible de présenter cette mission comme une simple expédition universitaire de plus, dénuée de priorité. Oui. Salernos devrait pouvoir arranger ça, elle avait des contacts qui sauraient se montrer convaincants...

Stefanak, ayant mis son plan au point, annula le champ de sécurité. Malone l'attendait dans le hall. Le général lui dit d'organiser immédiatement une réunion du Conseil de Défense de l'Alliance solaire n'impliquant que des officiers supérieurs, et de conseiller vivement à tous les gouvernements représentés d'y participer.

Cela pourrait tout changer.

UN

RAFKIT SELOE

Quand Enli sortit, au lever du soleil, ses parterres de fleurs avaient été ravagés. On avait ostensiblement redressé la ligne courbe des pierres qui les bordaient. Les buissons de jelit, pas encore en floraison, n'étaient plus que de pathétiques tas de brindilles. Personne, bien sûr, n'aurait endommagé les somptueuses têtes d'ollinib ou de pajalib, qui avaient sans doute été transplantés dans un jardin du voisinage. Enli examina les trous d'où l'on avait arraché les jelitib. Au fond de l'un d'eux, il y avait quelque chose de noirâtre, aux poils emmêlés, qui semblait vaguement mouillé. Elle l'en extirpa à l'aide d'une petite branche. C'était un freb mort. Enli tourna et retourna délicatement le petit mammifère, pour découvrir la cause de sa mort, et finit par voir l'endroit où le couteau avait pénétré dans son cou pendant.

Alors, ses voisins étaient même au courant, pour Tabor.

La fourrure colletine d'Enli la picota. Elle jeta un coup d'œil alentour. Personne en vue, bien que le soleil soit au-dessus de l'horizon, le temps clair et chaud. Des gens auraient dû rouler en vélo vers les champs, vers l'usine de soupe située au bord de la rivière, ou bien vers Rafkit Seloe. Des enfants auraient dû jouer sur la place du village, prendre ensemble leur petit déjeuner froid, veiller à contrecœur sur leurs petits frères et petites sœurs. Au lieu de cela, il n'y avait que le silence et le vide, message aussi lourd de sous-entendus que les pierres alignées de la bordure et les plantes absentes. Ses voisins attendaient qu'Enli Pek Brimmidin s'en aille.

Elle refit le tour du parterre, comme pour l'examiner, en s'efforçant de calmer ses halètements. C'était toujours un choc. Qui n'avait rien d'inattendu... après tout, c'était la cinquième fois qu'un village découvrait qui elle était et la forçait à partir. Parfois, ils agissaient comme aujourd'hui, en cessant toute activité en sa présence. Ou alors, leurs regards la traversaient, faisant semblant de ne pas la voir ; la vie du village continuait comme s'il n'y avait pas, parmi eux, quelqu'un d'irréel, comme si Enli était un fantôme. Ce qu'elle était, bien sûr. Irréelle.

Bon, elle ne pouvait plus rester. Ses voisins avaient le droit pour eux, après tout. Que savaient-ils exactement ? Qu'elle était irréelle, oui. Qu'elle avait été reconnue coupable de la mort de son frère. Que, pour des raisons qu'elle seule connaissait, Réalité et Expiation ne l'avait pas, pour ce crime, enfermée à la Prison d'Aulit. Ses voisins savaient-ils qu'elle travaillait à regagner sa réalité ? Probablement pas. Quoique les plus intelligents l'aient peut-être deviné. Le vieux Frablit, par exemple. Peu de choses échappaient à cette colletine grise. Peut-être Inno. Peut-être Glamit.

Enli s'assit sur le banc, devant sa cabane, pour réfléchir à l'endroit où elle allait se rendre. Plus au nord, peut-être. Le bruit ne pourrait pas se répandre aussi facilement dans cette direction : la plupart des habitants du village semblaient avoir de la famille dans le sud. Elle regarda une fois encore la ligne droite que dessinaient les pierres de la bordure, là où, hier soir, s'allongeait une longue courbe gracieuse. C'était laid, laid. Il fallait partir vite, ce matin, maintenant.

Déjà sa douleur-de-tête outrepassait le pouvoir des pilules du gouvernement. Elle devrait peut-être augmenter la dose. Réalité et Expiation avait dit qu'elle le pouvait si la réalité lui faisait trop mal... Jusqu'ici, Enli avait tenu le coup avec une faible dose. Il fallait être coriace pour rester irréelle et ne pas devenir folle. Eh bien, Enli était coriace. Il avait fallu l'être, aussi, pour tuer son frère chéri.

Non, ne pense pas à cela.

Enli se leva d'un bond. Elle allait partir maintenant, tout de suite. Emballer ses quelques biens — elle avait loué la cabane meublée, bien sûr —, sortir son vélo du hangar et s'en aller. Avant que ses voisins ne commencent, eux aussi, à souffrir de maux de tête. Elle leur devait bien cela.

Un cycliste se dirigeait vers la cabane d'Enli.

Elle mit la main en visière devant ses yeux plissés, afin de se protéger du rouge soleil levant, encore bas à l'horizon, et regarda la route. Ce faisant, elle aperçut, de nouveau, cette lueur dans le ciel, un soudain éclair de lumière... qu'est-ce que c'était ? Elle l'avait déjà vue, toujours au coucher ou au lever du soleil, cette chose brillante, haut dans le ciel. Ce n'était pas l'une des sept lunes de Monde, ni un oiseau... Pourtant, cela ne pouvait être rien d'autre. *Je ne la vois pas*, lui avait dit le vieux Frablit, Inno aussi, et même les enfants. Mais Enli avait de meilleurs yeux que tous. De vilains yeux perçants. Oh, et bien sûr, irréels.

Elle pouvait maintenant identifier le voyageur, qui s'était rapproché. Un jeune homme dont la colletine venait à peine de perdre le brun de l'enfance, perché sur une bicyclette du gouvernement. Si c'était un envoyé de Réalité et Expiation — c'était forcément le cas, aucun service gouvernemental ne pouvait écrire à Enli tant qu'elle resterait irréelle — alors, il savait ce qu'elle était. S'il prêtait attention à Enli, même pour lui remettre un message du gouvernement, il devrait admettre tacitement que l'illusion de femme assise sur ce banc existait, chose que, bien sûr, il ne pouvait pas faire. C'était un problème délicat.

Le messager agit comme il se devait. Faisant semblant de ne pas la voir, il jeta une lettre, adressée à Enli Pek Brimmidin, sur la route poussiéreuse. Puis retourna en pédalant vers la cité.

Le courrier, très professionnel, avait la forme fonctionnelle du cercle et portait le sceau spécifique du gouvernement. Enli l'ouvrit. Une assignation : on avait un travail pour elle.

Elle poussa un long soupir de reconnaissance. Parfois les fleurs de l'âme s'épanouissent juste au moment où l'on a besoin d'elles. Un travail l'emmènerait loin d'ici. Un travail lui donnerait quelque chose à faire. Plus important encore, un travail lui vaudrait encore plus d'expiation, afin d'achever sa sentence. S'il était suffisamment important, il pourrait même mettre fin à sa punition, la libérer afin qu'elle redevienne réelle. Et bien entendu, libérer aussi Tabor.

Enli mit son sac en bandoulière, sortit son vélo du hangar et partit pour la cité. Elle ne reverrait probablement plus jamais cet endroit. Il n'y avait toujours personne alentour. Eh bien, qu'ils se cachent. Elle s'en moquait.

Pourtant, elle dut s'arrêter pour prendre une autre pilule. Cette maudite douleur-de-tête ! Forant juste entre ses yeux, elle était presque assez affreuse pour lui arracher des larmes. Tant d'irréalité, un tel isolement... Non. Il ne fallait pas y penser. Il valait mieux reporter son attention sur le travail qui l'attendait, la beauté des fleurs sauvages au bord de la route menant à la cité, tout, excepté le fait qu'elle était irréelle, et seule, et qu'elle avait assassiné son frère.

Enli roula sans s'arrêter toute la matinée. C'était l'Am, une somptueuse saison, et les fruits du lar étaient à point pour la récolte. Les villageois envahissaient les vergers, cueillaient en chantant. Entre les villages, il y avait de longues et luxuriantes étendues de route sans habitations, éclatantes de fleurs sauvages. Des vekifirib qui s'épanouissaient à l'ombre, des mittib jaunes, et les clochettes d'un rouge flamboyant des adkinib. L'air chaud embaumait comme la réalité partagée, et, dans le ciel, le soleil brûlait d'un orange vif. Enli doubla quelques bicyclettes et des charrettes à bras ; elle roulait vite vers Rafkit Seloe. Et pourrait y être à midi.

Mais à quelques kilomètres de son but, elle quitta

la grand-route et se dirigea vers le village de Gofkit Shamloe. Soudain, follement, elle voulait revoir Tabor.

La maison de sa sœur, Ano Pek Brimmidin, était au cœur même de Gofkit Shamloe, sur la grande place. À cette heure du jour, celle-ci était pleine de cueilleurs qui rentraient pour déjeuner. Les vieillards préparaient le repas, les femmes tissaient, et les enfants embêtaient tout le monde en se poursuivant entrc les indéfectibles foyers de brique. De délicieuses odeurs de cuisine flottaient dans l'air chaud. Une bande de jeunes dansaient en pouffant de rire, accompagnés par le chalumeau du vieux Solor Pek Raumul pas très doué. À Gofkit Shamloe, le meilleur moment, aussi loin que remontaient les souvenirs d'Enli, c'était toujours celui des repas. Un moment de vie et de bien-être, où la réalité partagée remplissait l'air, aussi forte que la bonne odeur de viande en train de rôtir.

Elle roulait parmi les villageois comme si elle était invisible. Personne ne l'arrêta, ne lui parla, ne la regarda. Personne ne l'empêcha de se glisser par la porte ouverte dans la maison d'Ano.

Tabor reposait sur son lit, dans la chambre de derrière. Il était couché sur le dos, ses jambes jeunes et vigoureuses droites comme des arbres, les doigts un peu repliés. Sa colletine, plus dorée que celle d'Ano et d'Enli (ce n'était pas juste... pourquoi les garçons avaient-ils pris toute la beauté pour eux ?), flottait dans les produits chimiques d'asservissement de son cercueil transparent. Il n'avait pas vieilli depuis le jour où les serviteurs de la Première Fleur l'avaient emprisonné, le rendant aussi irréel qu'Enli à cause de leur crime mutuel. Quand la jeune fille se pencha sur le cercueil, les yeux noirs de Tabor, qui ne voyaient pas, lui rendirent son regard.

« Encore une année d'expiation, Tabor. Moins de trente-six jours. Puis tu seras libre. Et moi aussi. »

Tabor ne dit rien. Mais, bien sûr, ce n'était pas nécessaire. Il savait aussi bien qu'Enli combien de temps devait s'écouler jusqu'à son enterrement ; il serait alors libéré des produits chimiques et du verre qui enchaînaient son cadavre, et pourrait enfin rejoindre leurs ancêtres. Enli avait entendu dire que certains morts irréels geignaient et récriminaient, surtout en rêve, faisant des maisons où ils reposaient un lieu de supplice. Pas Tabor, pensa Enli. Il avait toujours eu de bonnes manières et n'aurait pas troublé la maison d'Ano. Ni dérangé leur sœur dans son sommeil par sa peur et ses rêves. Seulement le repos d'Enli.

La porte de la chambre grinça. Le neveu d'Enli, le petit Fentil, entra dans la pièce, prit quelque chose dans un coffre en bois et repartit en s'efforçant de ne pas la voir. Sa mère l'avait bien élevé. Mais, au-dessus de sa douce colletine d'enfant, sa petite tête devait le faire souffrir, et sa présence réelle empira la douleur-de-tête d'Enli. Il était nettement temps, pour elle, de s'en aller.

Elle retraversa la maison d'Ano, sans jeter un coup d'œil à son autel des fleurs — elle devait au moins cela à Sano, ne pas le polluer de ses regards irréels — et roula de nouveau vers la capitale.

À sa grande surprise, l'employé de Réalité et

Expiation, s'adressa à elle par son nom. « Pek Brimmidin, vous pouvez entrer tout de suite. »

Généralement, cet homme, très vieux et très revêche, dont la colletine clairsemée n'était plus jaune ni même grise, mais d'un brun grisâtre maladif, ne parlait jamais. Il regardait les irréels qui venaient pétitionner ou protester ou se présenter ; il devait les regarder afin de noter leurs allées et venues dans les registres, tout comme il lui fallait connaître le nom d'Enli. Mais auparavant, il ne s'était jamais adressé à elle.

« Merci », répondit Enli pour voir s'il dirait autre chose. Mais le regard du vieux redevint vague ; le bref instant de réalité partagée était terminé.

Pourquoi ce comportement ? Que savait-il, ce vieux revêche, du travail qu'on allait confier à Enli ? Pas mal de choses, sans doute. Comme tous les fonctionnaires en place depuis longtemps.

Le bureau de Cartot Pek Nagredil était vide lorsqu'elle entra, ce qui lui donna le temps d'examiner les sculptures extraordinairement laides disposées sur la table. Des courbes trop exagérées, des couleurs trop criardes. Enli ressentit soudain un pincement de cœur à retardement, à cause de ses pajalib disparus, de leurs pétales recourbés d'une manière si exquise. Bien entendu, il n'y avait pas de fleurs dans le bureau de Pek Nagredil, où elles seraient exposées aux regards des irréels. Et personne n'allait lui offrir une fleur d'hospitalité. Pas à elle.

« Pek Brimmidin. J'ai un poste d'informateur pour vous. » Pek Nagredil ne parlait jamais pour rien. Il n'avait que cinquante ans, mais il semblait si solide, si inébranlable, qu'Enli se demanda s'il avait besoin de pilules pour parler avec elle. Était-ce possible ? Se pouvait-il que Pek Nagredil soit assez coriace pour ne pas ressentir, dans son âme, cette grande douleur sourde, comme du gravier que l'on concasserait à l'intérieur du crâne, ou même ce choc brutal, aigu, entre les yeux, que l'on éprouve lorsque deux personnes ne voient pas Monde de la même manière ? Non. Impossible. Être un Mondien, c'était partager la réalité avec d'autres Mondiens, ou éprouver la douleur physique de ne pas pouvoir le faire. Pek Nagredil était un homme ; il n'était pas différent des autres. Il avait une âme. Il devait prendre des pilules.

« En quoi consiste ce travail ? demanda Enli.

— Nous informer sur les Terriens qui vont résider chez Hadjil Pek Voratur. »

Enli resta bouche bée. Elle essaya de parler, mais aucun mot ne sortit de ses lèvres.

« Vous avez peut-être entendu dire que les Terriens devaient revenir », ajouta Pek Nagredil, imperturbable. Il déplaça une sculpture un tout petit peu vers la droite, recula pour étudier le résultat, et la remit plus à gauche.

« Non, réussit à prononcer Enli. Je n'ai rien entendu de la sorte. » Elle n'avait jamais vu de Terrien. Presque personne n'en avait vu. Ils étaient arrivés, une demi-année plus tôt, dans un village, de l'autre côté de Rafkit Seloe, descendus du ciel dans un bateau en métal. Ils étaient d'une laideur étonnante, mais apparemment inoffensifs. Ils posaient une quantité de questions impolies, mais donnaient aussi de très beaux cadeaux, ce qui poussait certaines personnes à y répondre. Au bout de dix jours, ils avaient brusquement emballé leurs affaires puis étaient repartis dans leur bateau volant. Les questions les plus importantes, évidemment, n'étaient pas les leurs, mais celles que se posaient les Mondiens : Ces Terriens étaient-ils réels ? Avaient-ils une âme ? Les prêtres de Réalité et Expiation n'avaient fait que commencer leur enquête lorsque les Terriens avaient quitté Monde, sans même laisser une fleur d'adieu.

Et maintenant, apparemment, ils étaient de retour.

« Nous savions que les Terriens reviendraient, dit Pek Nagredil. On les avait entendus dire : "Nous reviendrons pour la chose fabriquée." Ce sont de grands négociants, vous comprenez. Bon. Pek Brimmidin, vous êtes capable de saisir qu'il s'agit d'une mission délicate. C'est pour cela que nous vous la confions, Pek Brimmidin. Vous avez fait un bon travail d'informateur. Réalité et Expiation m'a permis de vous dire ceci : Si vous accomplissez bien ce travail, votre dette envers la réalité partagée vous sera remise. Vous serez de nouveau réelle, ainsi que votre frère Tabor. »

Être de nouveau réelle. Enli baissa la tête. Elle ne voulait pas que Pek Nagredil voit son visage. Être de nouveau réelle... et Tabor aussi. Tabor, couché dans son cercueil, baignant dans les produits chimiques d'asservissement qui préservaient son corps de la décomposition et y emprisonnaient son âme. Tabor serait arraché à son cercueil, lavé, enterré sous un monticule de fleurs. Son âme libérée pourrait rejoindre leurs ancêtres. Et Enli vivrait de nouveau à Gofkit Samloe avec Ano, ferait la cuisine à midi sur les feux communaux, et danserait aux yeux de tous sur l'herbe et les fleurs en train de pousser, sans péché, sans honte...

Une faim l'envahit, si terrible que si elle n'y avait pas réfléchi à deux fois, elle aurait pu croire qu'elle avait encore une âme.

« J'accepte ce travail, Pek Nagredil.

— Bien. Voici ce qui est arrivé. Un Terrien, qui est déjà venu sur Monde, un certain Ahmed Pek Bazargan, s'est posé hier dans son bateau volant en métal, près d'un village au sud d'ici, Gofkit Jemloe. Il a demandé à vivre avec ses compagnons au sein de la grande famille qui y réside, les Voratur, et ajouté qu'ils paieraient tout loyer, quel qu'il soit, que l'on exigerait d'eux. Surveillance des Maisonnées a approuvé sa requête et, naturellement, Hadjil Pek Voratur a accepté.

— Naturellement », dit Enli. Même à Gofkit Shamloe, elle avait entendu parler des Voratur. C'était une grande famille de négociants, riche et respectée, et les Terriens avaient déjà montré leur désir de partager les merveilleux biens du commerce. Enli entendit sa propre voix, et se réjouit qu'elle ait de nouveau l'air normal.

« Six Terriens vivront chez les Voratur. Outre Surveillance des Maisonnées, d'autres sections du gouvernement s'intéressent à la visite des Terriens, comme vous pouvez peut-être l'imaginer. »

Enli le pouvait. Aussi la question s'épanouit de nouveau en elle, comme la Première Fleur : Les Terriens étaient-ils réels ?

« Vous vivrez aussi chez les Voratur, Pek Brimmidin, dit Pek Nagredil, et vous enquêterez sur tout ce que font et disent les Terriens. Votre statut dans la maisonnée sera celui d'une femme de ménage, qui s'occupera en particulier de la maison crelm où résideront les enfants des Voratur et des Terriens.

— Les... enfants ? Des enfants *terriens* ?

— Oui. Vous...

— Il y a des enfants terriens ? Quelle sorte d'enfants terriens ? Pourquoi les Terriens amèneraient-ils des enfants ? »

Pour la première fois, Pek Nagredil parut un peu déconfit. « Pour les élever en Mondiens, disent-ils. Avec les enfants Voratur. »

Enli et Pek Nagredil se regardèrent fixement, l'air accablé par la chose que ni l'un ni l'autre ne dirait. Les enfants ne naissaient pas réels ; il fallait qu'ils grandissent pour participer à la réalité partagée. Quelques-uns, tragiquement vides, n'y arrivaient jamais et devaient être détruits. Si les Terriens voulaient que leurs enfants « soient élevés en Mondiens », est-ce que cela signifiait qu'ils désiraient que leurs enfants deviennent réels ? Et cela signifiait-il, aussi, que les Terriens adultes *n'étaient pas* réels ? Qu'ils n'avaient pas d'âme ?

« Vous viendrez ici, chaque dix-jour, faire votre rapport, dit Pek Nagredil en se réfugiant dans la routine normale, et vous me direz tout ce que vous aurez appris sur les Terriens. Le moindre détail, si infime soit-il.

— Vais-je fournir des informations qui détermineront si les Terriens sont ou non réels ? lâcha étourdiment Enli.

— C'est une chose qui ne vous regarde pas », répliqua sévèrement Pek Nagredil, et Enli vit ses crêtes crâniennes vibrer légèrement. Elle savait qu'il avait raison. Elle n'avait pas le droit d'apprendre pourquoi elle les informait et à quoi cette information servirait. Lui dire cela l'amènerait à partager la réalité, et elle s'était exclue de ce partage par son crime.

« Oui, Pek Nagredil, dit-elle. Je vais me présenter chez les Voratur demain matin.

— Vous pouvez partir, Pek Brimmidin. » Aucune fleur d'adieu.

Enli enfourcha pensivement son vélo et quitta Rafkit Seloe en direction de Gofkit Jemloe. La maisonnée Voratur ne l'attendrait pas avant demain, mais personne n'avait dit à quelle heure. Elle se présenterait au lever du soleil.

Le soleil descendait à l'horizon lorsqu'elle arriva aux abords de Gofkit Jemloe. Enli trouva un terrain bien tranquille, déroula son sac de couchage et fit cuire son dîner sur un petit feu. Tout en s'affairant, elle ne cessait de jeter des coups d'œil vers le ciel. C'était une nuit sans nuages. Quatre lunes étaient levées : Ap, l'une des deux qui s'épanouissaient rapidement et traversaient le ciel à toute allure plus d'une fois dans la nuit; Lil; Cut; et la lumineuse Obri, la Demeure de la Première Fleur. Enli resta couchée sur le dos dans son sac de couchage à contempler Obri. Le soleil disparut. Enli guetta soigneusement, mais elle eut beau la chercher de toutes ses forces, avec sa magnifique vision, la mystérieuse lueur du lever-du-soleil-et-coucher-du-soleil n'était pas dans le ciel.

DEUX

À BORD DU *ZEUS*

À quarante-cinq mille kilomètres au-dessus de Rafkit Seloe, dans les toilettes du *Zeus*, le vaisseau du Conseil de la Défense de l'Alliance Solaire, David Campbell Allen III respirait à fond pour calmer sa panique.

Bon sang, il n'aurait pas dû se mettre dans cet état ! Il avait beaucoup pensé à la Discipline de ce matin, soigneusement élaboré un mélange neuropharm en vue d'obtenir un équilibre dynamique entre stabilité et hypervigilance. Il prenait très au sérieux sa propre responsabilité neurologique. (*Le gamin est un pharisien, Diana*, avait-il entendu son père dire, un jour. Mais, c'était typique de son père). Alors pourquoi la mixture n'avait-elle pas marché ?

David s'avança vers le mur et fourra le doigt dans son biomoniteur pour effectuer un nouveau contrôle. Tous les relevés semblaient normaux : glutamate, sérotonine, dopamine, modulateur cortical, régulateur du noyau amygdalien, P15, FNDC pour renforcer les liaisons synaptiques de l'apprentissage dans l'hippocampe. Tout le reste. Peut-être un petit peu trop de noraldine, mais dans les limites normales pour l'état d'esprit qu'il souhaitait. Bon, alors, la panique devait aussi être normale. Il allait la maîtriser. Il respira profondément, en penchant la tête vers le sol. Aujourd'hui, plus que d'ordinaire, il voulait être au mieux de sa forme, faire de son mieux.

(*Le gamin est trop sérieux. Trop rigide.*)

Pourquoi pensait-il autant à son père ?

Soudain, David trouva la réponse. C'était à cause des *toilettes*. C'était dans des toilettes qu'il avait dit, pour la première fois, à son père, l'astrophysicien révéré qui avait remporté quatre fois le prix Barlin, que lui, son fils, allait entrer à Princeton pour étudier la science plus que molle de l'anthropologie extraterrestre. Ils étaient dans les lavabos pour hommes du Selfridge's Restaurant, à Lowell City, sur Mars. David avait choisi cet endroit pour une très bonne raison. Là seulement, il pouvait être certain que son père prendrait quelques instants de plus avant de se retourner pour l'affronter.

« Monsieur Allen, dit mélodieusement l'ordinateur de bord, un message pour vous.

— À l'écoute.

— La navette va être retardée de cinq minutes.

— Merci. Terminé. »

David noua ses cheveux sur le haut du crâne et enfila l'uniforme civil — un oxymoron, s'il en fut — du Conseil de la Défense de l'Alliance solaire. Officiellement, une expédition scientifique, qu'elle soit militaire, politique ou issue d'une Fondation de l'Université transplanétaire, était toujours le représentant de son système solaire. Elles étaient toutes subventionnées par la fiscalité d'un gouvernement. La raison officieuse, David le savait, c'était que les uniformes rappelaient à l'expédition ce qu'elle représentait : le système solaire dans son ensemble, pas Mars ou la Lune ou la Ceinture, ou l'Hégémonie confucéenne, ou la Fédération Atlantique unie, ou n'importe laquelle des autres possibilités. Tous unis dans la science. Officiellement, en tout cas.

L'ennui, c'était que l'équivalent d'un uniforme d'officier ne convenait pas du tout au travail de terrain d'un anthropologue. Guindé, intimidant, et équipé — Dieu nous vienne en aide — d'une petite épée de cérémonie. Il n'allait pas porter ça sur Monde. Visiblement, personne n'avait consulté un xénoscientifique sur la conception de l'uniforme. Une *épée*. On pourrait aussi se pointer dans un village indigène en traînant un canon laser. En tout cas, après la rencontre d'aujourd'hui, l'équipe porterait des vêtements mondiens.

Il était temps de partir. Sa première expédition en tant que xénobiologiste, si l'on ne prenait pas en compte les recherches estudiantines sur le terrain. Selon n'importe quel critère, c'était un beau coup pour sa première sortie du système solaire ; la plupart des étudiants diplômés se réjouissaient de faire leurs travaux pratiques avec des extraterrestres bien dressés comme les Tel ou les Sien-Tu. Des sujets dociles. Mais David Allen allait se retrouver sur Monde, un territoire pratiquement vierge. Et cette mission, il l'avait obtenue tout seul, sans même demander à son père d'intercéder en sa faveur. En fait, son père n'avait même pas su que son fils se portait volontaire pour ce poste. Il l'ignorait toujours, bien que cet élément de l'expédition ne fût pas très clair pour David. Il le fallait bien, avait expliqué le Dr Bazargan, à cause de la présence de militaires à bord, et de la guerre. Il s'agissait de données névralgiques. Le secret était essentiel.

David avait hoché la tête, mais en vérité, il s'en moquait. Du moment qu'ils ne rencontraient pas les Faucheurs sur Monde — et on lui avait assuré que non — la guerre n'avait rien à voir avec sa vie quotidienne, comme pour la plupart des habitants du système solaire. Ce qui signifiait que les escarmouches étaient rares, et avaient toujours lieu ailleurs. David avait été trop absorbé par ses études pour suivre cela de près. En tout cas, la science se préoccupait de l'acquisition de connaissances à long terme, pas de situations politiques temporaires. La science était au-dessus de cela.

(*Le gamin est un pharisien, Diana*)

Il allait leur montrer, à tous.

Le professeur Ahmed Bazargan salua les membres de son équipe lorsqu'ils se rassemblèrent dans la salle d'embarquement. Les travailleurs des hydroponiques déposaient dans la navette des brassées de fleurs coupées. « Bonjour, Ann. Vous êtes prête ?

— Tout à fait », répondit en souriant Mellianni Sikorski. C'était la xénobiologiste de l'équipe, une Américaine compétente et expérimentée en dépit de sa jeunesse ; elle n'avait que trente-sept ans. Bazargan s'était démené pour l'avoir. Il avait déjà travaillé une fois avec elle et apprécié son calme et son amabilité inaltérables. Peut-être était-elle simplement exceptionnellement bonne en Discipline, mais il ne pensait pas que ce fût le cas. La douceur immuable de cette femme semblait plus profonde que cela, enracinée au tréfonds de son caractère. Bazargan avait le nez pour ce genre de choses.

Ann Sikorski s'était spécialisée en xénobiologie des neurosystèmes. Jusque-là, ce champ s'était révélé décevant. Grâce aux tunnels spatiaux, les humains avaient découvert trente-six espèces douées d'intelligence, et trente-cinq d'entre elles étaient essentiellement humaines. Elles ne présentaient que des variations mineures dans la structure du squelette, la biochimie, le génome et la neurologie. La théorie la plus répandue soutenait que quelque chose — ou une race — avait ensemencé la galaxie d'un ancêtre pseudo-humain commun, et que l'évolution qui s'ensuivit n'avait divergé qu'à cause des différentes conditions planétaires favorables. La culture de ces trente-cinq espèces allait de l'âge de pierre à une ère industrielle moyenne.

Cette hypothèse semblait logique. Bazargan n'était pas un spécialiste du calcul des probabilités, mais il connaissait le paradoxe de la vérification : dans toute distribution statistique, les entités qui ont déjà bien entamé leur existence auront une durée de vie plus longue que la moyenne. Cela s'appliquait aux personnes mûres et aux espèces d'un certain âge. La probabilité voulait donc que Sol soit l'une des civilisations galactiques les plus avancées.

Excepté, bien sûr, l'espèce disparue qui avait effectué l'ensemencement initial. Et les Faucheurs.

Bazargan regardait Ann sourire à Dieter Gruber, le géologue de l'équipe, qui s'avançait vers elle. Contrairement à la jeune femme, qui avait un long visage pâle, tout à fait ordinaire (apparemment, dans sa famille, il n'y avait pas d'améliorations génétiques générant la beauté), Gruber était un spécimen impressionnant. Était-il amélioré ? Probablement, bien que cette information très personnelle ne figurât pas dans les dossiers des membres de l'équipe. Cet Allemand ressemblait à l'idée que quelqu'un s'était fait d'un prince teutonique : grand, blond, les yeux bleus, un sourire irrévérencieux. Ses états de service scientifiques étaient bons, et même brillants. Compétent et aimable, il avait cependant des accès tenaces d'indépendance. Mais Bazargan ne prévoyait aucune difficulté à travailler avec le géologue qui, en tout cas, passerait beaucoup de temps seul sur des sites prometteurs.

Le responsable de l'équipe n'avait pas les mêmes certitudes en ce qui concernait David Allen.

Le jeune stagiaire marchait trop vite vers eux. David, qui avait eu une enfance si cosmopolite que peu lui importait le pays ou la planète où il était né, s'était montré suffisamment compétent au cours de ses travaux pratiques sur le terrain. Il avait aussi un don pour les langues, bien plus que Bazargan lui-même. Au cours de l'entraînement linguistique préparatoire, judicieusement renforcé par des amplificateurs chimiques et numériques, qui avait eu lieu sur Terre, Allen avait maîtrisé le mondien étonnamment vite. Et déchiffré brillamment les expressions du visage et des crêtes crâniennes enregistrées par la première équipe d'exploration.

Mais Allen n'avait pas vraiment fait ses preuves sur le terrain, et quelque chose, en lui, mettait Bazargan mal à l'aise : une charge émotionnelle, un idéalisme fervent qui, soupçonnait-il, pouvait tourner à l'hystérie. Ce trait lui était bien familier : dans son

Iran natal, il l'avait vu à l'œuvre chez les politiciens et les ayatollahs, les révolutionnaires et les généraux. Cela avait valu à son pays des siècles de troubles sanglants et Bazargan, qui était un réaliste méthodique et prudent, se méfiait de l'idéalisme de David Allen. Il n'y avait qu'à voir la façon obsessionnelle dont ce garçon pratiquait la Discipline, contrôlant plusieurs fois par jour sa mixture neuropharm, transformant cet outil d'acuité mentale en pratique religieuse. Si Bazargan en avait eu la possibilité, Allen n'aurait pas accédé à ce poste obligatoire d'étudiant diplômé au sein d'une expédition scientifique qui comptait déjà beaucoup trop d'anomalies.

Mais il n'avait pas eu le choix. La science, tout autant que la Défense de l'Alliance solaire, avait sa politique. L'anthropologie manquait constamment de fonds. Il y avait la guerre (il y en avait toujours une). La Fondation universitaire transplanétaire lui avait fait passer le mot : *Le père de David Campbell Allen souhaite que son fils figure parmi les membres de cette expédition. Cela peut jouer sur le financement.* Bazargan avait dû s'en accommoder. David Allen serait l'anthropologue stagiaire, chargé de l'étude des jeunes enfants.

Bien sûr, Bazargan avait cru que la mère des bébés dirigerait ce programme. Mais l'anthropologue Hannah Mason s'était accidentellement électrocutée à bord du *Zeus*, et Bazargan, tenu d'utiliser sa petite équipe le plus efficacement possible, devait, nécessité fait loi, se contenter de David Allen parce que son père le voulait ainsi.

Et Bazargan le comprenait. C'était comme cela en Iran : la famille d'abord. Mais il se demandait si le garçon était au courant. Sans doute que non. Il le soupçonnait de posséder une énorme capacité d'aveuglement.

« Désolé d'être en retard, dit David.

— Vous ne l'êtes pas, répondit aimablement Bazargan. Leila n'est pas encore descendue avec les jumeaux.

— David, dit Ann en lui souriant. Prêt à atterrir ?

— Plus que prêt. Je vois que, vous non plus, vous ne portez pas votre épée.

— Une épée, intervint Dieter Gruber avec un large sourire. Et bien, au moins, nous n'avons pas besoin d'être armés contre la mousse paralysante ou les rayons protoniques.

— À quoi pouvaient bien penser les concepteurs de cet uniforme ? s'exclama Ann.

— L'Alliance solaire mise sur un uniforme pour nous rappeler que nos gouvernements respectifs sont censés compter pour du beurre, dit Allen.

— Ce n'est qu'une des raisons pour lesquelles vous devez porter l'épée, dit une autre voix derrière Bazargan. Un uniforme n'est pas un menu à la carte. »

Bazargan se retourna, mais il savait déjà l'identité de celle qui venait de parler ; impossible de ne pas reconnaître cet accent autoritaire. Le colonel Syree Johnson, physicienne de l'armée, dirigeait cette mission scientifique, bien qu'elle ne fût pas tenue de descendre sur la planète. Pourquoi ? *Physique de l'espace*, lui avait-elle répondu ; c'était vague et ne l'avait pas convaincu. Encore une des anomalies de l'expédition.

« Une épée est inappropriée au travail de terrain,

colonel, répliqua David Allen qui s'empourpra. Elle envoie un message d'inimitié aux indigènes.

— Elle fait partie de la tenue de cérémonie. La première rencontre de votre équipe scientifique avec les indigènes est une cérémonie. Vous n'aurez pas besoin de porter l'uniforme pour le travail de terrain.

— Il est plus important de... commença Allen avec beaucoup trop de chaleur.

— Allez ceindre votre épée, l'interrompit Bazargan. Vous aussi, Ann, et vous, Dieter. Je vais chercher la mienne. »

Ann et Gruber hochèrent la tête et repartirent vers leurs quartiers. David, toujours empourpré, pinça les lèvres, mais obéit aussi. Bazargan s'était demandé s'il plierait.

Lorsque tous trois revinrent, l'épée à la ceinture, le colonel Johnson était en conférence avec le capitaine du *Zeus*, Rafael Peres, et l'ingénieur en chef, Canton Lee. David Allen, l'air boudeur mais un peu calmé, déclara : « Voilà. Je suis dignement armé, juste pour faire plaisir au colonel. Pourquoi boite-t-elle, au fait ?

— Je l'ignore, répondit Bazargan, bien qu'il le sût.

— C'est relativement facile de faire repousser une jambe, et l'Alliance la lui paierait. Ça fait prétentieux de ne pas soigner cette claudication.

— Voilà Leila », dit ostensiblement Bazargan.

Le caporal Leila DiSilvo entra dans la salle d'envol avec les jumeaux. Ben et Bonnie Mazon étaient couchés dans un double siège de vol, tous deux endormis. Ann regarda les petits, âgés de quatorze mois, sanglés pour la descente sur la planète. « Pauvres petits choux.

— Qu'est-ce que c'est un *chou* ? demanda Allen dont la voix était encore empreinte d'un soupçon de défi, reste de son affrontement avec le colonel Johnson. Et pourquoi *pauvre* ?

— Un chou, c'est un légume terrien qu'on ne fait plus guère pousser. Et pauvre, parce que tout enfant qui a perdu sa mère et qui n'a jamais connu son père est pauvre.

— Vous ne diriez pas cela si vous aviez eu mon père et ma mère », dit Allen, et Bazargan vit que le garçon regretta aussitôt d'avoir sorti cela. Il ne voulait pas que Ann Sikorski, une femme qui, de surcroît avait 10 ans de plus que lui, le prenne en pitié. Celle-ci, toujours pleine de tact, répliqua seulement avec délicatesse : « Ben et Bonnie vous auront, vous, ainsi que les enfants de Monde. Tout ira bien pour eux. »

Bazargan sourit. Les Américains rejettent si aisément la famille. Il s'y était habitué, mais ne comprenait toujours pas comment la chose était possible.

Le colonel Johnson, ayant mis fin à sa conversation avec les officiers du vaisseau, se tourna de nouveau vers Bazargan. « Bonne chance, professeur.

— Merci, colonel.

— Désirez-vous revoir les signaux de rappel à envoyer en cas d'urgence ?

— Non. Nous sommes tout à fait préparés.

— Alors, Allah soit avec vous. »

Bazargan fut surpris. Il y avait apparemment plus, chez le colonel Johnson, que le martinet militaire. Il s'était trompé sur son compte.

« Merci. Ann, David, Dieter... allons-y. »

Tandis que la navette, pilotée par le sympathique

et si accommodant Daniel Austen, s'éloignait du *Zeus*, tous regardaient la planète, en dessous d'eux. Des vers d'un poème perse revinrent à la mémoire de Bazargan, comme cela se produisait souvent lorsqu'il réfléchissait à quelque chose : *Crains les ennuis lorsque tout semble beau et limpide,/car la peur transforme vite la tranquillité en chagrin*. Khusrau, onzième siècle.

Pourtant, il n'y avait aucune raison de craindre la peur ou le chagrin sur Monde ; c'était la civilisation la plus idyllique que les savants aient jamais découverte. La planète était luxuriante et fertile, la culture monolithique (pourquoi ?) paisible et agréable. Non, ce serait juste une expédition de routine de plus.

Et pourtant... il y avait ces anomalies. Pourquoi avait-on rappelé sur Terre l'équipe de reconnaissance au bout de deux mois seulement ? Les savants avaient supposé que la guerre était entrée dans une phase d'évolution sinistre, et ils s'étaient sans doute fait de la bile durant les huit jours-t du voyage de Monde au tunnel spatial #438. Mais le conflit n'avait connu aucune effroyable modification. Et on ne leur avait donné aucune explication pour ce départ hâtif de Monde, bien que les savants furibards en aient fait la demande et transmis des protestations officielles. L'équipe n'avait jamais rien publié : « données insuffisantes ».

Ils n'avaient pas réussi à se mettre d'accord sur la question centrale de la culture de Monde : Pourquoi était-elle aussi uniforme ? La *réalité partagée* qui dominait les Mondiens était-elle un mécanisme politique de contrôle, une croyance religieuse, ou — et c'est ce que Ann espérait — un développement biologique vraiment unique dans l'évolution des extraterrestres ?

Données insuffisantes.

Pourquoi cette équipe de remplacement si réduite, si *clandestine*, avait-elle été réunie aussi hâtivement ?

Données insuffisantes.

Pourquoi y avait-il bien plus de physiciens que d'anthropologues dans ce qui, prétendait-on, était une expédition anthropologique ; et de plus, des physiciens militaires répertoriés sur le tableau de service du vaisseau comme ingénieur en chef, troisième officier, et pilote de navette ? Bazargan avait ses propres sources d'information ; en Iran, on ne pouvait survivre sans. Mais pourquoi avait-on estimé le secret nécessaire ?

Données insuffisantes.

Bazargan se tourna vers Gruber, Allen et Ann, sanglés près de lui dans la navette pleine de bouquets de roses rouges, de dahlias jaunes et de boules-de-neige oranges génétiquement modifiées. « Lorsque nous atterrirons sur la planète, vous pourrez laisser vos épées dans la navette », déclara-t-il calmement.

***

Syree Johnson suivait la trajectoire de la navette sur les écrans du pont. Machinalement, elle se repassa en mémoire les données planétaires. Corps céleste à 0,69 UA de l'astre principal, étoile de type G8 qui, par unité de surface, émettait 0,48 de l'énergie que rayonne le Soleil. Le spectre énergétique qui atteignait la planète avait une intensité maximum à 0,66 micromètres, soit à peu près la même que sur Terre ; 0,73 de la masse terrienne, 5 740 kilomètres de rayon ; 0,9 de la pesanteur terrienne à la surface. Période de rotation sur elle-même, 26,2 heures terriennes ; autour de son astre, 213 fois sa rotation ; inclinaison sur le plan de l'écliptique, 3° 20. Un continent principal presque circum-équatorial, plus des îles côtières, dont certaines fort grandes. Composition de l'atmosphère, rien de remarquable, sauf la forte radioactivité d'une chaîne de montagnes — la deuxième plus élevée de ce monde — dont le faisceau de neutrinos avait été enregistré par les détecteurs du *Zeus*.

Rien de tout cela importait vraiment.

En dépit de ce que pensaient les anthropologues, la seule chose de Monde qui avait de l'importance n'était connue que de Syree, de son équipe de physiciens militaires, et du capitaine Peres. Quelque chose de si potentiellement capital que cela avait suffi à faire organiser et financer cette expédition vers une planète arriérée, dans un secteur éloigné de l'espace servi par un petit tunnel spatial peu fréquenté. Quelque chose qui pouvait peser dans la balance de la guerre lointaine avec les Faucheurs, ces extraterrestres bizarres, agressifs et dangereux.

La planète que ces indigènes appelaient ethnocentriquement Monde avait sept lunes. Seulement l'une d'elles n'en était pas une.

Et maintenant que les anthropologues avaient quitté le *Zeus*, Syree Johnson et son équipe allaient pouvoir s'évertuer à découvrir ce qu'était réellement ce septième satellite. Ils avaient une hypothèse. Son job à elle, c'était de prouver sa justesse.

TROIS

GOFKIT JEMLOE

Tous les habitants de Gofkit Jemloe sortirent de leurs maisons pour accueillir les Terriens. Hadjil Pek Voratur, comme Enli s'en aperçut alors, était un personnage très important. Il vint à la rencontre de leurs visiteurs, précédant de quelques pas le prêtre du village, un petit homme aux oreilles disgracieuses dont elle avait oublié le nom.

Pek Voratur était grand et corpulent, sa peau bien nourrie semblait huilée et sa colletine l'était indubitablement. Sur sa belle tunique, il portait une ceinture cloutée d'or, une magnifique veste tissée, sans doute importée de l'île Seuril, et était coiffé d'un large chapeau plat orné d'impeccables fleurs de saji. Son épouse, Alu Pek Voratur, marchait à côté de lui, vêtue aussi richement. Tous deux tenaient des brassées d'admirables fleurs jaunes et oranges, les couleurs de l'hospitalité, plus un petit bouquet de fleurs bleues sacrées de frimpil pour bénir les visiteurs. C'était le prêtre qui aurait dû le porter. Cela en disait long sur Pek Voratur, pensa Enli.

Cependant, ce n'était pas lui qui l'intéressait le

plus, mais les premiers extramondiens qu'elle voyait de sa vie.

Au premier regard, ils étaient décevants. Ils ressemblaient beaucoup trop à des personnes réelles (ou plutôt, se rappela Enli, à des gens qui avaient déjà prouvé leur réalité ; cette distinction était la raison de sa présence). Grands et forts, mais pas aussi monstrueusement énormes que le prétendait la rumeur. Deux bras, deux jambes, un torse, une tête, deux yeux, une bouche... Enli avait espéré, en secret, voir des monstres. Ou, du moins, quelque chose d'exotique.

Pek Bazargan avait dit aux serviteurs de la Première Fleur que, dans un passé reculé, les Mondiens et les Terriens avaient poussé à partir des mêmes graines. Pek Voratur l'avait répété à sa maisonnée rassemblée, mais Enli avait bien vu qu'il n'y croyait pas. Comment aurait-il pu ? Quelle idée ! Si ces Terriens croyaient à ce genre de choses, les prêtres de Réalité et Expiation décideraient certainement qu'ils n'étaient pas réels. Cependant, Pek Voratur avait peut-être déformé leurs propos. Les Terriens méritaient qu'on leur accorde une chance. Des âmes étaient en jeu.

Enli tendait le cou pour voir par-dessus la foule ; en tant qu'humble femme de ménage, elle se tenait au dernier rang. Mais sa taille compensait cela.

Lorsque, venus de leur bateau volant et marchant vers Gofkit Jemloe, les Terriens se rapprochèrent, leur singularité devint plus satisfaisante. Leur peau présentait différentes nuances de brun, du grisâtre au boueux, au lieu du jaune pâle normal. Leur front était étrangement plat. Plus choquant encore, ils n'avaient pas de colletine, mais de la fourrure qui, poussant sur leur tête, recouvrait leurs crêtes crâniennes. Elle était assez longue pour former des bottes ondulées ou recourbées. C'était assez joli, si l'on ne souhaitait pas lire leur expression.

Les Terriens en savaient assez long sur la culture mondienne pour apporter des fleurs jaunes et oranges, des brassées de fleurs d'une espèce que Enli n'avait jamais vue. S'ils donnaient à Pek Voratur des graines de ces plantes, cela seul suffirait à faire de lui l'homme le plus riche de Monde !

L'un des Terriens poussait un chariot, un véhicule affreux par ses lignes droites et fonctionnelles, dans lequel on ne voyait qu'une couverture et encore des fleurs. Enli ne pouvait pas voir ce qu'il y avait dessous. Les Terriens et les Mondiens s'étaient rejoints et elle tendit l'oreille pour les entendre.

« J'honore vos fleurs », dit Pek Voratur. Il osait parler avant le maire ou le prêtre ! Mais ni l'un ni l'autre ne grimaça sous la violente attaque d'une migraine qu'Enli connaissait bien ; la réalité partagée n'avait donc pas été violée. Ils avaient dû se mettre d'accord avant et répéter les répliques.

Le plus vieux Terrien, probablement un mâle, répondit, comme il se devait : « Je me réjouis de vos floraisons. » Il avait un drôle d'accent, mais pas plus étrange que celui des habitants de l'île Coe Lijil.

« Vous êtes les bienvenus auprès des fleurs de notre maison, dit Alu Pek Voratur.

— Vos belles floraisons réjouissent mon esprit », déclara un autre Terrien. Une femelle, décida Enli.

« Que votre jardin fleurisse à jamais, répliqua le maire.

— Les pétales de vos fleurs sont beaux », dit avec un horrible accent le troisième Terrien, d'une taille stupéfiante. Ne savaient-ils pas d'autres mots floraux que « beau ou belle » ? Alors, ils étaient stupides ?

« Vos fleurs transportent mon cœur de joie, affirma le prêtre.

— Que vos floraisons plaisent toujours aux âmes de vos ancêtres », dit le dernier Terrien, celui qui poussait le chariot. Son accent était plutôt bon.

« Je suis Hadjil Pek Voratur. Vous êtes le bienvenu aux fleurs de ma maison.

— Je suis Ahmed Pek Bazargan. Vous êtes le bienvenu aux fleurs de mon cœur. »

La cérémonie continua, passant aux échanges rituels de fleurs. Enli nota tout, pour son rapport. Les Terriens *agissaient* certes en personnes réelles.

Pour finir, Pek Voratur ôta la couverture d'un chariot mondien — beaucoup plus attirant que le terrien par ses lignes arrondies — et déclara d'un ton solennel : « Voici les enfants de ma maison. »

Bien entendu, il voulait dire, ceux qui étaient trop petits pour être proclamés réels, tous ceux encore tenus à l'écart dans la maison crelm. Il y en avait sept : quatre qui marchaient et trois en bas âge. Assis dans leurs petits sièges, ils regardaient timidement autour d'eux, l'air inquiet. Une petite fille effrayée grimaça comme si elle allait pleurer ; les plus âgés n'avaient pas l'habitude de sortir de leur maison crelm. Seuls les bébés ne semblaient pas affectés, deux écarquillaient de grands yeux noirs et le troisième dormait, roulé en boule dans sa corbeille.

Pek Bazargan dit : « Voici les enfants de ma maison », et le Terrien qui poussait le chariot en ôta la couverture.

Il y avait dedans deux bébés, beaucoup plus grands et plus potelés que les Mondiens. Ils n'avaient pas de colletine, ni beaucoup de fourrure sur la tête, Enli les trouva bien plus normaux que les Terriens adultes. Leurs yeux étaient pâles, mais remplis d'une brillante lumière, tels des reflets sur une eau claire. Ils regardaient autour d'eux avec exactement les mêmes yeux ronds, le même regard qui ne cillait pas, que les bébés de Monde, et cela les rendait plus aimables. Dans la foule, des gens chantonnèrent : « *hhhhhmmmmmmmmmmmm* », souriant malgré eux aux jolis bébés.

Si Enli avait lancé des paris dans une maison de pel, elle aurait, à cet instant, parié que les Terriens seraient déclarés réels.

« Allons chez moi », dit Pek Voratur, et tout le monde se mit en rang pour suivre les étrangers jusqu'à la demeure des Voratur. Enli prit place le plus loin possible des dignitaires, à l'extrémité droite de la foule, déployée en forme d'éventail, qui escortait les Terriens. Elle était ainsi bien placée pour voir tout ce qui allait arriver.

« Regarde ! Là ! Là ! », cria l'enfant en courant vers eux.

Elle avait largement huit ans et était grande pour son âge ; sa robe était déchirée. De la boue maculait ses vêtements et son visage ; il y avait du sang coagulé sur son bras nu. Elle ne cessait de baver. Enli détourna les yeux. Ceux de l'enfant étaient à la fois farouches et vides, sans âme. Elle était visiblement irréelle, et sa famille n'avait pas encore célébré le rituel requis. Comment avaient-ils pu attendre aussi longtemps ? C'était cruel, on n'aurait pas dû le leur permettre.

Personne ne regardait la petite fille. La foule continuait, comme avant, à marcher lentement vers la demeure de Hadjil Pek Voratur, en bavardant et en fredonnant. Mais une vague de chagrin ondulait parmi eux, comme le vent dans l'herbe. Enli le sentait par tous les pores de sa peau. Autour d'elle, les yeux noirs devenaient plus graves et déploraient la chose, tous ensemble, dans la réalité partagée.

La petite s'arrêta, vit les bébés terriens et émit un petit « Oooooo » gazouillé. Elle n'avait évidemment pas plus de langage que cela. Elle s'avança vers les visiteurs de la Terre.

Silencieusement, sans modifier leur foulée, sans jamais regarder sa gousse vide et irréelle, les Mondiens l'en empêchèrent. La foule se déplaçait et coulait de manière à ce qu'il y ait toujours un ou deux adultes entre la petite fille et le chariot des enfants terriens. Elle les poussait à coups de tête, mais ne pouvait passer. Pour finir, la petite s'arrêta et poussa de grands gémissements. Les Mondiens ne l'entendaient pas. La foule défilait toujours.

Puis, quelque chose arriva. Le Terrien qui poussait la voiture des petits Terriens, David Pek Allen, s'arrêta et *sourit à la gousse vide*.

« Laissez-la voir les enfants, dit-il. Je la tiendrai à distance pour qu'elle ne leur fasse pas de mal. »

Tout le monde se figea.

Pek Allen se glissa entre deux hommes et prit la petite fille irréelle par le bras, l'attira fermement en avant, mais en l'empêchant de s'approcher trop. « Tu vois, petite ? Ce sont des enfants terriens. »

Enli sentit que sa tête commençait à la faire souffrir, malgré les pilules du gouvernement. Et les autres, ceux qui ne prenaient pas de pilules ? Les visages commençaient à grimacer. Une femme âgée ferma les yeux et appuya ses mains ridées sur son front. Pek ne *sentait-il* pas qu'il violait gravement la réalité partagée ? Ne pouvait-il la sentir dans sa tête, cette gêne entre les yeux qui se transforme rapidement en douleur lorsque l'on n'est pas en concordance avec le village, avec la réalité ?

Pek Allen continuait, en souriant, à parler à la chose non réelle, à côté de lui.

Cela signifiait que Pek Allen ne partageait pas la réalité. Il était lui-même irréel.

L'esprit d'Enli tournoyait. Était-ce la réponse, alors... si *rapidement* ? Non, non... Les autres Terriens ne s'étaient pas adressés à l'enfant irréelle. Effectivement, Pek Bazargan s'approchant de Pek Allen lui posa la main sur le bras. Il lui dit quelque chose, en parlant trop bas pour que la foule l'entende. Le visage de Pek Allen, sous son absurde fourrure de tête, s'empourpra, et il lâcha la petite fille.

Quelqu'un se glissa entre elle et les Terriens. Puis un autre. Un homme s'avança, les épaules courbées dans une attitude d'extrême expiation. On ne sait comment, la petite fille irréelle disparut.

La foule s'était remise en marche, une fois la réalité partagée rétablie. Une fois de plus, chacun agissait sous l'effet de la croyance. Enli vit, sur les visages de ceux qui étaient près d'elle, la douleur-de-tête se calmer. Les crêtes crâniennes se détendaient, les sourires réapparaissaient timidement. Un homme qui se tenait le ventre — cela prenait certaines personnes ainsi, dans les boyaux — laissa ses bras retomber. Cependant, la foule n'était plus la même. Enli sentait l'incertitude, la tension. Personne ne marchait aussi près des Terriens qu'avant.

Et c'est ainsi que la procession d'hospitalité atteignit les grandes portes de la maison des Voratur, et que les extramondiens pénétrèrent à l'intérieur.

Chose surprenante, c'était difficile d'être informateur dans cet endroit.

Au cours de ses autres missions, Enli n'avait dû recueillir des informations que sur une seule personne. Mais là, il y avait quatre Terriens, sans compter les bébés, et ils n'étaient pas souvent ensemble. Comment pourrait-elle se trouver en quatre endroits à la fois ? C'était impossible. Réalité et Expiation lui en demandait trop. De plus, les Terriens eux-mêmes rendaient sa mission plus ardue.

L'énorme Dieter Pek Gruber, lui, n'était même plus là. On lui avait donné une pièce dans laquelle il avait déposé beaucoup d'objets, dont la fonction restait obscure. Puis, il était parti, sur la plus belle bicyclette qu'Enli ait jamais vue, vers les monts Neury pour chercher des pierres. Cela ne tenait pas debout. Il y avait énormément de pierres ici même, à Gofkit Jemloe ; les agriculteurs les ôtaient de leurs champs et les empilaient en murs rudimentaires. Pourquoi le Terrien devait-il faire tout ce chemin jusqu'aux monts Neury pour recueillir des pierres ? Les monts Neury, le lieu sacré où résidait la Première Fleur depuis qu'elle était descendue d'Obri, étaient insalubres, comme tout le monde le savait. Les gens qui s'y rendaient tombaient généralement malades et mouraient. Les poils de leur colletine tombaient, leur corps se couvrait de plaies, leur gosier gonflait et leur langue noircissait. C'est ainsi que la Première Fleur protégeait ses massifs sacrés. On avait prévenu Pek Gruber. Mais il était parti tout de même vers les montagnes. Pour des *pierres*.

Et puis, il y avait le plus jeune, David Pek Allen, qui avait éveillé des doutes si graves durant la procession d'hospitalité. Il travaillait, mangeait et dormait dans la maison crelm, avec les deux bébés terriens et les sept enfants Voratur qui n'avaient pas encore été déclarés réels. Dans les villages, on traitait les petits avec affection, on s'occupait d'eux pendant que les adultes travaillaient et jouaient, mais c'était différent dans les riches familles. La maison crelm était séparée du bâtiment principal et avait ses propres cours, ses propres jardins. Jusqu'à ce qu'un servant de la Première Fleur certifie que les enfants Voratur devenaient vraiment déconcertés et troublés à force d'être maintenus hors de la croyance, on les gardait isolés de la réalité partagée. Les parents leur rendaient visite presque tous les jours. À part cela, la maison crelm avait son propre personnel, des nourrices, une cuisinière et des femmes de ménage. Enli ne comptait pas parmi ces dernières. Durant le dernier dix-jour, elle n'avait guère aperçu Pek Allen.

Il ne restait plus qu'Ahmed Pek Bazargan et Ann Pek Sikorski. Au moins, eux vivaient dans la grande maison tentaculaire, en tant qu'invités de marque. Mais Pek Bazargan accompagnait Pek Voratur ou son épouse presque partout où ils se rendaient : aux docks lorsque la flotte de commerce Voratur levait l'ancre, au marché, dans les jardins, à Rafkit Seloe, chez leurs amis. De fait, Pek Bazargan était rarement présent. Et même dans le cas contraire, elle ne pouvait pas apprendre grand chose. Les domestiques, découvrit-elle, ne faisaient pas le ménage des chambres lorsque les membres de la maisonnée s'y trouvaient.

Elle n'était pas du tout chargée des pièces de Pek Sikorski. On avait donné à la Terrienne un appartement donnant sur une cour extérieure, près du mur qui encerclait la vaste demeure. L'une des pièces était sa chambre. Elle avait rempli les deux autres d'objets étranges, plus des plantes et des animaux qu'elle tuait et disséquait. Pek Sikorski était une guérisseuse ; c'était comme cela que celles de Monde fabriquaient leurs pilules et leurs potions. Mais celle-ci avait demandé à Pek Voratur que personne d'autre n'entre dans ses salles de travail, pas même pour faire le ménage. Elle craignait sans doute que l'on vole ses potions avant qu'elle soit prête à les vendre aux Mondiens. Personne ne pouvait le lui reprocher. Cependant, cela signifiait que, à la fin de son premier dix-jour, lorsque Enli devrait faire son rapport à Pek Nagredil, elle n'aurait rien à lui dire. Au mieux, elle avait seulement aperçu les Terriens passant dans les cours et les couloirs.

Enli roulait à bicyclette, l'air sombre, vers Rafkit Seloe. Le trajet lui parut long et épuisant. Comme elle l'avait prévu, Pek Nagredil fut mécontent.

« Vous n'avez rien observé ? Rien du tout ?

— Je vous ai décrit la procession d'hospitalité.

— Les télémiroirs nous en ont parlé. » Bien sûr que oui. Enli avait vu la femme en tunique d'Annales et Télémiroirs se précipiter en vélo vers Rafkit Saloe. De là, les nouvelles sur les Terriens avaient circulé par miroirs d'une tour de colline à une autre, tout autour de Monde. Avant la tombée du jour, la procession d'hospitalité des Voratur était devenue une réalité partagée.

« Je vous ai parlé des chambres personnelles que chaque Terrien s'est vu attribuer dans la maison des Voratur, dit Enli d'une voix faible.

— Et rien de plus ? Pas même que Pek Sikorski a loué les services du garçon de cuisine pour qu'il attrape des frebs et les lui apporte afin qu'elle les tue ?

— Comment savez-vous cela ?

— Pek Brimmidin, dit sévèrement Pek Nagredil, vous n'êtes pas le seul informateur que nous ayons dans la maison Voratur. »

Enli se sentit toute bête. Bien sûr qu'elle n'était pas le seul informateur ; pour un travail de cette importance, Réalité et Expiation en avait d'autres. Qui était-ce ? Elle savait que cela ne servirait à rien de le demander.

Pek Nagredil traversa son petit bureau, toucha distraitement une statue, jeta un coup d'œil à la tenture murale. Il n'avait pas très bien peigné sa colletine. Ses crêtes crâniennes se contractaient. Enli attendait.

Pour finir, il dit : « Nous allons être obligés d'essayer quelque chose de différent. Voilà ce que je désire que vous fassiez, Pek Brimmidin. »

Il ouvrit la serrure d'un gros coffre en bois qui était dans un coin de la pièce.

Enli attendit jusqu'au milieu de l'après-midi ; à cette heure-là, les femmes de ménage avaient alors droit à une pause, et la famille était souvent partie. Elle se glissa, en silence, dans le labyrinthe des cours mitoyennes et des parcs plantés d'arbres jusqu'à l'appartement de Pek Sikorski, près du mur est. La Terrienne travaillait à son établi. Enli la regarda, puis détourna les yeux. Un freb mort était cloué sur une planche ; son ventre incisé en révélait l'intérieur, et certains organes avaient déjà été prélevés. Des objets extramondiens jonchaient la pièce. Enli tapa du pied pour révéler sa présence.

« Oh ! dit Pek Sikorski en se retournant vivement. Qui êtes-vous ?

— Enli Pek Brimmidin, femme de ménage, répondit-elle humblement. Pardonnez-moi de vous avoir fait sursauter.

— Entrez. » Pek Sikorski avait de bonnes manières ; elle cueillit une fleur de pajal jaune au buisson d'hospitalité qui était près de la porte et l'offrit à Enli. « Vous êtes la bienvenue aux fleurs de mes pièces.

— Vos floraisons réjouissent mon âme », répliqua Enli en prenant la fleur, et elle sentit un élancement douloureux entre les yeux, malgré les pilules. Ses paroles violaient la réalité partagée. Elle n'avait pas d'âme, pas tant qu'elle serait irréelle.

Pek Sikorski attendait. Visiblement, elle croyait qu'Enli allait lui offrir aussi une fleur. Et c'était bien pour cela qu'Enli était là. Cependant, elle hésita un moment, frappée par la bizarre étrangeté d'une Terrienne vue de si près.

Pek Sikorski n'avait pas seulement une fourrure de couleur claire sur le crâne, mais aussi au-dessus des yeux. Et combien celle de sa tête était abondante ! Au lieu d'être rattachée au sommet de son crâne, comme durant la procession d'accueil, la longue fourrure pâle ruisselait sur son dos. Mais le plus étrange de tout, c'était le cou nu de Pek Sikorski. N'avait-il pas froid ? Et ne se sentait-il pas impudique, ainsi exposé aux regards ? Généralement, seuls les intimes voyaient le cou d'une personne : les mères qui fourraient leur nez dans celui de leurs bébés, les amants qui exploraient mutuellement leurs corps.

La Terrienne avait aussi une drôle d'odeur. Pas déplaisante, juste bizarre, qu'Enli ne pouvait décrire. Et puis, il y avait un petit trou vide sur la molle et vilaine extension de ses oreilles. À quoi servaient ces trous ? Et ces extensions ? Était-ce une difformité ?

« Pek Brimmidin ? dit gentiment la Terrienne.

— Pardonnez-moi, mon idiot de cerveau est détraqué, répondit Enli, embarrassée. Acceptez la fleur d'une visiteuse, Pek Sikorski. » Elle tendit la paume de sa main, sur laquelle reposait un morceau de tissu blanc. Soigneusement, elle dévoila la fleur que Pek Nagredil avait tirée de son coffre fermé à clef.

Elle n'était pas fraîchement cueillie, mais séchée, comme celles qu'utilisaient les prêtres les plus saints au cours des cérémonies les plus sacrées. Mais ses minuscules pétales cramoisis et sa longue langue recourbée étaient parfaitement conservées. Pek Sikorski tendit la main avec désinvolture. « Sa couleur est bel... »

Visiblement, elle se savait pas ce que c'était.

« N'y touchez pas ! » cria Enli. Étonnée, la Terrienne retira la main. « Les pétales sont un poison. »

Le regard pâle de Pek Sikorski devint plus perçant.

« C'est une fleur de camorif, expliqua Enli. Elle ne pousse que sur l'île Kikily, loin au sud. Les servants de la Première Fleur font une poudre avec la langue, sans y mêler le moindre minuscule goût de pétale, et cela les plonge plus profondément dans la réalité, de façon à ce qu'ils puissent revenir partager leur connaissance avec le peuple. On ne se sert des camorifib que les jours des saintes fêtes. Cette fleur appartient à ma famille depuis deux générations. Mon grand-père était prêtre. » La douleur était forte maintenant, forant plus profondément à chaque phrase irréelle. Mais elle devait terminer. « Bien sûr, personne ne parle jamais de donner des fleurs de camorif. Ce n'est pas une fleur d'hospitalité, et personne ne dit qu'il en possède une. Jamais. Je vous donne, à vous, Pek Sikorski, cette fleur de camorif. »

Cette fois, la Terrienne prit la fleur avec précaution pour la transférer, elle et le linge blanc qui la recouvrait, des mains d'Enli dans les siennes. Puis elle regarda posément Enli.

« Pourquoi me donnez-vous cela, Pek Brimmidin ? C'est un cadeau de grande valeur.

— Je vous demanderai quelque chose en retour, Pek Sikorski. Une information. Mais si vous ne souhaitez pas répondre, le cadeau est tout de même à vous. »

Pek Sikorski hocha la tête, acceptant apparemment la formule rituelle. Peut-être les autres Terriens, ceux qui étaient venus une demi-année auparavant, la lui avaient-ils apprise. Ou peut-être l'avait-elle entendue, elle-même, dans la maison des Voratur. Après tout, Pek Sikorski était une négociante.

« Puis-je poser ma question ?

— Vous le pouvez.

— Vous, les Terriens, êtes-vous venus ici pour étudier la douleur-de-tête qui survient quand la réalité n'est pas partagée ? »

Durant un long moment, Pek Sikorski ne répondit pas. Alors Pek Nagredil avait raison. Il avait appris à Enli exactement ce qu'elle devait dire, la question conçue à partir de l'information que Réalité et Expiation avait déjà recueillie sur le comportement des Terriens. Pour finir, la Terrienne répondit : « Puis-je vous demander, Pek Brimmidin, pourquoi vous pensez cela ?

— Je l'ignore », répliqua Enli, et elle sentit brièvement la bienheureuse douceur froide de la réalité partagée. C'était la vérité. Elle ne le savait pas.

Pek Sikorski dit en souriant : « Vous nous avez observés attentivement. Nous, les Terriens, nous nous intéressons vivement à la réalité partagée. Parlez-moi de la douleur-de-tête, si vous le voulez bien.

— Je ne peux pas. Je dois reprendre mon travail. »

Pek Sikorski acquiesça d'un signe de tête. Elle devait savoir que le marché avait été rempli : la fleur camorif contre une réponse à la question. On ne pouvait pas vraiment s'attendre à plus d'information. Cependant, il y en eut plus, du moins pour Enli, à cause de la rapidité avec laquelle Pek Sikorski déclara : « Bien sûr, nous ne nous intéressons *pas seulement* à la réalité partagée. Comme nous l'avons dit à chaque personne rencontrée, Monde tout entier nous intéresse.

— Oui, dit Enli en lui rendant son sourire. Bien entendu. Que vos fleurs s'épanouissent à profusion.

— Que votre jardin plaise à vos ancêtres. »

Enli sortit. Oui. Elle avait accompli la première partie du plan de Pek Nagredil.

Elle contacta Pek Voratur après que Pek Bazargan eut traversé les cours, sans se presser, pour rejoindre la maison crelm. Le négociant corpulent, assis dans son merveilleux jardin personnel, parlait affaires avec son fils aîné, Soshaf. Autour d'eux brûlaient des lampes à huile sur des supports métalliques joliment recourbés. Les parfums de fleurs nocturnes habilement choisies se mêlaient dans l'air au doux vrombissement des ailes des donneurs-de-vie. Lorsque Enli s'avança vers eux, les deux hommes levèrent les yeux, surpris d'être abordés par une domestique en tunique de femme de ménage, quoique pas aussi étonnés que la servante quittant le jardin avec des verres de pel vides et qui avait croisé Enli.

« Pek Voratur, je vais devoir partager la réalité avec vous.

— Nous partageons la réalité, répliqua-t-il rituellement. Qui êtes-vous ?

— Enli Pek Brimmidin, femme de ménage. Je souhaite vous dire quelque chose à propos de nos invités terriens, afin que la réalité puisse être pleinement partagée. » Enli avait, pour cette entrevue, pris une double dose de pilules du gouvernement. Elle était en train de violer la réalité plus qu'elle ne l'avait jamais fait depuis que Tabor et elle...

Il ne fallait pas penser à cela maintenant.

« Qu'avez-vous à dire sur les Terriens ? » demanda Soshaf Voratur.

Enli prit un air troublé. « J'ai entendu Pek Bazargan parler avec Pek Sikorski. Il disait : "Si nous pouvions seulement apprendre ce qu'est la douleur-de-tête de la réalité partagée, ce voyage en vaudrait la peine".

— La douleur-de-tête de la réalité partagée ? s'écria Pek Voratur. Qu'y a-t-il à apprendre là-dessus ? Elle existe, un point c'est tout. » Mais alors, il ferma à demi les paupières et Enli vit briller, dans ses yeux éclairés par les lampes, la lueur d'intelligence d'un négociant brillant.

« Pek Brimmidin, me dit-il, où avez-vous entendu Pek Bazargan dire cela ?

— Dans le jardin près de l'appartement de Pek Sikorski.

— Et pourquoi étiez-vous là ? »

Enli baissa les yeux. « Je m'occupais des fleurs, Pek Voratur. J'ai l'habitude qu'on remarque un jardin dont je m'occupe. »

Pek Voratur fredonna à voix basse, en réfléchissant. Enli le vit échanger des regards avec son fils. Elle dit, les yeux toujours baissés : « Je sais m'y prendre avec les plantes.

— Oui. Pek Brimmidin, la guérisseuse terrienne se sert de beaucoup de plantes pour préparer ses potions. Mais pas de fleurs, bien sûr.

— Oui », dit Enli, comme si elle le savait déjà. Ce qui était le cas.

« Il se peut qu'elle ait besoin de l'aide de

quelqu'un qui sache y faire avec les plantes. Vous préféreriez ce travail à celui de femme de ménage ?

— Oh, oui, Pek Voratur !

— Et il se pourrait bien, poursuivit le négociant, que Pek Sikorski parle de nouveau de ce qui l'intéresse, ou de ses besoins, ou de ce qu'elle aimerait avoir. Il se pourrait que vous entendiez ce genre de choses.

— Oui, dit Enli en essayant d'accueillir cela comme une idée qui ne lui était pas venue à l'esprit.

— Si vous entendez des choses de ce genre, Pek Brimmidin, vous devriez partager la réalité avec moi, qui suis le chef de cette maison, afin que je puisse savoir ce dont mes invités ont besoin.

— Oh, oui ! »

Pek Voratur se pencha en avant. « Il se peut que, parfois, vous entendiez par hasard des choses, et que les Terriens ignorent que vous avez pu surprendre leurs paroles. Cela aussi, c'est une réalité que vous devrez partager avec moi. »

Enli hocha la tête.

« Mais Pek Brimmidin — Enli — il y a un point très important. Vous n'avez pas besoin de partager la réalité de ce que vous me dites avec les Terriens. Non, n'ayez pas l'air choqué, jeune fille. Souvenez-vous que les Terriens n'appartiennent pas à Monde. Les servants de la Première Fleur ne les ont pas encore déclarés réels... et *cela*, vous le savez, c'est une réalité que nous ne sommes pas obligés de partager avec eux jusqu'à ce que nous soyons certains qu'ils possèdent une âme. Vous n'êtes pas tenue de partager avec eux ce que vous me rapporterez de leurs conversations. Est-ce que cela vous aide à comprendre ?

— Je ne...

— La tête vous fait mal. Je le lis dans vos yeux. Pauvre Enli. Mais aimeriez-vous être jardinière et partager la réalité avec moi ?

— Oui, je...

— Bon. Alors, nous avons passé un marché. Que vos fleurs s'épanouissent à profusion.

— Qu... que votre jardin plaise à vos ancêtres, bégaya Enli.

— Vous commencerez, demain, votre tâche d'aide jardinière auprès de Pek Sikorski. Je le lui dirai moi-même. Bonne nuit, Enli.

— Bonne nuit », dit aussi le fils du négociant.

Enli voyait à peine en retournant dans la cour des domestiques. La douleur élançait la chair entre ses yeux, le tissu vivant derrière ses yeux. Aucune douleur-de-tête n'avait atteint un tel degré depuis... Qu'avait-elle fait ? Promis d'informer Hadjil Pek Voratur sur les Terriens. Pek Sikorski lui poserait des questions sur la maisonnée Voratur auxquelles Enli répondrait, une sorte d'enquête sur Monde. Et chaque dix-jour elle ferait son rapport à Pek Negradil et l'informerait sur son enquête. Jusqu'où pouvait-on tordre la réalité partagée avant que, tel un fil de métal, elle se brise ? Et qu'elle, Enli, s'empale sur ses extrémités acérées...

Oh, Tabor. Rien que pour toi.

Au milieu d'une cour déserte, le vertige lui retourna l'estomac. À cet endroit, il n'y avait pas de lampes. Dans l'obscurité, elle se plia en deux et vomit. Oh, par pitié, pas sur des fleurs, faites qu'il n'y ait pas de fleurs à cet endroit, *je vous en prie*...

Lorsque les spasmes se furent apaisés, elle regagna en titubant la chambre qu'elle partageait avec trois autres servantes. Souffrant toujours de douleur-de-tête et de nausée, Enli chercha à tâtons dans sa tunique d'autres pilules du gouvernement qui lui permettraient de dormir.

QUATRE

OBJET ORBITAL #7

« Encore trois cents kilomètres », dit inutilement le pilote. Syree Johnson savait exactement où se trouvait l'objet, au mètre près. Mais le capitaine Daniel Austen, avec lequel elle avait déjà travaillé pour des projets spéciaux, se montrait loquace au travail. Ce qui contrastait singulièrement avec la discrétion qu'il gardait dans le privé. C'était un bon soldat.

Non qu'aucun d'eux n'ait jamais eu, auparavant, un projet spécial tel que celui-ci.

La planète Monde avait sept lunes, du moins c'était ce que les autochtones croyaient, et ils leur avaient donné des noms laconiques : Ap, Lil, Cut, Obri, Ral, Sel et Tas. Six étaient des satellites naturels. Tas était un artefact capturé, presque aussi ancien que la planète.

Le satellite artificiel, que l'équipe de reconnaissance avait appelé Objet orbital #7, tournait autour de Monde sur une orbite plus basse que les lunes naturelles, à une altitude moyenne de deux mille trois cents kilomètres. Pour rester aussi bas, il devait se déplacer vite ; à six kilomètres par seconde, il bouclait son orbite en 2 h-t34. Lorsqu'on le regardait de la planète, sa vitesse lui prêtait une course rétrograde, comme s'il se déplaçait d'ouest en est. Il paraissait également petit. Avec un diamètre de quatre kilomètres seulement, il sous-tendait à peine un arc d'un dixième degré dans le ciel. Son orbite — cinquante-quatre degrés avec le plan de l'écliptique — était à peu près circulaire. L'absence relative de cratères d'impact suggérait que l'artefact n'avait pas été capturé si longtemps que cela auparavant, peut-être cent mille années-t seulement. Il avait un albédo élevé et une finition mate, si bien qu'il n'y avait pas de réflectance miroitante. Il ne tournait pas sur lui-même.

« Cent cinquante kilomètres », dit Austen.

Syree portait déjà sa combinaison ; elle mit son casque. L'Objet orbital #7 devint plus grand sur l'écran, mais pas assez pour que l'on distingue les marques qui avaient provoqué le retour précipité de l'équipe de reconnaissance.

Un seul autre objet de l'univers connu portait ces marques, et il n'était pas d'origine humaine. Découvert cinquante-trois ans auparavant sur une orbite située au-delà de Neptune, il avait offert les étoiles à l'humanité. Et lui aussi parut d'abord n'être qu'une petite lune. Mais c'était un tunnel spatial, l'entrée d'un trou de ver menant à un vaste réseau cartographiable d'autres tunnels utilisables. Lorsqu'un vaisseau spatial dépassa laborieusement Neptune et pénétra dans le tunnel spatial #1, il émergea directement en vue d'un système planétaire — et très près d'un autre trou de ver.

La découverte du tunnel spatial #1 avait bouleversé la civilisation solaire. L'humanité n'était plus seule, elle possédait une super-voie de transport instantané.

Plus précisément, Mars la possédait. Le premier artefact extraterrestre avait été découvert et revendiqué par une sonde militaire martienne, le *Kettleman*. D'après les lois récentes de la récupération spatiale, qui copiaient largement les anciennes lois maritimes, Mars avait pu revendiquer la propriété du tunnel spatial #1. Les cris de protestation ne firent pas le poids, pas devant un tribunal. Une menace matérielle réalisable était hors de question ; l'équilibre des pouvoirs était trop fragile, et personne ne désirait faire sauter le tunnel — en supposant que la chose fut possible — dans une manœuvre pour se l'approprier. En fait, Mars, État ni trop puissant ni trop faible, qui ne possédait pas un grand nombre d'alliés et n'était pas trop isolationniste, semblait politiquement bien placé pour devenir le gardien du tunnel. En outre, la longue série de crises écologiques de la Terre faisaient qu'elle ne pouvait pas épargner les ressources nécessaires à la construction de cités spatiales que Mars possédait déjà. Les premières sommations juridiques, politiques et belliqueuses tournèrent court. Mars resta propriétaire du tunnel spatial #1.

Triomphes et désastres se succédèrent durant les premières années. Les expériences prouvèrent qu'un vaisseau — ou tout autre objet — empruntant le tunnel pour la première fois se retrouvait à l'endroit où le véhicule précédent s'était rendu. Un vaisseau qui traversait le tunnel, puis le reprenait dans l'autre sens revenait automatiquement à son point de départ, quel que soit le nombre de véhicules l'ayant utilisé entretemps. Pour une raison ou pour une autre — expression clef de la compréhension que les hommes avaient de cette technologie — le tunnel *se souvenait* de l'endroit où un vaisseau était entré. Puisque la plupart des systèmes solaires (mais pas tous) avaient trois ou quatre tunnels groupés, on disposait d'un réseau complexe, cartographiable, de trous de ver visibles et de tunnels invisibles : un « Toboggans et Echelles[1] » interstellaire ne comprenant que des glissières.

Tous les tunnels menaient à des systèmes planétaires. La plupart n'étaient pas habités. De nouvelles disciplines et occupations naquirent : la xénobiologie, la chasse au trésor interstellaire, les holofilms tournés sous des cieux roses ou jaunes. De graves penseurs firent remarquer que l'humanité, n'ayant encore résolu aucun des problèmes de sa planète natale, n'était guère prête à coloniser les étoiles. Personne ne les écouta. Les riches prospérèrent grâce à de nouveaux investissements ; les pauvres restèrent pauvres ; la Terre continua, en titubant, à passer d'une crise écologique à une autre. Les colonies solaires extraterrestres, une fois écoulées leurs périlleuses premières années, devinrent le seul moyen d'y échapper, pour ceux qui pouvaient se l'offrir. L'argent malin se transporta dans l'espace. Qui offrait le prestige, un statut supérieur, et des profits.

Mars, jusque-là simple colonie subsistant dans la pénombre massive et sombre de la Terre, devint la

1. *Chutes and Ladders*, sorte de jeu de l'oie anglo-saxon connu aussi sous le nom de *Snakes and Ladders* (Serpents et Échelles). (*N.d.T.*)

reine des voyages interstellaires. Tout vaisseau voulant se rendre vers les étoiles devait franchir ses postes de contrôle militaires et administratifs. Mars régnait sur l'Alliance solaire, toujours instable, qui n'existait que grâce à son bon vouloir. Tous les autres pouvaient, soit se traîner dans la poussière devant elle, soit rester chez eux loin des étoiles.

Elles se traînèrent dans la poussière : la Lune et la Ceinture, l'Hégémonie confucéenne et la Ligue arabe, Io et Titan, même la Fédération atlantique unie de Syree, malgré sa fière histoire d'indépendance et de liberté. Les gens à qui l'on devait Runnymede[1], et Bunker Hill[2], et la Place de l'Étoile, baisèrent la poussière, et parfois s'étouffèrent avec. Ce n'était pas bien du tout, pensait Syree, femme soldat. On aurait dû avoir des lois, des règles, et une chaîne de commandement.

Elle naquit l'année où le premier vaisseau pénétra dans le tunnel spatial #1. Elle avait trois ans lorsqu'on découvrit la première civilisation extraterrestre, des hominidés encore à l'âge de pierre, sur une planète baptisée d'une manière saugrenue le Placard de Sally. Même enfant, Syree n'approuvait pas la fantaisie, ni les fainéants. Elle grandit au sein d'une famille de militaires de la FAU, en tant que représentante de la cinquième génération de soldats.

1. Monument élevé près de Windsor en l'honneur des 20 389 aviateurs de la RAF morts durant la bataille d'Angleterre. (*N.d.T.*)

2. Monument, près de Boston, qui commémore la première victoire remportée par les Américains contre les Anglais le 16 juin 1775. (*N.d.T.*)

James L. Johnson, né en 1974, simple soldat, mourut en Bosnie, deux semaines après la naissance d'un fils qu'il ne connut jamais. Ce fils, Brian James Johnson, fit de ce père inconnu une idole, entra à West Point et en sortit diplômé en 2021. De ses quatre filles, deux suivirent la même voie. Catherine mourut au combat. Emily James Johnson, la redoutable grand-mère de Syree, devint général de brigade. Son fils, Tam Johnson, alla aussi à West Point, mais lorsque Syree eut dix-huit ans, les choses avaient changé. Cette école était devenue la section d'entraînement aux champs de pesanteur élevés de l'Académie militaire de l'Alliance solaire, sise sur Mars.

Mars avait longtemps reconnu que, puisque les tunnels spatiaux fonctionnaient dans les deux sens, les civilisations extraterrestres que les humains découvraient n'étaient pas toutes nécessairement préatomiques.

On rencontra les Faucheurs l'année où Syree obtint son doctorat de physique et son grade de sous-lieutenant. Les Faucheurs voyageaient, eux aussi, dans leur propre système stellaire. Ils ignorèrent l'existence de leur propre tunnel spatial, un artefact à fort albédo et finition mate tournant autour de leur planète la plus éloignée, jusqu'à ce que les humains en émergent.

Comme ceux-ci vingt-cinq ans plus tôt, les Faucheurs devinrent une race de voyageurs spatiaux. Cependant, ils agissaient comme s'ils étaient encore seuls. Ils ne faisaient pas de commerce, n'entamaient pas de négociations, ne communiquaient pas. Ils colonisèrent quelques planètes, et aucun humain n'eut le droit d'y mettre le pied.

Syree était capitaine lorsque les Faucheurs attaquèrent Edge, une colonie humaine située à quatre tunnels du système natal des Faucheurs. Personne ne sut jamais la raison de cette agression. Bien qu'ils fussent une race hominidée basée sur le carbone, l'ennemi ne semblait pas issu de la même semence que les autres êtres intelligents de la galaxie. Produit d'une évolution autonome, ils semblaient, aux yeux de l'humanité, profondément étranges et extrêmement dangereux. Mars géra la formation du Conseil de la Défense de l'Alliance solaire, grâce aux larges pouvoirs de son code de justice militaire, que beaucoup regardaient comme plus dangereux encore que les Faucheurs.

Syree ne se sentait pas concernée par les modifications sociologiques et politiques que les Faucheurs apportèrent aux fondements du pouvoir humain. C'était une femme soldat. Ce qui l'intéressait, c'était que les Faucheurs n'établissaient pas de communication coopérative avec les humains parce qu'ils préféraient leur faire la guerre.

Le Conseil de la Défense de l'Alliance solaire riposta en passant à l'attaque dans le système solaire natal des Faucheurs, sur la seconde lune de leur quatrième planète.

Syree Johnson se distingua dans les escarmouches qui s'ensuivirent, à la fois par sa brillante analyse des armes extraterrestres capturées, et pour sa bravoure lorsqu'elle demeura le seul officier gradé en vie. Quand les Faucheurs attaquèrent Bolivar, une récente colonie minière humaine sur le monde à gravité élevée de Vista Linda, Syree participa pour la dernière fois à une bataille. Un balayage laser lui trancha la jambe au niveau du genou, et les robomeds la ramenèrent juste à temps avant qu'elle se vide de tout son sang.

Bien entendu, on lui fit pousser une nouvelle jambe à partir de ses propres cellules, dans un moule de polymère soluble, avec l'assistance de connections nerveuses digitales. La croissance de cette jambe, nourrie sur le dos d'un chien dépouillé de sa peau, né sans système immunitaire et immobilisé en permanence, ne prit que quelques semaines. Le problème, ce fut le chien. Après qu'on lui eut greffé cette nouvelle jambe, Syree n'arriva pas à chasser de son esprit l'image de cet animal. Elle découvrit qu'elle ne pouvait pas — qu'il lui était *impossible* — de faire porter tout son poids sur son nouveau membre. Aucune rééducation, physique ou comportementale, verbale ou neuro-pharmaceutique, n'y changea rien. Elle était incapable de se forcer à utiliser à cent pour cent sa jambe gauche.

Syree fut profondément mortifiée par ce qu'elle considéra comme un manque de sang-froid de sa part. À chacun de ses boitillements, elle entendait le sévère dicton de grand-mère Emily : *Un Johnson se maîtrise!* Syree entama une autre rééducation, échoua de nouveau, et quitta l'armée après vingt et un ans de service actif.

Elle détesta la retraite. Elle considérait l'ennui comme un échec moral, la marque d'un esprit insuffisamment meublé pour se nourrir de ses propres ressources. Aussi lisait-elle avec assiduité les revues de physique, faisant de l'histoire de la théorie des tunnels spatiaux son sujet favori.

Sujet plutôt limité.

Après cinquante ans d'utilisation, les scientifiques ne savaient toujours presque rien du fonctionnement des trous de ver. Les objets matériels, des caissons flottant dans l'espace, généralement en forme de beignet, ne livraient aucun renseignement. Cette science était trop étrangère à l'esprit humain. La meilleure hypothèse élaborée, c'était que les caissons créaient, entre des macro-objets, un champ de liaison complexe analogue à l'enchevêtrement quantique qui permettait à une particule de modifier son homologue jumelé sans que la distance entre en ligne de compte, et éliminaient ainsi toute dimension spatiale de l'univers en le traitant comme un point unique. Mais ce n'était qu'une supposition. Accomplir une liaison complexe avec un objet grand comme un vaisseau de guerre spatial — sans parler du *contrôle* de ce phénomène — violait tant de principes chers aux scientifiques que les querelles éclatant dans les revues de physique ressemblaient à des guerres de gangs. Syree passait des jours à étudier ces invectives, à faire des calculs, à étendre les prémisses au-delà des spéculations publiées.

Elle enseigna à l'Académie.

Elle tenta vainement une autre rééducation.

Elle essaya de s'intéresser au jardinage.

Elle était consciente, tout au long de chaque interminable journée de boiterie, qu'il lui restait à passer la moitié de son existence.

Lorsqu'elle reçut un appel au sujet de la mission du *Zeus* vers Monde, elle comprit aussitôt que le haut commandement la voulait, non seulement pour sa connaissance des tunnels spatiaux, mais aussi parce qu'elle était retraitée de l'armée. La rumeur courait que les Faucheurs avaient peut-être des informateurs humains, issus de la Terre ou d'ailleurs, mécontents de l'Alliance solaire et de son chef, Mars. Le colonel Syree Johnson, retraitée, n'éveillerait aucun intérêt si elle s'embarquait pour une expédition scientifique mineure. Et elle savait, autant que toute autre personne en vie, comment on avait découvert, décodé et utilisé le tunnel spatial #1. Elle était prête à faire de même pour l'Objet orbital #7.

Qui grandissait de plus en plus sur l'écran de la navette pilotée par Austen. Silencieux, froid, alléchant.

« Mise sur orbite aussi proche que possible, dit-elle.

— Mise sur orbite en cours. »

Pendant que Austen réglait subtilement sa position à cinquante mètres derrière l'artefact, Syree coiffa son casque, vérifia une dernière fois sa combinaison et les anneaux d'attache, puis ramassa son sac d'instruments.

« Capitaine, je quitte le vaisseau.

— Bonne chance, mon colonel. » Il lui adressa son beau sourire irrévérencieux et un salut flamboyant.

Les tuyères de Syree la lancèrent vers l'Objet orbital #7. Puis, elle demeura en vol à sa hauteur et posa la main dessus. À son équateur, la surface présentait des indentations formant des motifs fluides réguliers qui lui offrirent des prises commodes. Elle s'amarra à une rainure et resta en orbite avec la lune artificielle.

« Contact.

— Bien reçu. »

Lentement, Syree passa les doigts de son gant droit sur la surface métallique. Oui, au toucher cela ressemblait aux rares marquages que présentaient les tunnels spatiaux. Une analyse de l'ordinateur confirmerait que le langage était le même, l'Alliance solaire ayant pour cela une pierre de Rosette.

Elle ouvrit le sac contenant ses instruments. Une image saugrenue lui vint subitement à l'esprit : un médecin de campagne d'autrefois rendant visite à un malade. Elle n'avait pas de temps à perdre en absurdités ; peut-être devrait-elle augmenter ses doses de Contex, produit qui accroissait la concentration mentale. Pour le moment, elle bannit cette stupide image par la seule force de sa volonté.

« J'entame la scanographie détaillée des données. Vérification de la réception.

— Réception des données, dit Austen. Mon colonel, la cérémonie du premier contact commence sur Monde. Vous avez demandé à en être informée.

— Merci. Enregistrez la cérémonie, selon les ordres.

— Bien reçu. »

Elle regarderait le cube d'enregistrement plus tard. Il le fallait : officiellement, le contact avec les autochtones était la seule raison de la présence du *Zeus* ici. Tout le personnel du vaisseau devait obligatoirement se tenir à jour des données sur Monde, au cas où une intervention de sauvetage s'avérerait nécessaire.

Ce qui n'arriverait pas. Syree avait lu les rapports de l'équipe de reconnaissance. Les autochtones avaient à peine atteint l'ère pré-industrielle ; ils fabriquaient même les bicyclettes à la main, une par une.

Et ils étaient étrangement pacifiques, leur histoire ne parlait d'aucune guerre. Autrement, les « scientifiques ès sciences humaines » — un oxymoron — n'y auraient pas fait descendre des enfants humains. La cérémonie de la prise de contact consistait à se saluer et à échanger des fleurs, et les résultats éventuels de l'équipe de xénos donneraient lieu à un rapport de plus qui irait dormir dans une bibliothèque d'université. Rien de tout cela n'avait d'importance, à côté de ce qui orbitait sous les doigts de Syree Johnson. Elle ignorait encore ce que c'était, mais elle savait que cela changerait radicalement l'équilibre des pouvoirs Humains/Faucheurs.

Tandis qu'elle effectuait le tour complet de la sphère, douze kilomètres cinq cents, un flot de données passait silencieusement de ses instruments à la navette et de là aux ordinateurs de bord du *Zeus*. Il faudrait des jours pour les analyser toutes, mais pas pour les enregistrer. Le *Zeus* aurait cela en quelques minutes.

Elle avait à peine terminé sa circumnagivation qu'Austen dit : « Réception de données.

— Transmettez. »

Son premier assistant, le capitaine John Ombatu dit : « Marques sur l'Objct orbital #7 décodées, mon colonel. Prête à recevoir ?

— Prête.

— Traduction, en utilisant le mode Webbel-Grey : "mot-inconnu mot-inconnu petit appareil de dislocation de cohésion mot-inconnu stop forces un, deux, trois, cinq, sept, onze, treize, dix-sept, dix-neuf." Fin.

— C'est bien *ça*, John ? Trois mots inconnus sur

sept, plus une liste de calibrage de forces en nombres premiers ?

— Ces extraterrestres adorent les nombres premiers, surtout onze. Comme vous le savez. »

Oui, elle le savait. Les tunnels spatiaux étaient tous catalogués en nombres premiers — dans la mesure ou quelque chose était catalogué. Sans les nombreux marquages des caissons flottants, Webbel et Grey n'auraient disposé d'aucune base pour élaborer leur logiciel de traduction. Syree devina que « cohésion » venait de l'un des rares marquages répétés qu'ils avaient recueillis, l'avertissement que toute masse dépassant une certaine limite ne traverserait pas un tunnel.

Cela s'était avéré exact. L'*Anaconda*, un croiseur de classe-*Thor*, avait disparu avec neuf cents hommes à bord. Il était bien entré dans le tunnel spatial #1, mais pas dans le champ inconnu que ce dernier, présumait-on, renfermait. L'*Anaconda* avait disparu dans une implosion massive, sans laisser de débris ou de radiation résiduelle. Une expérimentation acharnée détermina que la même chose arriverait à tout objet dont la masse dépassait environ cent mille tonnes. Les physiciens martiens déclarèrent que l'*Anaconda* avait un rayon égal à la limite de Schwarzschild — au-dessus de laquelle, si l'on comprime la masse, elle devient un trou noir — qui dépassait la capacité de manœuvre du tunnel[1]. De

1. La sphère de Schwarzschild (astrophysicien allemand, 1873-1913) est une surface équivalente à un trou noir statique, c.-à-d. dépourvu de mouvement de rotation. Pour un masse égale à celle du soleil, elle mesurerait 3 km de rayon. (*N.d.T.*)

cette catastrophe, les xénolinguistes avaient tiré la signification du marquage extraterrestre pour le mot « dislocation ».

Syree refoula sa déception. Elle avait espéré que la traduction confirmerait que l'Objet orbital #7 était une arme. Cette possibilité n'était pas exclue. Mais il lui faudrait infiniment plus d'analyses de données avant de pouvoir formuler une hypothèse qu'il serait possible de vérifier.

Trois jours de vaisseau plus tard, elle ne comprenait pas mieux l'objet.

Son équipe avait accompli tous les tests non agressifs qui lui étaient venus à l'idée, depuis les analyses spectrales, soniques et magnétiques évidentes jusqu'aux simulations statistiques, bien moins fiables. Les faits étaient clairs : il n'y en avait simplement pas assez.

L'artefact n'émettait aucune radiation, n'avait pas de champ magnétique, ni de gradation thermique. La coque, de 0, 9765 cm d'épaisseur, était principalement composée d'une forme allotropique de carbone qui ressemblait à un type connu de fullerite, mais en différait subtilement. L'artefact ne contenait pas de métaux lourds, rien dont le nombre atomique fut supérieur à soixante-quinze. Il avait une masse légèrement inférieure à un million de tonnes. L'intérieur était creux, bien que des structures non identifiables y fussent en suspension (comment ?) d'une façon extrêmement complexe, mais partielle, sans relation directe les unes aux autres. Ces structures inconnues mais stables semblaient ne pas avoir de masse — chose impossible. Lorsque l'ordinateur exécuta des analyses mathématiques, elles évoquèrent un réseau complexe dont chaque courbe se repliait sur elle-même plusieurs fois, sorte de fractale multidimensionnelle. Le claquage de l'ordinateur qui s'ensuivit suggéra un attracteur étrange, une région où toutes les trajectoires suffisamment proches étaient attirées, dans une certaine mesure, mais où, avec le temps, les points arbitrairement proches devenaient exponentiellement séparés. Syree calcula la fractale ainsi suggérée en s'appuyant sur les analyses d'Hausdorff[1]. Elle obtint un virgule deux, même dimension que la matière galactique remplissant l'univers.

Tout cela, additionné, ne menait à rien. Aucune de ces données n'indiquait *à quoi* pouvait servir l'Objet orbital #7.

La seule façon de le déterminer, c'était de l'activer.

« Et s'il faisait sauter tout ce système solaire ? demanda John Ombatu.

— Il n'aurait pas autant de réglages de force s'il était conçu selon la solution ancienne de la terre brûlée.

— OK, et s'il se contentait de faire sauter Monde ?

— Il y a beaucoup trop de réglages différents pour que cette mesure extrême arrive si l'on s'en tient au plus bas de ceux-ci. »

1. Mathématicien allemand (1868-1942) qui, synthétisant les différentes approches sur les espaces abstraits, a fondé la théorie des espaces topologiques et métriques sur la notion de voisinage. Il dut se suicider avec sa sœur et son épouse pour échapper au camp de concentration. (*N.d.T.*)

Le capitaine Peres dit, d'un ton sceptique : « Êtes-vous certaine de pouvoir l'activer ?

— Évidemment que non, répondit Syree. Mais il semble y avoir des points de pression à double-bouton. L'utilisateur doit appuyer sur les deux en même temps, afin qu'ils ne soient pas activés accidentellement par, disons, le heurt d'une météorite. »

L'équipe demeura silencieuse. Syree sentait sa propre respiration résonner dans sa poitrine. Elle attendit.

« Je pense que c'est prendre un trop grand risque, finit par dire Ombatu, et Syree apprit ainsi sur lui quelque chose qu'elle ignorait auparavant.

« Faites-le, dit le lieutenant Lucy Wu, l'officier le plus jeune. Les Faucheurs ont détruit cette colonie sur la Nouvelle Rome, la semaine dernière, rappelez-vous. Six mille morts. Il ne nous reste pas beaucoup de colonies hors de notre système. Si nous ne prenons pas de risques ici, où nous n'en avons même pas, nous mettons en danger toutes les autres. »

Syree pensait exactement la même chose. Mais elle attendait d'entendre ce que Daniel Austen et Canton Lee allaient dire. Elle avait besoin de savoir de quel genre d'hommes était composée son équipe. Bien que la décision finale dépendît de Peres. Syree était à la tête du projet, mais lui commandait le *Zeus* ; il lui appartenait de prendre toute décision mettant potentiellement en danger le vaisseau.

« Oui, dit Lee.

— Oui, dit Austen. Nous sommes en *guerre*.

— D'accord, dit Peres. Au réglage *le plus bas* de l'artefact.

— Je vais le lancer à zéro virgule sept cents. Capitaine Peres, le *Zeus* devrait se rendre de l'autre côté de la planète, pour être aussi protégé que possible. Austen, vous pilotez la navette. »

Son ton mettait fin à toute discussion. Elle ne regarda pas John Ombatu.

L'esprit le plus discipliné — ou Discipliné — peut s'égarer sous l'effet du stress. Syree le savait déjà, l'ayant expérimenté au combat. Aussi ne fut-elle pas surprise lorsque, quittant le sas de la navette, elle se surprit en train de penser une fois de plus à grand-mère Emily.

Emily James Johnson avait vu le feu en Afrique, en Amérique latine et, d'une façon indigne, dans la Rébellion de la Résistance, lorsque les États-Unis avaient rejoint la Fédération de l'Atlantique Unie. Elle s'était mariée tard et, lorsque Syree évoquait l'image de sa grand-mère, elle la voyait âgée. Frêle, le dos voûté, avec des tâches de vieillesse — elle avait cessé tout traitement cosmétique génémod à quatre-vingt-cinq ans. Mais restait toujours sévère. Un jour où Syree, à quatre ans environ, avait piqué une crise de colère, grand-mère Emily l'avait frappée sur les épaules avec sa canne en chêne. « Une Johnson se maîtrise ! N'oublie jamais cela, Syree. »

La mère de Syree avait versé des larmes sur les marques de coups et donné un cookie à sa fille. Qui l'avait regardée d'un air méprisant. Même à quatre ans, elle savait que grand-mère Johnson avait eu raison de la battre, et estimait que sa mère était une mauviette.

Dérivant dans l'espace, vers l'Objet orbital #7, Syree regrettait, quarante ans après, ce regard emprunt de dédain. Sa mère ne l'avait pas mérité. Ce n'était pas une femme soldat, et le père de Syree l'avait épousée pour sa douceur. Syree la voyait toujours, tenant dans sa belle main blanche le gâteau sec refusé par l'enfant, pauvre victime de la première intolérance d'une fille pour laquelle la tolérance serait, toujours, la discipline la plus dure à pratiquer.

Syree chassa sa famille de son esprit.

L'Objet orbital #7 était de nouveau sous sa main. Elle fixa le presse-bouton au cercle en relief qui se trouvait sous le mot délié qui correspondait à « un ». Rapidement, elle se déplaça le long des prises (conçues pour des tentacules ? pour les pinces d'une machine ?). Le tracé cursif, de l'autre côté de l'artefact, incluait des cercles en relief identiques. À plus de deux mille kilomètres en dessous d'elle, Monde tournait sous des nuages équatoriaux. Quel aspect avait ce ciel pour les autochtones qui voyaient plus loin que Syree dans l'infrarouge, mais moins loin dans les bleus à brève diffusion ?

Quoiqu'ils voient, qu'ils continuent à le faire après ma mort. Elle fixa le second presse-bouton.

« Télécommande fixée, dit-elle.

— Télécommande fixée, répéta Austen dans la navette. Je viens vous chercher.

— Non. Je reste. »

Long silence. « Mon colonel, ce n'est pas prévu.

— Je reste », répéta-t-elle. Elle ne lui offrit pas d'explication : que si l'Objet orbital, libéré à force un, mettait un tant soit peu en péril toute une planète de civils, alors il devait en être de même pour elle. Soit Austen comprenait, soit aucune explication ne pourrait le lui faire admettre.

« Permission de rester, demanda Austen.

— Permission accordée. » Maintenant, elle savait quelque chose sur Daniel Austen. Quelque chose qui valait la peine d'être su. « Faites marche arrière sur quelques centaines de mètres, capitaine. Pour avoir deux perspectives de plus.

— Affirmatif. »

Bien sûr, des satellites porteurs d'instruments couvraient, en divers points, l'activation de l'artefact. Plus il y en avait, mieux c'était. Syree regarda le vaisseau prendre position. « Équipement d'enregistrement activé. Prêt quand vous le serez, mon colonel, dit joyeusement Austen.

— Restez en état d'alerte.

— Que la partie commence ! » Elle entendit, dans sa voix, un petit rire guilleret.

Syree alluma son jet pour s'éloigner un peu de l'Objet orbital #7. À vingt mètres, elle activa les deux presse-boutons télécommandés.

Durant un long moment, rien ne se produisit. Aucune modification de l'artefact. Puis la *navette* se mit à briller. D'une lueur sinistre, mortelle.

« Austen. Qu'est-ce que montrent les écrans ? »

Silence.

« Austen. Répondez, capitaine Austen. »

Silence.

« Daniel ! Répondez ! »

Silence. La navette luisait toujours. Syree alluma son jet pour la rejoindre. Au bout de cent mètres, sa combinaison lança d'un ton pressant un avertissement préenregistré : « Radiation devant vous. N'avancez plus. Trois mille rads. Deux mille huit cents rads. Deux mille six cents rads...

Trois mille rads ? Et *décroissant* ? Cela ne tenait pas debout.

La seule chose compréhensible, c'était que Daniel Austen se mourait. Et elle aussi.

Non, pas elle.

À bord du *Zeus*, les techmeds lui firent subir des lavages, internes et externes, en fronçant les sourcils parce que tous les compteurs qui étaient à bord montraient qu'elle n'avait subi aucune irradiation. Austen, oui, et aussi la navette. Des robots se rendirent à bord et récupérèrent le pilote, ainsi que des échantillons de tout ce qu'il y avait là. Mais à ce moment, la navette avait cessé de rayonner.

Les techmeds firent ce qu'ils pouvaient pour le capitaine, sachant que cela ne servirait probablement à rien. Ils pompèrent le contenu de son estomac et lui introduisirent des tubes dans l'oesophage, dans les bronches, dans le rectum, dans l'appareil urinaire, le nez, les oreilles, les paupières, afin de pratiquer des lavages. Ils lui frottèrent la peau avec des produits chimiques, lui rasèrent cheveux et poils, lui introduisirent un tube dans la trachée parce que, dans quelques heures, il aurait besoin qu'on l'aide à respirer. Ils lui donnèrent un médicament pour le faire suer, installèrent un goutte-à-goutte par perfusion intraveineuse, le relièrent à des moniteurs invasifs et dermiques. Pendant tout ce temps, Austen dit peu de choses, mais fit son rapport. Il savait ce qui l'attendait.

Le lendemain, Austen commença à vomir. L'ulcération de son appareil digestif avait commencé. Syree était indemne.

L'équipe de chercheurs, plus Rafael Peres, se réunirent dans ses quartiers pour revoir les données. Le lieutenant Wu, le commandant Ombatu, l'ingénieur Lee. Des graphiques et des relevés jonchaient le bureau. Syree dit : « Capitaine, résumez-nous ce que nous savons, pour le moment, sur l'effet. » Ils appelaient cela comme ça : « l'effet ». Austen aurait trouvé quelque chose de mieux, pensa-t-elle, mal à propos. *Que la partie commence !* Et sa voix, pleine de ce rire guilleret.

« L'effet est une onde, dit Ombatu en fronçant les sourcils, émise uniformément par l'Objet orbital #7 et voyageant à la vitesse de la lumière. Elle est soumise à la loi du carré inverse. Nous le savons d'après les rads enregistrés par les instruments des satellites en périphérie. L'onde semble avoir causé une radioactivité primaire sur un temps d'élévation de plusieurs minutes. Après son passage, la radiation secondaire demeure, mais — et c'est cela la clef — pas uniformément. Certains objets récupérés sur la navette sont devenus radioactifs, et d'autres pas.

— Pourquoi ? demanda Peres, d'un air perplexe.

— J'ai une hypothèse », répondit Syree.

Tous la regardèrent. Elle savait combien ce qu'elle allait leur dire était capital. Elle prit le rapport du labo sur les échantillons de la navette. « Regardez les éléments qui sont devenus radioactifs et ceux qui ne le sont pas devenus. Le titanium de la coque : non. Le platine que contiennent les fioles du catalyseur des systèmes de protection de la vie : oui. L'alliage d'iridium des bacs de pressurisation des échantillons de gaz : oui. Le plomb de la boucle de ceinture en étain du capitaine Austen : non. Le mercure : oui.

L'or : oui. L'aluminium : non. L'antimoine : non. L'iodine : non.

« Rien dont le poids atomique est inférieur à soixante-quinze n'a été déstabilisé lorsque l'onde l'a traversé. Et tout ce qui est au-dessus, si. »

Lucy Wu dit aussitôt : « Le plomb fait plus de soixante-quinze.

— Mais il a un noyau extrêmement stable. Cela indique que l'effet a provoqué une déstabilisation nucléaire en affaiblissant l'énergie de liaison du nucléon.

— L'effet fout la merde dans *l'interaction forte* ?

— Je le pense », dit Syree.

Ombatu semblait pensif. « Oui. Cela expliquerait pourquoi Syree n'avait pas été affectée. Sa combinaison est en carbone composite, et les molécules plus légères ne devraient pas être affectées parce que la répulsion électromagnétique entre les protons n'est pas suffisante pour vaincre l'énergie de liaison réduite... » Il alla se poster devant l'ordinateur et se mit à saisir des équations.

« Alors le capitaine Austen a été irradié, non par l'onde elle-même, mais pas la radioactivité des parties de la navette que l'onde a affectées », dit Peres.

Lucy Wu, tout excitée, dit : « Et lorsque l'onde disparaît, le noyau se restabilise. Mais il y a un temps d'élévation ; l'effet ne se produit pas instantanément, ou ne disparait pas instantanément. Cela prend plusieurs minutes.

— L'interaction *forte* », répéta Lee. Il semblait fasciné. « Quelle arme !

— Et nous ne l'avons expérimentée qu'à force-un. Elle s'élève en nombres premiers jusqu'à dix-neuf. »

Peres dit soudain : « Il faut en prendre le contrôle avant que les Faucheurs apprennent son existence.

— D'accord, approuva Syree. Mais malheureusement, sa masse excède la capacité du tunnel spatial. »

Elle les regarda digérer cela. Tout objet qui n'arrivait pas à traverser le tunnel devenait un trou noir. Il en était ainsi selon la théorie, même si la masse initiale n'était pas assez grande pour donner naissance à un trou noir dans des circonstances normales, et même si personne n'avait réellement vu un trou noir se former ainsi. Ce que l'on avait observé et vérifié, c'était la masse limite : cent mille tonnes. L'Objet orbital #7 avait une masse neuf fois plus grande.

D'autre part, il avait été fabriqué par les constructeurs des tunnels. Peut-être cela ferait-il une différence. Bien que, pourquoi est-ce que cela en ferait une ?

Mais pourquoi pas ?

« Ne pourrait-on démonter l'artefact et le réassembler une fois passé le tunnel spatial #438 ? dit Lucy Wu.

— Avez-vous une idée de la manière dont nous pourrions faire cela et toute sécurité ? Ou même, tout simplement, arriver à le faire ? » demanda Ombatu.

Lucy Wu rougit et baissa les yeux.

« Il nous faut plus de données sur ce qui se trouve à l'intérieur, dit sèchement Syree. Peut-être ces constructions dépourvues de masse sont-elles modulaires, même si, comme nous le savons, la coque ne l'est pas.

— J'ignore comment déterminer cela, mon colonel. La conception nous est si étrangère... fit remarquer Lee.

— Elle le sera moins au fur et à mesure que nous l'étudierons.

— Oui, mon colonel. » Mais Lee semblait en douter. Syree aussi. Elle ne voyait simplement pas d'autre alternative, du moins pour le moment.

Le troisième jour après l'accident, Daniel Austen ne pouvait plus parler. L'intérieur de sa bouche, comme son crâne et son corps, était couvert de plaies purulentes. Le lendemain, il avait tellement enflé, à cause de l'oedème, qu'il ne pouvait plus bouger, et seules des doses élevées d'analgésiques lui permettaient de supporter le contact du lit. Il mourut le cinquième jour.

Ils le confièrent à l'espace, après un petit service dans la chapelle, auquel assistèrent les officiers et les techmeds. Dans la rubrique religion de son dossier, Austen avait inscrit : aucune. Syree laissa tomber le baratin militaire standard des funérailles laïques. Elle l'avait entendu trop souvent, et il était trop insipide. Cela ne collait pas avec Austen, avec son bavardage incessant, son irrévérence, son courage plein de gaieté. *Que la partie commence.*

Elle préféra choisir un poème de Kipling, que sa grand-mère récitait souvent. Les Johnson n'étaient pas portés sur la poésie, mais grand-mère Emily aimait Kipling. *Un poète du soldat*, l'appelait-elle toujours. Syree se posta au premier rang de la minuscule chapelle en essayant de ne pas ménager sa jambe gauche. Elle récita Kipling comme elle se le rappelait, sachant qu'il manquait des vers, mais sachant que ceux-là suffiraient.

Tel que lui, il n'y avait, à pied, à cheval, personne,
Ni aucun des canonniers que j'ai connus ;
Et c'est pourquoi bien sûr, il partit et mourut,
Ce que, justement, font les meilleurs des hommes.

« Il était le seul ami que je pouvais avoir,
Et en trouver un autre, je vais le devoir,
Je donnerai ma solde, mes galons, pour qu'il revienne,
Mais trop tard, il n'y a plus rien qui tienne.

« Emportez-le ! Il est parti où s'en vont les meilleurs... »

Après le bref service, Syree se rendit dans la petite chambre d'observation du *Zeus*. Le pont disposait d'écrans virtuels dont les images étaient plus nettes, mais elle voulait voir l'espace réel, pas une simulation digitale. En dessous d'elle, Monde tournait lentement, son unique continent équatorial semblable à une large ceinture irrégulière autour d'un gros ventre de civil. Mais ce n'était pas Monde qu'elle souhaitait observer. Elle attendit impassiblement que l'Objet orbital #7 passe à toute allure, plus bas que le *Zeus*, brillant jusqu'à l'aveugler des reflets du soleil sur sa surface à l'albédo élevé. Les satellites instruments éloignés le contrôlaient constamment, bien sûr, et leurs données lui étaient instantanément transmises. Mais elle voulait revoir, par elle-même, ce qui avait tué Daniel Austen.

L'objet était toujours le même.

CINQ
GOFKIT JEMLOE

La première difficulté majeure s'éleva à propos des fleurs. Le docteur Bazargan l'avait prévue, mais cela ne la rendit pas moins délicate à résoudre.

Il était avec Ann dans son laboratoire, ou dans ce qui passait pour tel sur Monde. C'était une grande pièce claire et spacieuse, de forme irrégulière, aux murs courbes, et dont les nombreuses fenêtres cintrées donnaient sur les jardins. Selon les critères terriens, Monde était une planète généreuse : fertile, chaude, dépourvue de saison, pleine de richesses naturelles. Les matériaux de construction abondaient, aussi pouvait-on s'en montrer prodigue en construisant des murs de forme irrégulière. La nourriture abondait, alors la population relativement réduite (pourquoi ? raison inconnue jusqu'ici) pouvait dilapider d'énormes ressources dans la culture des fleurs. Même les jardins d'Ispahan, l'ancienne cité iranienne où Bazargan était né, ne pouvaient être comparés à ceux de Monde.

Cependant, Ispahan et Monde étaient bien plus proches que Bazargan ne s'y attendait. La Perle de l'Asie, devenue une cité musée, avait aussi des porches arqués, des fenêtres cintrées ouvrant sur des jardins raffinés, des murs clairs (bien que sur Monde, ils fussent vert très pâle plutôt que blancs). L'arbre saki, devant la fenêtre d'Ann, évoquait avec ses fleurs roses parfumées un amandier en pleine floraison à Maidan. Les motifs de courbes en boucle, peints sur le sol du labo, n'auraient pas été déplacés sur une tapisserie ou un tapis iraniens. Et même si dans le lieu de travail d'un guérisseur iranien, les établis n'avaient pas été en forme de paraboles, ni le plafond en dôme, l'effet global ne semblait pas particulièrement étranger à Bazargan. Certainement pas autant que la ville d'Argos, sur Europa, où il avait effectué ses recherches de troisième cycle sur des organismes vivant dans des sources chaudes, sous la glace. Là-bas, les gens lui ressemblaient et l'environnement était exotique ; ici, c'était l'inverse.

Hadjil Pek Voratur traversait à pas lents le jardin aux splendides courbes. Monde recevait, en moyenne, à peu près la même énergie par mètre carré que la Terre, mais dans un spectre décalé. Aux yeux des humains, adaptables comme ils l'étaient, le paysage semblait subtilement décalé, d'une façon difficile à définir. Pourtant, les jardins des Voratur étaient d'une beauté stupéfiante. Les couleurs, les senteurs, les formes — tout était parfaitement équilibré. Même les insectes qui fertilisaient les fleurs rutilantes étaient en harmonie avec la sérénité du jardin : ils ne piquaient ni ne mordaient. Les « donneurs-de-vie », comme les appelaient les Mondiens, fascinaient la biologiste qu'était Ann Sikorski.

« Ils se perchent sur ma main, mon corps, mes jambes, Ahmed... mais jamais sur ma tête. Jamais !

— En êtes-vous sûre ?

— Oui, du moins pas jusqu'à présent. Je n'ai pas fait d'expériences. Mais je ne les ai jamais vus, non plus, se poser sur la tête d'un Mondien... et vous ?

— Je n'y ai pas prêté attention, mais je les observerai », répondit Bazargan en regardant plutôt l'assistante indigène assignée à Ann par Hadjil Voratur. Enli Pek Brimmidin. La fille les espionnait, bien entendu. C'était prévisible.

Hadjil Voratur se présenta à la porte du labo ; sa personne soignée l'obstruait presque complètement. « Pek Bazargan », dit-il en souriant. Il lui tendit une fleur de visiteur, aux pétales rayés orange et jaune. « J'honore les fleurs de votre cœur.

— Pek Voratur, répondit Bazargan, en cueillant une fleur d'hospitalité au buisson pajal qu'Ann gardait près de sa porte. Vous êtes le bienvenu aux fleurs de votre propre maison. »

Voratur éclata de rire. Bazargan avait découvert que les Mondiens avaient un sens de l'humour à multiples facettes. Ils appréciaient la fantaisie, l'exagération, l'ironie. Mais la satire leur était étrangère ; elle exigeait que l'on prenne ses distances avec ses propres conventions sociales, chose difficile dans un monde biologiquement monoculturel.

« Que vos fleurs s'épanouissent aussi, Pek Sikorski, dit Voratur à Ann. Même si elles sont la raison de ma venue, hélas.

— Vous venez nous dire que nos plantes ne fleurissent pas pour vous, avoua Bazargan.

— Vous le saviez ? demanda Voratur d'un air surpris, sincère ou feint. Que nous planterions les graines de vos fleurs de visiteur et qu'elles ne pousseraient pas ?

— Je savais qu'un jardinier aussi habile et un négociant aussi prudent que vous ne manquerait pas de le faire. »

Voratur parut flatté ; il n'y avait pas compliment plus gratifiant, sur Monde, que « jardinier habile ». Mais sa satisfaction pouvait, elle aussi, être feinte. Bazargan se sentait à l'aise avec cet étalage de fausses émotions. En Iran, une telle attitude était nécessaire pour survivre.

Ce qui l'intéressait particulièrement, c'était la manière dont la comédie de Voratur — si tel était le cas — cadrait avec le concept de réalité totalement partagée, sans subterfuge. Il y avait deux possibilités. L'une, que tout le monde, dans cette culture, savait que jouer la comédie était un élément essentiel du commerce, ce qui faisait que cela était pleinement partagé, dans son essence même. L'autre hypothèse, c'était que les fausses déclarations n'étaient de mise qu'avec les Terriens, êtres extérieurs à leur culture. Bazargan ne disposait pas d'assez de preuves pour choisir entre les deux.

Il vit que l'innocence feinte du commerçant mettait Ann mal à l'aise. Elle avait grandi dans les provinces du centre de l'Amérique où la franchise était une vertu.

« Puis-je demander pourquoi les graines de fleurs terriennes ne poussent pas pour nous ? Le sol terrien leur est-il nécessaire ?

— Non, répondit Bazargan. C'est à dessein que ces graines ne germent pas. Nous les avons traitées pour cela. » On avait irradié toute fleur apportée sur

Monde pour la rendre stérile. « Vous comprenez, Pek Voratur, ces fleurs ne poussent pas naturellement sur Monde. Ne vous est-il jamais arrivé qu'une plante très vigoureuse issue, disons, d'une île lointaine, ait été apportée et plantée dans un village du continent, et qu'elle ait complètement envahi le parterre ?

— Ah, je vois. Vous nous protégez de vos belles fleurs.

— De leurs effets inconnus », précisa Bazargan en souriant. Le négociant ignorait jusqu'où s'étendait cette protection. Les humains de l'équipe avaient été totalement décontaminés, intérieurement et extérieurement. Chaque bactérie nécessaire, qui pouvait être remplacée par une version génémod incapable de survivre hors du corps humain, avait été détruite. Personne n'était assez naïf pour penser que Monde ne serait aucunement affecté par la présence humaine, mais on avait tout fait pour que cet effet soit aussi faible que possible et laisse le minimum de traces.

Voratur semblait réfléchir. « Laissez-moi vous proposer un marché différent. Vous nous *donnerez* des graines fertiles de vos plantes dont la croissance est la plus lente et la plus difficile à obtenir, et je les ferai pousser dans une serre avec des fleurs de Monde, jusqu'à ce que nous soyons certains qu'elles ne peuvent pas leur faire de mal. »

Bazargan fit semblant d'examiner cette proposition. On avait prévu la chose et les généticiens des hydroponiques du *Zeus* avaient conçu une rose écarlate génétiquement modifiée en vue d'une capacité concurrentielle limitée. Et elle ne pouvait se reproduire que durant trois générations. La recombinaison germinale de la quatrième génération activait un gène de type « terminator » qui inondait les graines de biotoxines. Cependant, il s'écoulerait un certain temps avant que Voratur ne découvre que ses roses étaient devenues stériles et que les négociations prennent un autre tour.

« C'est une possibilité, dit Bazargan. Mais vous parlez d'un marché...

— Qu'aimeriez-vous en échange, Pek Bazargan ? »

Ann regarda brusquement Bazargan. Il savait ce qu'elle désirait.

« Pek Voratur, ce que je demande, c'est dix minutes de votre temps. Nous vous coifferons d'un chapeau en métal et l'une de nos machines prendra une image de votre cerveau. C'est tout.

— Une image de mon cerveau ? » dit Voratur, et cette fois, Bazargan sut que son émotion n'était pas feinte. Sa colletine se hérissa et de profonds plis se creusèrent entre ces crêtes crâniennes. « Comment cela serait-il possible ? Le cerveau est caché à la vue, à l'intérieur de la tête.

— Oui, mais notre chapeau peut voir au travers de votre crâne. Cela ne vous fera pas mal, ne vous affectera en rien, et ne prendra que dix minutes de votre temps. En échange, nous vous donnerons des graines de fleurs comme Monde n'en a jamais connu. »

Voratur hésita. Ann retint son souffle ; un scanner cérébral combiné Lagerfeld était un outil d'une importance majeure en neurobiologie. Bazargan voyait l'avidité du négociant lutter contre la répugnance du provincial.

Quelque chose de totalement différent l'emporta.

« L'âme vit dans le cerveau, déclara Voratur à contrecœur. Je ne peux pas prendre le risque d'exposer mon âme à une chose que je ne comprends pas. Peut-être si vous me donniez à l'avance l'un de ces chapeaux à étudier, ou si vous me le vendiez...

— Hélas, je ne peux pas faire cela », dit Bazargan à regret. Il n'avait pas besoin d'en dire plus ; Voratur constituait un contact extraterrestre idéal ; en tant que négociant accompli, il comprenait les limites de ce que l'on était prêt à donner gratuitement.

« Alors, je dois refuser l'image du cerveau et vous demander d'énoncer un autre prix pour les graines de fleurs.

— Laissez-moi réfléchir », répondit Bazargan. Cela donnerait aussi au Mondien le temps d'y penser ; il pouvait changer d'idée. Bien que l'équipe de reconnaissance se soit heurté au même refus. « Peut-être pourriez-vous consulter les servants de la Première Fleur.

— Peut-être, peut-être », répliqua Voratur, bien que cela ne puisse guère favoriser la requête de Bazargan. Ce que Voratur pensait, les prêtres le pensaient aussi. La réalité partagée.

« Nous devrions pouvoir passer un marché, ajouta Voratur. Vous, les Terriens, êtes venus ici pour faire du commerce, n'est-ce pas ? Les Terriens précédents ont dit : « Nous reviendrons pour l'objet fabriqué. »

— Vraiment » ? dit Bazargan, très surpris. Il se reprit. « Oui, bien sûr. La Terre est célèbre pour son commerce avec ses voisines.

— Comme nous l'avions supposé, répliqua Voratur dont les yeux brillants de convoitise ressortaient dans son visage empâté. Dites-moi, Pek Bazargan, cette image du cerveau, doit-elle être celle du mien ? Un autre Mondien ne ferait-il pas aussi bien l'affaire ?

— Si », confirma Bazargan. Voratur hocha la tête, fit ses adieux et partit. Songeait-il à l'un des domestiques ? Mais il ne le ferait que si ces derniers, les prêtres, et tous les autres étaient d'accord. C'était ainsi que les choses se passaient sur Monde. Cependant, un domestique, on pouvait le payer suffisamment pour qu'il accepte de pendre un risque. C'est comme cela aussi que cela se passait sur Monde.

« Croyez-vous qu'il acceptera ? demanda Ann en anglais. Un scan Lagerfeld, ce serait formidable !

— J'ignore s'il acceptera ou non », dit Bazargan en mondien. Il n'aimait pas exclure l'assistante extraterrestre d'Ann lorsque la jeune fille était présente. Ni donner à Enli une raison de rapporter à Voratur que les Terriens complotaient dans une langue secrète, ce qui pouvait facilement être interprété comme un acte de sorcellerie. Les prêtres pouvaient interpréter cela ainsi, en tout lieu.

Ann hocha la tête ; généralement, elle se souvenait qu'il fallait parler en mondien, même si le sien était moins bon que celui de Bazargan. Cette fois-ci, l'excitation avait pris le dessus. « Une image du cerveau, énonça-t-elle soigneusement, nous aiderait à choisir une idée à propos de la question centrale.

— Oui », répondit Bazargan. Il comprenait son excitation. Pour une exobiologiste, la « question centrale », c'était le biomécanisme de la réalité partagée. À l'inverse de Bazargan, Ann était convaincue que ce phénomène était biologique, et elle avait formulé plusieurs hypothèses pour l'expliquer. Un virus qui, comme la neurosyphilis, surexcitait une zone spécifique du cerveau. Ou quelque chose ressemblant au syndrome de Tourette qui n'accroissait l'activité des neurotransmetteurs excitatifs que vers des zones spécifiques. Ou des peptides mutants présents seulement dans certaines conditions comportementales pathologiques, tels la tripeptide présente dans l'anorexie névrotique.

Bazargan ajouta, en partie pour Enli : « La réalité partagée est une idée morale. »

Ann repassa de nouveau à l'anglais : « La relation entre la sensibilité affective et la sensibilité morale est toujours complexe.

— Je sais, dit Bazargan en souriant.

— Je veux dire, cérébralement, dans le cortex frontal.

— Mais moi, non. »

Ann rit, son long visage ordinaire empourpré, et retourna à son travail. Le regard de Bazargan se fixa sur Enli.

Elle était penchée sur son établi, préparant de fines lamelles de feuilles pour l'analyseur atomique, comme Ann le lui avait montré. Sa colletine ne pouvait, comme le font les cheveux humains, pousser suffisamment pour dissimuler les expressions de son visage. Les crêtes crâniennes d'Enli étaient profondément creusées ; ses lèvres découvraient un peu ses dents ; les poils rêches de son cou étaient dressés. La jeune extraterrestre était terrifiée.

Par quoi ? Enli n'avait pas eu cet air-là lorsque Bazargan était entré dans la pièce. Il réfléchit. Si sa peur s'était éveillée lorsque Voratur avait demandé l'importance que pouvait avoir l'identité de la personne qui serait soumise au scan cérébral, cette réaction était intéressante. Pas si cette peur n'était qu'une crainte provinciale de l'inconnu, mais si elle venait d'autre chose... et de quoi ? Enli cachait-elle quelque chose ?

L'amaryllis semblait me menacer/ De son limbe recourbé comme un sabre, et frémissant... Hafiz. Quatorzième siècle.

Il fallait y réfléchir, ainsi qu'à tout le reste. Monde, avec son écologie complexe et sa société encore plus compliquée, était une planète fascinante. Autant que les autochtones, avec leur sens de l'humour sophistiqué et leur avidité subtilement aiguisée... Attachants, même. Tant qu'on ne leur faisait pas trop confiance.

David Allen avait l'impression d'être arrivé chez lui. Monde était ce qu'il avait cherché toute sa vie.

Il est vrai que la maison crelm le gardait un peu à l'écart ; il voyait plus de bébés que de membres du gouvernement, plus de listes de percées dentaires que de rites d'initiation à la virilité (s'il y en avait ici). Et alors ? Il y avait là matière à une douzaine d'importants articles d'anthropologie, et tout cela était intéressant. Son don pour les langues s'avérait payant. Il parlait le mondien bien mieux que le docteur Bazargan, ou du moins avec un meilleur accent, et il restait à peine assez de temps à David, le soir, lorsque la maison crelm était endormie, pour enregistrer toutes ses observations et ses idées de la journée. Lorsqu'il rentrerait à Princeton, il deviendrait une vedette du petit monde féroce, férocement convoité, de la xénoanthropologie.

Mais David n'aimait pas seulement Monde pour les chances professionnelles qui lui étaient offertes. Il n'était pas si superficiel que cela, se disait-il fièrement. Monde représentait bien plus que des articles de revue. Il offrait à l'humanité une possibilité de se modifier.

Penser à cela lui coupait vraiment le souffle. La nuit, couché sur l'inconfortable paillasse de sa pièce personnelle, combinaison de chambre et de salle à manger privée, il se tournait et retournait, incapable de dormir. Son esprit s'emballait, et son cœur aussi. *N'en rajoute pas*, se disait-il ; et : *Demain matin, assure-toi de mieux doser ta Discipline pour être plus calme.* Les remontrances n'agissaient guère. Son esprit planait toujours.

La réalité partagée, voilà la clef. Il n'y avait jamais eu de guerre sur Monde. Même pas d'escarmouche frontalière. Les Mondiens auxquels il parlait, les nounous et l'autre précepteur, Colert Pek Gamolin, la lui avaient expliquée en passant, comme s'il savait déjà. Bien sûr que oui, par l'équipe de reconnaissance, mais ce n'était pas la même chose de la voir en action. Quand deux personnes ne se trouvaient pas en harmonie, lorsqu'elles ne partageaient pas les mêmes croyances, les mêmes valeurs, le même point de vue sur le monde, elles avaient très mal à la tête. C'était aussi simple que cela. On ne peut pas déclarer une guerre si elle doit vous causer une terrible douleur, et elle le ferait, parce que les gens qu'on tuerait ne partageraient pas votre point de vue, et on ne pouvait pas s'empêcher de le savoir.

Non, de le *sentir*, dans les cellules de son propre cerveau, jusqu'à souffrir le martyre. Aussi ne pouvait-on pas inclure une guerre dans ses projets. D'où l'absence de conflit.

Le meurtre non prémédité existait encore, bien sûr. Le temps qu'il faut pour tuer quelqu'un en lui tapant sur la tête avec ce que l'on a sous la main se réduisait à un clin d'œil, et ce n'était pas assez pour provoquer une douleur préventive. On souffrait après, peut-être... n'est-ce pas ? Il devrait poser la question à Colert Gamolin. En tout cas, l'idée essentielle demeurait valable.

Les humains ne connaîtraient plus la guerre.

Il suffisait de comprendre le mécanisme physiologique de la réalité partagée, puis de l'introduire, sous la forme d'un gène dominant, dans des embryons humains modifiés. Ces humains génémods coopéreraient dans la réalité partagée. La coopération était, à la longue, une stratégie évolutionnaire bien plus puissante que la violence, dès lors qu'une espèce était arrivée au niveau high-tech. Ceux plongés dans la réalité partagée transmettraient cette stratégie efficace à leurs enfants, jusqu'à ce que le système solaire devienne le paradis non-violent qu'était Monde.

Bien entendu, Ann lui avait dit qu'elle ne pensait pas que le mécanisme de la réalité partagée fut génétique. Tout comme elle, la première équipe de recherche n'avait eu aucune difficulté à obtenir des échantillons d'ADN de cheveux, de sang, de peau. Les analyseurs n'avaient signalé que de minimes variations entre un génome composite mondien et un humain : moins de 0,005 pour cent. Juste assez, avait dit Ann à David, pour expliquer la colletine, les crêtes crâniennes et d'autres différences minimes dues à l'évolution. Non, avait-elle reconnu, elle ne pouvait pas affirmer d'une manière *positive* que la réalité partagée n'était pas, d'une façon ou d'une autre, au nombre de ces différences, ou cachée dans le bric-à-brac d'ADN, si copieux, des deux races. Pour en être sûr, il faudrait des années d'expérimentation avec un équipement qu'elle ne possédait pas. Mais elle était presque certaine que les différences n'étaient pas d'ordre génétique. Après tout, les Mondiens étaient si compatibles avec les humains que, théoriquement, les deux races pourraient se croiser en produisant une progéniture, elle-même féconde. Les différences restaient superficielles, et les résultats des analyses d'ADN révélaient l'adéquation la plus proche jamais trouvée entre les races étroitement liées qui, à un moment donné, avaient été déplacées à des années-lumière l'une de l'autre.

Mais, David s'obstinait à croire que, sans expérimentation supplémentaire, elle ne pouvait affirmer positivement que la réalité partagée n'avait pas de fondement génétique. Il le disait si souvent que Ann, pourtant patiente, avait fini par éclater. « Non ! je ne peux pas affirmer que ce n'est pas génétique ! Et oui, si ça l'est, on peut, en théorie, inclure ce gène dans l'ADN humain ! Maintenant, pourriez-vous, je vous prie, cesser de me harceler ? »

Plus de guerre. Et *l'énorme* coût économique des conflits serait transféré à de paisibles recherches, de vraies recherches, en vue d'élever, d'éduquer et d'aimer les enfants (sur Terre, dix-sept pour cent d'entre eux mouraient encore de maladie, d'actes de violence ou de faim.)

Cela se produisait déjà, d'une certaine manière, avec Bonnie et Ben ! Les jumeaux s'étaient mis à vivre sur Monde avec le même enthousiasme que David. Aujourd'hui même, ils étaient venus, à pas hésitants, dans le coin où il racontait des histoires aux Mondiens de six ans, pour leur enseigner l'anglais. Bien entendu, à cet âge, ils ressemblaient plus à des petits de trois ans et demi sur Terre ; un an de Monde comptait 213 rotations de la planète dont chacune faisait un peu plus de vingt-quatre heures. Les Mondiens étaient adorables, assis sur leurs coussins en forme de haricot, leurs minuscules têtes nues tendues vers l'écran-image, leurs mains excitées traçant des courbes dans l'air. L'histoire, c'était l'adaptation, par David lui-même, de *Pierre Lapin*. Tous les passages qui impliquaient des fleurs remportaient un véritable succès.

« ... et alors Pierre Pek Freb *retourna* dans le jardin de Pek McGregor et mangea une fleur ! »

Trois paires d'yeux noirs s'arrondirent à l'idée d'une telle atrocité.

Ben et Bonnie, deux fois plus grands que Afret, Uvi et Hrenol, s'introduisirent d'un pas chancelant, sans y être invités, dans ce moment littéraire intense. Ben gargouilla et tendit la main vers le freb en bois posé sur les genoux de David. Le bambin trébucha et tomba sur Uvi en lui donnant un grand coup de coude sur la tête. Elle vagit.

Ben crut que c'était un jeu. Il rit.

Nafret et Grenol se mirent aussitôt à caresser Uvi en pleurs, pour la calmer et la réconforter. Mais en entendant le rire de Ben, Nafret leva les yeux d'un air désapprobateur. Il regarda de nouveau Uvi, puis encore Ben, et porta la main à sa tête. Sa petite bouche fit la moue.

Le précepteur mondien, Colert Gamolin, se précipita vers Nafret. Il s'accroupit près de l'enfant et l'observa attentivement. Le regard de Nafret passa de Ben à Uni ; des larmes se formèrent dans ses yeux. Gamolin dit d'une voix douce : « Le sol est bon aujourd'hui, Nafret ?

— Ma tête fait mal. »

Un sourire immense, soulagé, ravi, s'épanouit sur le visage de Gamolin. Il prit Nafret dans ses bras et l'emporta dehors, mais pas avant d'avoir partagé son sourire avec David. Pendant ce temps, une nounou s'occupait de Uvi qui avait presque cessé de crier. David observait Ben.

Le petit garçon semblait perplexe. Il regardait fixement Uvi sanglotant sur les genoux de la nourrice. Puis, il ramassa un jouet qui traînait par terre, une douce peluche en forme de nuage que les enfants aimaient tous, et s'avança en vacillant vers Uni. Sans un mot, gravement, il lui tendit le jouet.

Ce n'était pas la même chose, David le savait. Le chagrin d'un enfant humain éveillait souvent l'empathie d'un autre, et ceci dès l'âge de six mois. Le gentil geste consolateur de Ben n'avait rien de la force biologique de la détresse du petit Nafret, et si l'on pouvait apprendre l'empathie à Ben, on ne pouvait malheureusement pas lui apprendre aisément à la ressentir constamment. *Mais c'était évident*. Évident que le même mécanisme évolutionnaire qui existait chez les Mondiens, avait au moins un équivalent rudimentaire chez les Terriens. Si les fondements existaient, il serait plus facile de développer génétiquement une trajectoire de l'évolution aussi apparentée.

« Non, David, avait dit Ann Sikorski en retrouvant sa patience habituelle après leur discussion sur la génétique. La réalité partagée n'est pas une stratégie logique de l'évolution. Tout simplement pas. J'ai refait deux fois les simulations sur ordinateur, en utilisant les équations de Dawkins, et ce genre d'altruisme strict ne peut pas agir comme une stratégie gagnante contre l'égotisme génétique.

— Mais sur Monde, *si*, fit remarquer David, irréfutable.

— Je sais. » Ann repoussa ses longs et beaux cheveux de son visage, l'air troublée. « D'abord, il n'y a pas eu, apparemment, de vraie compétition issue d'une stratégie d'égotisme génétique, bien que j'ignore pourquoi. Pas encore. Sur toutes les autres planètes, les êtres intelligents sont compétitifs. Il se passe quelque chose d'autre ici, mais je ne sais pas ce que c'est. Pas encore, en tout cas. »

Les biologistes. Enfermés dans leurs simulations sur ordinateur, leurs mathématiques de l'évolution. David *savait* ce qui se passait ici. En fait, la même chose arrivait déjà chez les humains éclairés, ceux qui prenaient au sérieux la Discipline, son obligation morale d'établir une chimie cérébrale optimum pour les tâches quotidiennes. La neurotechnologie était l'expression de la responsabilité envers soi-même *et* envers les autres ; c'était prendre au sérieux ses potentialités pour devenir la personne la meilleure et la plus efficace. La neurotechnologie, l'ingénierie génétique et la réalité partagée de Monde n'étaient-elles pas différents aspects d'une même chose, des outils biologiques capables de réaliser la meilleure société possible ?

Oui. C'était cela.

David sortit. Nafret et Gamolin faisaient le tour des parterres fleuris en récitant les noms des différentes plantes. *Pajalib, rafirib, allabenirib*. Gamolin avait toujours l'air exalté et tenait avec une tendresse accrue la main du petit garçon. Lorsque la leçon de fleur fut terminée, le précepteur renvoya le petit garçon à la maison et se tourna vers David.

« Pek Allen, c'est le premier signe que je perçois chez Nafret. Je dois le signaler immédiatement à Pek Voratur. Son fils est en train de devenir réel.

— Toutes les fleurs émettent des senteurs de douceur et de joie », répliqua rituellement David. Il ne pouvait se retenir de sourire. Le plaisir qu'éprouvait Gamolin était contagieux. Mais c'était aussi une bonne opportunité d'obtenir des informations. « Nafret a-t-il l'âge normal où l'on devient réel sur Monde ?

— Il est un peu en avance. » Gamolin ouvrit de grands yeux. « Pourquoi ? À quel âge les enfants humains commencent-ils ?

— Plus tard », répondit David. Il fallait protéger Bonnie et Ben. « Environ neuf ans. » Ce serait dans cinq ans mondiens.

« Si tard que cela !

— Oui. Mais j'aimerais poser une autre question, Pek Gamolin. Si un enfant d'ici s'avère ne pas avoir de réalité... que font les Mondiens ? »

Le sourire radieux de Gamolin s'effaça. Au bout

d'un moment, il dit : « Nous essayons que ce soit le moins douloureux possible. Autrefois... mais nos lointains ancêtres ne pouvaient pas sentir les fleurs qui n'avaient pas encore grandi, vous comprenez. Maintenant, nous leur tranchons la gorge. Un rapide coup de couteau bien aiguisé, lorsque le non-enfant est endormi. Ils ne souffrent jamais. Et sur Terre ? »

David réussit à garder son calme. « Un procédé différent. Nous... nous utilisons des potions. » Ce n'était pas un mensonge. Fréquemment, on faisait prendre des opiacées aux enfants de la Terre souffrant de désordres cérébraux impossibles à guérir. Mais pas pour les tuer. « Puis-je demander quel est le pourcentage de... non-enfants ?

— Oh, très peu, dit Gamolin, joyeux de nouveau. En réalité, il est tout à fait ridicule que les parents s'inquiètent autant, alors que les chances pour que cela se produise sont très réduites. Surtout chez des gens aussi riches que Pek Voratur. Une maison crelm séparée pour ceux qui ne sont pas encore déclarés réels par les prêtres... c'est stupide, en fait. Je suppose que pour finir, la réalité se modifiera et les maisons crelm disparaîtront. Est-ce que, sur Terre, les riches en ont ?

— Non.

— Bon, vous voyez. Votre réalité est en avance sur la nôtre. Je le sais déjà, rien qu'à voir les bicyclettes terriennes que Pek Bazargan a données à la maisonnée ! Quelles merveilleuses machines ! La mienne a exactement les courbes des bleriodib, et je n'en ai jamais possédé d'aussi rapide.

— Je suis content qu'elle vous plaise. » David ne savait pas ce qu'étaient les bleriodib, et son intérêt habituellement vif pour la langue semblait, aujourd'hui, l'avoir abandonné.

« Je vais informer Pek Voratur de la douleur-de-tête de Nafret, dit Gamolin. Les prêtres voudront commencer à préparer la cérémonie. En attendant que nos fleurs s'épanouissent ensemble.

— En attendant que nos fleurs *s'épanouissent* ensemble », répliqua David.

Maintenant — ironie, ironie — c'était *lui* qui avait la migraine. Mais elle ne l'affectait pas autant. Il était anthropologue. Il savait que toutes les sociétés avaient des aspects indésirables, et beaucoup, même celles aussi avancées culturellement que Monde, euthanasiaient les bébés anormaux. Cependant, un enfant de six ans n'était pas un nouveau-né. Si les humains pouvaient être génétiquement modifiés afin d'éprouver une détresse physique en présence de la réalité non partagée, devraient-ils, aussi, tuer leurs propres enfants ? Etait-ce le prix à payer pour la paix ?

Non. Certainement pas. À l'inverse de l'évolution de Monde, les généticiens humains n'auraient pas besoin de s'en remettre aux rigueurs de la sélection naturelle, ni aux caprices de la loterie génétique. Ils pouvaient remanier les structures de base des gènes, trouver un moyen de contourner le problème d'un cerveau gravement endommagé. Cela pouvait se trouver dans d'autres gènes que ceux nécessaires au mécanisme de la réalité partagée. Ce pouvait être quelque chose qu'il serait facile de modifier.

Et peut-être que la difficulté n'était même pas génétique ! Peut-être n'était-elle que culturelle. Les prêtres qui devaient déclarer le petit Nafret « réel »...

détenaient le pouvoir de donner la vie et la mort. Et *cela* ne s'était-il pas fréquemment produit dans l'histoire humaine ! Des ordres religieux avides, désireux de garder le pouvoir rien que pour eux, se servant des coutumes, des mythes, des menaces et du meurtre pour maîtriser le peuple et leur faire croire que, pour leur bien, il valait mieux qu'ils ne défient pas la suprématie de la prêtrise. Certains penseurs des siècles passés avaient démasqué cela : « La religion est l'opium du peuple. »

Eh bien, si le meurtre d'enfants était culturel et non biologique, alors il ne serait pas une composante de l'adoption génétique, par les humains, de la « réalité partagée ». Alors pourquoi est-ce que lui, David Allen, se sentait-il si troublé.

C'était le vrai problème, n'est-ce pas ? Pas un problème avec la génétique, mais avec *lui*. Les difficultés mineures le rendaient pessimiste, alors que cet aperçu majeur aurait dû le réjouir. Demain, il réajusterait totalement sa Discipline. Les implications de tout cela étaient trop graves pour qu'il se laisse aller à d'insignifiants achoppements mentaux.

Il avait peut-être trouvé le moyen de sauver l'humanité de ses propres déficiences.

Il se promena en sifflotant dans les jardins des Voratur, et sentit l'espoir s'épanouir en lui comme une fleur.

SIX

RAFKIT SILOE

Enli, l'air malheureux, se tenait dans le petit bureau encombré de Pek Nagredil, au centre gouvernemental. De l'autre côté de la fenêtre cintrée, une pluie glaciale tombait sans interruption sur les grandes arches et les cours rondes de Rafkit Seloe.

« Pek Brimmidin, Réalité et Expiation avait mis plus d'espoir en vous. Bien plus.

— Je sais.

— Vous détenez, dans la maison Voratur, une position qui joue en votre faveur : première assistante de l'un des Terriens ! Vous auriez dû recueillir toutes sortes d'informations utiles. Mais que venez-vous me dire ? Que les Terriens expulsent par le nez des fluides corporels répugnants. Qu'ils vident leur vessie, en moyenne six virgule quatre fois par jour. Qu'ils n'ont pas de vie sexuelle — nous savons que ce n'est pas vrai, d'après les Terriens qui sont venus auparavant. Qu'ils...

— Ce que j'ai dit, c'était que ces Terriens ne faisaient pas étalage de leur sexualité », dit Enli d'un ton pitoyable. L'eau de pluie dégoûttait de ses vêtements, de sa colletine, de ses doigts, et formait des flaques sur le parquet du gouvernement.

« Ne m'interrompez pas. Vous me dites que les Terriens travaillent sans interruption sur les plantes et les animaux, comme des soigneurs. Qu'ils observent probablement — *probablement* ! — les gens de Monde dès qu'ils le peuvent. Que les enfants terriens jouent avec les enfants de Monde dans la maison crelm des Voratur. Et qu'ils ont donné à Pek Voratur des graines de fleurs de rosib, ce que tout le monde sait déjà.

— Je...

— La seule nouvelle information que vous m'ayez apportée, c'est que Pek Bazargan a demandé à prendre une image du cerveau de Pek Voratur dans sa tête, et que celui-ci a refusé, naturellement.

— Ils parlent avec leurs étranges mots terriens quand ils sont seuls. J'ai beau écouter, je n'arrive pas à comprendre.

— Alors, vous feriez mieux de trouver moyen d'apprendre le terrien, ou d'observer leurs actions au lieu de leurs paroles. Ceci est un pathétique rapport d'informateur pour cinq dix-jour.

— Je suis désolée. Je...

— Vous devriez être capable d'apprendre les mots terriens. L'informateur affecté aux Terriens précédents — un informateur qui est redevenu réel, Pek Brimmidin ! — a appris la langue. Du moins, suffisamment pour pouvoir comprendre des propos qu'il a surpris comme : "Nous allons revenir pour la chose fabriquée". Ne croyez-vous pas que vous pourriez faire au moins aussi bien que cela ? Après tout, vous êtes intelligente.

— Mais je...

— Vous pouvez partir, Pek Brimmidin.

— Mais...

— Vous pouvez partir. »

Il ne lui souhaita même pas de réussir, par simple politesse. Enli fit demi-tour et sortit en laissant, tout du long, des traces de pluie derrière elle. Elle enfourcha sa bicyclette mouillée et retourna à Gofkit Jemloe sous l'averse glacée.

« S'il vous plaît, Pek Sikorski... »

— Oui, Enli ? Qu'y a-t-il ?

— Voudriez-vous m'apprendre à parler vos mots ? »

Pek Sikorski parut surprise. Revenue de Gofkit Jemloe, Enli, après s'être séchée et reposée, avait repris confiance. N'avait-elle pas réussi toutes ses autres missions d'informateur ? Elle pouvait faire ce qu'il fallait pour qu'il en fût de même cette fois-ci.

« Pourquoi voulez-vous apprendre nos mots, Enli ? » Pek Sikorski ne parlait pas aussi bien que Pek Bazargan, et son accent était bizarre. Enli avait aussi l'impression que la Terrienne faisait une maladie de la fleur. Son nez coulait un peu et ses yeux commençaient à rougir et à gonfler. Les trifalitib commençaient juste à fleurir ; Pek Sikorski était probablement malade de la fleur à cause d'elles. Tabor aussi l'avait eue, une honte pour lui chaque fois que revenait la saison des fleurs du lacy... Non, ne pense pas à Tabor.

Chose étrange, Pek Sikorski ne semblait pas honteuse d'avoir la maladie de la fleur. Elle ne restait pas cachée dans sa chambre, comme faisaient les femmes riches, ou ne gardait pas la tête penchée, en signe d'expiation, comme le faisaient les travailleurs, ou n'avait pas offert ses excuses rituelles à la plate-bande de trifalitib pour n'avoir pu, misérablement, apprécier comme il se devait leur magnifique don. Elle n'avait même pas tressé sa colletine — sa fourrure de tête — en nattes d'expiation. Cette dernière était aujourd'hui rassemblée, au sommet de son crâne, en une boucle brillante.

« Je veux apprendre vos mots parce que j'aime apprendre », dit Enli. Hier, justement, Pek Sikorski avait loué Enli pour son beau travail de préparation de vers morts, destinée à l'étrange machine terrienne, le séquenceur de gènes. Il y avait beaucoup de drôles d'appareils, qui ressemblaient tous à des boîtes en métal scellées, pourvus de bouches qui avalaient des morceaux de choses mortes et ne les rendaient jamais.

Pek Sikorski sourit, éternua et s'essuya le nez. Elle ne fit même pas le signe d'expiation. « Eh bien, Enli, je serais contente de vous enseigner le terrien. Commencerons-nous tout de suite ?

— Oui, s'il vous plaît. » Est-ce que cette femme ne s'inquiétait même pas d'offenser une fleur ? Qu'est-ce qui ne tournait pas rond chez ces gens ?

« Commençons par les objets qui sont dans cette pièce, voulez-vous ? Ceci est une *table.*

— *Table* », répéta Enli en goûtant l'étrange mot. La tension commençait à percer entre ses yeux, mais elle prenait tant de pilules du gouvernement que la sensation était faible et lointaine. C'était le seul moyen qui lui permettait de tenir toute la journée en compagnie de ces effroyables Terriens. Enli n'avait peut-être pas eu beaucoup de faits à rapporter à Pek Nagredil, mais des impressions, si.

« *Le sol* », dit Pek Sikorski en se penchant pour le toucher. Elle éternua de nouveau, sans courber la tête.

« *Sol, sol, sol*, répéta Enli sans la regarder.

— *Le mur.*

— *Mur, mur, mur. Sol, sol, sol. Table, table, table.*

— Bien. Voici un mot important pour vous : *une fleur.* » Et Pek Sikorski toucha une trifalit du bouquet qui était sur la table. *Pendant* qu'elle avait la maladie de la fleur trifalit !

Enli fut prise de nausée. Alors, les Terriens n'étaient pas réels, après tout. Aucun être réel n'aurait commis un tel sacrilège. Pek Sikorski aurait dû crier de douleur, s'effondrer par terre... elle ne fit rien de tout cela. Elle accueillit Pek Bazargan qui venait juste de franchir la porte.

« Bonjour, Ann, Enli... Que votre jardin fleurisse à jamais. Ann, vous n'avez pas l'air bien. Une *allergie* ? » Ce dernier mot était dans leur langue.

« Oui, on dirait, répliqua tristement Pek Sikorski en mondien. Je n'ai pas encore trouvé le temps de prendre un *antihistaminique*. Enli a demandé à apprendre l'anglais et je lui donne une leçon.

— Bien, dit Pek Bazargan en souriant à Enli. Que vos fleurs s'épanouissent dans cet effort. Mais, Ann, dépêchez-vous de prendre l'antihistaminique. » Sa dernière phrase avait une certaine véhémence.

— Oh. Un *tabou* ? Encore un étrange mot terrien.

— Et un fameux.

— Excusez-moi. » Elle quitta le labo.

Pek Bazargan s'avança nonchalamment vers la *table* d'Enli et inspecta son travail. « Bravo, Enli. Je suis certain que vous êtes d'une grande aide pour Ann.

— Merci.

— Je vous ai vue sur votre bicyclette hier, sous la pluie. Vous deviez être trempée, à rouler par un temps pareil.

— Oui », répondit prudemment Enli. Avait-il un moyen, un moyen terrien irréel, de savoir où elle était allée ? Était-il, *lui aussi*, un informateur ?

« J'aimerais vous poser une question, si vous me le permettez. Votre bicyclette, comme celle de tout le monde, a un antivol. Bon, la réalité partagée change avec le temps, comme nous le savons, et cela m'intéresse beaucoup. Alors, ma question peut vous paraître bizarre, mais je vous en prie, souvenez-vous que, sur Terre, la réalité partagée, bien que partagée, naturellement, peut s'être écartée un peu de celle de Monde. Pourquoi vos bicyclettes ont-elles des antivols, alors qu'en voler une violerait sûrement la réalité partagée ? »

Enli obligea ses mains à travailler, sans s'interrompre, sur les morceaux de ver. Alors, nous y voilà. Même Pek Nagredil aurait reconnu que cette information avait une grande portée. Oui, la réalité partagée changeait, mais pas au point de vous amener à ignorer un concept aussi fondamental. Rien que le fait de poser cette question révélait que Pek Bazargan était irréel. Et s'il l'avait posée à quelqu'un qui ne prenait pas les pilules du gouvernement, elle aurait révélé une telle irréalité qu'il en aurait résulté une horrible douleur-de-tête... Mais il avait demandé cela à Enli. Devrait-elle faire semblant d'avoir mal ? Non, il ignorait la différence.

Elle répondit, aussi tranquillement que les coups de marteau de son cœur le lui permettaient : « Voler ne viole pas la réalité partagée. Les gens prennent toujours les choses qu'ils voient et veulent et n'ont pas encore. C'est seulement dans la nature d'un Mondien, et tout le monde le sait. C'est partagé.

— Ah », dit Bazargan, et il y avait quelque chose d'intense dans les étranges yeux pâles du Terrien que Enli, brusquement, n'apprécia pas du tout.

Était-ce possible qu'il ait déjà su la réponse à sa question ? Qu'il l'ait posée non pour entendre sa réplique, mais pour voir si elle pouvait le faire sans douleur-de-tête ? Soupçonnait-il déjà ce qu'*elle* était ?

La panique s'empara d'Enli. S'il en était ainsi, si son statut d'informateur était fichu, et si elle avait échoué... Elle s'efforça de se calmer, de ne rien révéler, pendant que Pek Bazargan la regardait de ses yeux d'extramondien. Ce fut un soulagement de voir Pek Sikorski revenir.

Sauf que... Pek Sikorski n'éternuait plus, n'avait plus les yeux rouges, ni le nez qui coulait.

Ce n'était pas possible. La trifalit était toujours sur la table. Un parfum de trifalit remplissait l'air ; il y avait un parterre de ces fleurs, fines comme de la dentelle, tout au fond du jardin, près de l'étang. Les trifalitib seraient en fleur pendant encore deux dix-jour ; Tabor avait toujours souffert à ce moment là, plongé chaque jour dans une expiation plus profonde et plus douloureuse. Mais Pek Sikorski était là, sans aucune maladie de la fleur.

Je n'ai pas encore trouvé le temps de prendre un antihistaminique.

Ils avaient un médicament qui enlevait la maladie de la fleur, comme les pilules du gouvernement enlevaient la douleur-de-tête.

La main d'Enli s'assura sur son couteau à ver. Après tout, elle était un bon informateur. Elle aurait quelque chose d'important et d'unique à dire à Pek Nagredil le prochain dix-jour. Sans parler de Pek Voratur.

« Bien, dit Pek Sikorski, vous êtes prête pour d'autres mots terriens ? »

Enli hocha la tête.

« En êtes-vous sûre ? dit Pek Voratur. Tout à fait sûre ?

— Oui, répondit Enli. Je l'ai vu de mes yeux. Elle avait une vilaine maladie de la fleur des trifalitib, alors elle a pris un antihistaminique, et elle n'a plus rien eu du tout. »

Pek Voratur se rendit à la fenêtre et regarda dehors. Enli lui accorda le temps de penser.

La pièce personnelle de Pek Voratur était, de loin, la plus grande dans laquelle elle ait jamais mis les pieds. Les murs étaient totalement couverts de fleurs plates paraffinées dont les nombreuses couleurs avaient été transformées, par l'art des décorateurs, en une beauté muette et harmonieuse. Les fenêtres cintrées donnaient sur une cour privée pleine de pajalib, de sajib et d'anitabib jaunes, une plante rare. Dans l'épais tapis de l'île Seuril, doré comme l'herbe, couraient les volutes complexes d'une ligne courbe noire. Bien entendu, on avait enlevé la paillasse à dormir, mais les bols du petit-déjeuner en bois sombre huilé et le lourd pot en étain orné d'or étaient restés sur la table, à côté d'un tas de lettres d'affaires, gravement circulaires, posées là en vrac.

Le long du mur sud se dressait l'autel de la fleur le plus joli qu'Enli ait jamais vu. On avait, durant des années, dressé du bois vivant à pousser en multiples courbes ; puis, une fois coupé, il avait été poli pour aller avec deux vases d'argent. Les vases contenaient des bouquets fraîchement cueillis en l'honneur de la Première Fleur, la floraison parfaite qui était descendue de la lune Obri et s'était épanouie pour créer Monde. Entre eux reposait un mémorial de la fleur en souvenir des ancêtres de Pek Voratur, et lui aussi était le plus beau de son espèce. Du verre fragile soufflé en tunnels formant des boucles dans lesquelles courait le métal liquide vif rouge argenté appelé âme-fleur.

Enli détourna les yeux. Tant qu'elle ne serait pas redevenue réelle, les autels de la fleur n'étaient pas pour elle. Surtout pas pour elle. *Tabor...*

Pek Voratur se retourna. « Allons voir, ensemble, Pek Bazargan.

— Moi ? » s'exclama Enli, interloquée. Puis elle comprit. Cela ne relevait pas de l'information, mais d'une véritable affaire commerciale. La réalité devait être partagée. Elle hocha la tête, espérant que Pek Voratur ne s'était pas aperçu qu'elle avait hésité, ne comprendrait pas que, durant un instant, elle avait oublié que lui, au moins, était réel.

— Allons-y maintenant. » Pek Voratur cueillit

une pajal de son buisson d'hospitalité, pendant qu'Enli détournait les yeux.

Ils trouvèrent Pek Bazargan dans sa pièce personnelle, infiniment moins somptueuse que celle du chef de famille, mais bien plus que la chambre partagée d'Enli. Pek Bazargan n'était pas seul. Il y avait là Pek Allen, qui sortait pourtant rarement de la maison crelm, et l'énorme Terrien, Pek Gruber, qu'Enli n'avait pas vu depuis son premier jour ici. Ce dernier était sale, suant et paraissait très malheureux. Il venait tout juste d'arriver, sans doute. Il portait sur le dos un sac horriblement carré qui s'élevait au-dessus de ses immenses épaules. Les trois Terriens, debout, semblaient totalement absorbés par leur conversation.

Pek Bazargan aperçut Enli et Pek Voratur et cueillit une fleur de son buisson d'hospitalité. « Que votre jardin fleurisse, Pek Voratur.

— Que vos fleurs plaisent à vos ancêtres, Pek Bazargan, Pek Allen. Pek Gruber, bon retour.

— Oui, notre Pek Gruber est revenu de voyage.

— Avec des pierres », dit Pek Voratur, et Enli savait qu'il riait intérieurement. Tout le monde trouvait comique la passion de Pek Gruber pour les pierres. Des pierres !

« Des roches merveilleuses », répliqua Pek Fruber. Comme les montagnards, dont il avait le doux accent, il articulait mal le Mondien.

« Les fleurs de mon cœur se réjouissent pour vous », dit Pek Voratur, toujours avec le même rire intérieur. Seul Pek Bazargan lui sourit. Une fois de plus, Enli éprouva le coup de poignard du doute. Pek Bazargan semblait partager bien plus la réalité que les autres Terriens... Se pouvait-il que lui seul fut réel ? Mais il semblait aussi partager la réalité avec Pek Sikorski et Pek Allen, et maintenant Pek Gruber, alors il ne pouvait pas être réel...

« J'ai pensé à cette image de mon cerveau, Pek Bazargan. Peut-être est-ce un moyen d'apporter un marché à la fleur.

— Qui serait ? » demanda Pek Bazargan. Enli le vit faire un petit geste de main, si infime que même elle aurait pu ne pas s'en apercevoir si elle ne l'avait déjà vu le faire si souvent, à Pek Sikorski. Il signifiait : *Ne dites rien, je vais parler pour nous tous*. Un geste étrange.

Pek Voratur regardait ostensiblement les coussins empilés par terre. Pek Bazargan s'excusa et tout le monde s'assit. Pek Gruber finit par ôter son sac pesant qui tomba bruyamment sur le sol. Des pierres.

« Enli se joindra à nous », dit Pek Voratur, et elle aussi s'assit sur un coussin tout en rondeurs, à l'écart. Bazargan fit passer une assiette de petits gâteaux.

« Enli Pek Brimmidin, en tant qu'assistante de Pek Sikorski, passe naturellement beaucoup de temps avec elle dans sa salle de guérisseuse. Toutes deux partagent la réalité quotidienne. Et, bien entendu, Enli partage aussi la réalité avec ma maisonnée. C'est ainsi que j'ai entendu une chose curieuse. N'est-ce pas une réalité partagée que Pek Sikorski a eu une maladie de la fleur à cause des trifalitib ? Qu'elle a pris une potion de conception terrienne, et que la maladie de la fleur a disparu, même si les trifalitib sont toujours en fleurs ?

— C'est la réalité partagée, dit Pek Bazargan.

— Et cette potion est appelée un antihistaminique ?

— C'est la réalité partagée.

— Aaahhh, dit Pek Voratur. Alors, c'est vraiment une potion de grande valeur. »

Pek Bazargan ne répondit pas, son regard sombre resta fixe.

Pek Voratur passa de l'attitude de l'étudiant questionneur à celle de l'homme d'affaire. « J'aimerais passer un marché qui fleurisse entre nous, à propos de cette potion, afin que je puisse être son unique vendeur sur Monde. Votre antihistaminique contre une image de mon cerveau. »

Pek Bazargan grignotait son gâteau. Pour se donner le temps de réfléchir, se dit Enli. Ces Terriens étaient vraiment de bons négociants. Pour finir, il dit : « Lorsque, auparavant, nous avons discuté de cela, Pek Voratur, vous m'avez dit que vous ne pouviez pas prendre le risque d'exposer votre cerveau, la maison de votre âme, à quelque chose que vous ne compreniez pas. Pourquoi la réalité partagée a-t-elle changé ? »

Il sut aussitôt qu'il avait commis une erreur. Enli l'observa tandis que lui-même remarquait l'étonnement de Pek Voratur. La réponse elle-même était la réalité partagée — Pek Bazargan la *connaissait* déjà. Le visage de Pek Voratur passa de l'étonnement au malaise. Le mal de tête avait commencé.

Pek Bazargan dit rapidement — trop rapidement, à l'oreille attentive de Enli — : « Je voudrais vous l'entendre dire, Pek Voratur. Il vaut mieux que notre réalité partagée le soit tout haut. Telle est la coutume sur Terre. »

Le visage de Pek Voratur se détendit. Enli connaissait ses pensées : Enoncer la réalité tout haut, au lieu de ne pas parler tout haut, ce n'était qu'une petite modification. Qui restait bien dans le réel, surtout pour un négociant averti, accoutumé aux modifications locales de la vérité. La douleur-de-tête diminuait entre les yeux de Pek Voratur. Mais pas derrière les siens à elle. Elle la sentait, comme une tempête qui faisait rage derrière la digue artificielle des pilules du gouvernement.

« Dans les premiers mois de la vie, commença Pek Voratur comme s'il récitait un conte sur une plage de village, nous sommes tous des bébés. Nous sommes des boutons, pas encore de vraies fleurs. Les boutons sont délicats et doivent être protégés. Aussi, une grande partie de la réalité partagée est cachée aux enfants, tout comme la pluie et le soleil aux pétales des boutons, à l'abri au sein de sépales verts repliés.

« Au fur et à mesure que nous grandissons... Est-ce ainsi que la réalité est partagée sur Terre, Pek Bazargan ? En énonçant les évidences, comme si les adultes étaient des enfants dans la maison crelm ?

— Oui, répondit Pek Bazargan.

— Très bien. Au fur et à mesure que nous grandissons, on partage de plus en plus de réalité avec nous. Mais même en tant qu'adultes, nous avons besoin de protection. Est-ce qu'une famille de villageois exige que la vieille grand-mère partage la lourde tâche du transport des rondins ? Non. Donc, les jeunes hommes vigoureux mettent leur dos en danger afin que les vieux puissent avoir un abri. La femme pêcheur affronte les dangers de la mer afin que ses enfants puissent manger. Le père montagnard risque sa vie pour sauver son enfant qui est entré dans les grottes des monts Neury. Le risque encouru pour le bien partagé fait partie de la réalité partagée.

« Si des milliers, peut-être des millions, de gens peuvent être libérés de la honte de la maladie de la fleur, est-ce que cela ne vaut pas le risque encouru par une image du cerveau d'un seul homme de Monde ? Même si je ne comprends pas la chose ? L'âme émergera toujours triomphante d'un risque encouru au profit du bien partagé, même si ce n'est peut-être pas le cas lorsqu'on court ce même risque pour le profit seulement. Rien n'est plus agréable à la Première Fleur, et donc rien n'est plus réel, qu'une personne qui risque sa vie pour les autres. Sauf, bien sûr, la personne qui donne vraiment sa vie pour d'autres — la joie particulière, et adorée, de la Première Fleur, qui a fleuri et qui est morte pour créer Monde. Voilà, j'ai dit tout haut la réalité partagée. »

Pek Voratur souriait, mais Enli savait qu'il était toujours incommodé par la douleur-de-tête.

« Merci, dit Pek Bazargan en le saluant de la tête. Maintenant, permettez-moi de vous offrir les fleurs de la connaissance. »

Pek Voratur hocha gracieusement la tête en acceptant le rôle de soumission de celui qui apprend. Au moins, c'était le terrain familier de la négociation.

« Monde et Terre peuvent partager la réalité, mais nous ne partageons pas les corps. Vous avez une fourrure de cou, nous avons une fourrure de tête. Vous avez tous les yeux noirs, certains d'entre nous ont les yeux clairs. Vous pouvez manger le fruit du han et pas nous... si nous essayons, nous devenons très malades.

— Vous avez essayé ? demanda Pek Voratur avec intérêt.

— C'est une manière de parler », répondit Pek Bazargan, et Enli se demanda ce que *cela* signifiait. Mais Pek Bazargan poursuivit vivement. « Il y a peut-être encore bien plus de différences à l'intérieur de notre corps, là où nous ne pouvons pas voir. Si nous vous vendons l'*antihistaminique*, les corps de Monde pourraient en souffrir d'une manière que nous ne pouvons prévoir. Naturellement, les Terriens ne souhaitent pas vous faire de mal.

— Que vos fleurs s'épanouissent », dit Pek Voratur. Il fronçait les sourcils.

« Que votre jardin apporte la joie, répliqua Pek Bazargan. Aussi, malheureusement, nous ne pouvons pas troquer la potion antihistaminique contre des images du cerveau. Cependant, vous vendre des canalisations d'eau qui ne rouillent pas, comme nous en avons discuté un jour...

— Je vais y réfléchir, le coupa Pek Voratur avec impolitesse, et il se leva. Je partagerai la réalité avec les servants de la Première Fleur. Venez, Enli. »

Elle se leva tant bien que mal de son coussin, surprise par cette perte de courtoisie, de calme. Pek Voratur avait même omis les fleurs d'adieu !

En le suivant à pas pressés dans les cours de la grande maison, Enli en comprit la raison. Pek Voratur était furieux. Depuis qu'elle était dans la maison Voratur, elle n'avait pas vu cela, mais apparemment, ce n'était pas une chose inconnue. Les domestiques, les jardiniers, et même un hôte venu de la capitale, jetèrent un coup d'œil au visage de Pek Voratur et disparurent dans des portes, derrière des treillis, sous un pont de pierre dont les arches enjambaient un ruisseau ornemental.

Une fois revenu dans sa pièce personnelle, Pek Voratur se tourna vers Enli. Sa voix, contrôlée comme toujours, hérissa sa colletine.

« Vous allez voler l'antihistaminique qui se trouve dans la pièce personnelle de Pek Sikorski et me l'apporter. Ce soir. Partageons-nous la réalité, Pek Brimmidin ?

— Nous partageons la réalité », répondit Enli. Puis elle osa dire : « Mais si c'est dangereux pour les corps de Monde...

— Le bien partagé justifie le risque. Pour ces Terriens, se permettre de décider cela à ma place... à ma place ! Enli, » — soudain la voix changea — « je commence à me demander s'ils sont réels. »

Enli ne dit rien.

« Bien entendu, c'est aux servants de la Première Fleur à décider de cela, pas à moi. Je n'envie pas le sort des prêtres, ni leur tâche ! Mais pendant ce temps, ces Terriens présomptueux sont les hôtes de ma maison, et l'*antihistaminique* est suffisamment réel, c'est certain. Volez-le.

— Je le ferai. Mais... Pek Voratur... si je peux me permettre de le demander... qui va l'avaler ? » *Et risquer de mourir*, cela elle ne le dit pas. Ou n'avait pas besoin de le dire.

« Moi, bien sûr, répondit Pek Voratur. Qui d'autre ? C'est moi qui vais le faire. »

SEPT

GOFKIT JEMLOE

« Il est très en colère », dit Dieter Gruber en anglais.

Ahmed Bazargan hocha la tête. Voratur s'était vraiment mis en colère. C'était la première fois que Bazargan voyait l'extraterrestre autrement que souriant, affable, fuyant comme une anguille, mais souple. Aujourd'hui, Voratur avait été touché au centre de son être. Cela était dangereux.

« Le problème, c'est cette fille, Enli, dit-il aux deux autres. Je pense qu'elle est peut-être ...

— Le problème, ce sont les prêtres ! éclata David Allen. Vous ne l'avez donc pas entendu dire qu'il se précipitait chez les prêtres pour les consulter ? Les prêtres tiennent ces gens merveilleux en esclavage, presque certainement pour demeurer au pouvoir ! »

Bazargan regarda Allen d'un air sombre. Le jeune homme s'enflammait à propos de quelque chose, brûlait, s'enfiévrait jusqu'au tréfonds. Tout aussi clairement, il n'était pas prêt à en discuter pleinement avec toute l'équipe. Ah, les jeunes. Toujours convaincus de la valeur de leurs théories, déracineraient volontiers tout ce qui les a précédés sans tenir compte de la discipline scientifique. Également convaincus que les renommées plus anciennes, plus établies, rodaient éternellement autour d'eux pour s'approprier leurs découvertes. Pas assez expérimentés pour savoir que, souvent, les grands bonds en avant n'étaient pas engendrés par une vision brûlante, mais par une petite anomalie. Le détail apparemment sans importance qui ne cadrait pas tout à fait. Comme Enli.

« S'il n'y avait pas les prêtres, poursuivit Allen à la hâte, son visage juvénile empourpré, personne ne serait déclaré "irréel" et tué. Le mécanisme physiologique de la réalité partagée existerait toujours, les maux de tête agiraient toujours comme une contrainte sociale, la seule chose qui changerait, c'est qu'il pourrait y avoir un peu plus de divergence de pensée entre les régions isolées, au fur et à mesure que le contrôle social s'allégerait. Ce ne serait pas mauvais ! Et toute la population serait libérée de la peur que ...

— Ce peuple n'est pas craintif », dit Bazargan plus sèchement qu'il n'en avait l'intention. Quelque chose, chez Allen, l'inquiétait. Quelque chose de plus qu'un ego effréné associé à un sentiment d'insécurité fastidieux. « Cependant, je serais heureux d'écouter votre théorie plus tard. Maintenant, je souhaite entendre le rapport de Dieter. Après tout, il a été absent plusieurs mois. »

Une exagération, qui cependant marcha. Allen se dégonfla.

« Je vais simplement reconfirmer la plus grande partie de ce que l'équipe de reconnaissance avait déclaré. » Gruber parlait anglais avec un fort accent.

Ses yeux bleus brillaient. Comme Bazargan le savait, lorsqu'il était vraiment excité, son côté allemand réapparaissait. « Mais je me suis enfoncé profondément dans les monts Neury, ce que la première équipe n'a pas eu le temps de faire. *Lieber Gott*, c'est stupéfiant ! La composition géologique change totalement. Les montagnes n'ont pas la même composition que le reste de la surface planétaire. C'est un méli-mélo... de roches volcaniques légères, du basalte, de la lave dacite, de la pumicite et de l'obsidienne, criblées d'éléments radioactifs dont la période de demi-vie est extrêmement longue. Il y a bien plus de thorium et d'uranium que prévu. Tout cela mélangé à de la roche dure, typique des profondeurs marines. Je crois que les monts Neury sont les restes d'un énorme astéroïde tombé là dans les premiers âges géologiques de la planète.

— Intéressant », dit Bazargan. Il savait que Gruber n'en avait pas fini et qu'il raconterait son histoire à sa façon.

Allen n'était pas aussi patient. « Bien, qu'est-ce qu'il y a de si étonnant là-dedans ? »

Gruber fit comme s'il ne l'avait pas entendu. « L'astéroïde a dû tomber dans l'eau, au-dessus d'un point chaud où il y avait déjà une activité volcanique sous-marine qui faisait remonter de force le magma du cœur de la planète. Cet impact sous-marin a projeté en l'air une roche pleine de gaz qui a formé toute cette pumicite. Celle-ci a peut-être même rempli toute la cuvette d'impact, par-dessus l'astéroïde.

« Finalement, la subduction de la plaque tectonique a soulevé tout le bassin pour former les monts Neury, *sans* lui ôter les tensions du point chaud initial. La roche volcanique s'érode aisément et celle-ci était déjà poreuse, aussi on se retrouve avec un nombre incroyable de kilomètres carrés de grottes. Des cavernes qui communiquent entre elles, avec tant d'eau souterraine, de cheminées, de tunnels de lave et de radiations spéciales que tout cela combiné a créé des écologies souterraines incluant les plus stupéfiantes fleurs mutantes ! »

Le visage d'Ann s'éclaira. » On dit ici que c'est dans les monts Neury que s'est épanouie la Première Fleur. Le mythe de la création de Monde. C'est pourquoi il est interdit de se rendre dans les montagnes.

— Les radiations ont peut-être aussi quelque chose à voir avec ce tabou, dit sèchement Bazargan. Dieter ...

— Je n'ai encaissé que trente-deux rads au total et je portais ma combinaison. Et personne ne m'a vu pénétrer dans les monts ou en sortir, j'en suis certain. Mais la radioactivité, c'est cela qui est stupéfiant, Ahmed. Je n'ai jamais rien vu de tel. Dans certains endroits, l'eau ou la roche composée de métaux très denses forme des boucliers naturels, si bien que l'on peut fort bien ne rien risquer dans une caverne, alors que celle d'à-côté — ou *d'en dessous* — vous tuera. Et les niches écologiques que cela a produit ! Ann sera follement heureuse.

— Si elle voit cela, dit Bazargan. Pour le moment, il y a suffisamment à faire ici.

— Oui. Mais attendez, il y encore autre chose. Écoutez cela ! Dans certaines parois rocheuses à découvert, j'ai trouvé la fine couche d'argile à laquelle on peut s'attendre, oui, à la suite d'un important impact d'astéroïde. La terre a été projetée en l'air, éparpillée tout autour, et s'est déposée peu à peu. Nous avons, sur Terre, une couche d'argile semblable, celle d'un impact d'astéroïde datant de soixante-cinq millions d'année, à la frontière du Kentucky et du Tennessee, qui ...

— Dieter, ne soyez pas trop technique, dit Bazargan. Ayez pitié de nous. »

Gruber éclata de son gros rire gras. « Je me suis laissé emporter, *ja* ? Mais regardez ça ! »

Il tira de sa poche une poignée de terre. Il la présenta dans ses grandes mains sillonnées de crasse comme s'il s'agissait de diamants. En regardant de plus près, Bazargan vit de minuscules grains d'une matière vitreuse mêlée à du limon.

« Du quartz ! rugit Dieter. Sous mon microscope, les grains sont tous craquelés et écrasés, comme sous l'effet d'une forte chaleur et d'une grande pression. Comme un impact d'astéroïde !

— Ah, dit Bazargan. Est-ce que le... » Mais impossible d'interrompre Gruber en proie à une ivresse géologique.

« L'astéroïde qui a fait cela est un marqueur. Sous la couche d'argile et de quartz, tous les fossiles diffèrent de ce qu'il y a au-dessus. »

Ann murmura : « Une évolution ponctuée [1]...

— *Ja* ! L'impact de l'astéroïde a été une catastrophe pour Monde — des nuages de poussière

1. Allusion à la théorie de l'équilibre ponctué, ou ponctuationalisme, basée sur l'hypothèse selon laquelle l'évolution se déroule durant de longues périodes de stabilité relative, entrecoupées de périodes plus courtes durant lesquelles beaucoup d'espèces s'éteignent et de nouvelles apparaissent. *(N.d.T.)*

s'interposant entre le soleil et elle, des raz de marée, des tremblements de terre. La vie change vite quand une catastrophe se produit. C'est peut-être à partir de cela, Ann, que la biologie a évolué pour créer le mécanisme de la réalité partagée.

— J'ai besoin de vos données, Dieter. Maintenant. Il faut que je lance des simulations sur ordinateur.

— Oui, bien sûr, Frau Professeur Fleur. Mais puis-je d'abord aller me laver ? Je pue, je crois ?

— Comme une fosse d'aisance « , dit Bazargan, et Dieter rit. En dépit de ces autres ennuis, l'Iranien gloussa. Cela faisait du bien de voir un scientifique qu'une découverte rendait débordant de joie. Après tout, c'était la raison de leur présence ici. Il devait essayer de s'en souvenir dans le brouillard de la colère de Voratur et l'hyperenthousiasme pompeux d'Allen et l'espionnage d'Enli — qu'elle pratiquait, il en était de plus en plus certain, pour quelqu'un d'autre que Voratur.

« Dieter, avant que vous partiez, quelle impression vous ont fait les Mondiens, par-delà Gofkit Jemloe ? Comment ont-ils réagi à votre présence ?

— Joliment bien, je pense. Ils avaient tous entendu parler de moi, bien sûr. La réalité partagée. Je leur ai peu parlé, et fait, autant que possible, semblant de ne pas les comprendre. J'ai pensé que c'était le meilleur moyen d'éviter de commettre des erreurs. Je ne suis pas anthropologue, vous le savez, *Gott sei Dank.* » Il sourit malicieusement à Ann. Allen, en pharisien puéril, leva le menton d'un air de mépris.

« Et aussi, poursuivit Gruber, faire semblant de ne pas comprendre, cela encourage les autres à parler en votre présence. Dans les auberges et les maisons de pel, les Mondiens semblaient nous considérer simplement comme des commerçants venus d'un endroit plus éloigné que d'habitude. Ils ne se sentaient pas menacés par nous, ni alarmés, et ne nous rejetaient pas. Ils se montraient simplement curieux. Bien sûr, tout est enregistré et vous pouvez voir ce que vous voulez avant que j'envoie les données au *Zeus*.

— Oui, dit Bazargan. Allez prendre un bain. Vous vous souvenez où est votre chambre ?

— Dans ce dédale ? Non. » Gruber rit ; Bazargan voyait que l'exubérance du géologue serait un bon levain pour cette équipe sérieuse. « Je peux trouver mon chemin au fond des grottes sacrées des monts Neury, mais pas ma chambre dans les méandres de cette maison !

— Montrez-lui le chemin, David », ordonna Bazargan, se débarrassant ainsi des théories exaltées d'Allen sur l'intérêt personnel des prêtres. Pour le moment, du moins. Il avait besoin de calme. Il devait réfléchir.

Le jeune homme, l'air boudeur, emmena Gruber. Bazargan entra dans sa propre chambre, ferma la porte et tira les rideaux vaporeux sur les fenêtres cintrées. Dans la pénombre parfumée par les fleurs, il s'assit sur un coussin rond pour penser au meilleur moyen de convaincre Hadjil Pek Voratur que les Terriens étaient réels, en dépit des preuves qu'il devait accumuler.

Il était d'une importance vitale que Pek Voratur continue à croire cela. Durant ces semaines passées sur Monde, Bazargan l'avait accompagné lors de ses visites à ses fabriques d'industrie artisanale, à Rafkit

Seloe, chez ses amis, et en différents voyages d'affaires. En dépit du gag que constituait le fait de poser des questions — pourquoi en poser si l'on partageait déjà la réalité ? —, Bazargan avait appris beaucoup de choses. Il connaissait maintenant les principaux ministères du gouvernement : Processions et Cérémonies, Impôts et Donations, Annales et Télémiroirs, Routes et Ponts, Jardins et Terres-sauvages. Et le plus puissant des ministères au nom composé de Monde : Réalité et Expiation.

Réalité et Expiation déterminait qui avait commis des transgressions de la réalité partagée. Et Réalité et Expiation fixait les punitions. En cas de délits assez graves pour être déclarés irréels, cela signifiait la mort. Il y avait seulement quelques cas d'exemption, auxquels Bazargan n'avait encore rien compris, mais il soupçonnait la servante Enli d'en être un.

Une chose était tout à fait claire pour lui, qui ne l'avait pas été pour l'équipe de reconnaissance trop vite rappelée, et qui ne l'était pas encore pour sa propre petite équipe. Réalité et Expiation tenait les Terriens à l'œil, un œil glacé et partagé. Et si l'on trouvait que ceux-ci n'étaient pas réels, ils mourraient.

En un sens, alors, le jeune Allen avait raison. Les prêtres — les « servants de la Première Fleur » — avec lesquels Voratur partageait indubitablement toute la réalité à laquelle il était confronté, étaient dangereux. Mais pas pour les Mondiens. Pour les humains.

Bien entendu, Bazargan pouvait faire repartir son équipe. Un appel radio lancé au *Zeus* et la navette descendrait. Mais il n'allait pas faire cela. Il y avait beaucoup trop de connaissances scientifiques à glaner sur Monde, dans beaucoup trop de champs différents. L'ironie de la chose, c'était que Voratur avait parfaitement exprimé cela : *Un risque encouru pour le bien partagé*.

Mais maintenant Bazargan ferait mieux de trouver des moyens efficaces de convaincre Hadjil Pek Voratur que les humains n'étaient pas des illusions perverses apparues sur sa belle planète aux senteurs de fleurs.

Cela dépassait la mesure. Ils n'avaient aucun sens du juste milieu, Bazargan, Gruber, même Ann, que David Allen admirait. Ils étaient tous déséquilibrés : tellement immergés dans leurs disciplines scientifiques particulières qu'ils n'arrivaient pas à voir le tableau dans son ensemble. Qui, pour l'amour de Dieu, se déployait devant leurs yeux, dans cette ridicule cérémonie !

David s'agita sur son banc. Il pleuvait, une douce pluie tiède, n'interrompant en rien le rituel qui se déroulait dans la cour principale de la maison Voratur. Les domestiques avaient passé la matinée à construire une marquise au-dessus des bancs disposés en cercle, derrière les plates-bandes, contre les murs de la maison. Un autre dais abritait l'estrade dressée au milieu de la cour, au-dessus du bassin qui la réfléchissait. Vers elle s'avança le petit Nafret, vêtu d'une très courte tunique et d'une longue cape faite de fleurs tressées fraîchement cueillies qui traînait derrière lui. Il était suivi, non de sa famille, mais — et c'était cela qui ulcérait David — de seize prêtres portant de colossaux bouquets de fleurs sacrées.

Il s'agita encore sur son banc. Bazargan lui lança un lent regard en coin, de ses yeux noirs aux paupières tombantes. David veilla à ne plus gigoter.

Mais quand on regardait comme il le fallait, le respect minutieux de Bazargan pour les coutumes des autochtones faisait *partie* du problème. Oui, un anthropologue devait rester neutre, devait s'intégrer à la population qu'il étudiait, ou il était rejeté et ne pouvait rien étudier du tout. C'était fondamental. Mais Bazargan allait beaucoup trop loin. Il pensait — ils pensaient tous cela, les vieux sur le terrain — que leur neutralité devait s'étendre jusqu'à leurs croyances personnelles. *Ne pas porter de jugement.* Aucune culture n'était meilleure qu'une autre, aucune culture n'avait besoin d'être améliorée. Conneries ! C'était une immonde indolence morale qui se faisait passer pour du relativisme culturel.

L'anthropologie devait dépasser cela maintenant, rageait David qui s'efforçait de rester immobile. L'anthropologie avait envers les peuples qu'elle servait, tant humains qu'extraterrestres, le devoir de rendre la vie *meilleure*. C'était le même devoir qu'un individu avait envers lui-même, celui de devenir la meilleure personne possible grâce à la Discipline. On prenait les produits neuropharms, quels qu'ils soient, dont son propre corps manquait, afin de se libérer des déficiences et des excès chimiques de son organisme, afin d'être libre pour une efficacité optimum dans ce monde. Et il fallait aussi donner à une société ce dont elle avait besoin pour une fonction et une liberté optimales.

Ce n'était pas à seize prêtres pompeux de décider

solennellement qu'on pouvait laisser vivre un petit garçon.

Nafret avait l'air épouvanté, traînant ainsi sa lourde et fragile cape de fleurs. Il gravit les deux marches de l'estrade comme font les petits enfants : le pied droit sur la première marche, le pied gauche sur la première marche, le pied droit sur la seconde, le pied gauche sur la seconde. Les prêtres le suivaient. L'un d'eux — une grande vedette de Réalité et Expiation, sans doute — souleva Nafret pour l'asseoir sur un grand fauteuil couvert de fleurs, au centre de l'estrade. L'enfant regardait désespérément autour de lui, cherchant les bancs où se trouvaient sa mère et son tuteur. Son regard croisa celui de David qui lui sourit pour l'encourager. Le petit garçon semblait toujours effrayé.

Les prêtres s'installèrent autour du trône, en cercle, tournés vers l'extérieur, et se mirent à chanter.

Le mondien de David, qu'il parlait pourtant couramment, n'était pas assez bon pour qu'il comprenne le chant archaïque, très modulé, mais il savait que c'était l'histoire de la Première Fleur, et qu'elle durerait au moins une heure. Après cela viendrait la bénédiction qui déclarerait Nafret réel, au cours de laquelle pour la première et la dernière fois de sa vie, à moins qu'il devienne prêtre, Nafret mangerait une fleur. Puis la famille, les invités, et les domestiques, festoieraient et danseraient dans la maison, jusqu'à une heure tardive.

Cela aurait pu être la cérémonie d'initiation de n'importe quelle société, sauf que celle-ci était non-violente, et basée sur un fait biologique qui n'était pas la puberté. Les Mondiens ne portaient aucune attention à cette dernière. Ce qui importait, c'était de partager la réalité, d'éprouver un malaise ou une migraine lorsqu'on ne partageait pas la croyance de sa communauté, d'avoir de l'empathie pour les autres dans son corps et pas seulement d'une façon abstraite.

Devenir réel.

Un désir soudain frappa David, aussi inattendu que vif. *Savoir* qu'on était à sa place, accepté, en synchronisation avec ses compagnons... Quand avait-il connu cela ? Jamais. Certainement pas avec son père, qui n'avait jamais caché à David sa déception, ni avec sa mère, trop occupée à mener sa carrière médicale pour remarquer son fils unique. Avec personne à Princeton ...

Bazargan lui jeta un autre regard en coin. David reporta son attention sur la cérémonie. Bazargan ne le respectait pas vraiment, non plus, David le savait. Bazargan pensait que David Campbell Allen III était trop dorloté, trop jeune, trop excitable, trop ignorant. Mais en réalité, c'était Bazargan, barbant, l'esprit étroit, obtus, qui ne méritait pas le respect.

David lui montrerait. Il leur montrerait à tous.

Après la cérémonie, Bazargan rejoignit David qui était en train de parler avec Colert Gamolin. « David, Pek Voratur aimerait nous voir tous dans sa pièce personnelle. Où est Dieter ?

— Je l'ignore. À propos de quoi ?

— Il ne l'a pas dit. Ann et vous, partez devant et moi, je vais chercher Dieter. »

Tandis qu'ils traversaient la foule rieuse, David dit à Ann : « Savez-vous de quoi il s'agit ? »

Elle se mordit la lèvre. « J'ai peur que oui. Ce matin j'ai fait l'inventaire, et de l'antihistaminique a disparu de ma chambre.

— De l'antihistaminique ? Qui ...

— Que vos fleurs s'épanouissent à jamais, » dit Voratur d'une voix tonitruante. Il était sorti à leur rencontre, somptueusement vêtu de soie-d'araignée brodée ; sa colletine était divisée en une centaine de petites touffes décorées de fleurs minuscules. Son large visage plat était tout rouge. Il avait bu pas mal de pel, devina David.

Il sourit au Mondien. « Je me réjouis de vos fleurs en cet heureux jour, Pek Voratur.

— Ah, nous ferons, un jour, la même chose pour Bonnie et Ben. Une merveilleuse cérémonie de la fleur ! »

De la part d'un Mondien, c'était une promesse sacrée. Et non gratuite ; David estimait que la fête d'aujourd'hui avait du coûter à Voratur une demi-année de revenus. Y compris, bien entendu, l'énorme paiement de ces parasites de prêtres. Le jeune homme réussit à sourire. « Merci pour Ben et Bonnie.

— Oui, Pek Voratur, merci, dit Ann plus chaleureusement. Vos fleurs me font chaud au cœur ! »

Bazargan arriva, avec Gruber. Celui-ci avait maugréé que cette cérémonie de la fleur allait lui faire perdre toute une journée d'analyse, mais maintenant qu'il était là, il avait l'air d'y prendre plus de plaisir que les autres humains. Son visage était aussi rouge que celui de Voratur, remarqua David avec désapprobation. Mais pas à cause du pel ; Ann l'avait déclaré toxique pour les humains. « Je ne le crois pas dangereux en soi, avait-elle dit, mais chaque brasseur local ajoute tant d'additifs que je ne suis pas sûre de l'effet final sur notre système nerveux. »

Gruber avait dû prendre un verre de mousseux descendu du vaisseau. Ou plusieurs verres. David ne comprenait pas comment les gens pouvaient délibérément déranger ainsi le fonctionnement de leur cerveau. S'il avait une tournure d'esprit religieuse, il qualifierait de sacrilège l'état de Gruber.

« Pek Bazargan ! Pek Gruber ! s'exclama Voratur. Que vos fleurs s'épanouissent à jamais !

— Et les vôtres, en cet heureux jour, répliqua Bazargan.

— Entrez, entrez. » Voratur les fit passer devant sa pièce personnelle, remplie d'invités de choix groupés autour d'Alu Pek Voratur. Nafret était là, tout triste, portant toujours sa cape incommode, tandis que les autres enfants se poursuivaient entre les jambes des adultes en criant et en riant. Voratur les conduisit dans une petite antichambre, pour une raison que David ne put deviner. Elle avait des murs peints, pas de fenêtres et aucun coussin ni table. Au milieu, se trouvait un grand objet en forme de dôme, fait de tissu étendu sur de minces traverses de métal ou de bois. La chose bourdonnait doucement.

« J'aimerais qu'un marché fleurisse entre nous », déclara Voratur, toujours rouge et souriant. Mais plus déterminé, pensa David. Voratur n'était pas aussi ivre qu'il l'avait pensé, à première vue.

Gruber, si. « N'importe quoi en échange de votre fille aînée », dit-il en anglais. Voratur ignora cette impolitesse, proférer des mots qu'il ne comprenait pas. Bazargan lança à Gruber un regard si froid que celui-ci, malgré l'état où il était, se calma.

« De quel marché s'agit-il, Pek Voratur ? demanda Bazargan.

— Celui dont nous avons déjà parlé. Une image de mon cerveau contre l'antihistaminique à commercialiser.

— Cet antihistaminique, déclara calmement Bazargan, une partie du moins, n'était plus, ce matin, dans l'appartement de Pek Sikorski.

— Non, pas ce matin. Vous n'avez remarqué la chose que ce matin. Mais cela fait un dix-jour qu'il manque. Je l'ai volé. »

On ne lisait aucun marque de culpabilité sur le visage de Voratur. Un effet du pel ? Ou bien parce que voler pour un avantage commercial faisait partie de la réalité partagée ? Peut-être les deux, pensa David.

« Je vois, dit Bazargan, toujours aussi calme. Mais ce que je vous ai dit, Pek Voratur, est toujours la réalité partagée. L'antihistaminique peut être dangereux pour les corps sur Monde. Nous ne pouvons pas faire fleurir un marché avec l'antihistaminique.

— Non, mon ami, dit joyeusement Voratur. La réalité a changé, et je partage maintenant la réalité avec vous. L'antihistaminique n'est pas dangereux pour les corps sur Monde. Je le sais parce que j'ai mangé l'antihistaminique, et je vais bien.

— Depuis combien de temps l'avez-vous mangé ? s'enquit rapidement Ann.

— Il y a dix jours, il y a neuf jours, et le reste, une grosse quantité, il y a sept jours. Et j'ai une maladie de la fleur, Pek Sikorski. Celle de la fakim. Vous avez remarqué que ma maison ne fait pas pousser de fakimib. J'ai de la chance que ce ne soit pas une fleur rituelle. Mais il y a quatre jours, je me suis rendu à bicyclette chez un ami et j'ai passé l'après-midi dans un jardin de fakimib, et je n'ai pas été malade. Vous remarquerez que, pas une fois, je n'ai été obligé de tresser ma colletine en expiation. Votre antihistaminique n'est pas dangereux pour les Mondiens, Pek Sikorski. Et il nous rendra tous très riches. »

Ann regarda Bazargan. Visiblement, ces deux-là avaient déjà discuté de ce qu'il fallait faire. Pourquoi le tenait-on tellement, lui, David, à l'écart de ces discussions ? Ils lui avaient dit que c'était parce qu'il résidait dans la maison crelm. Mais ils auraient pu s'y rendre, s'ils avaient eu l'intention de l'inclure dans leur projet. Visiblement, ils ne le souhaitaient pas.

Un petit ressentiment de plus s'ajoutait déjà à ce que David Allen avait accumulé.

« Pek Voratur, dit Bazargan. Ecoutez-moi, mon ami. Nous ne pouvons pas faire fleurir un marché avec l'antihistaminique. Je suis désolé, mais nous ne le pouvons pas. Voici pourquoi : même sur Monde, les corps diffèrent. C'est la réalité partagée. Vous avez la maladie de la fleur des fakimib. Un autre peut avoir celle des rafirib. Un autre, encore, peut l'avoir des pajalib ou des trifalitib. De la même manière, un homme peut manger de l'antihistaminique et être guéri de la maladie de la fleur. Un autre peut en manger et avoir une autre maladie. Un autre peut en mourir. C'est dangereux. »

Le sourire de Voratur s'évanouit. Il s'avança vers

l'objet en forme de dôme, au milieu de la petite chambre fermée, et resta planté à côté. « Alors, partagez cette réalité, Pek Bazargan. Si les corps de Monde diffèrent tellement les uns des autres, les corps terriens doivent faire de même. N'est-ce pas la réalité partagée ?

— Si, dit Bazargan.

— Cependant une Terrienne, Pek Sikorski, prend l'antihistaminique. Pourquoi le fait-elle si cela peut être dangereux à cause de la différence des corps ? Et si cela ne fait pas de mal à un Terrien, alors cela n'en fera pas à un Mondien.

— Non, dit Bazargan. Laissez-moi partager cette réalité avec vous, Pek Voratur. Sur Terre, il y a des ... guérisseurs qui fabriquent les antihistaminiques. Puis notre gouvernement les teste sur beaucoup, beaucoup de Terriens malades. Ainsi, on voit combien sont rendus plus malades par la potion, et s'il y en a qui meurent. C'est seulement si personne ne meurt et si très, très peu de gens sont rendus plus malades, que la potion s'épanouit dans un marché aboutissant à sa commercialisation.

— Quel département du gouvernement fait ce test ? »

David vit Bazargan réfléchir. Pour finir, il dit : « Réalité et Expiation. Le médicament doit être déclaré réel. »

Voratur hocha la tête. Cela lui semblait raisonnable. « Alors, nous aussi, nous le ferons tester par Réalité et Expiation. Avec beaucoup de Mondiens.

— Mais Pek Voratur... dit Ann.

— Ça suffit, la coupa Voratur, et cette fois, sa voix était glacée. Nous ferons faire ces tests. »

Ann lança un coup d'œil désespéré à Bazargan.

« Vous ne pouvez pas nous traiter en enfants irréels de la maison crelm, reprit Voratur. Ce n'est pas un partage de la réalité. Nous ne sommes pas des enfants. Voulez-vous partager la réalité avec nous à propos des antihistaminiques, oui ou non ? »

David sentit sa gorge se serrer. Voratur venait de lancer un ultimatum. Si les Terriens ne partageaient pas la réalité, alors les Terriens n'étaient pas réels. S'ils étaient irréels... Soudain, il se souvint de la petite fille retardée qui avait couru vers lui lors de son premier jour sur Monde, l'enfant irréelle à laquelle il avait parlé, par erreur. Que lui était-il arrivé ?

Il savait ce qui avait dû lui arriver.

« Vous avez raison, dit Bazargan. Pardonnez-moi ; je vais tresser ma fourrure de barbe en expiation. Oui, nous partageons la réalité. Demain, je vais envoyer Pek Sikorski aux guérisseurs de votre choix pour leur montrer comment fabriquer des antihistaminiques, et pour diriger les tests sur beaucoup, beaucoup de Mondiens. »

Immédiatement, Voratur fut de nouveau tout sourire, rien qu'un hôte chaleureux, un jovial partenaire en affaires. « Merveilleux ! Que nos fleurs s'épanouissent ensemble pendant longtemps et que leur parfum s'élève jusqu'aux nuages !

— Que nos fleurs s'épanouissent ensemble à jamais », répliqua Bazargan. Bien qu'il ait perdu, David ne le trouvait pas abattu. Bon, Bazargan était un vieux politicien, entre autres. Il renierait toujours un idéal en faveur d'un compromis.

Mais David était ravi de ce compromis-là. Ils

allaient obtenir un vrai scan Lagerfeld d'un cerveau mondien ! Avec l'ADN et les autres données qu'avait déjà Ann, cela leur suffirait certainement pour comprendre le mécanisme biologique de la réalité partagée. Peut-être même cela permettrait-il de le reproduire physiologiquement ? Il demanderait à Ann. Et puis, avec l'ingénierie génétique...

« Quand Pek Sikorski pourra-t-elle prendre l'image du cerveau ? dit David.

— Dès que vous le voudrez, répondit chaleureusement Voratur. Demain. Mais maintenant, il faut que je retourne auprès de mes invités.

— Les pétales de vos fleurs font ma joie, dit Bazargan.

— Je me réjouis des fleurs de votre cœur », répondit Voratur. Aussitôt, il lâcha un grand rire et tapa sur le dôme qui était à côté de lui. Le bourdonnement intérieur s'enfla en un fort vrombissement. *Des donneurs-de-vie*, comprit David, les petits équivalents des insectes terriens, qui pollinisaient les fleurs. Au fait, il n'en avait pas vu durant les longues heures de la cérémonie de Nafret, aucun donneur-de-vie n'avait bourdonné d'une manière agaçante devant les yeux des invités, ni chatouillé leurs mains. Comment diable les Mondiens avaient-ils fait pour les rassembler ?

« Ces petits Mondiens provoquent leur propre maladie chez quelques personnes seulement, dit Voratur d'une voix tonitruante, et cela, aussi, nous le guérirons avec des potions. Et nous serons tous plus riches que l'île Seuril ! » En riant, il frappa de nouveau le dôme et sortit en réclamant du pel à grands cris.

Les quatre humains se regardèrent. Les trois, s'aperçut David avec dégoût. Gruber dormait debout, appuyé contre le mur peint. Endormi ou inconscient.

« Vous n'avez pas le choix, Ahmed, dit Ann en anglais.

— Non. C'est vrai. À moins de nous tirer tous de là.

— Nous *tirer* de là ? s'exclama David. Vous voulez dire, partir ? Pour un remède contre l'allergie ?

— Pour éviter une contamination biologique de la planète, répliqua Bazargan.

— Vous envisageriez de partir avant que nous ayons pleinement compris le mécanisme de la réalité partagée ? La plus grande aubaine que l'humanité ait jamais envisagée ?

— Pas maintenant, David », l'avertit Ann. Elle observait Bazargan.

David se calma. Mais intérieurement, il bouillait de rage. Quelle vision bornée, quelle timidité de pensée... Qu'est-ce qui ne marchait pas avec ces savants ? Étaient-ils si corrompus par le projet vieux-jeu et pointilleux du « publier avant tout » ?

« Il y a juste une chose que je ne comprends pas, Ahmed. Voratur a accepté l'idée d'un test clinique des antihistaminiques, un essai dirigé par Réalité et Expiation, avant même d'en avoir parlé aux prêtres. Est-ce parce que lui et les prêtres partagent tellement la réalité qu'il sait déjà ce qu'ils diront ?

— Probablement, dit Bazargan. Mais aussi parce que la réalité partagée dans les classes dirigeantes, les prêtres et les chefs des grandes maisonnées, inclut un système complexe de *dons* que nous appellerions des pots-de-vin et des renvois d'ascenseur. Je n'ai pas encore tout éclairci ; c'est difficile de faire du travail de terrain quand on ne peut pas poser beaucoup de questions. Mais, Ann, ne sous-estimez pas les prêtres. Ils ont un énorme pouvoir sur Monde, même s'ils ne peuvent pas manœuvrer hors de la réalité partagée.

— Moi, je ne sous-estime pas les prêtres, dit David. Je n'ai pas cessé de dire que c'étaient des parasites mortels !

— Ce n'est pas ce que j'ai déclaré », répondit Bazargan, et bien que son ton fut toujours aussi calme, quelque chose en lui fit que David se tut.

Ann et Bazargan s'en allèrent, soutenant Gruber jusqu'à sa chambre. David s'attarda, et pourtant il savait qu'il aurait dû retourner auprès de Nafret. Après tout, il était l'un des deux précepteurs du petit garçon. Sous leur dôme temporaire, les donneurs-de-vie bourdonnaient rageusement. Temporairement captifs, temporairement empêchés d'accomplir leur véritable fonction.

Mais seulement temporairement.

HUIT

À BORD DU *ZEUS*

Syree Johnson et Rafael Peres attendaient dans la soute d'amarrage tandis que la légère passerelle de débarquement se dépliait et s'allongeait sur les sept mètres séparant le *Zeus* du petit vaisseau. À côté de l'astronef, celui-ci ressemblait à un chaton traquant un hippopotame.

Et traquant était le mot exact, pensa Syree. S'il avait apporté de bonnes nouvelles, l'aviso les aurait transmises par radio dès sa sortie du tunnel spatial #438. Mais le pilote s'était contenté de signaler sa présence au *Zeus*, que celui-ci connaissait déjà. Dès son émergence du tunnel spatial, un signal de balise avait envoyé sa description encodée. La demande d'approche et d'accostage avait pris cinquante-six minutes pour atteindre le *Zeus*, mais il avait fallu cinq jours-t pour l'appareil lui-même. Les avisos voyageaient à 2,3 *g* d'accélération et de décélération. C'était pénible pour les pilotes, mais ceux-ci, tous de jeunes cracks remarquables, s'en moquaient. Les épreuves corporelles étaient pour eux un sujet de fierté. Rien que d'y penser, Syree se sentit vieille.

« Ici passerelle de débarquement, dit l'officier de pont à Peres. Verrouillage... verrouillage confirmé.

— Pressurisez.

— Oui, capitaine. Pressurisation. »

Syree et Peres portaient tous deux la tenue de cérémonie. Couler en pavoisant. Si vraiment ils devaient échouer, si cette mission était rappelée. Pour Syree peu importait de repartir. Ce qui la préoccupait c'était de ne pas avoir accompli ce qu'elle était venue faire ici.

« Ouverture du sas de l'aviso, capitaine. »

Une autre voix, venue de la passerelle d'embarquement par l'interphone : « Capitaine Llewellyn Jones de l'Aviso 583. Demande permission de monter à bord.

— Permission accordée. Lieutenant, ouvrez le sas.

— Ouverture du sas. »

Jones arriva dans sa combinaison de vol, mais le casque à la main, marchant à pas soigneusement contrôlés, comme quelqu'un qui s'adapte à un gros changement gravitationnel. Mais marchant : un autre sujet de fierté pour le pilote. Lorsque vous préfériez, à un commandement fixe, sauter d'un bout à l'autre de la galaxie sans jamais savoir, d'une heure à l'autre, ce que l'on vous ordonnerait de faire, il était essentiel de faire preuve, en tout temps, d'une grande maîtrise de soi. Petits, rapides, difficiles à détecter, les avisos étaient à la guerre ce que les espions étaient aux services secrets.

« Bienvenue à bord, capitaine Jones.

— Merci, capitaine.

— Je vous présente le colonel Johnson.

— Colonel. » Peres n'avait pas besoin de donner le titre de Syree, chef du projet spécial ; il était évident que Jones savait déjà qui elle était et ce qu'elle faisait ici. Ou plutôt, tentait de faire ici.

« Le courrier de l'équipage du *Zeus* est à bord de mon aviso, dit-il. À télécharger quand vous l'ordonnerez. Et j'ai un message à délivrer de vive voix au destinataire, du Quartier général au colonel Johnson.

— Par ici. »

Peres les conduisit à ses quartiers et activa le champ de sécurité. La pièce était maintenant inaccessible à toute détection électronique. Si le pont prenait feu, un soldat devrait frapper à la porte pour obtenir l'attention de Peres.

« Voulez-vous ôter votre combinaison, capitaine Jones ? proposa Peres.

— Non, merci, capitaine. Je ne vais pas rester ici longtemps. Mon message est en fait une demande officielle du général Stefanak au colonel Johnson. Le général veut savoir ce que vous avez découvert, mon colonel. »

Syree s'était attendue à cela. Il n'y avait aucun moyen d'envoyer un message par l'entremise d'un tunnel spatial, à moins qu'il ne soit porté par un objet physique : une capsule, une sonde, une personne. Les deux premiers pouvaient transporter des questions et des réponses, mais seul les personnes pouvaient poser les questions qui découlaient toujours des réponses. Jones était une capsule à message humaine. Si Stefanak avait décidé de l'envoyer parler à Syree, c'était que la guerre tournait mal.

Ce tunnel spatial-là n'avait pas encore été découvert par les Faucheurs, du moins pour ce qu'en savaient les humains. Y expédier un aviso augmentait les possibilités qu'il le soit. Stefanak en avait pris le risque, ce qui suggérait combien on avait besoin du résultat des recherches.

« J'ai préparé un rapport complet à transmettre au général Stefanak, dit Syree en tendant à Jones le cube de communication. Permettez que je vous en fasse le résumé. L'artefact semble être effectivement une arme, et d'un type que nous n'avons jamais vu auparavant. Nous l'avons activé une fois, au réglage le plus bas, afin de ne pas causer de dommages au *Zeus* ou à la planète, mais il en est résulté la destruction d'une navette et la mort de son pilote, le capitaine Daniel Austen. L'artefact semble émettre une onde sphérique qui déstabilise temporairement le noyau de tous les éléments dont le nombre atomique est supérieur à soixante-quinze. »

Jones écarquilla les yeux, son flegme professionnel momentanément entamé. Mais momentanément seulement. « Et quels sont vos projets actuels en ce qui concerne l'artefact, mon colonel ?

— Nous avons fait des examens approfondis avec tous les moyens que nous pouvions rechercher, inventer ou imaginer, poursuivit Syree. L'information obtenue a été insignifiante ou inutile. Il semble qu'il n'y ait aucun moyen d'accéder à l'intérieur, à moins de découper l'artefact avec les armes du *Zeus*, ce qui peut le rendre inutilisable. Et l'objet ne peut pas non plus emprunter le tunnel ; son rayon outrepasse la limite de Schwarschild. »

Jones attendait.

« Les options paraissent donc limitées. L'arme peut, en théorie, être remorquée vers le tunnel spatial établi ici et équipée de sondes afin de déstabiliser tout ce qui sortirait du tunnel sans émettre un signal d'alarme programmé. On peut donc l'utiliser ainsi pour défendre ce système solaire. Qui pourrait, lui-même, devenir une base sûre pour des opérations militaires, et un espace de stockage.

— Je vois, dit Jones en hochant la tête. Ce pourrait être utile, mon colonel.

— Peut-être. La seule planète du système qui ait des paramètres de type Terre est déjà habitée par des êtres intelligents. Cependant, les rapports de l'équipe scientifique sur place indiquent que les autochtones sont très ouverts au commerce. Nos ingénieurs pourraient donc s'y alimenter en matières premières. Et, bien entendu, tout le système pourrait être utilisé comme poste militaire sûr et comme bassin de radoub. »

De nouveau Jones hocha la tête. « Et les rapports de l'équipe descendue sur la planète ?

— Inclus dans votre cube. Ils semblent être du type courant » — Syree ne les avait pas vraiment tous visionnés — « touchant la culture indigène pré-industrielle. Il y a aussi des découvertes géologiques. Pas de preuve d'une visite d'extraterrestres, y compris les Faucheurs, sauf l'Objet orbital #7 lui-même. Et les autochtones considèrent que c'est seulement une lune.

— Bien, mon colonel. Un autre message pour le général Stefanak ? »

Quoi, par exemple ? Que Syree avait échoué dans sa mission, en n'arrivant pas à trouver un moyen d'utiliser cette découverte inestimable en vue de modifier le cours de la guerre ? L'échec peut parfois être inévitable, mais ç'en était tout de même un.

« Pas d'autre message, capitaine Jones.

— Quelles nouvelles de la guerre ? demanda Peres.

— Il y a des dépêches officielles complètes dans votre téléchargement, capitaine. Officieusement, la situation est déplorable. » Jones parut soudain bien plus âgé, en dépit de sa voix juvénile. « Les Faucheurs ont détruit notre base militaire sur Camden avant même que nous sachions qu'ils connaissaient son existence. Ils ont aussi détruit trois autres cuirassés. Ces salauds ne veulent pas nous dire ce qu'ils veulent, ou pourquoi ils le veulent, ni négocier pour l'obtenir. De plus en plus, on a l'impression que tout ce qu'ils désirent, c'est seulement anéantir tous les humains. D'abord, nous piquer nos colonies, affaiblir notre flotte spatiale, puis, pour finir, envahir le système solaire. »

Le ton du pilote de l'aviso était aussi dépourvu d'émotions qu'auparavant, mais un silence suivit ses paroles.

Que Peres brisa. « Que pouvons-nous faire d'autre pour vous, capitaine ?

— Rien. Je dois rentrer dès que l'échange de courrier sera terminé. Capitaine Peres, colonel Johnson. » Il salua et Peres l'escorta à la salle d'embarquement.

Syree demeura dans les quartiers de Peres. Sur une étagère, elle aperçut le biomoniteur de ce dernier. Alors, le capitaine du *Zeus* était un adepte de la Discipline. Quel mélange de neuropharms Peres avait-il pris ce matin ? Quelle était la composition optimum pour affronter un jour où votre mission était en grande partie vaine, vos rapports surtout négatifs, et où votre espèce était en train de perdre une guerre contre un ennemi génocidaire que personne n'arrivait à comprendre ?

Il devait y avoir un moyen de pénétrer dans l'Objet orbital #7. Un moyen de le démanteler sans le détruire. De le transporter par le tunnel spatial dans l'espace humain situé à l'autre bout, le système de Caligula. Puis, par d'autres tunnels, jusqu'au Soleil. De le réassembler et d'en faire le gardien du foyer natal de l'humanité, et non de cette planète paumée, à cinq kilomètres du trou-du-cul du monde, où ne vivait qu'une espèce qui, dans la vie, ne s'intéressait vraiment qu'à la culture des fleurs.

Il devait y avoir un moyen.

NEUF

GOFKIT JEMLOE

« Je vous présente Pek Renjamor », dit chaleureusement Voratur. C'était le lendemain de la fête — très tôt dans la matinée, nota Bazargan. Cependant, Voratur paraissait reposé et enthousiaste. « Pek Renjamor est un guérisseur. Il possède aussi une manufacture de médicaments qui fabriquera vos *antihistaminiques* pour moi. »

Pek Renjamor offrit une fleur d'hospitalité. Bazargan la prit et sourit, en essayant de ne pas bâiller. L'industriel extraterrestre formait un contraste comique avec Voratur : petit, ridé et silencieux.

« Le soleil brille ce matin, Pek Bazargan, beugla Voratur. Pek Renjamor et moi sommes prêts à vous montrer comment nous trouverons beaucoup de gens avec la maladie de la fleur, de toute fleur que l'on peut nommer. Déjà Pek Renjamor a des guérisseurs, dans son usine, qui s'apprêtent à copier ce que Pek Sikorski lui enseignera. Nous espérons commencer, ce soir, les tests sur les corps de Monde. »

Ce soir ? Pek Bazargan réprima un autre bâillement. C'était vraiment prématuré.

« Venez, venez, dit Voratur. Votre bicyclette vous

attend à la grille, pour que vous vous rendiez à Rafkit Seloe. Nous ne voulons pas laisser passer le soleil. Ou le temps ! » Il rit, puis redevint solennel. Pour une raison ou une autre, son visage rond s'allongea. « Nous avons juste assez de temps pour revenir ici avant que l'on puisse faire l'image de mon cerveau.

— L'image du cerveau n'est pas dangereuse, vous savez, dit Bazargan.

— Je sais », répondit Voratur, d'un ton plein d'une telle appréhension que Bazargan alla enfiler ses vêtements et partit pour Rafkit Seloe avant que le négociant ait changé d'idée.

Il fut, bien malgré lui, impressionné par la station de télémiroirs de la capitale. C'était un procédé étonnamment simple. Et étonnamment rapide.

Au sortir de Rafkit Seloe, les trois hommes gravirent en haletant la colline escarpée, puis montèrent l'escalier extérieur, encore plus raide, qui s'enroulait autour d'une tour fusiforme. Au sommet, était assise une femme en tunique de télémiroiriste et coiffée d'un énorme chapeau. Le bord de ce dernier mesurait soixante-cinq centimètres de large afin de la protéger du brillant soleil orange.

« Pek Bazargan, je vous présente Pek Careber, télémiroiriste. L'une des meilleures, dois-je ajouter... Je m'arrange toujours pour envoyer des messages lorsqu'elle est de service ! »

La femme rougit de plaisir, puis redevint une professionnelle minutieuse. « Et quel est votre message, aujourd'hui, Pek ?

— Il nous faut des gens qui ont la maladie de la

fleur des pajalib, des mittib ou des jelitib, pour travailler avec des guérisseurs. Voici le message, je l'ai rédigé. Pek Bazargan, observez-la bien. Elle est très, très rapide. Et d'une précision absolue. »

Bazargan s'arracha à la vue. Monde s'étendait à ses pieds, luxuriant et beau. Vue de là-haut, la terre était une mosaïque de couleurs qui se déployait depuis l'impeccable blancheur centrale de Rafkit Seloe. Dans toutes les directions, s'étendaient des petits villages coquets, des routes blanches, des champs verts, jaunes ou oranges, des bois plus sombres. Et partout, on voyait des parcelles éclatantes de fleurs : dans les jardins, dans les parcs, au bord des routes, même au milieu des champs de céréales, là où aucun cultivateur terrien n'en aurait jamais plantées. Cramoisies, bleu cobalt, jaune citron ou abricot, écarlates, turquoises, mauves, émeraudes, vermeilles. Jamais Bazargan n'avait été aussi conscient des nombreuses et merveilleuses dénominations de couleur, ou de la primauté des fleurs sur Monde.

« Regardez, je vous en prie, Pek Bazargan. »

Il obéit. La femme inclina un grand miroir en direction de l'est. Un flash lui répondit, venu d'une tour que le Terrien ne pouvait voir. La télémiroiriste hocha la tête et se mit à incliner le miroir de-ci, de-là, en consultant le papier que Bazargan lui avait donné, et en s'arrêtant de temps à autre pour recevoir les flashs confirmant la réception.

« Les tours sont à quelle distance les unes des autres ? demanda Bazargan.

— En moyenne, sept cellib. »

Environ trente kilomètres. La circonférence de

Monde mesurait trente-six mille kilomètres, et son continent principal faisait, fort commodément, le tour de l'équateur. Voratur lui avait dit que les tours étaient constamment en activité pendant les jours ensoleillés. En supposant qu'il faille trente secondes pour lancer un message urgent, et qu'il fut aussitôt transmis à la tour suivante, si le temps était favorable, il pouvait faire le tour de la moitié de Monde, de l'aube au coucher du soleil, en dix heures-t environ. Puis encore dix pour couvrir l'autre hémisphère. Il y avait sans doute aussi des tours ramifiées à partir de la ligne équatoriale. Et des messagers à bicyclette prêts à toute heure à partir pour les villages éloignés.

Celui de Voratur n'avait pas besoin de faire le tour du globe, mais, théoriquement du moins, un message vraiment urgent pouvait atteindre toute la population de cette planète arriérée en un seul jour terrestre.

Bazargan était, malgré lui, impressionné. Et, bien sûr, les messages seraient aussi crus ; personne n'avait besoin d'être persuadé. La réalité partagée produirait donc une mobilisation extrêmement rapide. Mais, en contrepartie, elle ne susciterait qu'une inventivité joliment lente. La culture manquait vraiment de penseurs non conformistes. Bien qu'ayant abrité une race intelligente longtemps avant la Terre, Monde n'avait pas encore inventé la machine à vapeur.

« Voilà, dit Voratur avec satisfaction lorsque la femme traduisit quelques réponses venues de la tour lointaine. Pek Renjamor, d'ici au coucher du soleil, environ quarante personnes souffrant de la maladie de la fleur se présenteront à vous.

— Ah. » C'était pratiquement le premier mot que Renjamor prononçait. Cette syllabe exprimait une profonde satisfaction.

« Maintenant, dit Voratur à Bazargan, je suis prêt pour l'image de mon cerveau. »

***

Le temps que Bazargan, après le retour à Gofkit Jemloe sous un soleil brûlant, se soit baigné, qu'il ait traversé les jardins et frappé à la porte ouverte du labo d'Ann, la biologiste avait déjà préparé le scan Lagerfeld.

Comme tout l'équipement de pointe de l'équipe, le Lagerfeld était généralement gardé dans une boîte en métal bien fermée, impénétrable, ne portant aucun signe particulier. Les Mondiens comprenaient que les Terriens avaient beaucoup d'objets de manufacture qu'ils ne voulaient pas vendre. Cela ne posait aucun problème. Trop pragmatiques pour considérer l'équipement scientifique comme « magique », les Mondiens avaient aussi l'esprit beaucoup trop commercial pour s'intéresser à ce qui ne paraissait pas rapporter de profit. Cette attitude expliquait l'absence de scientifiques, à l'exception des guérisseurs. Cependant, les coffres-forts ne s'ouvraient qu'après identification de l'ADN, et ne pouvaient être déplacés sans que se déclenche une alarme et une émission de signaux détectables par les sondes orbitales qui, à leur tour, pouvaient transmettre leur localisation au réseau de télécommunication de l'équipe. Bazargan ne se fiait qu'en partie au pragmatisme commercial.

Voratur, plus gros que Bazargan, se reposait encore de son trajet jusqu'à la tour. Il se rendrait bientôt chez Pek Sikorski, avait-il dit à Bazargan. Ce dernier souhaitait s'entretenir avec la biologiste avant l'arrivée de l'extraterrestre. « Bonjour, Ann.

— Bonjour, Ahmed. Que vos fleurs s'épanouissent à profusion », dit-elle en mondien.

Bazargan vit alors Enli assise tranquillement sur un coussin rond, dans un coin. Cette présence l'irrita. Il prit garde de n'en rien montrer. « Que vos fleurs s'épanouissent, Ann, Enli. Enli, Pek Sikorski et moi avons beaucoup de choses à discuter. »

La jeune fille laide — Bazargan commençait à appliquer les critères de beauté de Monde — se leva docilement. « Pek Sikorski, je reviendrai lorsque Pek Voratur arrivera.

— Bien », répondit Ann avec un sourire.

Bazargan regarda Enli sortir, traverser la cour et disparaître derrière un mur incurvé. Ce chemin, savait-il, contournait les principaux bâtiments pour aboutir au mur épais et creux qui entourait la maison Voratur. Ce pouvait-il que ...

« Ann, dit-il en anglais, Enli a-t-elle acquis une bonne partie de notre langue ?

— Non, très peu. Je la fais travailler plusieurs fois par jour, mais elle semble avoir du mal à l'apprendre.

— Pourrait-elle faire semblant, et en fait comprendre plus de mots qu'elle ne le prétend ?

— Je ne pense pas, Ahmed. Après tout, cela lui donnerait un énorme mal de tête.

— Oui, bien sûr. N'y pensons plus. Je vois que vous avez hâte de faire cette expérience.

— Hâte, c'est peu dire. » Ann rit. « Mais malgré tout, je ne suis pas aussi impatiente que David. Il va venir de la maison crelm pour le scan. Mais pas Dieter.

— Cela ne me surprend pas. Dieter dort encore après la fête d'hier, pelotonné contre un sac de ses précieuses roches. »

Ann rit de nouveau. Elle n'était pas jolie, mais attirante. Bazargan appréciait son corps mince, sa queue de cheval blonde, ses yeux expressifs. Mais Ahmed prenait très au sérieux les promesses de fidélité qu'il avait faites lors de son mariage, tout comme son épouse Batul, qui l'attendait en Iran. Cela l'aidait, en plus de la dose standard d'inhibiteurs du désir sexuel à prendre lorsqu'on travaillait sur le terrain, seul produit neuropharm qu'il utilisait. Comme le faisaient les autres membres de l'équipe. Cela éliminait toute complication potentielle.

Ann avait disposé le scanner Lagerfeld sur un banc qui dessinait une parfaite parabole, même si les Mondiens ne l'appelait pas ainsi. Elle avait déjà mis les diagnostiqueurs en route. Les lignes carrées du Lagerfeld, et de son écran qui luisait doucement, paraissaient bizarres à Bazargan après tant de semaines passées dans cet environnement de courbes que préféraient les Mondiens. Curieux comme votre propre culture vous paraissait rapidement étrangère sur une autre planète, alors que celle des extraterrestres devenait la norme. Pas étonnant que le jeune Allen se laisse autant emporter.

« C'est de David que j'aimerais vous parler, dit Bazargan. Je m'inquiète à son sujet.

— Moi aussi, je dois le reconnaître. Vous a-t-il

expliqué sa théorie sur le mécanisme de la réalité partagée qui, une fois que nous l'aurons compris, pourra être incorporé au génome humain ?

— Oui. Je lui ai dit, en vous citant, que ce mécanisme n'était probablement pas génétique. Et que même s'il l'est, et s'il peut être intégré au génome, il ne pourra pas changer l'homme. Si l'on modifie génétiquement des volontaires, tous ce que l'on aura, ce sera un petit nombre de pacifistes fanatiques qui ne supporteront pas de dialoguer avec le reste de l'humanité. Si l'on rendait cela obligatoire, on obtiendrait, soit la pire tyrannie que le système solaire ait jamais connu, soit une guerre civile à l'échelle du système tout entier. Et la structure politique actuelle ne permet ni l'un ni l'autre. David ne semblait pas comprendre du tous les aspects politiques de la question. »

Ann fronça les sourcils. « Il a dans l'idée que si une petite colonie isolée l'intégrait au génome de tous ses enfants, ils auraient ainsi une stratégie évolutionnaire tellement gagnante que, peu à peu, d'autres groupes devraient se joindre à eux ou être éliminés par la sélection naturelle. Mais les équations de Dawkins disent tout le contraire, Ahmed. J'ai fait des sims pour lui. Peu importe ce qu'on entend par « petite population initiale », mais la capacité à tromper individuellement les autres l'emporte toujours sur l'incapacité de tricher de façon déterminante.

— Savez-vous ce qu'a dit le poète Sadi ? lui demanda Bazargan. Je vais essayer de le traduire...

« Les êtres humains sont comme les parties d'un corps, créées à partir de la même essence,

Quand une partie est blessée et souffre, les autres ne peuvent rester en paix et en silence.

Si la misère des autres vous laisse indifférent et sans chagrin,

On ne peut pas dire de vous, voilà un être humain. »

Ann le regarda fixement. Bazargan se sentit soudain stupide. Il n'avait pas eu l'intention de défendre David Allen, qui pensait en véritable idiot. Ni de citer de la poésie pour une jeune femme séduisante qui n'était pas son épouse. Cela était sans doute dû à Monde, avec ses éternelles senteurs parfumées, ses jardins luxuriants...

« Que vos fleurs s'épanouissent et se multiplient ! » dit Hadjil Voratur, sur le seuil. Il était en avance.

Bazargan se sentit soulagé par sa présence. « Que votre jardin réjouisse vos ancêtres, Pek Voratur. »

On échangea des fleurs d'hospitalité. Alu, l'épouse de Pek Voratur l'accompagnait, l'air inquiet, ainsi qu'une femme vêtue de la tunique fleurie d'un prêtre, et le silencieux Pek Renjamor. Tous quatre s'entassèrent dans le labo d'Ann, suivis par Enli. Bien entendu. Cette fille était un vrai pot de colle. Bazargan ne savait toujours pas vraiment pour qui elle travaillait et se demandait comment elle pouvait le faire secrètement, étant donné la réalité partagée. Cela ne devrait-il pas lui donner un horrible mal de tête ?

Peut-être en sauraient-ils tous plus long après le scan Lagerfeld.

Pek Voratur fit les présentations. Son regard jovial balaya le labo pour s'arrêter sur le scanner, posé sur la table aux formes paraboliques. Visiblement, il le trouvait inutilement laid, mais était trop poli pour le dire.

« Pek Sikorski. J'espérais voir les antihistaminiques prêts pour nous. Comme je l'ai déjà dit à Pek Bazargan, Pek Renjamor a, dans son usine, des guérisseurs qui se préparent à copier tout ce que vous lui enseignerez. Nous espérons commencer ce soir les tests sur les corps mondiens.

— Je suis désolée, Pek Voratur. J'étais fort occupée à prendre les dispositions nécessaires pour l'image de votre cerveau. Dès que nous aurons terminé, je préparerai le premier lot d'antihistaminiques, et Pek Renjamor pourra me regarder faire. »

Voratur hocha la tête, satisfait. Alu Pek Voratur tira sur sa colletine. « L'image du cerveau n'est pas dangereuse ?

— Non, non. Pas du tout. Alors, commençons. Pek Voratur, si vous voulez bien vous asseoir là... »

Le gros négociant s'installa sur un grand coussin, le dos tourné vers la table basse du scanner. Ann lui posa sur la tête le casque qui se régla lui-même pour s'adapter parfaitement à son crâne, son cou et son front, laissant son visage à découvert. Cela ne faisait pas partie du domaine scientifique de Bazargan, mais il savait que des centaines de minuscules électrodes se mettaient en place sur la tête nue de Voratur et traversait sa colletine. De toutes petites aiguilles portant leur propre anesthésique prélevaient aussi du sang, du fluide cérébro-spinal, et même de la sueur. Mais les données les plus utiles viendraient des composants de la SSOM du Lagerfeld.

La SSOM — la scanographie de la structure d'un organe multicouches — livrerait presque tous les détails, neurone par neurone, du cerveau en action. Quelles cellules étaient activées, quels neurotransmetteurs étaient relâchés, quelles structures de mise en action des neurones apparaissaient. La jonction des cellules réceptrices, le re-up-take[1] du transmetteur, les cascades d'enzymes, le fractionnement et les sous-produits de la substance... La SSOM captait tout cela, analysait les données de multiples façons et fournissait les équations et les formules capables de les expliquer. Le scanner faisait tout, sauf synthétiser des pilules et mettre des étiquettes sur le corps. Sans les données de la SSOM, la médecine en serait toujours à l'Âge des Ténèbres.

Bazargan avait eu son premier scan Lagerfeld à l'âge de dix-huit ans, quand on l'estima prêt à pratiquer la Discipline. Les données de la SSOM fournissaient la base de son mélange personnel, l'identification dactyloscopique montrant où son cerveau travaillait de façon optimale, en quoi il était biochimiquement déficient. Chaque adolescent qui pouvait se l'offrir passait alors les quelques années suivantes à apprendre à se contrôler par tous les moyens

1. Processus par lequel l'extrémité présynoptique d'un neurone réabsorbe et recycle les molécules du neurotransmetteur qu'elle a précédemment secrété en transmettant une impulsion à un autre neurone. *(N.d.T.)*

subjectifs qui complétaient la base fournie par la SSOM, et à mélanger les neuropharms qui renforceraient le mieux possible les prestations prévues ce jour dit.

Bazargan ne portait aucun intérêt à tout ce processus. Il l'avait pratiqué durant ses études supérieures ; il n'y avait pas d'autre moyen de rester compétitif par rapport aux autres étudiants. Mais durant les longues années qui suivirent, il ne prit pas souvent les neuropharms matinaux, sauf dans des circonstances exceptionnelles. Il savait que c'était irrationnel. Comment s'élever raisonnablement contre ce qui n'était pas naturel, alors que toute l'anthropologie mettait en lumière combien les institutions culturelles étaient en fait artificielles ? Néanmoins, Bazargan éprouvait un peu d'aversion pour l'utilisation enthousiaste des neuropharms. Ou peut-être n'était-ce pas cela, mais de l'orgueil. Son profil de base établi par la SSOM le rangeait dans la tranche de ceux qui avaient une personnalité stable à quatre-vingt dix-huit pour cent.

Alu Voratur se moqua, avec gêne, de son époux. « Fleur de mon cœur, dans ce... ce truc, tu ressembles à un scarabée. Un scarabée avec une tête verte, dure et lisse ! »

Voratur agita une main potelée d'un air nonchalant. « Oui, oui. Mais il ne me fera pas de mal lorsque ça commencera.

— Cela a déjà commencé, Pek Voratur », dit Ann. Elle regardait l'écran avec une attention soutenue. Des graphiques défilaient, dépourvus de toute signification pour Bazargan.

Soudain le prêtre, le guérisseur, les Voratur et Enli

se mirent à chanter. Aucun signal n'avait été donné que Bazargan aurait pu percevoir; ils avaient tous démarré simultanément. La réalité partagée.

« Je vous en prie, pas si fort ! » dit Ann en anglais, puis elle se reprit et répéta sa demande en mondien. « Nous avons besoin de vous poser quelques questions, Pek Voratur... là. Nous avons un relevé de base. »

Le chœur se calma, devint une sorte de lente berceuse. Les fleurs y occupaient une place importante. Au bout d'un moment, Bazargan le reconnut. Une bénédiction rituelle pour une personne engagée dans une activité dangereuse, comme gravir une falaise pour dénicher des œufs d'oiseaux. Bazargan sourit.

« Je vais vous montrer des objets et vous poser différentes questions pour voir comment l'image de votre cerveau change, Pek Voratur, dit Ann dans son mondien empreint de prudence. Voulez-vous sentir cette fleur ?

— Avec plaisir », répondit Pek Voratur. Sa voix était aussi joyeuse et enthousiaste que d'ordinaire, mais Bazargan voyait sa colletine remuer sous le col du casque. Cela ne devait pas être agréable pour quelqu'un rarement confronté à une chose qui n'était pas déjà depuis longtemps instaurée dans sa réalité, et dans celle de tous les autres. Les Mondiens possédaient un étrange courage.

« Merci, dit Ann. Maintenant, voudriez-vous penser à vos enfants ? ... Bien. Imaginez maintenant un terrible accident, une chute de bicyclette où vous vous cassez le dos... Oui. Maintenant pensez à la merveilleuse réussite de l'introduction des antihistaminiques sur le marché... »

La séance se poursuivit. Voratur suait, bien qu'il ne fît pas trop chaud dans la pièce. Alu Voratur fronçait les sourcils, agitée par une anxiété qui faisait place à une inquiétude plus grave. Le chant monta. Juste au moment où Bazargan craignait que la tension devienne trop insupportable, Ann dit : « C'est terminé. Merci, Pek Voratur. »

Elle lui ôta le casque et il se releva comme une balle qui rebondit.

« Bien, bien, aucun problème ! » dit-il. La sueur brillait sur son visage rouge, et il cligna plusieurs fois des yeux. Bazargan devina que Voratur avait un épouvantable mal de tête. Discrètement, il vint se poster devant le Lagerfeld, le dissimulant à sa vue.

« Merci, Pek Voratur. Maintenant Pek Sikorski va vous montrer comment préparer les antihistaminiques.

— Oui, oui, mais montrez cela à Pek Renjamor, c'est lui le guérisseur.

— Viens, fleur de mon cœur, viens t'allonger, dit son épouse.

— Pas besoin, pas besoin, fleur chérie. » Mais il se laissa emmener. Cependant, une fois sur le seuil de la porte, il se retourna. « D'abord, un don. Enli ! »

La jeune fille se leva de son coussin et quitta la pièce. Elle aussi, remarqua Bazargan, était d'une rougeur inhabituelle. Un mal de tête ? Un instant après, elle revint, tenant une brassée de roses roses.

Bazargan demeura immobile. Ces roses n'auraient pas dû exister. Il avait rempli le marché passé avec Voratur, remplaçant les roses stériles irradiées par des graines viables, rien que de roses rouges. Les rosiers avaient poussé — donné deux floraisons. Puis le gène létal avait fait son office, empêchant toute germination ultérieure. Cela aurait dû être la fin des roses terriennes — de n'importe quelle couleur — sur Monde. Mais il voyait là des roses roses fraîchement cueillies, résultant sûrement d'une pollinisation croisée manuelle, sophistiquée, avec une fleur blanche dont les gènes d'aspect étaient récessifs. Comment les jardiniers avaient-ils réussi cela ? Et ces hybrides roses étaient-ils féconds ?

Ann paraissait aussi surprise que Bazargan. Mais au bout d'un instant elle s'avança pour dire le remerciement rituel qui convenait. Cela aurait été très incorrect de s'enquérir des méthodes de culture de fleurs offertes. Ce serait comme de poser des questions sur la vie sexuelle de son hôte. Bazargan devrait attendre pour découvrir comment on avait créé les roses roses.

« Vos fleurs s'épanouissent dans mon cœur », dit Voratur avec une grande emphase. Puis sa femme l'emmena.

Ann mit les roses dans un vase et se tourna immédiatement vers le guérisseur et le prêtre qui attendaient ses instructions. Et bien sûr, Enli.

Bazargan s'avança vers les roses et frotta un pétale. Il glissa sous ses doigts, comme du velours vivant, en exhalant un fort parfum. Cela le ramena dans le jardin clos de sa mère, en Ispahan. Il était petit, et sa *laleh*, une domestique patiente, mi-nourrice mi-garde du corps, le soulevait pour qu'il sente les roses parfaites, génétiquement améliorées, fleurissant parmi les grenadiers et les amandiers.

Les roses existaient maintenant sur Monde. Elles ne leur seraient pas enlevées. Ni les antihistaminiques. L'idée qu'on pouvait apporter un changement culturel sur Monde sans provoquer des changements biologiques, se révélait totalement fausse. Pas dans un endroit comme Monde, où les êtres intelligents étaient aussi âpres au gain que des Médicis.

Maintenant, c'était Bazargan qui avait mal à la tête. Il refusa d'y penser et s'assit pour regarder travailler Ann, surveillée sans cesse par la jeune Enli.

Le lendemain, Ann avait terminé l'analyse du scan Lagerfeld. Elle était restée debout toute la nuit, soupçonna Bazargan, et cela après un jour passé à enseigner les techniques de base du labo au guérisseur de Monde, Renjamor. Son visage révélait un mélange d'épuisement et d'allégresse, cette dernière due aux résultats les plus nombreux et les meilleurs qu'elle eut pu souhaiter. En dépit de ses inquiétudes croissantes quant à leur situation sur Monde, Bazargan céda au charme de cette expression.

« Nous le tenons », ne cessait de dire David Allen. Il était aussi excité qu'Ann, après avoir boudé parce qu'il avait manqué la séance de scanographie. « Nous avons épinglé, disséqué et catalogué ce salaud !

— Laissez Ann le dire », intervint Dieter Gruber. Le géologue était remis de la célébration trop arrosée de ses propres trouvailles dans les monts Neury. « Mais, Ann, ayez pitié de nous, qui sommes des non-biologistes, d'accord ?

— Oui. Cependant, comprenez bien qu'il ne s'agit que d'une analyse préliminaire. Nous sommes encore très loin, David, d'avoir totalement catalogué, épinglé et disséqué le salaud. »

David lui fit un grand sourire. Bazargan se cala sur son coussin. Cette réunion avait lieu dans sa pièce personnelle, remplie du parfum d'une plante qui venait juste de fleurir dans le jardin. Le coussin avait d'agréables lignes courbes, mais elles ne correspondaient pas à celles du corps de Bazargan. Il changea encore de position.

« Le Lagerfeld montre une structure cérébrale tout à fait compatible avec la nôtre, comme nous l'avions déjà deviné, dit Ann. Celui qui a ensemencé la galaxie de formes de vie hominidées l'a fait joliment tard. Il n'y a que des déviations mineures entre le développement de notre cerveau et celui des Mondiens, des Candiotes, des Atvariens et des Blickeurs, et il n'y a rien qui ne cadre avec une évolution probable, à un niveau de fiabilité de zéro virgule quatre-vingt quinze pour cent. Les Faucheurs, bien sûr, sont un cas différent.

— Autant qu'on puisse le dire », intervint Gruber. Les xénobiologistes avaient disséqué des Faucheurs morts, mais jamais en vie. Ils ne se laissaient pas prendre vivants.

« Oui, acquiesça Ann. Le cerveau de Voratur montre seulement deux grandes divergences. L'une concerne certaines hormones liées à la digestion — vous *devez* tous savoir que le corps est économe, qu'il utilise souvent les mêmes substances en tant qu'hormones dans le corps, et en tant que transmetteurs dans le système nerveux ?

— Non, répondit Gruber.

— Oui, répliqua Bazargan.

— Peu importe ! s'écria David. Continuez !

— Ces différences entre les hormones digestives

tiennent probablement au régime alimentaire de Monde. Il y a un certain recoupement, sinon, nous ne pourrions pas assimiler certains de leurs aliments. Cela suggère aussi qu'ils peuvent métaboliser certains des nôtres, mais pas tous. L'autre différence, c'est, bien entendu, le mécanisme de la réalité partagée. »

Ann se tut, humecta ses lèvres, regarda dans le vide et passa la main dans ses cheveux. Bazargan reconnut à cela les signes d'un scientifique qui essayait, sans espoir, de trouver un moyen de simplifier les termes techniques au bénéfice d'ignorants indécrottables.

« Commençons par le b.a.-ba, finit-elle par dire. Le fonctionnement du cerveau est à la fois chimique et électrique. L'électrique vient en premier. *Quelque chose* excite des millions de neurones, simultanément, dans de nombreuses zones différentes du cerveau. Ce quelque chose peut être un stimulus externe : une vision, un son, une odeur ou une sensation. Il peut être aussi interne, tel un souvenir ou une intention. Ou peut-être une combinaison des deux, comme lorsque j'ai demandé à Voratur de penser à quelque chose qui ne lui était jamais arrivé : tomber de sa bicyclette et se casser le dos. L'accident est imaginaire, mais le son de ma voix, qui utilise des symboles linguistiques, est physique.

« Quel que soit le stimulus, il excite les neurones selon un certain rythme, y compris une excitation particulière à haute-fréquence appelée "oscillation gamma synchronisée". Elle ne dure qu'un quart de seconde, mais cette synchronisation des oscillations dans différentes zones du cerveau fait que les gens considèrent les pensées comme un tout cohérent. Une "pensée" est constituée de millions d'impulsions électriques séparées dans des zones cérébrales différentes — zone sensorielle, zone moteur, centres des émotions, tout cela. Mais à cause de la synchronisation de l'oscillation gamma, la personne *expérimente* la pensée comme une simple image effrayante, douloureuse, d'une chute de bicyclette et d'un dos cassé. C'est le schéma des excitations qui est important, au niveau macro. Vous me suivez ?

— Oui, dit Bazargan. Continuez.

— O.K. » Les yeux dans le vague, elle passa de nouveau sa langue sur ses lèvres. « Voilà ce qui arrive au niveau chimique. Dans chaque nerf, l'impulsion électrique en déplacement crée un champ électrique toroïdal, également en mouvement, qui a le nerf pour axe. Le champ atteint la terminaison neuronale, là où il y a très peu d'espace entre l'extrémité de ce nerf et le début de l'autre.

— Le synapse », dit Gruber, visiblement fier de lui.

Ann sourit. « Je simplifie trop, n'est-ce pas ?

— Même pour un stupide géologue, Frau professeur », répliqua Gruber, et il y avait dans sa voix un ton taquin qui fit que David Allen lui lança un coup d'œil sévère et fronça les sourcils.

« En tout cas, poursuivit Ann, à l'extrémité de toutes les épines dendritiques, il y a des structures appelées grilles présynaptiques paracrystallines. Elles ressemblent à de minuscules, minuscules treillis rigides à l'intérieur d'une minuscule pyramide. Dans les interstices entre chaque grille, il y a trente à quarante petit ballons appelés vésicules, à l'intérieur *desquelles* est stocké un neurotransmetteur chimique. Certaines grilles contiennent de la dopamine, d'autres de la sérotonine, d'autres des peptides qui inhibent la douleur, et ainsi de suite... tout ce que votre biomoniteur mélange pour votre Discipline du matin, David. »

Bazargan vit Allen acquiescer d'un hochement de tête, content de l'attention que Ann lui portait.

« Par conséquent, l'impulsion nerveuse électrique arrive à la grille présynaptique dont toutes les vésicules pleines de neurotransmetteurs sont en attente, et elle y provoque un influx d'ions de calcium qui fait qu'une — et une seule — vésicule se vide dans le synapse. Qui, à son tour, excite le nerf se trouvant de l'autre côté du synapse, ce qui fait exploser ses ballons de transmetteurs, et ainsi de suite. On a une cascade chimique, et les produits font tout ce que l'on attend d'eux dans un organisme. Décharger l'énergie pour nourrir l'action. Stimuler les cellules motrices. Influer sur le courant sanguin. Faire couler l'adrénaline ou monter les émotions ou tout ce que vous voudrez. Tout cela, jusqu'à maintenant, nous le comprenons très bien.

« Mais comprendre les parties ne signifie pas que nous comprenons le cerveau comme un tout. Le tout est plus grand que la somme de ses parties. »

Bazargan dit sèchement : « Plutôt telle une culture prise comme un tout.

— Trop subtil pour moi, déclara Gruber.

— C'est pour cela que vous devriez vous en tenir aux roches », murmura David Allen.

Bazargan sentit l'impatience monter en lui. Gruber était loin d'être aussi stupide qu'il le prétendait, et

Allen loin d'être aussi combatif. Ils cherchaient à faire les intéressants. Pour Ann ?

Il se demanda soudain si toute son équipe prenait vraiment les inhibiteurs de désir sexuel.

« Voici un aspect du cerveau que nous ne comprenons pas. Lorsque l'impulsion électrique atteint la grille présynaptique, son voltage est constant, mesurable, le même que celui parcourant tous les neurones. *Mais...* parfois, cette impulsion déclenche l'émission des neurotransmetteurs et parfois non. La probabilité de ce déclenchement varie de zéro dix-sept à zéro soixante-deux, selon le type de neurone. Et personne ne sait vraiment pourquoi.

— Quelle est la taille de cette grille ? demanda Gruber. Sommes-nous là à l'échelle atomique ?

— Oui, c'est l'un des problèmes. Avec l'émission de l'ion de calcium, nous sommes proches de l'échelle quantique. La recherche est difficile parce que la mesure affecte le résultat. Une théorie dit qu'il en est ainsi des événements mentaux.

— Je ne comprends pas ce que vous voulez dire, intervint Bazargan.

— D'accord. Brièvement — j'en *arrive* au scan cérébral de Voratur ! — voilà ce qui semble se passer. On pense à quelque chose qui n'est pas relié à des stimuli externes immédiats. Par exemple, on est seul dans sa chambre, dans le noir, et on pense à quelqu'un qu'on a laissé sur Terre. Un être aimé. Soudain, on le voit dans sa tête, on peut même le sentir. Tout le corps réagit physiquement. Mais qu'est-ce qui a initié cette cascade ? Un souvenir sans source d'énergie que l'on puisse identifier dans le cerveau, et qui n'a même pas de localisation unique.

C'est seulement un schéma de configurations neurales éparpillées. On appelle cela un "événement mental". Mais cet événement non physique a mis en route toute une chaîne d'excitations électriques qui a déclenché — parfois ! — toute une autre chaîne de vésicules de neurotransmetteurs.

« Comment cela se produit-il ? Pourquoi les grilles présynaptiques relâchent-elles parfois les vésicules, mais d'autres non, alors que le voltage est le même ? Qu'est-ce qui se passe au niveau atomique ? Nous l'ignorons. »

Le « b.a.-ba » avait duré assez longtemps pour Bazargan. Il dit : « Mais Ann... comment cela s'applique-t-il au cerveau de Voratur ? Quelle est la seconde grande différence entre son cerveau et le nôtre, que vous avez mentionnée au début ? »

Elle sourit. « Je me suis laissée emporter, hein ?

— Non ! explosa Allen. C'est bon de voir une scientifique qui ne traite pas les données difficiles comme un numéro de comédie musicale. » Il lança un regard mauvais à Gruber qui ne s'en aperçut pas.

« Le cerveau de Voratur, rappela patiemment Bazargan.

— Oui. D'accord. Toutes les structures cérébrales sont identiques aux nôtres. Les émotions évoquées suivent les mêmes voies neurales que les nôtres. L'oscillation gamma correspond à la nôtre. Ainsi que le voltage neural, la composition des neurotransmetteurs et tous les autres marqueurs du processus. La seule vraie différence montrée par le Lagerfeld, c'est une très grande activité, qui se produit à la fois dans le cingulaire antérieur ventral et dans le noyau accumbens.

— Qu'est-ce que c'est que ça ? demanda avidement Allen.

— Le cingulaire antérieur est une petite structure située dans le sinus frontal qui...

— C'est là que sévit le mal de tête de la réalité partagée ! croassa Allen.

— Oui. Mais ce n'est pas le cingulaire antérieur qui cause les maux de tête. Je veux dire que c'est *lui* qui provoque l'émission des transmetteurs inducteurs de douleur. Mais le cingulaire antérieur coordonne seulement l'information venue de nombreuses zones du cerveau. Par exemple, c'est l'une des rares structures cérébrales directement reliées à l'hypothalamus qui initie la réaction au stress. Mais — et je serai claire sur ce point — le cingulaire antérieur *n'est pas* le siège du mécanisme de la réalité partagée. Ce n'est que le tableau de distribution du processus. Le cingulaire se contente de déclencher les cascades de transmetteurs du stress lorsque la réalité n'est pas partagée, ou les transmetteurs du plaisir lorsqu'elle l'est.

— Alors, où se trouve la source de cette réalité partagée ? demanda Gruber.

— Eh bien, il n'y en a pas qu'une ! Dans les grilles présynaptiques des Mondiens, les quantités de neurotransmetteurs libérés ne sont pas les mêmes que dans le cerveau humain. Mais l'input qui provoque la libération chimique — le voltage des déclenchements neuraux — est exactement le même ! Même input, même processeurs, output différent. Cela n'a pas de sens.

— Et bien entendu, dit Bazargan d'un ton mal assuré, vous avez exclu les pathogènes, les toxines du milieu, les différences de rég...

— Bien sûr que oui. » C'était rare qu'Ann soit cassante. « On aurait vu tout cela dans les données du Lagerfeld. »

— Un mystère, hein ? « Gruber souriait d'une oreille à l'autre. » Un facteur X. Une onde radio spirituelle, un téléchargeur personnel invisible ?

— Ne soyez pas ridicule, lança froidement Allen.

— N'anticipons pas, dit Bazargan à Ann. Vous avez obtenu une quantité étonnante de données. Avec le temps, vous pourrez les organiser. »

Elle sourit d'un air las. « J'en ai besoin maintenant. Simplement, cela ne concorde pas. Et regardez ! Cet autre phénomène !

— Quel autre phénomène ? demanda Bazargan.

— Ce donneur-de-vie », répondit Ann, et il aperçut alors le petit pseudo-insecte sur son épaule nue, qui vint se poser près de la bretelle de sa tunique. Les fenêtres étaient toujours ouvertes sur Monde. Le donneur-de-vie replia ses ailes transparentes et s'installa sur la peau de Ann, accroché à elle par ses minuscules ventouses. Son corps jaune était faiblement luminescent.

« Ils ne peuvent pas s'approcher plus près de la tête de quelqu'un, dit Ann. Humain, Mondien, ils ne se perchent jamais sur la tête de l'un ou de l'autre. J'espérais que le Langerfeld montrerait quelque raison logique à cela, peut-être quelque chose à propos du champ électrique du cerveau, par rapport à celui du donneur-de-vie. Mais non, rien.

— Un autre mystère, dit Bazargan, du moins pour le moment. Mais concentrons-nous plutôt sur ce que nous avons appris. Le mal de tête dont souffre le

Mondien lorsque “la réalité partagée” est violée... est-ce un phénomène réel, physiologique, vérifiable ?

— Oh, oui. Mais rappelez-vous que, même chez les humains, la relation entre la physiologie émotionnelle et le jugement moral est complexe. Songez au sociopathe. Il accomplit des actes immoraux, par exemple un meurtre occasionnel, parce qu'il n'éprouve aucun sentiment, quel qu'il soit, pour sa victime. Les Mondiens sont tout l'inverse. Ils ont ce que nous considérerions comme une relation inextricable entre leur physiologie et leur sens moral. C'est en partie un comportement acquis, puisque les enfants sont fortement socialisés sur la manière de réagir à leurs sentiments de répulsion et de douleur lorsque les gens disent des choses qui violent la morale. Mais la répulsion et la douleur sont réels et vérifiables. La réalité partagée a une solide base physiologique.

— Un progrès évolutionnaire, dit David. Le prochain pas de la croissance morale de l'hominidé !

— Je n'ai pas dit cela, répliqua vivement Ann.

— Mais vos résultats l'impliquent.

— Non, David. Je discute biologie, je ne porte pas de jugements de valeur. »

Allen se renfrogna ; Bazargan comprit que pour lui les deux étaient identiques. Mais tout ce que le jeune homme dit ce fut : « La vraie question c'est, pouvons-nous reproduire le processus physiologique chez les humains ? Les processus physiologiques sont basés sur des protéines, et les protéines sont génétiquement encodées. Nous devrions pouvoir les greffer dans l'ADN approprié.

— Faire *quoi* ? dit Gruber, et Bazargan s'aperçut

que c'était la première fois que le géologue entendait David parler de sa théorie dingue.

— David, je vous l'ai déjà dit, répliqua Ann d'un ton las. Il n'y a pas de différences génétiques significatives. Ce qui arrive dans le cerveau des Mondiens, quoi que ce soit, le fait avec le même input et le même équipement que les nôtres. C'est pourquoi je ne comprends pas que cela produise un résultat aussi différent. »

David ne répondit pas. Au lieu de cela, il regarda dehors d'un air méditatif. Bazargan savait, aussi clairement que si le jeune homme avait parlé, qu'il rejetait ce que Ann venait de dire. Il croyait que la réalité partagée était liée à une séquence génétique spécifique, pas encore découverte. Il voulait qu'il y ait une partie du code de l'ADN que l'on puisse découper et fourrer dans le génome humain. Et il désirait cela si passionnément qu'il estimait son existence inéluctable.

C'était une idée très dangereuse. Et pas seulement pour Allen.

Au bout d'un long moment, celui-ci dit : « Comment pourrions-nous en apprendre plus ? En supposant que l'ADN *soit* la clef, qu'est-ce qu'il faudrait faire ? »

Ann finit par perdre patience. « Disséquer un cerveau de Mondien, en ôter la réalité partagée et la câbler de manière permanente dans nos propres crânes ! »

Bazargan intervint. Il dit, d'un ton apaisant : « Ann, y a-t-il autre chose que nous devons apprendre aujourd'hui ? Avez-vous autre chose à nous dire à propos du Lagerfeld ?

— Je ne sais pas... oh, si... non, ce n'est pas important. Mais... attendez-... non...

— Vous êtes épuisée, ma chère », dit Bazargan. Mais ce fut Gruber qui passa à l'action.

« Viens, Ann, dit-il en la faisant lever de son coussin, puis en mettant un bras autour de sa taille pour la soutenir. Quand as-tu mangé pour la dernière fois, *Liebchen* ?

— Je ne m'en souviens pas. Hier matin ? Je vais bien, c'était juste un petit passage à vide.

— Une bonne raison pour manger et dormir, dit Gruber. Au-revoir, les gars. »

Il lui fit franchir la porte pour l'emmener dans sa chambre, le bras toujours autour de sa taille. David les regarda partir, les sourcils froncés. « Qu'est-ce qui lui donne le droit de prendre des décisions à sa place ?

— Peut-être elle-même », répliqua Bazargan, et le regretta aussitôt. Le jeune homme ne pouvait s'empêcher d'être irrité, pas plus qu'un frelon ne peut s'empêcher de piquer. Bazargan se devait de ne pas tenir compte des ennuis que peuvent causer les moustiques.

« S'il vous plaît, excusez-moi, David, je pense que moi aussi je suis très fatigué. Cette séance s'est révélée utile, n'est-ce pas ? Ce que Ann vient de dire n'a-t-il rien de contradictoire avec vos notes sur le développement de l'enfant dans la maison crelm ?

— Absolument rien.

— Bien. Nous en apprendrons plus chaque jour. Maintenant, si vous voulez bien m'excuser »

David se leva et partit ; sa bouche n'était plus que légèrement boudeuse. Bazargan tira les légers rideaux des portes cintrées de sa chambre. Lui aussi avait mal à la tête, s'aperçut-il.

Il n'était pas d'humeur à apprécier cette migraine qui, elle aussi, à sa manière, provenait des incohérences de la réalité partagée.

Philoctète, célèbre héros de la Guerre de Troie, avait un arc magique qui ne ratait jamais sa cible et, en même temps, souffrait d'une morsure de serpent purulente qui ne guérissait pas et le faisait constamment souffrir. L'une était le prix de l'autre. Soignez la blessure, et le tireur d'élite disparaîtrait.

Mais la réalité partagée, et son élimination de toute véritable séparation existentielle, était-elle la blessure ou l'arc ?

David Allen était certain de connaître la réponse. Mais pas Ahmed Bazargan.

Il avala un comprimé contre la migraine et déroula sa paillasse. Il se souvint que, dans une version tardive du mythe, Philoctète guérissait de sa morsure de serpent. C'était l'ennui avec ces vieilles histoires. Elles se transformaient avec le temps. On finissait par ne plus jamais savoir à quelle version il fallait croire.

Bazargan s'étendit dans la pénombre et attendit que son mal de tête passe.

DIX

RAFKIT SILOE

« Vous êtes certaine de ce que vous avez entendu ? demanda Pek Nagredil.

— Oui, dit Enli.

— Attendez-moi là. » Il disparut sous un porche, laissant Enli debout dans son bureau encombré ; elle essayait de faire le tri entre ce dont elle était sûre et le reste.

Les Terriens pouvaient vous faire ce genre de chose.

Il ne pleuvait pas cette fois. Elle avait l'impression que, chaque fois qu'elle s'était rendue à Rafkit Seloe, la pluie s'était mise à tomber. Aujourd'hui, un beau soleil, entrant par les fenêtres ouvertes, baignait toute chose de sa douce couleur orange. Les ralibib venaient juste d'éclore et le lourd parfum des minuscules fleurs blanches — des centaines sur chaque branche — imprégnait l'air. Sous les buissons de ralib, les allabenirib terminaient leur floraison. Bientôt, les jardiniers couperaient leurs tiges à ras du sol, préparant les plantes pour leur prochaine éclosion.

Dans les jardins des Voratur, des allabenirib

avaient été déterrés d'un parterre pour faire place aux rosib terriennes.

Enli fouilla dans la poche intérieure de sa tunique et prit une autre pilule contre la-douleur-de-tête. Elle en était maintenant à dix ou douze par jour. Pek Nagredil lui avait dit, pas plus de huit, mais cela ne suffisait pas à calmer ses souffrances. Si seulement cette mission prenait fin ! Bientôt, que ce soit bientôt...

Quand son travail serait terminé, les Terriens mourraient. À cause de ce qu'elle leur avait entendu dire, Enli serait l'instrument de leur mort, tout comme elle l'avait été de celle de Tabor. Pek Sikorski, si gentille avec elle. Pek Gruber, qu'elle connaissait à peine... Était-ce bien de juger ceux que l'on connaissait à peine ? Aucun prêtre de Réalité et Expiation ne l'aurait fait ; les juges de la réalité appartenaient toujours au gouvernement local, les personnalités du coin et les circonstances des événements leur étaient familières. Pek Bazargan et son visage calme. Pek Allen, certainement fou, mais qui aimait tellement les enfants, les mondiens comme les terriens. Et les enfants de la Terre, ces beaux petits boutons...

Enli ferma les yeux de toutes ses forces. Une autre pilule ? Non, elle ne pouvait pas, elle en avait déjà pris trois quelques minutes auparavant, plus la feraient dormir. Il ne fallait pas qu'elle dorme, elle devait faire son rapport. Sa tête semblait si lourde sur son cou, et l'intérieur de son crâne, si lourd...

« Pek Brimmidin. »

Enli rouvrit les yeux. Pek Nagredil était de retour avec un guérisseur et un prêtre. Elle essaya de s'incliner, vacilla et faillit tomber. Le servant de la Première Fleur la prit par le bras et la conduisit à un coussin. « Asseyez-vous, Pek Brimmidin. Voulez-vous une coupe d'eau ?

— Je...

— Apportez-lui son pel, dit le prêtre à Pek Nagredil, ce que fit ce dernier, l'air ahuri. Là, buvez tout. »

Le pel la réchauffa un peu, atténua quelque peu sa douleur-de-tête. Cela allait lui permettre de tenir. Le pel, et la main chaude et ferme du prêtre sur son bras.

« Maintenant, petite fleur, dit celui-ci gentiment, dites-nous ce que vous avez appris de ces Terriens. »

Enli but encore une gorgée de pel. « Ils... Ils ont pris une image du cerveau de Pek Voratur.

— Oui, cela, nous le savons, dit le prêtre. Et nous sommes au courant des *rosib* ; nous savons aussi que Pek Renjamor fabrique et teste les antihistaminiques, aussi vous n'avez pas besoin de revenir là-dessus. De fait, Pek Renjamor a fabriqué le premier lot et quarante personnes les prennent maintenant, le saviez-vous ? Tous semblent guéris de leur maladie de la fleur. Ces maladies étaient variées, même si la plupart étaient atteints de celle des ralibib, puisque c'est la bénédiction de cette floraison que la Première Fleur nous accorde en cette saison... » Il continua, avec cette gentille voix apaisante, parlant de tout et de rien pour donner une chance à Enli de se reprendre.

Lorsque ce fut fait, il dit : « Mais il y a quelque chose d'autre, je pense, Pek Brimmidin. Quelque chose que l'autre informateur ne nous a pas dit. Peut-être une chose que vous avez apprise parce que vous comprenez les mots terriens bien mieux que n'importe lequel d'entre nous.

— Oui. » Enli sentait son courage revenir, coulant dans ses veines avec le pel. « Oui.

— Est-ce dangereux ?

— Oui ! »

Les mains du prêtre prirent la pose du Bouton nouvellement éclos. « Alors, je suis prêt à l'entendre.

— Les Terriens... ils...

— Parle, petite fleur. » La gentillesse était toujours là, mais mêlée à un accent de commandement.

« Ils veulent ouvrir les têtes des Mondiens et en sortir la réalité partagée, afin de pouvoir la mettre avec des câbles dans leurs propres têtes ! »

Les yeux de Pek Nagredil s'écarquillèrent. Enli vit sur son visage les signes d'une vive douleur : la peau tendue autour des yeux, la bouche serrée. Le guérisseur porta les mains à son front. Seul le servant de la Première Fleur contrôla sa douleur-de-tête, même si, au-dessus de sa colletine, ses crêtes crâniennes vibraient. « Ce n'est pas possible, dit-il.

— Bien sûr que non ! s'écria le guérisseur. Mais rien de qu'y penser... d'être capable d'y penser ! Ils ne peuvent *pas* être réels !

— Attendez, dit le prêtre. Pek Brimmidin, vous êtes certaine d'avoir entendu cela ? Quel Terrien l'a dit ?

— D'abord Pek Allen. » Maintenant que la terrible réalité était partagée, elle sentit son mal de tête diminuer un peu. Mais rien qu'un peu. « Et puis, il y a cinq jours, ils en ont tous rediscuté. J'étais dans l'endroit secret, dans le mur du jardin, que Pek Voratur m'a montré. Ses panneaux sont minces pour qu'on puisse écouter ce qui se dit dans les chambres des invités. Bien sûr, tout le monde sait que les négociants font ce genre de choses, mais... » De nouveau Enli chancela. Mais les Terriens le savaient-ils ? Si non, c'était une preuve de plus qu'ils ne partageaient pas la réalité. Mais s'ils le savaient, pourquoi l'auraient-ils laissée entendre leurs terribles projets ?

« Buvez encore quelques gorgées de pel, petite fleur. »

Enli fit ce que le prêtre disait et vida la coupe.

« Maintenant, continuez.

— Les Terriens discutaient de l'image du cerveau de Pek Voratur. Pek Allen demanda si l'image avait appris assez de choses à Pek Sikorski pour fixer la réalité partagée dans les Terriens avec des appareils. Elle a dit que non. Elle a dit d'abord qu'elle...

— Attendez, l'interrompit Pek Nagredil. Il faut que je demande quelque chose. Vous comprenez mieux le Terrien que tout autre Mondien. Mais, Enli, comprenez-vous *tous* les mots que prononcent les Terriens ? Tous ? »

Enli fit de grands gestes de mains. « J'y ai pensé, Pek Nagredil. Pensé et repensé. Et certains de leurs mots m'étaient étrangers. Mais pas assez pour que je ne puisse pas comprendre ce qu'ils voulaient dire. Et il y a un mot que je connais très bien. Pek Sikorski et moi l'utilisons tout le temps dans son travail... c'est... c'est *disséquer*. Cela veut dire découper une plante ou un animal pour en apprendre plus sur elle ou lui. Pek Sikorski a dit... elle a dit... »

Les trois autres attendaient : le guérisseur et le fonctionnaire visiblement terrorisés, leurs doux visages impassibles se contractant. Seul le prêtre demeurait calme, mais son visage exprimait le chagrin.

« Pek Sikorski a dit aux autres qu'elle devait *disséquer* un cerveau mondien pour introduire la réalité partagée dans les crânes terriens. »

Le guérisseur poussa un cri. Pek Nagredil ferma les yeux, puis fouilla la bourse attachée à sa taille pour en sortir une pilule. Enli reconnut celle dont elle se bourrait ces jours-ci. Oh, si seulement ce travail pouvait prendre fin...

Le guérisseur dit avec violence : « Alors, nous tenons la preuve. Ils ne sont certainement pas réels !

— Attendez », dit le prêtre, et tous devinrent silencieux.

Les minutes s'écoulèrent lentement. Enli sentait un engourdissement la gagner. Elle avait pris beaucoup trop de pilules. Ou peut-être était-ce le pel. Ou bien seulement le soulagement de partager la réalité avec ces gens biens... son peuple... Une fois, Tabor avait dit...

Une main la secoua. « Pas encore, Pek Brimmidin, dit gentiment le servant de la Première Fleur. Encore quelques questions avant que vous puissiez dormir. Non, aucune expiation n'est nécessaire, répondez juste à quelques autres questions. Quel est le mot terrien pour sol ? »

Elle le lui dit.

« Pour cerveau ? »

Elle répondit.

« Pour justice ? ... Pour réalité ? ... Pour l'unique plantation d'un jardin de méditation privé ?

— Il n'y a pas de mot pour cela en Terrien.

— N'y a-t-il vraiment pas de mot, ou bien, peut-être, ne l'avez-vous pas encore appris ?

— Je ne sais pas.

— Quel est le mot pour un enfant qui n'a pas encore achevé le partage de la réalité ?

— Bébé, je suppose.

— En êtes-vous sûre ? Tout à fait sûre ?

— Non.

— Et le mot désignant un bouton assez ouvert pour qu'on voie sa couleur, mais pas encore la forme de ses pétales ? »

Le prêtre cita encore vingt ou vingt-cinq mots, demandant l'équivalent terrien pour chacun. Enli en connaissait certains ; beaucoup d'autres non. Elle luttait pour demeurer éveillée et devait se tenir droite comme un piquet sur le coussin. Pour finir, elle enfonça ses ongles dans la chair tendre de l'intérieur de son bras. Le prêtre le vit.

« Cela suffit, petit fleur. » Il se tourna vers Pek Nagredil et le guérisseur. « Elle sait bien le terrien, mais ses connaissances n'ont pas encore éclos. Il est donc possible qu'elle ait mal compris ce qu'ils disaient. Je vais certes transmettre au Grand Conseil ce qu'elle a rapporté, mais je ne vais certainement pas dire que c'est une connaissance en pleine floraison. La question terrienne n'est toujours pas résolue. »

Lentement Pek Nagredil et le guérisseur hochèrent la tête. Une partie de la tension s'effaça de leur visage. Ils pensaient la même chose. La réalité avait été partagée.

Même avec *elle*, pensa Enli, et une douce chaleur l'envahit. Oh, c'était tellement bon de refaire partie de la réalité, de savoir comment les autres savaient, de partager la vérité du monde au lieu de garder des secrets, toute seule, dans le noir. Tout son corps réagit à ce sentiment positif, se détendit et se laissa aller. Oh, c'est si bon... si seulement Tabor était là...

« Dors, petite fleur », dit une voix gentille, et de chaudes mains l'allongèrent sur le large coussin. Elle sentit que l'on déposait une couverture sur elle, entendit le murmure des voix, semblable à la lente musique calme du village... les feux de cuisson brûlant et brillant, les enfants riant dans le chaud crépuscule parfumé...

Enli dormait. Elle n'entendit pas le messager du gouvernement pénétrer en toute hâte dans le bureau de Pek Nagredil, si agité qu'il n'avait pas apporté de fleur d'hospitalité. Elle ne l'entendit pas dire qu'une des volontaires de Pek Renjamor s'était évanouie et était morte quelques minutes après avoir pris un antihistaminique. Elle n'entendit pas le servant de la Première Fleur entamer le chant pour l'âme de la morte marchant dans le chemin constellé de fleurs pour rejoindre ses ancêtres.

Néanmoins le chant envahit ses rêves.

ONZE

GOFKIT JEMLOE

Une fois encore, ils l'avaient exclu. David n'avait pas entendu parler de la réaction allergique mortelle à l'antihistaminique avant que Ann, Bazargan, et Dieter de plus en plus détestable, aient déjà discuté entre eux et pris une décision à ce sujet. Sans en parler à David. Était-il, oui ou non, membre de cette mission ?

Pour rendre la chose encore pire, ce fut *Gruber*, qui lui apprit cette décision. Gruber, qui n'avait pas assisté au Lagerfeld de Voratur parce qu'il s'était soûlé la gueule à la cérémonie de la fleur de Nafret. Le géologue venait juste d'entrer sans se presser dans la maison crelm en regardant autour de lui d'un air amusé. Oui, amusé. Content de lui. Supérieur. Parce que David étudiait des enfants vivants pendant que lui, Gruber, travaillait sur des roches mortes ? Le géologue le prenait sans doute pour un chiot, pour un petit garçon et non pour un homme. Et c'était probablement avec ce type-là que Ann couchait...

Arrête. Attends. Il s'était mis en colère, et il n'y avait pas de raison pour qu'il le soit à ce point. Il fallait, de nouveau, qu'il règle ses neuropharms. Qu'il prenne plus de sérotonine, plus d'activateurs du cortex préfrontal gauche, plus d'inhibiteurs d'hydroxycorticostérone.

« David ? dit Gruber en anglais. Est-ce que vous m'écoutez ?

— Bien sûr que oui, répondit David d'un ton brusque. Vous disiez qu'un des cobayes du béta-test de Renjamor est mort d'une réaction allergique à l'antihistaminique d'Ann.

— Oui. Les funérailles, qu'ils appellent cela comme ça ou non, auront lieu à midi. Ahmed veut que nous soyons prêts à nous joindre au reste de la maisonnée environ une demi-heure avant. En uniforme d'apparat.

— On appelle cela « une incinération d'adieu », Dieter. Pas des funérailles.

— Mon mondien n'est pas aussi bon que le vôtre », répliqua Gruber imperturbable. Il regarda ce qui se passait dans la maison crelm. Bien sûr, maintenant qu'il était réel, Nafret habitait dans le bâtiment principal réservé à la famille. Les enfants qui restaient, y compris Bonnie et Ben, se livraient à un jeu bruyant dans le coin que David avait aménagé. Sur Monde, les jouets étaient toujours des objets utilisés par les adultes, miniaturisés : des poupées, des bicyclettes en bois enfourchées par de minuscules personnages également en bois, de la vaisselle et des animaux de ferme, et bien sûr, des fleurs. David y avait ajouté des choses nouvelles, des formes abstraites, telles que des blocs de bois peints, des sphères en plastique emboîtées les unes dans les autres, des ballons gonflables, solides comme de l'acier, et aussi grands que les enfants. Tout cela avait dérouté les adultes de Monde. Ils servaient *à quoi* ? demandèrent-ils à David. Qu'étaient-ils censés *être* ?

Mais après que les Mondiens aient, semblait-il, partagé les étranges jouets non-fonctionnels avec tous les habitants du village, un consensus avait émergé, comme s'ils avaient toujours existé. Les choses à jouer terriennes étaient inoffensives, bien qu'excentriques. Les Mondiens demandèrent seulement que les cubes en bois rectangulaires, que la maman de Ben et de Bonnie avait apportés du *Zeus,* soient modifiés. Ils étaient trop laids pour des enfants. Ce n'était pas bon pour des petits cerveaux de jouer avec des objets aussi vilains. Alors, David avait fait scier et poncer les blocs par un charpentier de la maison Voratur, en forme de cercles, de haricots, de paraboles, de courbes en boucles, qui ne s'empilaient plus les uns sur les autres, mais permettaient de créer des tours bien plus amusantes à construire et à démolir.

Dès le début, les enfants de Monde les avaient aimés. Leur réaction, pleine d'imagination et pas du tout déconcertée, qui avait transformé les petits blocs en animaux sauvages et les grands ballons en montagnes, stupéfia les adultes. David avait pris des volumes de notes sur l'imagination du petit enfant présocialisé. Il projetait de publier un article d'une importance exceptionnelle lorsqu'il rentrerait sur Mars.

Pour le moment, trois des enfants, Uvi, Grenol et l'intenable Ben, grimpés sur les ballons, dégringolaient en poussant des cris aigus et en riant. Le but du jeu, s'il y en avait un, semblait être de se jeter sur un autre enfant. Colert Gamolin, le précepteur mondien, compagnon de David, veillait avec indulgence à ce que le jeu ne dégénère pas en violence. Bonnie, couchée sur le dos au centre de la pièce, étudiait pensivement un cube jaune brillant aux contours irréguliers, tandis qu'une vieille nourrice, qui s'était probablement occupée de trois générations de bébés mondiens, changeait sa couche. Cette femme, grasse et agréable, était la favorite de la petite Terrienne.

Gruger observait toutes ces activités avec indulgence. David n'était pas d'humeur à ça.

« L'incinération d'adieu ne devrait pas avoir lieu ! s'exclama-t-il. Bazargan n'a donc pas tenté d'obtenir la permission d'effectuer l'autopsie d'un Mondien ? C'est une merveilleuse opportunité d'étudier l'effet d'une réaction biochimique mortelle sur un cerveau mondien, et d'en apprendre peut-être plus sur le mécanisme de la réalité partagée ! »

Il avait, maintenant, obtenu l'attention totale de Gruber. « Vous voulez rire, David.

— Je ne plaisante pas ! Je vous en prie, ne me traitez pas avec condescendance ! »

Gruber l'examina. « Je ne vous traite pas du tout avec condescendance. Mais il faut que vous compreniez que la situation ne se prête pas à une violation de leurs coutumes mortuaires. Même *moi*, je le comprends, et pourtant, Ann ne cesse de me dire que je suis aussi insensible qu'un aspirateur. »

C'était dit avec un sourire, mais David n'accepta pas la conciliation. Qu'était-ce, après tout, sinon un supplément de condescendance ? Et en outre, un étalage pas très subtil de sa relation avec Ann. Mais David s'efforça de rester calme.

« Écoutez, Dieter. Je sais que la cérémonie mortuaire interdit l'autopsie. De nous deux, c'est moi l'anthropologue, ne l'oubliez pas. Mais c'est une opportunité unique. Bazargan pouvait dire à Voratur que l'autopsie était nécessaire pour découvrir... oh, je ne sais pas moi... quelque chose de crucial dans les antihistaminiques qui les feraient agir, à long terme, sur les cerveaux des Mondiens. Ann pouvait l'aider à inventer quelque chose. Et pensez à ce que nous pourrions apprendre sur le mécanisme de la réalité partagée ! »

Le regard de Gruber devint plus vif. « Vous voulez que Ahmed et Ann mentent à Voratur ? N'êtes-vous pas celui qui admire la réalité partagée parce qu'elle élimine le mensonge ? »

David se sentit rougir. « C'est différent ! Les gains potentiels sont si énormes, et l'occasion tellement... tellement unique... »

Il en bafouillait. Bon sang, et devant Gruber, en plus. Il ne fut pas du tout désolé lorsque Bonnie, enfin changée, s'avança à pas hésitants vers lui et s'agrippa à ses jambes.

« Hello, mon ange », lui dit David en anglais.

Elle lui répondit en mondien, en lui tendant un bloc rond en bois rouge. « Fleur à moi. »

David se pencha. « Non, Bonnie. Ce n'est pas une fleur. » C'était le seul interdit portant sur les jouets abstraits qu'avaient exigé les Mondiens. Ils ne représenteraient jamais de fleurs. Les seuls jouets fleurs étaient des fleurs.

« Fleur à moi ! » Sa petite bouche rose exprimait l'entêtement.

Gentiment, David lui ôta le bloc des doigts. Il

ramassa un jouet fleur par terre, une allabenir en peluche et cousue de manière élaborée, et la lui tendit. « Voilà une fleur, mon ange », dit-il en mondien.

La petite fille regarda le bloc en bois qu'elle tenait à la main. Gardant un visage sévère, David mit la main derrière son dos. De l'autre, il offrit à Bennie l'allabenir rembourrée. Après un moment d'hésitation, elle la prit. Sa bouche se détendit.

« Fleur à moi.

— Oui, c'est la fleur de Bonnie. Quelle jolie fleur ! »

Bonnie hocha la tête et repartit à pas chancelants pour offrir la fleur à sa nourrice bien-aimée. David se redressa.

« Ils ne font aucune différence entre le mondien et l'humain, fit observer Gruber.

— Bien sûr que non. C'est ça l'*essentiel*. Dieter, une autopsie permettrait...

— C'est impossible, David. Renoncez-y.

— Bon sang, personne ici ne *voit* les possibilités que Monde offre à la race humaine tout entière !

— Personne sauf vous, dit Gruber en souriant. On se revoit à la « procession funéraire. » Il partit avant que David ait pu lui offrir une fleur d'adieu. Et Bonnie les regardait. Bon sang, cet homme ne savait-il même pas que les enfants apprenaient en imitant, et que les adultes avaient l'obligation de se montrer cohérents au sujet de ce que les enfants étaient censés imiter ?

« Pek Allen, dit la vieille nourrice en le rejoignant. Vos fleurs s'épanouissent-elles dans la bonne terre ? » Elle voulait dire, se sentait-il bien ? David regarda le doux vieux visage, la colletine grise et rare, et sa colère contre Gruber s'évanouit. Remplacée par la désolation. Il n'arrivait pas à se faire comprendre de ses compatriotes. Ou ils étaient aveugles, ou c'était lui qui l'était.

« Le sol est pauvre aujourd'hui », répondit-il à Pek Fasinil, et il tenta de sourire. David était toujours courtois avec les Mondiens.

« Vous devriez aller vous coucher, Pek Allen. » Elle hocha la tête trois ou quatre fois, en vigoureuse femme âgée trop sûre de sa valeur et de sa place pour craindre de lui donner des ordres. « Allez-y maintenant.

— Je vais le faire. Que vos fleurs s'épanouissent et se multiplient.

— Que vos fleurs s'épanouissent », puis elle se dirigea, en se dandinant, vers un enfant tombé du haut d'un immense ballon gonflé et qui poussait des gémissements.

David se rendit dans sa pièce personnelle et ferma les rideaux de la porte cintrée. Il tira son biomoniteur du coffre-fort, l'ouvrit et le posa sur la table basse, sans contours nets. Assis sur un confortable coussin, il fourra le doigt dans la machine. Lorsque l'écran s'alluma, les yeux de David s'écarquillèrent.

Pas étonnant qu'il se soit senti si irritable ! Le mélange d'hormone et de transmetteur était presque dans le rouge en ce qui concernait le calme, la sécurité et la non-impulsivité. *De plus*, la dose d'inhibiteur de sexualité n'arrivait que tout juste à étouffer le désir. Cela expliquait probablement sa jalousie envers Gruber. Mais pas complètement. Pourquoi une femme gentille et intelligente comme

Ann Sikorski éprouvait-elle du désir pour un néandertalien comme ce Gruber affublé d'œillères...

Et voilà. Ce genre de pensées prouvait que la dose était inadéquate.

David régla les contrôles pour qu'un mélange supplémentaire de neuropharms lui soit injecté tout de suite, et qu'un mélange quotidien révisé commence demain matin. De nouveau, il mit le doigt dans la machine pour recevoir l'injection. Il enfermait le biomoniteur dans son coffre-fort lorsqu'il sentit les neuropharms le calmer. L'adaptation corporelle totale à des modifications importantes du neurotransmetteur prenait environ une semaine, bien sûr, mais l'ordinateur le savait et ajoutait, entre-temps, des agents calmants à action rapide.

Déjà, il se sentait mieux. Il pourrait assister à l'incinération d'adieu avec la tranquillité appropriée, puisque apparemment elle allait avoir lieu. Et peut-être qu'un autre Mondien mourrait des tests d'antihistaminiques. Non, bien entendu, que David souhaite la mort de quelqu'un ! Mais si cela devait arriver, il faudrait faire une autopsie. David aurait le temps de convaincre Ann, maintenant qu'il savait que la possibilité existait.

Il y avait des solutions à tous les problèmes. Il suffisait de les aborder avec l'état d'esprit qui convenait, avec toute l'aide possible de la technologie moderne. Après tout, c'était pour cela qu'elle était faite.

L'incinération d'adieu fut la plus émouvante cérémonie que Ahmed ait jamais vue.

Son émotion le surprit. Il avait assisté à beaucoup

de funérailles dans sa vie, en commençant, à l'âge de douze ans, par celles de son père. Tout d'abord, cette cérémonie l'avait rempli de peur : sa mère hurlant et s'arrachant les cheveux ; le corps de son père porté par ses propres soldats sur une simple planche, vers sa tombe au style recherché ; l'interminable oraison funèbre dans la mosquée bourrée de beaucoup trop d'hommes dégageant une forte odeur corporelle. Puis Ahmed enfant avait été envahi par une sorte d'indifférence, de détachement par rapport au chagrin qu'il éprouvait, semblable au détachement de l'ADN lorsqu'il se prépare à sa reproduction et se préserve ainsi lui-même. Durant toutes les funérailles auxquelles il assista par la suite, ce détachement lui revint, faisant de lui un observateur et non un participant. Celles de sa mère, d'amis, de collègues. Ce détachement serait encore présent, soupçonnait Bazargan, si un jour il devait enterrer son épouse, Batul, qui attendait patiemment son retour sur Terre. Le détachement qui lui permettrait de survivre.

Mais pas ici, à ces funérailles-là, sur cette terre étrangère. Ahmed Bazargan n'avait pas connu la morte. Mais il sentit son cœur s'émouvoir et chercha à en comprendre la raison.

Ce n'était pas dû à la procession elle-même qui, du point de vue d'un anthropologue blasé, était tout à fait ordinaire, sauf peut-être l'excès de fleurs. Les parents et amis de la défunte marchaient lentement en tête, à pas cadencés, vers le bûcher funéraire communal. La couleur du deuil, sur Monde, était le noir, mais pas pour les mêmes raisons que sur Terre... la nuit, les enfers souterrains, etc. Les fleurs étaient de toutes les couleurs, sauf celles-là ; des boutons noirs absorbaient beaucoup trop de chaleur pour vivre. Ils mouraient avant de s'ouvrir. Aussi aucun jardinier sur Monde n'élevait de fleurs noires, et les membres de la famille, traînant les pieds et chantant, qui passèrent devant Bazargan, étaient tous drapés dans un long voile d'un noir profond.

Derrière eux venaient les prêtres avec, à leur tête, le représentant local de l'ordre de la Première Fleur. Ou du moins, c'était ce que pensa Bazargan, même s'il savait que les Mondiens ne l'auraient pas appelé ainsi. Les servants de la Première Fleur n'étaient pas répartis en ordres, mais selon une structure plus nébuleuse, que les anthropologues terriens n'avaient pas encore éclaircie, sauf qu'elle était liée, on ne savait pourquoi, aux monts Neury. Les prêtres portaient des toges fleuries, ornées de minuscules vases en verre contenant chacun une fleur vivante plongée dans une eau spéciale.

Suivaient tous les villageois, également en noir. Lorsqu'ils passèrent devant eux à pas traînants, les quatre Terriens se joignirent à la foule. Les funérailles de Monde étaient un événement partagé, et cela signifiait que tous ceux qui le pouvaient le partageaient. Bazargan vit un vieil homme à la jambe cassée porté, sur une litière bricolée, par quatre jeunes gaillards. Les enfants, assez âgés pour avoir une fleur de cérémonie à la main, marchaient solennellement à côté de leur mère.

Pour finir, presque comme après coup, venait la défunte. Le corps, non lavé, était couché sur une carriole de ferme à deux roues, tout à fait ordinaire, tirée par deux parents. On voyait à peine le cadavre, presque enterré sous d'immenses masses de fleurs, de chaque espèce qui fleurissait actuellement à des kilomètres à la ronde.

Lorsque tout le monde, sauf le cadavre, eut atteint le feu déjà allumé, ils formèrent un immense cercle, ne laissant qu'un étroit passage par lequel fut amenée la carriole. Les porteurs s'arrêtèrent tout près du brasier. Une lente ondulation parcourut le flot des Mondiens.

Puis ce fut la partie de la cérémonie que Bazargan avait déjà vue, à des funérailles auxquelles il avait accompagné Voratur, mais qui était nouvelle pour Ann, Dieter et David. On fit basculer la carriole, dont le bois avait été ciré ; le corps, presque dissimulé par les fleurs, glissa aisément dans les flammes. Et tous les membres de la foule, les éplorés et les vieux, les estropiés et les boiteux, rejetèrent tous ensemble leurs minces voiles noirs et crièrent assez fort pour réveiller la morte.

C'était un cri de pure joie. La morte rejoignait ses ancêtres.

Les Mondiens chantaient et psalmodiaient. Sous leur voile noir, ils portaient tous de courtes toges festonnées aux brillantes couleurs, sur lesquelles, ce matin, s'entrelaçaient des fleurs fraîchement cueillies. Chacune d'elles représentait une facette des relations de la personne avec l'âme maintenant joyeusement libérée, en route vers le monde spirituel où toute fleur est à jamais épanouie.

« *Mein Gott* », dit Gruber en souriant. Bazargan l'entendit à peine dans cet incroyable vacarme. Ann semblait abasourdie, mais souriait aussi. Seul David avait l'air de lutter contre l'envie de se précipiter au premier rang de la foule et de sermonner les villageois sur leur culte de la mort et sur les prêtres qui le réglaient. Il n'en avait probablement pas seulement l'air.

Bazargan détourna ses pensées du jeune homme. Ces funérailles le touchaient. Ce n'était pas du chagrin qu'il éprouvait, ni la joie que les Mondiens partageaient visiblement, mais une autre émotion qu'il n'arrivait pas à définir. Qu'est-ce que c'était ?

Le corps était maintenant presque réduit en cendres. Le combustible utilisé devait produire des températures très élevées. Dieter devait savoir ce que c'était. Le feu ne dégageait aucune odeur de chair brûlée. Les prêtres connaissaient probablement une huile, un composé de plantes, qui masquait ou éliminait l'odeur. Est-ce que Ann enquêtait là-dessus ? Bazargan nota mentalement qu'il devrait le lui demander.

Mais toute cette intellectualisation n'arrivait pas à oblitérer l'émotion douce, agréable, mais très réelle, qu'il ressentait. Et tandis que les villageois commençaient à danser au doux son léger des flûtes et des cordes, il comprit quelle était son émotion. De l'admiration.

C'étaient les premières funérailles auxquelles il ait jamais assisté qui présentaient la qualité le plus prisée à ses yeux : la pondération. Une sorte d'équilibre entre le chagrin de la séparation et la joie de l'éternité. Entre le laïque et le religieux. Entre, littéralement, la vie et la mort. Peu lui importait que les Mondiens croient que l'âme menait une existence spirituelle avec des ancêtres comblés, et lui non. Ce qu'il admirait, c'était la dignité de ces croyances, et ce qui l'émouvait, c'était la pondération de la cérémonie mortuaire au cours de laquelle aucune femme ne s'arrachait les cheveux, où la famille ne se battait pas à propos d'un testament, où aucun politicien ne manœuvrait pour s'approprier le pouvoir laissé par le corps mort... ou assassiné. La mort, sur Monde, était pure, dans un sens fort curieux. Réduite à son essence synthétisée : le feu, les cendres, les fleurs.

Bazargan jeta un coup d'œil sur Ann, solennelle dans son uniforme de cérémonie. Non, il était incomplet. Aucun d'eux ne portait l'épée. Bazargan se souvenait du petit contretemps provoqué par Syree Johnson, à bord du *Zeus*, et sourit à Ann, en souhaitant partager ce souvenir. Mais elle regardait Dieter. Tandis qu'il les observait tous deux, Bazargan ne s'aperçut pas tout de suite que la danse était perturbée.

Quelqu'un, à l'arrière du cercle, cria et s'avança. Puis deux autres, cinq, un petit groupe. Tout d'abord, Bazargan n'arriva pas à distinguer leurs paroles. Quand il le put, elles semblèrent d'abord n'avoir aucun sens, car leur contenu était inattendu. Comme des cris de fans de football à un mariage.

« Mort aux Terriens irréels !

— Les Terriens ont tué Pek Aslor !

— Irréels ! Irréels ! »

L'un des manifestants, qui se frayait un chemin dans l'immense cercle dense, apparut à la droite de Bazargan. C'était un jeune homme à la colletine brillante portant quelque chose qui ne pouvait être qu'un gourdin. Le jeune extraterrestre parut surpris d'avoir émergé de la foule si près de son gibier. Il fit un pas en arrière, se reprit, et serra plus fort son arme.

« Mort aux Terriens irréels ! »

Maintenant, les gens qui étaient autour de lui commençaient à porter les mains à leur tête et à faire la grimace, signes incontestables d'un mal de tête. Le jeune homme semblait l'éprouver aussi ; son front était plissé et Bazargan vit dans ses yeux les signes de la douleur que provoquaient des perceptions non partagées. Ce que Ann avait dit... les neurotransmetteurs inducteurs de la douleur étaient déclenchés par le cingulaire antérieur. L'esprit se punissait lui-même.

Deux autres jeunes se frayèrent un chemin dans la foule pour rejoindre le premier. Tous trois se regardèrent et parurent tirer de leur but commun la force de passer à l'acte.

« Tuons les Terriens qui ont tué Pek Aslor !

— Les Terriens sont irréels ! »

La foule semblait aussi immobile que les spécimens préparés de Ann, mais leurs crêtes crâniennes ondulaient. Personne ne semblait capable d'agir. Bazargan devina que toute situation inédite les paralysait. Comment sept ou huit d'entre eux — le nombre des protestataires ne semblait pas dépasser ce nombre — pouvaient-ils ne pas partager la réalité, le fait que le statut des Terriens n'avait pas encore été décidé ? Ce n'était pas possible. Cela se produisait. Cela ne pouvait pas arriver.

Pourtant, c'était en train d'arriver.

Le premier manifestant, le plus culotté, leva son gourdin en direction de Bazargan.

Aussitôt, David Allen repoussa ce dernier et prit sa place. Le jeune Terrien était pâle, mais pas effrayé. Une émotion complexe traversa comme l'éclair l'esprit de Bazargan : du ressentiment parce que David Allen pensait qu'il avait besoin d'être protégé ; l'amusement qu'éveillait cette idée ; une sorte d'admiration devant la bravoure d'Allen ; l'irritation que provoquait son geste théâtral. Avant qu'il ait pu contourner David, un servant de la Première Fleur vint se poster à côté du contestataire armé.

« Jeune brindille, dit une voix calme, Réalité et Expiation n'a pas encore déclaré les Terriens irréels. C'est la réalité partagée. »

Le contestataire se retourna pour affronter le prêtre, une femme en toge fleurie. Quelque chose changea au fond des yeux du jeune homme, une chose que Bazargan ne vit que de profil. Puis le garçon hocha la tête.

« C'est la réalité partagée », acquiesça-t-il.

Le prêtre regarda les autres protestataires. L'un après l'autre, ils hochèrent la tête en murmurant : « C'est la réalité partagée. »

Bazargan contemplait tout cela, fasciné. Ce n'était pas une capitulation, ni la soumission biologique de membres inférieurs au dominant de la meute. Ce n'était pas non plus la soumission simulée pleine de ruse du rebelle attendant son heure. Les manifestants disaient : « C'est la réalité partagée », avec une conviction presque décontractée, comme un humain annonce : « Il pleut. » La foule hochait la tête, non de soulagement ou de triomphe de voir le problème désamorcé, mais avec le même consentement indiscutable, quoique décontracté. Puis la musique reprit et tout le monde, y compris les jeunes troublions, recommencèrent à danser.

« *Mein Gott* », redit Gruber. Viens, Ann, dansons.

— Oui », dit Bazargan. Il était plus secoué qu'il

ne voulait le reconnaître. Mais il se tourna vers le groupe le plus proche et se joignit à la danse.

Seul David Allen ne dansa pas. Il resta sur place à regarder fixement le servant de la Première Fleur, qui s'était remis à la danse comme si rien ne l'avait interrompu. Le jeune Terrien l'observa longtemps et Bazargan espéra que les Mondiens n'étaient pas encore assez habitués aux expressions humaines pour interpréter celle du jeune Terrien.

« Je me demande de quelles autres preuves il a besoin, dit David. Mon Dieu, que faut-il pour convaincre Bazargan ? Des hologrammes célestes ? Une vision sur la route de Damas ? »

Ann et lui étaient dans le jardin, devant les quartiers de la biologiste. Dieter Gruber se tenait probablement à l'intérieur. David s'en moquait. En fait, cela vaudrait mieux. Que Gruber surprenne leur conversation. Peut-être le géologue pourrait-il mieux la convaincre que David. Quoique... pourquoi une femme aussi intelligente avait-elle besoin d'être convaincue, pourquoi ne voyait-elle pas ce qui se passait juste sous son nez...

Mon Dieu, elle était merveilleuse, ce soir. Pas belle, peut-être, à la manière dont les riches poupées génémods étaient belles sur Mars, mais vivante et énergique. L'incinération d'adieu avait pris fin au crépuscule, comme de coutume, et tous les villageois étaient rentrés chez eux, dont beaucoup bourrés de pel. Les Terriens n'avaient pas bu autant, à cause des ordres de Bazargan. Mais à la lumière de trois lunes mondiennes, Ann semblait empourprée, sa longue chevelure blonde se répandait sur ses épaules, ses pupilles se dilataient dans leur clair iris bleu.

« David, dit-elle gentiment, Ahmed sait ce qu'il fait. Il marche sur le fil du rasoir, vous le savez. Tôt ou tard, Réalité et Expiation devra prendre une décision à propos de notre réalité. Si c'est oui, et que nous sommes réels — et Ahmed fait tout ce qu'il peut pour faire pencher la balance de ce côté — nous désirons avoir de bonnes relations avec les prêtres, afin que notre travail puisse continuer. Si c'est non, nous devrons être prêts à quitter Monde sur-le-champ. Êtes-vous...

— Oui, oui, je peux partir en trente secondes. Mes notes sont prêtes. Mon dieu, Ann, vous me traitez comme un enfant. Je *sais* tout ce que vous venez de dire. Mais il y a un problème encore plus important. Ces gens sont virtuellement asservis par leurs prêtres ! Vous avez vu ce qui s'est passé ! Une émeute a été jugulée par une unique phrase sortie de la bouche d'une bonne femme qui s'est proclamée représentante d'un dieu-en-fer-blanc tout-là-haut-dans-le-ciel. C'est vrai que sa parole a sauvé notre peau... cette fois-ci. Elle aurait pu tout aussi bien pousser la foule à nous trucider. C'est le fait de détenir ce genre de pouvoir qui est effrayant, et pas la décision spécifique d'aujourd'hui. Les Mondiens sont des gens biens, gentils. Ce ne sont pas des tueurs... pour l'amour de dieu, vous avez *vu* à quelle vitesse ce gamin est revenu sur sa position et s'est remis à danser. Il ne voulait faire de mal à personne. Ce sont les prêtres qui ont lancé cette idée qu'il faut tuer tous ceux qu'ils déclarent « irréels », et ce n'est qu'un moyen de garder le pouvoir. C'est un truc classique, employé dans les sociétés rurales homogènes. Pourquoi Bazargan ne le sait-il pas ?

— Je suis sûre qu'il le sait, répliqua Ann d'un ton las. Mais il est presque minuit, David. Je ne suis pas vraiment en état de discuter anthropologie avec vous.

— Mais *vous*, vous devriez comprendre...

— Bonne nuit, David. »

Il se pencha pour l'embrasser.

Ann ne recula pas, mais ne réagit pas non plus. Elle resta indifférente, quoique ce baiser ne fut pas passionné — le crédit en revenait aux inhibiteurs du désir sexuel. Lorsqu'il s'écarta, elle dit tranquillement : « Ne recommencez jamais cela, David.

— Ann, je vous aime.

— Non, vous ne m'aimez pas. Vous...

— Vous me traitez encore en gamin !

— Vous agissez comme un enfant. Réfléchissez, David... vous savez de quoi il s'agit. Votre formation a traité de cela. C'est un engouement classique qui se produit durant le travail sur le terrain, né de l'isolement et du danger. J'ai quinze ans de plus que vous et...

— C'est ça, Dieter Gruber et vous ? Un engouement de travail sur le terrain né de l'isolement et du danger ?

— Bonne nuit, David. » Elle franchit le porche fermé par une tenture.

Il eut envie de se précipiter derrière elle et d'avoir une explication... il n'y avait pas de véritables portes dans une maison de Monde, sauf les grilles du mur extérieur. Mais à l'idée que Gruber pouvait être à l'intérieur, en train de rire... Oh, mon dieu, pourquoi avait-il embrassé Ann ? Il s'était livré au mépris de Gruber ; et probablement que, maintenant, Ann dresserait une barrière entre eux, ou pire encore, le dirait à Bazargan... La honte l'envahit.

Ses neuropharms avaient besoin d'un réglage. Encore un.

C'était ce qu'il devait faire. Rentrant dans son appartement en trébuchant, il élabora son plan. Un mélange qui le rendrait inaccessible à tout sarcasme de leur part. Réduirait toutes les émotions qui le rendaient vulnérable, accroîtrait son outrecuidance et son agressivité...

Pourquoi l'avait-il embrassée ? Pourquoi ? Stupide, stupide...

Quelqu'un passa derrière un arbre, de l'autre côté du jardin. Une silhouette sombre. David resta immobile, sondant l'obscurité. L'un des contestataires, peut-être, le courage ravivé par la distance qui le séparait de ses prêtres tyranniques...

La silhouette bougea de nouveau. C'était Enli, la servante.

La honte envahit David. Maintenant, il avait peur des ombres. Décidément, il lui fallait un meilleur mélange de neuropharms. Demain matin, il prendrait un nouveau départ.

« Que vos fleurs s'épanouissent en paix, Enli », cria-t-il. La jeune fille sursauta, et il se sentit un peu mieux tandis qu'il traversait le jardin odorant éclairé par la lune.

DOUZE

À BORD DU ZEUS

Syree prenait sa douche sonique lorsque l'alarme se déclencha. *Aux postes de combat.*

En trois secondes, elle flotta, nue, jusqu'à l'interphone. « Ici, le colonel Johnson, que se passe-t-il ?

Du pont, le commandant en second, Debra Puchalla répondit : « Quelque chose a émergé du tunnel, mon colonel. Un frelon faucheur. Il se dirige vers nous à vitesse maximum.

— J'arrive. »

Mais sans se précipiter. Les frelons, c'est ainsi que l'on appelait l'équivalent faucheur des avisos, voyageaient à environ une fois et demi l'accélération maximum supportable pour un pilote humain, car la biologie de l'ennemi était bien plus robuste que celle des humains. Syree s'intéressait moins à la biologie qu'à la technologie, mais jusqu'à maintenant, personne n'avait pu s'emparer d'un frelon pour le rétrocombiner. Les Faucheurs les faisaient sauter. Mais même à vitesse maximum, celui-là aurait besoin de quelques jours pour atteindre Monde au sortir du tunnel spatial #438. Et aussi, grâce aux données des services secrets, on savait que la portée de tir d'un frelon était considérablement moindre que celle, maximum, du *Zeus*. C'était une situation critique, mais qui n'allait pas empirer instantanément.

Le capitaine Pères arriva sur le pont avant Syree. Tandis qu'il lançait des ordres, elle resta immobile en faisant porter son poids sur sa jambe droite. La mission de Syree lui donnait, en circonstances ordinaires, un pouvoir décisionnaire sur les actions du *Zeus*, mais pas en cas de guerre. Là, c'était Peres qui commandait.

Lorsqu'il eut terminé, elle dit : « Ont-ils détruits les sondes ?

— Dès leur arrivée. » Elle s'y attendait. Sans doute les Faucheurs avaient-ils émergé à l'aveugle du nouveau tunnel spatial qu'ils venaient de découvrir. Ils avaient alors détecté les deux sondes de balisage qui les avaient déjà repérés et envoyé au *Zeus* toutes les données. Immédiatement, l'ennemi les avait détruites, les reconnaissant pour des objets humains. À leur place, Syree aurait fait de même.

À leur place, elle aurait ensuite renvoyé un missile de données dans le tunnel spatial d'où venait de sortir son frelon, afin d'alerter leur commandement de la présence humaine dans ce nouveau système. Soit cela, ou bien y retourner eux-mêmes, pour recevoir des ordres, et revenir, toujours pas le tunnel spatial. Mais s'ils avaient choisi ce dernier scénario, il n'y aurait pas qu'un seul frelon fonçant vers le *Zeus*. Tout dépendait de la distance à laquelle les renforts se trouvaient du côté faucheur du tunnel. Il se pouvait que le premier frelon *soit* retourné, et que celui-ci soit un vaisseau différent, mieux équipé que le premier intrus. Puisque les sondes de balisage avaient été détruites, Peres ne pouvait être sûr de rien.

Il se tourna vers elle. « Nous nous dirigeons vers l'ennemi, professeur Johnson. Je préfère les attaquer aussi loin que possible de la planète. La navette peut aller chercher vos gens et nous rattraper avant le combat. Ou votre équipe peut rester en bas. À votre choix. »

Syree s'y été attendue. « Je désire parler au professeur Bazargan.

— Certainement. Mais nous avons besoin d'une décision rapide.

— Je comprends. Avez-vous une raison de croire que l'ennemi connaissait l'existence de l'Objet orbital #7 ?

— Non. Mais nous ne savons pas non plus s'ils l'ignoraient.

— La protection de l'artefact est un objectif militaire majeur, mon capitaine.

— J'en suis conscient, professeur Johnson, répondit Peres en la dévisageant. Mais cela n'est pas plus important qu'un engagement avec l'ennemi.

— Non.

— Capitaine... » Le second avait une question stratégique à poser. Syree s'éloigna. Peres rendait aussi clair que possible qu'en dépit de l'expérience du colonel, ce commandement était le sien. Elle se posta dans un coin éloigné du pont et activa sa liaison radio.

Chaque membre de l'équipe au sol avait, pour les cas d'urgence, un telcom personnel fixé sous la peau, mais l'en retirer était déplaisant. Le telcom officiel était détenu par Bazargan, qui répondit immédiatement au signal de Syree. « Ahmed Bazargan.

— Ici le colonel Johnson. Êtes-vous seul ?

— Le professeur Sikorski est avec moi. Il n'y a personne d'autre. » Il semblait sur ses gardes, autant qu'il pouvait le laisser transparaître. Elle savait que c'était un type solide, pour un civil.

« Le *Zeus* est engagé dans une action militaire, dit-elle sèchement. Un vaisseau faucheur a émergé du tunnel spatial et s'avance à vitesse maximale vers votre planète. Le *Zeus* va combattre aussi loin que possible et vient de quitter l'orbite. Nous pouvons vous envoyer la navette, si vous le souhaitez. Si oui, vous serez à bord du *Zeus* pour la bataille. Sinon, au cas où le *Zeus* serait détruit, vous vous retrouverez abandonnés sur la planète dans ce qui deviendra alors un espace contrôlé par les Faucheurs, du moins temporairement. C'est à vous de décider, mais sur-le-champ. »

Un bref silence, puis Bazargan dit : « Je comprends. » Sa voix restait calme.

Il dit : « Ann ? » Le murmure de Sikorski resta intelligible. Bazargan reprit la parole : « Nous ne pouvons pas consulter le professeur Gruber et David Allen, colonel. Mais le professeur Sikorski et moi sommes d'accord. L'équipe restera. Je vous prie de nous informer du... de l'issue de l'engagement militaire.

— Bien entendu. » Syree n'ajouta pas qu'une absence totale d'information signifierait qu'il n'y avait plus de *Zeus*. Bazargan était assez intelligent pour le comprendre.

Au bout d'un moment, il dit : « Y a-t-il autre chose ? »

Syree se demanda soudain s'il pensait à l'artefact. Son ton était curieusement lourd de sens. Mais non... Bazargan n'était qu'un anthropologue. Personne n'avait dû le mettre au courant, et en ce qui concernait ce projet, le secret avait été le plus absolu qu'elle ait jamais connu.

Bien sûr, elle pouvait décider de le lui révéler maintenant. Il se pouvait qu'outre la présence des Faucheurs, d'autres événements mettent en danger le personnel descendu sur la planète. Rapidement, elle passa en revue les options, puis prit sa décision.

« Non, rien d'autre. Bonne chance, professeur.

— À vous aussi », répondit calmement Bazargan.

Syree était contente d'en avoir fini avec ce problème. Maintenant, elle pouvait réfléchir à la vraie question : l'artefact. Les Faucheurs connaissaient peut-être déjà son existence, ou non. Si oui, ils le voulaient sans doute. C'était à elle de s'assurer qu'ils ne s'en emparent pas.

Les détonateurs étaient déjà fixés à la surface de l'artefact, cette surface mate que rien, jusqu'à maintenant, n'avait pu pénétrer. Les détonateurs le feraient, d'accord. Ils le vaporiseraient, et la lumière des atomes détruits ferait rougeoyer les cieux de la planète. Le capitaine Peres contrôlait le signal à distance, mais il se déclencherait automatiquement si le *Zeus* explosait.

Alors, personne n'aurait l'artefact.

Quel effet cela aurait-il sur la planète ? Personne ne le savait. On ne s'était « servi » qu'une seule fois de l'artefact, bien que par inadvertance, et l'onde altérant l'interaction forte avait tué le capitaine Austen. Et on ne l'avait actionné qu'au réglage le plus faible. Si l'objet sautait, il pourrait, ou non, émettre son onde à plein rendement. Quoi que ce fut. Personne ne pouvait deviner l'effet que cela aurait sur la planète. Ni quelle serait la localisation de l'équipe de Bazargan à ce moment-là : directement sur le chemin de l'onde, en partie protégée par la planète, à cent quatre-vingt degrés de l'autre côté ? Il valait mieux ne pas avertir Bazargan, ce qui risquait de mettre les Faucheurs au courant de l'existence de l'artefact ; le gain que l'équipe planétaire pouvait tirer de ce renseignement était tellement incertain... Elle dit à Peres que les civils resteraient sur Monde.

« Frelon à portée de tir », dit le canonnier. C'était un simple soldat, grand et élancé, appelé Sloane.

Peres dit à son second : « Officier Puchalla ? Une communication en provenance du frelon ? »

Syree grogna intérieurement. Quand les Faucheurs avaient-ils jamais communiqué ? Elle étudia les affichages de localisation, sur le pont du *Zeus* où théoriquement elle n'aurait pas dû se trouver pendant un engagement militaire. Mais son statut à bord du vaisseau était si exceptionnel que Peres et elle avaient évité d'en discuter. Elle se doutait qu'elle devait avoir plus d'expérience que lui en ce qui concernait la guerre. Mais c'était lui le capitaine, et elle appartenait aux Projets spéciaux ; il était donc plus facile d'accepter tacitement qu'elle observe tout et n'interfère en rien.

La présence du frelon s'identifiait par toutes les données, signature thermique, masse, émission de radiation, mais n'était pas encore visible. Il ne faisait aucun effort pour se cacher.

« Pas de communication de l'ennemi, mon capitaine, dit Puchalla.

— Feu.

— Je tire », dit Sloane.

Le faisceau de protons, accélérés à des vitesses relativistes, jaillit du *Zeus*, flèche mortelle de particules. Syree put le suivre clairement sur l'afficheur. Le voir foncer dans l'espace, visant le frelon... puis le *traverser*.

Une claire signature thermique émanait du vaisseau faucheur qui s'avançait toujours vers le *Zeus*.

Syree en avait le souffle coupé. Ce qu'elle venait de voir était impossible. Où était parti le faisceau de protons ? Pourquoi le frelon ne s'était-il pas vaporisé ?

« Bon dieu », dit le grand canonnier. Ses mains étaient retombées le long de son corps. Les officiers échangeaient des regards incrédules.

« Feu », lança Peres d'une voix forte et tendue.

De nouveau le faisceau jaillit du *Zeus*, rencontra le frelon et le traversa.

La jambe clonée de Syree céda sous elle. Elle s'appuya à la cloison pour ne pas tomber. Le métal dur, froid, familier, lui éclaira l'esprit.

« Ils ont un bouclier ! laissa échapper le canonnier.

— Non, pas un bouclier, dit Peres de la même voix altérée. Le faisceau les a *traversés*. Professeur Johnson ? »

Tout le monde sur le pont sursauta et la regarda, même le pilote, dont les yeux n'auraient pas dû quitter les écrans. L'esprit de Syree fonctionnait à toute vitesse, tournait en rond... puis se fixa sur la seule explication possible. Même si celle-ci refaisait encore plus tourner son esprit en rond.

« Affichez les relevés du faisceau juste avant qu'il ait frappé le frelon », dit Syree, et personne ne la reprit pour lui faire remarquer que le faisceau ne l'avait pas frappé. Le canonnier fournit les données. Pendant une seconde, il s'introduisit d'un bond dans la réalité — jeune, visage duveteux, c'était probablement sa première période de service, ses iris d'un bleu nordique se dilataient dans des globes oculaires marqués d'un fin réseau de capillaires rouges. Puis elle l'oublia de nouveau pour plonger dans les données affichées sur l'écran.

Oui. Ce n'était pas possible. Mais c'était en train d'arriver.

« Ce n'est pas un bouclier, dit-elle en toute hâte à Peres. C'est un... nous n'avons pas de mot pour cela. Ils ont modifié la forme ondulatoire du faisceau de protons en reformulant sa fonction complexe de phase, juste avant qu'il les frappe. » *Comment ?* Au nom du ciel, comment ?

— Expliquez-moi cela, professeur Johnson, afin que je puisse comprendre, dit Peres.

Elle regarda les officiers et les deux hommes d'équipage, le canonnier et le pilote. Probablement qu'aucun d'entre eux n'avait assez de connaissances en physique pour comprendre. Mon dieu, *elle-même* ne comprenait pas. Mais c'était arrivé. Le frelon fonçait toujours sur eux, mais sa portée de tir ne faisait qu'environ la moitié de la leur. Ils ne pouvaient pas encore tirer sur eux. À moins qu'ils aient, en plus de leur nouvelle technologie de défense, de nouvelles armes.

« Professeur Johnson ?

— Désolée, capitaine. Je vais tenter de vous expliquer. Notre rayon protonique est constitué d'un faisceau de particules qui se déplacent à une grande fraction de la vitesse de la lumière. Mais, comme vous le savez, un faisceau de particules peut aussi être considéré comme une onde, avec des propriétés ondulatoires, y compris une amplitude et une phase. Le rayon que nous avons tiré est à la fois une onde et un faisceau de particules jusqu'au moment où il est... observé. La cible de tout système d'arme est une sorte d'observateur. Le rayon que nous tirons agit sur le frelon et se transforme alors en un faisceau de particules. Seulement, cette fois-ci, il ne l'a pas fait. » Les équations se formaient dans son esprit, et elle les repoussa. Peres n'était pas physicien.

« Pourquoi ? demanda ce dernier.

— L'observateur — c'est-à-dire le frelon — a maintenu le faisceau sous forme d'onde. Il a complexifié la phase afin qu'elle n'interagisse pas avec la matière ordinaire. Aussi le faisceau a simplement traversé le vaisseau. Selon la théorie de l'observateur nécessaire, le frelon a choisi de ne pas observer le faisceau et donc de ne pas dissiper sa dualité.

— Choisi de ne pas l'observer ? dit le second. Que diantre cela veut-il dire ? »

Syree la regarda. Si elle avait eu le commandement, Puchalla n'aurait pas parlé sur ce ton. « Seulement ce que j'ai dit. Choisir de ne pas l'observer. En remaniant la phase de l'aspect ondulatoire en une complexité plus élevée, le faisceau de tir est devenu irréel pour la matière ordinaire.

— Irréel ? s'exclama Sloane, bien qu'il n'aurait pas dû parler puisqu'aucun officier ne s'était adressé à lui.

— Oui, Sloane. Irréel. Pas dans notre réalité. »

Le canonnier éclata de rire. Le bruit incongru, hystérique, résonna dans le silence qui régnait sur le pont.

« Sloane, vous êtes relevé. Officier Puchalla, convoquez le remplaçant de Sloane sur le pont. Professeur Johnson, pensez-vous que cette capacité des Faucheurs à modifier la phase ondulatoire d'un faisceau de tir peut être utilisée comme une arme offensive ?

— Je ne vois pas comment. Mais s'ils peuvent faire ceci, il est impossible de prévoir ce qu'ils peuvent ou ne peuvent pas faire d'autre. »

Peres regarda fixement l'écran. « Je comprends. » Le frelon fonçait vers eux dans l'espace intérieur du système solaire.

Le *Zeus* tira cinq fois de plus sur le frelon durant les deux jours suivants, évaluant l'effet de la distance sur le modificateur faucheur de la phase ondulatoire. Le nom était de Peres ; cela lui semblait, autant que le capitaine le pouvait, ou le voulait, appréhender la physique qui se trouvait derrière les défenses de l'ennemi. Aucun de ses tirs de l'affectèrent. Et l'ennemi ne tira pas sur le *Zeus*.

Cette attitude épouvanta Syree plus que le modificateur lui-même.

Il était clair que les Faucheurs n'avaient pas envie d'engager la bataille avec le *Zeus*. Les chances n'étaient pas en leur faveur, mais généralement les vaisseaux faucheurs, même les moustiques, tiraient toujours. Pas celui-là. Alors, pourquoi étaient-ils venus ?

Le seule autre chose qui pouvait intéresser l'ennemi, dans ce lointain système primitif, devait être l'Objet orbital #7.

Tandis que les heures passaient, mettant à rude épreuve les nerfs de tout l'équipage, Syree en devint de plus en plus certaine. Le frelon dépassa le *Zeus* et poursuivit sa course. Le *Zeus* fit demi-tour et le pourchassa en vain, incapable qu'il était d'arrêter les Faucheurs, ne pouvant que se traîner derrière eux et voir ce qu'ils faisaient. Maintenant, les observateurs, c'étaient eux.

« Professeur Johnson ?

— Leurs équations orbitales sont claires. Ils effectuent un vol à proximité de la planète habitée. Pour rassembler des données. Ils n'ont aucune raison de faire cela, à moins de soupçonner qu'il y ait là une chose qui vaille la peine de recueillir des données sur elle. »

L'équipe du projet s'était rassemblée dans les quartiers de Peres. Le capitaine, Canton Lee, John Ombatu, Lucy Wu. Peres y avait inclus également les deux autres officiers, Puchalla et Kertesz. La mission concernant l'artefact avait toujours été basée sur un besoin de savoir ; apparemment, Peres avait décidé que son second et son troisième officier avaient besoin d'être informés. Syree les mit au courant, et ils parurent mécontents de ne pas l'avoir été plus tôt.

Et comme tous les autres, ils avaient une fort

vilaine apparence. Pas rasés et, d'après l'odeur qui régnait dans la cabine, pas lavés non plus. Le temps du vaisseau était de vingt-deux heures. Tout le monde avait cessé de suivre le rythme normal jour-nuit. Les lumières ne baissaient pas, et les postes de combat étaient constamment occupés. Les officiers ne dormaient que de façon intermittente et se réveillaient, enfilant leurs vêtements, de peur d'avoir manqué quelque chose durant ces quelques heures de sommeil agité. Toute cette tension, alors que, de fait, rien n'arrivait. Le frelon volait vers Monde, le *Zeus* dans son sillage. L'inactivité rendait cela encore pire.

Syree avait inclus plus de sérotonine, de baloline et de susbstance J dans son mélange quotidien de neuropharms. Mais elle n'osait pas augmenter la dopamine ou le complexe lutte-et-fuite jusqu'à ce qu'il y ait vraiment quelque chose à faire. Une mixture trop riche prise trop tôt ne pouvait qu'épuiser le corps. Elle supposait que les autres faisaient de même.

Peres lui dit : « À votre avis, qu'est-ce que les Faucheurs pourraient faire à l'artefact ? »

Syree prit les sorties sur papier de ses calculs, même s'ils n'avaient de sens que pour elle seule. « Ils peuvent tirer dessus, bien sûr. Un faisceau protonique vaporiserait sans doute l'artefact. Probablement. Ou ils peuvent juste l'observer, rassembler des données. Je ne vois pas ce que l'ennemi peut faire d'autre à l'objet. »

Elle n'ajouta pas : *Après tout, nous n'avons rien pu faire d'autre, et nous avons eu des mois pour cela*. Tous étaient déjà hyper-conscients de ce fait.

Lee s'agita dans son fauteuil. « Mon colonel, nous

avons une fois imaginé que le *Zeus* pourrait remorquer l'artefact vers le tunnel spatial. Le frelon pourrait-il le faire ? »

Syree y avait déjà réfléchi. « Je ne pense pas, Canton. Nous n'avons, bien entendu, jamais eu la possibilité de démonter un frelon. Mais le mieux que je puisse tirer des équations dit que le frelon ne peut s'arrêter sans endommager l'effet de leur modificateur de phase. Non seulement le faisceau de tir doit se déplacer pour que la défense soit effective, mais le vaisseau faucheur lui-même doit avoir également une certaine vélocité minimum. Ils la dépassent de peu maintenant.

— Mais ils sont déjà hors de portée de tir, dit Peres. S'ils atteignent l'artefact et s'arrêtent assez longtemps pour en prendre le contrôle, tout ce dont les Faucheurs devraient s'inquiéter, c'est des canons automatiques placés en orbite. Et nous savons déjà que l'ennemi peut détecter et détruire tout ce que nous avons de ce type.

— Oui », répondit Syree. Elle fut prise de vertige. À quand remontait son dernier repas ? Elle ferait mieux de manger bientôt. « Mais les équations disent qu'arracher l'artefact de son orbite et repartir à une vélocité suffisante les ralentiraient tellement que le *Zeus* les aurait à portée de tir avant qu'ils quittent Monde.

— Alors, ils ne peuvent pas remorquer l'artefact, dit Puchalla.

— Si vos équations sont justes, dit Peres.

— Oui, acquiesça Syree.

— Et même s'ils le remorquaient, avança John Ombatu, l'assistant de Syree, à quoi cela leur servirait-il ? Nous savons que la masse de l'artefact est trop élevée pour qu'il puisse traverser le tunnel. Nous avons également essayé de nombreuses fois de le démonter, et rien n'a marché. Alors, pourquoi eux en seraient-ils capables ?

— Pourquoi sont-ils capable de modifier la phase ondulatoire ? dit Peres. Mon dieu, je suis épuisé. Alors, qu'allons-nous faire ? »

Personne ne répondit. Ils savaient ce qu'ils étaient en train de faire : suivre un frelon ennemi comme des débris dans la queue d'une comète. Se traîner derrière lui et attendre. Dans quelques jours, ils n'auraient toujours rien accompli d'utile, sans doute, mais du moins, ils auraient des réponses bonnes à savoir. À des questions telles que : les Faucheurs vont-ils simplement regarder l'artefact pour confirmer l'existence du second objet connu de la race qui avait créé les tunnels spatiaux ? Ou bien les Faucheurs allaient-ils le détruire ? Ou peut-être, les Faucheurs allaient-ils faire sauter le *Zeus* au moyen d'une technologie encore insoupçonnée ? Faire sauter la planète ?

« Il y a autre chose qu'il faut signaler. » Peres avait l'air de savoir qu'ils y avaient déjà pensé, ce qui était exact. « N'importe quoi d'autre peut sortir du tunnel spatial à n'importe quel moment. Des vaisseaux de guerre, ou autre chose. Ce n'est pas parce, depuis ces derniers jours, rien n'est apparu que cela ne se produira pas. »

Un par un, les gens entassés dans la minuscule chambre malodorante hochèrent la tête.

« Rien d'autre à dire ? demanda Peres. Non ? OK,

alors maintenant, nous attendons. Deb, vous avez la passerelle. »

Puchalla hocha la tête. Syree se leva pour partir, en s'appuyant sur sa jambe droite. Elle allait s'accorder quelques heures de sommeil. Ou du moins, essayer.

La chose la plus difficile, toujours, c'était de ne rien faire.

Six heures plus tard, le frelon changea de route. Sans ralentir, il passa en piqué tout près de l'Objet orbital #7. Syree et son équipe, plus Peres et ses militaires, s'assemblèrent sur le pont du *Zeus* pour contempler le gracieux ballet du frelon. Il ne ralentit pas. Puis, il retourna vers le tunnel spatial, emportant les données qu'il avait recueillies pour le Haut Commandement faucheur, en vue de l'action, quelle qu'elle fut, que celui-ci choisirait de mener.

« Bon, dit Peres, après un long, long silence. Maintenant, nous savons ce qu'ils ont en tête. »

TREIZE

GOFKIT JEMLOE

Lorsque Enli retourna en vélo à Gofkit Jemloe, elle se sentait mieux qu'elle ne l'avait été depuis une dizaine de dix-jour. Comme le sommeil avait été doux dans le bureau de Pek Nagredil ! Blottie dans la chaleur de la réalité partagée avec le grand prêtre de la Première Fleur, elle avait dormi pendant des heures. Lorsqu'elle s'éveilla, il faisait noir dehors, cependant Pek Nagredil était toujours là.

« Que les fleurs de votre cœur soient tranquilles, Pek Brimmidin, dit-il calmement. Un message a été envoyé à Gofkit Jemloe. La maison Voratur ne vous attend pas avant demain.

— Mais...

— Que vos fleurs reposent en paix. Tenez, cette soupe est encore chaude. »

Elle ne s'était pas attendue à une faim pareille. Avidement, elle avala à grand bruit tout ce qu'on lui avait servi. Pek Nagredil remplit de nouveau son bol, et elle le vida, encore. Il lui versa un verre de pel en se déplaçant dans le sombre bureau avec, pour seule lumière, le clair de lune qui coulait à flots par les fenêtres cintrées. Il y avait peu de lampes à huile à

Rafkit Seloe. Dans la capitale, personne ne travaillait une fois la nuit tombée.

« Avez-vous suffisamment mangé ?

— Oui. Merci, Pek Nagredil. »

Il rapprocha d'elle un coussin, et s'y installa le dos tourné à la fenêtre. Il n'était qu'une sombre silhouette dans un halo de colletine grise, un fonctionnaire moyen d'âge mûr qui n'avait pas eu, ou pas pris, le temps de peigner décemment sa fourrure.

« Enli, j'aimerais vous poser quelques questions. »

Auparavant, il ne l'avait jamais appelée par son nom.

« Le servant de la Première Fleur n'a pas pu rester. Réalité et Expiation se réunit ce soir pour discuter des Terriens, comme vous vous en doutez, je pense. Mais notre prêtre se fait du souci à cause de vous. Le travail d'informateur est censé permettre aux irréels de regagner leur âme en se mettant au service de la réalité partagée. Il n'est pas censé détruire l'âme elle-même. Regardez-vous. Vous êtes si maigre. Vous sursautez au moindre bruit. Vos yeux se remplissent de larmes lorsqu'on vous questionne. Vous tombez endormie ici d'un sommeil semblable à la mort. Aussi, il faut que je vous pose la question, Enli. Informateur auprès des Terriens, est-ce beaucoup trop pour votre âme ?

— Je... »

Pek Nagredil leva la main. « Attendez. Si oui, je peux vous en dispenser, le servant de la Première Fleur l'a dit. On pourrait vous trouver un autre travail d'informateur pour que vous terminiez votre expiation. Vous savez déjà que nous avons, dans la maison Voratur, d'autres irréels qui surveillent les

Terriens. Deux. Aucun ne travaille comme vous si près d'un Terrien. Aucun ne peut nous fournir autant d'informations que vous. Mais si cela doit vous détruire, le prix est trop élevé. Alors vous devez choisir, Enli. Souhaitez-vous un autre travail d'informateur ? »

Enli avala le pel qui restait dans sa coupe. Sa chaleur envahit tout son corps. Échapper à l'horrible mal de tête de la maison Voratur... Mais c'était son travail. Son expiation. Elle le faisait pour Tabor, afin qu'il puisse être libéré et rejoigne leurs ancêtres. Être libéré avec la même joie que la femme morte des antihistaminiques avait été expédiée vers ses ancêtres. C'était la réalité qu'elle partageait maintenant avec Tabor.

Et avec Pek Nagredil.

Et avec le servant de la Première Fleur qui avait été si gentil avec elle.

Et même avec les Terriens. Après ce qu'elle-même avait rapporté sur la réalité partagée arrachée des crânes des Mondiens pour être fixée avec des câbles dans ceux des Terriens... même maintenant, elle fit la grimace, rien que d'y penser. Après ce compte rendu, les Terriens allaient sans doute être déclarés irréels. Mais ils ne l'étaient pas *encore*. C'était la réalité, et elle la partageait avec les bizarres extramondiens. Enli avait peut-être mal entendu les Terriens, comme avait dit le prêtre. Et peut-être que non. Pek Sikorski, toujours si gentille avec elle...

Elle dit à Pek Nagredil : « Je resterai dans la maison Voratur pour vous informer sur les Terriens. »

Il hocha la tête. Bien sûr, il avait espéré cette réponse. Ils partageaient la réalité de la situation.

« Vous pouvez dormir ici cette nuit, Pek Brimmidin.

— Que vos fleurs s'épanouissent durant la nuit.

— Que vos fleurs s'épanouissent durant la nuit. »

Pek Nagredil enfourcha sa bicyclette pour s'engager dans les rues désertes de Rafkit Siloe. À sa grande surprise, Enli retomba presque immédiatement endormie, malgré le sommeil reposant dont elle venait de jouir. À l'aube, elle sortit en pédalant de la capitale, se lava dans une mare fraîche et prit son petit déjeuner dans une maison des voyageurs.

Maintenant, elle longeait des champs de blé à différents stades de mûrissement, chacun bordé par sa fleur sauvage patronne. Le soleil se levait, inébranlable, et Enli regardait avec plaisir les fleurs les plus vives tourner leur visage pour suivre la chaude balle rouge dans le ciel clair. Aux portes de la maison Voratur, elle descendit de vélo et le poussa directement dans les pièces de Pek Sikorski.

« Enli, vous m'avez manqué ce matin, dit cette dernière en terrien. Vous avez l'air en pleine forme.

— Le sol est riche aujourd'hui, Pek Sikorski. Que vos fleurs s'épanouissent. » Enli avait répondu en mondien ; elle ne savait pas bien pourquoi.

« Que vos fleurs s'épanouissent », répliqua Pek Sikorski dans la même langue. On avait l'impression que son sol à elle n'était pas riche aujourd'hui. Sa bizarre fourrure de tête n'était pas peignée et sa tunique portait des taches. Les établis du labo étaient couverts de machines terriennes, sorties de leurs vilaines boîtes carrées, et de petits morceaux de divers animaux et de différentes plantes que Pek Sikorski mettait dedans.

« Puis-je vous aider à planter des fleurs dans votre sol ? »

Pek Sikorski sourit. « Merci, Enli. Mais aucune de nous deux ne peut planter dans ce sol, j'en ai peur. Un important morceau d'information a disparu. »

Enli comprit soudain que Pek Sikorski parlait de l'image du cerveau de Pek Voratur. Parlait d'arracher de son crâne des morceaux de réalité partagée et de...

La tête d'Enli commença à la faire souffrir. Ce matin, elle n'avait pris aucune pilule du gouvernement ; pour la première fois depuis son arrivée dans la maison Voratur, elle n'en avait pas eu besoin. C'était si bon. Mais maintenant, l'horreur s'était glissée de nouveau dans sa tête, l'impensable violation de la réalité partagée que les Terriens envisageaient... si de fait ils l'envisageaient...

Il fallait qu'elle sache. Maintenant. Pendant qu'elle se sentait de nouveau forte, qu'elle sentait de nouveau son vrai moi, avant qu'elle soit de nouveau immobilisée par les incohérences avec la réalité partagée que les Terriens éparpillaient autour d'eux comme du pollen, où qu'ils aillent.

« Pek Sikorski, dit Enli, et elle parlait terrien, parce qu'il ne devait pas y avoir d'erreur d'interprétation, cette fois. Pek Sikorski, allez-vous sortir du crâne de Pek Voratur des morceaux de sa réalité partagée pour les mettre à l'intérieur d'un crâne terrien ? »

Pek Sikorski se retourna, stupéfaite. « Faire quoi ? »

Enli répéta lentement et soigneusement. Elle s'en moquait, de révéler ainsi combien son terrien était vraiment bon. « Allez-vous sortir du crâne de Pek Voratur des morceaux de sa réalité partagée et les mettre à l'intérieur d'un crâne terrien ? En les fixant avec des câbles ?

— Des câbles... oh, mon dieu. Câbler ! »

La bouche de Pek Sikorski dessina un O rouge, bien rond. Ses yeux, de cette étrange non-couleur pâle, devinrent presque aussi ronds. Les deux femmes se regardaient fixement de part et d'autre de l'établi du labo où s'entassaient des machines étrangères et de la verdure de Monde.

« Enli... qu'avez-vous entendu ? Que pensez-vous que cela signifie ? »

Enli ne savait pas que répondre. Tout ce qu'elle pouvait faire, c'était répéter la question une troisième fois. « Allez-vous sortir du crâne de Pek Voratur des morceaux de sa réalité partagée ? Pour les mettre à l'intérieur d'un crâne terrien ?

— Non ! Mon Dieu, non ! Écoutez, Enli, nous ne ferons de mal à aucun Mondien. Nous n'allons rien sortir d'un crâne mondien. Ce que vous avez entendu, c'était une idée folle de Pek Allen qui voudrait que les bébés Terriens aient... »

Elle se tut. Aient quoi ? se demanda Enli. La réalité partagée ? Mais cela signifiait qu'ils ne l'avaient *pas* en ce moment.

« Aient beaucoup de diverses petites choses plus proches de celles des Mondiens quand ils naissent, dit fermement Pek Sikorski. C'est ce que "câblés" veut dire. Par exemple, vous êtes "câblée" pour avoir une colletine, et nous pas. »

Une colletine. Les Terriens voulaient seulement

acquérir une *colletine*. Et pourquoi pas ? Ils savent forcément combien ils sont laids sans elle.

« Une colletine », dit Enli, et tant de joie monta en elle, nectar des fleurs de son cœur, qu'elle remarqua à peine que Pek Sikorski détournait les yeux. Une colletine !

« Et d'autres qualités câblées, murmura Pek Sikorski. Mais Enli... quand votre anglais est-il devenu si bon ? »

De nouveau, les deux femmes se regardèrent. Au bout d'un long moment, Pek Sikorski sourit tristement. « On dirait qu'il y a beaucoup de choses que nous ignorons l'une sur l'autre.

— Mais nous partageons la réalité ! » lâcha étourdiment Enli. Elle n'avait pu s'en empêcher. Ce devait être réel !

« Oh, oui, dit Pek Sikorski, et maintenant il y avait dans sa voix des nuances terriennes que Enli ne comprenait pas. Nous occupons certainement la même réalité. »

C'était une drôle manière de l'énoncer, même en terrien. Et Pek Sikorski la regardait drôlement, aussi, intensément, comme si elle savait que Enli ne partageait pas toute sa propre réalité.

Ce qui était vrai, bien entendu.

Le mal de tête frappa soudain si durement Enli qu'elle cria. La pièce devint floue. C'était parce qu'elle n'avait pas pris les pilules... Enli mit les mains devant ses yeux. La lumière, la lumière, elle lui faisait tellement mal...

« Qu'y a-t-il ? Enli ? » Les mains de Pek Sikorski posées sur elle, fraîches et inquiètes, pour l'aider à s'asseoir.

Enli repoussa les mains. Fouillant à tâtons dans sa poche, elle finit par trouver les pilules et en fourra une poignée dans sa bouche. Peu à peu, la pièce réapparut autour d'elle tandis que le mal de tête s'affaiblissait à contrecœur, comme une bête se retirant temporairement dans l'ombre.

Pek Sikorski réapparut aussi, une femme ébouriffée assise devant elle sur le parquet poli, lui tenant la main.

« Ce n'est pas grave, Enli, dit Pek Sikorski d'une voix douce. Mais dites-moi ce qu'était cette crise. »

Enli se contenta de secouer la tête. Ce geste lui fit mal.

« C'est arrivé lorsque j'ai dit : "Nous occupons certainement la même réalité". Parce que vous savez que non. C'était une crise de la réalité non partagée, dans votre cerveau, la pire que j'aie jamais vue. Enli, qui êtes-vous ? »

La bête sortit de l'ombre. La main d'Enli se referma sur d'autres pilules.

« Qu'est-ce que font ces pilules ? Enli ? Mon Dieu... elles réduisent les maux de tête. C'est ainsi que vous pouvez tolérer de ne pas partager la réalité. Mais les Mondiens croient... Enli, qui êtes-vous ? »

Enli avala deux autres pilules. Combien cela faisait-il ? Elle ne devait plus en prendre, c'était trop dangereux.

« Je rends les choses pires, n'est-ce pas ? Je suis désolée, Enli. Ne parlez pas si vous ne le désirez pas. »

Pek Sikorski prit Enli dans ses bras. Celle-ci sursauta, se dégagea brusquement, mais le mouvement fit que la bête se jeta en avant, mâchoires ouvertes.

Lentement, bougeant avec autant de précaution que si sa tête était en verre soufflé, Enli s'appuya contre Pek Sikorski. Les bras de la Terrienne semblaient si tièdes, si forts. Personne n'avait touché Enli depuis la mort de Tabor.

Tabor...

Pek Sikorski dit doucement : « Même quand nous essayons de ne pas faire de mal, cela arrive tout de même, n'est-ce pas ? Pas seulement parce que nous sommes Terriens. Juste parce que nous sommes tous des gens.

— Mon frère est mort à cause de moi. »

Immédiatement, elle regretta d'avoir dit cela. Les mots lui avaient seulement échappé, à cause de la gentillesse ferme des bras de Sikorski. À cause du mal de tête. Parce que les mots étaient la réalité, et qu'elle n'avait pas été partagée depuis si longtemps. Si longtemps.

« Je suis désolée, Enli. Mais je suis sûre, quoi qu'il se soit passé, que vous n'aviez pas l'intention de le faire mourir. »

Enli se dégagea des bras de Pek Sikorski. Avec difficulté, elle se remit sur ses pieds. Elle regarda Pek Sikorski qui, apparemment ne comprenait pas ce qu'elle venait de lui révéler. Pek Sikorski leva vers elle un visage las, inquiet, gentil.

Pek Sikorski ne comprenait pas — ne *savait* pas — que la réalité n'était pas une question d'intention. La réalité, c'était une question de faits.

La Terrienne ne savait vraiment pas cette chose la plus fondamentale.

« Non, Ann, dit Enli. Ce n'était pas dans mon intention que Tabor meure.

— Restez là et étendez-vous un moment...

— Je dois aller dans ma pièce personnelle pour dormir. »

C'était un mensonge, bien sûr, mais en face de tous les plus gros, celui-là importait peu.

Elle alla trouver Pek Voratur dans la pièce où il réglait ses affaires, près de la grande porte d'entrée. Il n'était pas seul. Il y avait là un jardinier, avec un panier de racines, et les genoux de sa tunique étaient tout sales. C'était un vieil homme petit, avec une colletine jaunie et un doux visage, l'un des dix sous-jardiniers qui faisaient constamment le tour des parterres fleuris des différentes cours, un homme que personne ne regardait deux fois de suite. Dès qu'elle le vit, Enli comprit que c'était l'un des autres informateurs.

« Je voudrais faire un rapport, Pek Voratur, dit-elle.

— C'est ce qu'il m'a semblé. » Son visage soigné, ses bajoues et son crâne brillant étaient profondément plissés. « Et pas qu'à moi. Vous êtes un informateur du gouvernement, Pek Brimmidin.

— Oui.

— Vous êtes irréelle. »

Enli ne répondit rien. Ce n'était pas nécessaire.

« Et on ne me l'a pas dit.

— Ce n'est pas la coutume de dire à quelqu'un qui vit près d'un informateur que cette personne est irréelle. La tension est trop grande.

— Mais pas si vous avez ces pilules que vous venez de prendre. Qu'est-ce que c'est ? Ce sont les Terriens qui vous les ont données ? »

Le vieil homme dit, d'une voix aussi quelconque que le reste de sa personne : « Elle les a dans sa tunique.

— Alors, elles proviennent de Réalité et Expiation ? Des pilules pour que la douleur de ne pas partager la réalité devienne supportable. Une telle chose existe-t-elle ?

— Je vais quitter votre maison, Pek Voratur », dit Enli. C'était ce qu'elle était venue lui dire. Pek Sikorski parlerait certainement à Pek Bazargan de la crise d'Enli et de ses pilules, et ce Terrien était celui qui comprenait le mieux Monde. Quand il aurait compris qu'Enli était irréelle, il le dirait à Pek Voratur. Ils avaient partagé tellement de réalité. Enli les avait entendus le faire, durant toutes ces soirées passées à écouter derrière les murs.

« Non, Enli. Je pense que vous ne partirez pas. »

Même le vieil homme parut interloqué. Pek Voratur le congédia d'un geste, et l'homme sortit en hâte.

« Faites-moi voir ces pilules.

— Non », répondit Enli. Pendant un instant, elle le vit essayant de lui prendre les pilules de force. Mais bien sûr, il ne le ferait pas. Pek Voratur était réel.

« Mais j'ai raison ? Elles viennent de Réalité et Expiation, pour vous permettre de faire votre travail ?

— Oui.

— Je vois. »

Mais c'était Enli qui voyait : les signes indubitables de la douleur nichée dans le crâne de Pek Voratur. Elle avait beaucoup d'irréalité, ainsi plantée devant lui.

« Pek Brimmidin, dit-il d'un ton formel, je vais y

penser. Allez. Ne quittez pas ma maison. Je souhaite consulter un prêtre.

— Oui.

— Allez. »

Aucune bénédiction de fleur d'adieu ? Bien sûr que non. Il savait ce qu'elle était.

Elle traversa, en titubant de honte, les cours en fleurs, odorantes, sans répondre à aucun salut. Dans la pièce qu'elle partageait avec trois autres servantes, elle se laissa tomber sur sa paillasse. La bête bavait, toute proche, mais le sommeil était plus proche encore. Redormir ? Oui, elle avait pris beaucoup trop de pilules. Dormir...

Lorsque le sommeil arriva, elle souhaita que ce fut celui de la mort.

QUATORZE

GOFKIT JEMLOE

Au milieu de la nuit, le telcom de Bazargan lança, pour la seconde fois depuis son arrivée sur Monde, un signal d'appel urgent.

Immédiatement, il se redressa sur sa paillasse et tâtonna pour allumer la lampe à huile. Quelqu'un souhaitait lui parler tout de suite. Cela signifiait qu'au moins, le *Zeus* existait toujours. « Ahmed Bazargan à l'écoute ! »

La voix calme, monotone, de Syree Johnson déclara : « Professeur Bazargan, ici le colonel Johnson. Je suis désolée de vous apprendre que nous avons, à bord du *Zeus*, un autre état d'urgence qui vous affectera aussi. Le vaisseau faucheur est retourné dans le tunnel spatial, mais nous nous attendons à ce qu'un déploiement plus important réapparaisse.

— Je vois. Vous voulez que nous revenions à bord. Mais nous avons déjà dit...

— Non. La situation est plus complexe que cela ». La voix de Johnson n'avait pas changé, mais néanmoins, Bazargan sentit son corps se raidir dans le noir.

« Le *Zeus* n'est pas seulement venu dans ce système solaire pour escorter votre expédition scientifique, mais il a une mission militaire à accomplir. L'une des lunes, Tas, n'est pas un corps naturel, mais un artefact extraterrestre de la même origine que les tunnels spatiaux. Il semble être une arme puissante. Les Faucheurs la veulent, et nous aussi. Avant que leurs vaisseaux réapparaissent, le *Zeus* va remorquer cet artefact jusqu'au tunnel spatial et tenter de l'y faire passer.

— Une lune ? Vous allez déplacer une *lune* ?

— Nous allons essayer. La seule alternative serait de la détruire, et si la flotte ennemie arrive avant que nous ayons atteint le tunnel, nous le ferons. La raison...

— Pourquoi ne m'a-t-on pas dit cela avant le départ de l'expédition ?

— La transmission de cette mission d'ordre militaire ne devait avoir lieu qu'en cas de nécessité, répliqua froidement Johnson. Vous n'aviez pas besoin de savoir.

— Mais la...

— Je n'ai pas beaucoup de temps, professeur Bazargan. Je vous en prie, écoutez-moi. Que nous arrivions à faire passer l'artefact par le tunnel ou que nous soyons obligés de recourir à sa destruction, cela peut avoir des conséquences pour la planète. C'est la raison pour laquelle je vous appelle. L'objet émet une onde sphérique qui déstabilise temporairement les éléments dont le nombre atomique dépasse soixante-quinze. Ces éléments émettront des radiations pendant une période non spécifiée. Nous avons déjà perdu quelqu'un en faisant fonctionner l'arme au niveau le plus bas de cet effet ondulatoire. De futures émissions pourront se produire avec une force disruptive bien plus grande. Nous vous le disons maintenant afin que vous puissiez emmener votre personnel dans une zone relativement sûre. Prévenir ou non les autochtones, nous laissons cela à votre discrétion.

— Que... quand... » Bazargan se débattait avec ses maigres connaissances en physique. *Qui déstabilise les éléments dont le nombre atomique dépasse soixante-quinze...* Cela concernait lesquels ?

« Nous ignorons quand, coupa Johnson. Voilà ce que j'avais à vous dire. Je suis certaine que vous avez quelqu'un qui peut en comprendre les implications, c'est le professeur Gruber. Le reste est entre vos mains. Bonne chance. »

La telcom était coupée.

Bazargan remit le contact, d'une main tremblante. Le *Zeus* ne répondit pas.

Dans l'obscurité, il s'assit au bord de sa couchette puis se rendit à la fenêtre. Une seule fois, dans sa vie, il avait été en proie à une telle colère, et il avait alors agi d'une façon si irréfléchie qu'il lui avait fallu des années pour récupérer ses pertes. Maintenant, il n'avait plus des années devant lui. Il respira à fond et lutta pour se maîtriser.

Ils ne le lui avaient même pas dit, à lui. Son équipe était en danger — toute la planète l'était — et ces salauds n'avaient même pas cru bon de lui faire connaître cette éventualité. En dépit de son dossier, de sa réputation, de son autorité scientifique...

Tout au fond du cœur, deux forces, le feu et l'eau,

se battent l'une contre l'autre... Ferdausi. Dixième siècle.

Ils s'étaient servi de lui comme couverture pour une opération militaire, servi de Monde comme couverture, mis une planète entière en danger...

Le parfum des fleurs lui parvint. *L'amaryllis semblait me menacer/ de son limbe recourbé et frémissant*... Hafiz. Quatorzième siècle.

Johnson lui avait donné soixante secondes de son précieux temps, lui avait parlé d'un ton cassant, sans émettre aucune excuse, le laissant nettoyer le gâchis que cela allait faire aux relations Monde-humains, sans parler de la fin définitive du projet anthropologique, détruit aussi totalement que le prétendu artefact.

N'écrase pas la fourmi qui engrange le grain doré/ Elle vit avec plaisir et mourra dans la douleur... Sa'di. Siècle oublié, du moins pour le moment.

Peu à peu, il se calma. Puis, tenant toujours le rideau relevé, les sens inondés d'effluves nocturnes, il pensa qu'il pouvait prendre un mélange de neuropharms pour se calmer. Non, il y avait mieux. Les poètes persans étaient plus fiables.

Des fleurs s'épanouissent chaque nuit/ S'épanouissent dans le ciel/ La paix dans les infinis ; / En paix je suis... Rumi. Profonde respiration.

Treizième siècle. Profonde respiration.

Il alla réveiller les autres.

« Dieter, répétez-moi cela », dit Ann. À la lueur de l'unique lampe à huile brûlant au centre du labo, sa peau était pâle, presque translucide. Bazargan avait ramené David Allen de la maison crelm, devinant que Dieter et Ann viendraient ensemble. Un déplacement de moins dans les jardins assombris, qui attirerait l'attention avant qu'ils y soient prêts. Une seule lune brillait dans le ciel, assez bas pour se trouver masquée par les bâtiments et les arbres.

Dieter, hâtivement vêtu d'une tunique qui donnait l'impression d'être restée trois semaines dans son sac à dos, s'agitait sur son coussin. Le stress augmentait son accent allemand. « Je peux seulement m'appuyer sur ce que Ahmed dit que Johnson lui a appris. Si une onde perturbant gravement la stabilité nucléaire frappe vraiment avec force, et si elle affecte réellement tout élément dont le nombre atomique est supérieur à soixante-quinze, alors toutes sortes de choses deviendront radioactives. Si c'est temporaire... elle a dit *temporaire*, Ahmed ? *Ja* ?

— Oui. Cela peut-il l'être ?

— Pas avec ce que nous savons faire. Mais nous ne savons pas faire des tunnels spatiaux, non plus. Alors, s'il en est ainsi, beaucoup de choses émettront une radiation alpha. L'iridium, le platine, l'or... tout ce qui est au-dessus de soixante-quinze ? Ahmed, a-t-elle mentionné le plomb ? C'est un corps tellement stable !

— Non, je ne pense pas. Je n'en suis pas sûr.

— Rappelez cette putain et demandez-le-lui ! » lâcha David. Ils avaient déjà dû le calmer une fois.

« Nous avons tenté d'appeler. Le *Zeus* ne répond pas, dit Bazargan. Calmez-vous, David.

— Je ne me calmerai pas ! Ils nous ont complètement baisés, vous ne le voyez donc pas ? Maintenant, tout le monde sur cette planète peut mourir !

— Non, non, répliqua Ann pour l'apaiser. Cela n'arrivera pas. Pour commencer, seule la moitié des continents seront directement exposés à l'onde qui arrivera à un moment donné... peut-être la roche l'arrêtera-t-elle. Si elle le peut. Et les organismes vivants ne seraient pas gravement affectés par ce que Dieter décrit. Je l'espère. Même si l'onde arrive, ce qui peut ne pas se produire.

— Alors, nous restons ici, la tête dans le sable, à espérer qu'elle n'arrivera pas ? Et nous laissons la moitié de Monde frire, mais c'est OK parce que c'est seulement la moitié ? »

Bazargan se leva. Les coussins courbes et brillants de Monde étaient bas ; debout, il surplombait David d'un mètre. « Je vous ai dit de vous calmer, et vous préférez ne pas m'écouter. Si vous ne vous taisez pas, vous serez exclu de cette réunion. Par la force, si nécessaire. »

David se leva aussi. « Vous ne feriez pas cela.

— Si, répliqua Bazargan, je le ferais. »

Les deux hommes s'affrontèrent. Des ombres dansaient sur les murs. Gruber se leva et vint se placer au côté de Bazargan.

David éclata de rire. « Alors, c'est comme ça, hein ? D'accord, je suppose que Syree Johnson n'est pas la seule de cette expédition à se montrer intraitable. » Il se rassit.

Bazargan fit de même, sans revendiquer le moins du monde sa victoire. Au bout d'un moment, Gruber suivit son exemple.

« Nous devons avertir Monde, dit Bazargan. Il n'y a pas d'autre choix moralement défendable. Nous devons leur dire exactement ce qui va arriver, et quand, et pourquoi.

— Nous ne savons ni quoi ni quand, fit remarquer Ann. Est-ce que le professeur Johnson vous préviendra avant de faire exploser cette lune ? Laquelle est-ce ?

— Tas, répondit Bazargan. Je vais tenter de m'assurer qu'elle le sera. Qu'elle le fera. » Il y avait bien longtemps qu'il n'avait pas commis de faute en anglais ; peut-être, après tout, aurait-il dû prendre un neuropharm supplémentaire. Il se contenta de respirer à fond, en mettant ses pensées en ordre le mieux qu'il le pouvait.

« Je vais continuer à appeler jusqu'à ce que j'obtienne du *Zeus* qu'il s'engage à nous prévenir avant de faire exploser Tas ou d'essayer de la faire passer dans le tunnel spatial, qui...

— C'est de la folie, murmura Dieter. La masse est *trop grande*.

— ... n'est, après tout, qu'à dix jours d'ici, si les calculs de Dieter sont exacts. Bien sûr, si le *Zeus* ne répond pas, ou si les Faucheurs apparaissent et font eux-mêmes sauter Tas, l'avertissement du *Zeus* ne nous atteindra pas à temps. Alors, peut-être vaut-il mieux que nous avertissions les autochtones de ce qui peut arriver avant que nous sachions que la chose est inéluctable.

— Oui. Aucun autre choix n'est moralement défendable », ironisa David. L'amertume plissait son jeune et beau visage. Mais Bazargan était à court de patience devant cette désillusion juvénile.

« Dieter, faites-moi une liste de tout ce que nous devons enlever des villages et de Rafkit Seloe. Ou peut-être vaudrait-il mieux que les autochtones les déplacent eux-mêmes ? »

Gruber y réfléchit. « J'ignore combien de temps ces choses devraient être éloignées, et la plupart de leurs matériaux de construction ne vont pas être affectés par l'effet de l'onde... D'autre part, si les noyaux touchés tombent bien en dessous du nombre atomique soixante-quinze...

— Alors, les organismes vivants seront affectés et nous mourrons tous, dit Ann.

— Alors, dressez votre liste, Dieter. Tout de suite. Demain matin, nous irons ensemble voir Pek Voratur, qui est notre hôte, et nous lui demanderons de nous conduire au Bureau d'Aide d'Urgence, à Rafkit Seloe. Oui, je pense que c'est le mieux.

— Ils vont être en colère contre nous, dit calmement Ann. À quel type de représailles pouvons-nous nous attendre ?

— Bien sûr, ils peuvent nous déclarer irréels, répondit Bazargan sur le même ton. Mais j'espère que non. Le Conseil d'en haut mettra un certain temps à se réunir et à prendre une décision. Mais d'ici là, j'espère avoir convaincu toute personne requise que nous partagerons la réalité dès qu'elle aura changé pour nous. C'est pourquoi il est absolument nécessaire d'aller trouver Voratur demain. Tout délai serait vu comme un non-partage.

— Alors je pense, dit Ann, que nous devrions y aller tout de suite. Dieter peut établir sa liste plus tard. »

Dans la pénombre de la pièce, Bazargan vit Gruber hocher lentement la tête. Au bout d'un moment, David fit de même.

« D'accord. Allons-y. » Et alors, sortis d'une croyance enfantine profondément enfouie, les mots surprirent Bazargan lui-même : « Et qu'Allah soit avec nous », dit-il.

Gruber sourit d'une oreille à l'autre.

Enli s'agita dans son sommeil, puis se réveilla tout à fait dans l'obscurité.

Dans sa chambre, il faisait totalement noir et il n'y avait aucun bruit. Comment était-ce possible. Elle devrait entendre Udla et Kenthu et Essli respirer. Kenthu ronflait... Où était la musique nasale de Kenthu, fausse comme une flûte rouillée ? Où était la fenêtre, et le clair de lune ?

Quelque chose se déplaçait contre le mur le plus éloigné.

Silencieusement, Enli roula sur elle-même pour quitter sa paillasse et ramper sur le sol. Elle faisait cela très bien lorsqu'elle était enfant, si bien que Tabor et Ano ne savaient jamais où elle était. Quand elle arriva au milieu de la pièce, ou ce qu'elle estimait être le milieu, elle s'arrêta. Celui, quel qu'il soit, qui en faisait le tour s'attendrait à ce qu'elle se déplace dans l'autre sens, vers la sécurité qu'offrait le mur.

Elle pouvait voir un peu maintenant. On avait fermé le rideau de la fenêtre cintrée, mais une mince ligne du très faible clair de lune brillait le long d'un des bords. Contre le mur opposé à la fenêtre, l'ombre s'était arrêtée devant les quatre coffres en bois qui contenaient les biens personnels des servantes. Un couvercle grinça faiblement lorsque l'ombre l'ouvrit. Les petits coffres étaient les uns contre les autres ;

Enli ne pouvait pas voir lequel. Mais si l'on pouvait l'ouvrir, c'était celui d'Udla, la je-m'en-foutiste. Les trois autres gardaient les leurs fermés à clef.

Maintenant, Enli voyait qu'il n'y avait que sa paillasse sur le sol. Essli, Udla et Kanthu n'étaient pas rentrées dormir. Le soulagement l'envahit ; au moins, elles n'avaient pas été blessées.

Cet intrus, qui était-ce ? Un petit voleur ? Comment avait-il pu pénétrer dans la maison Voratur ?

Le couvercle du coffre d'Udla grinça en se refermant. La forme tenta d'ouvrir les trois autres et découvrit qu'ils étaient fermés à clef.

Il... elle ? ... ne faisait aucun bruit. Mais il se déplaçait inéluctablement, dans la profonde obscurité de la chambre, vers l'endroit où Enli déroulait toujours sa paillasse. Dans une minute, il découvrirait qu'elle n'y était plus.

Enli n'attendit pas. Elle se redressa sur les coudes et les genoux, sans essayer de demeurer silencieuse, et se jeta sur l'intrus. La surprise était son alliée. Elle heurta la forme sombre et la fit tomber.

Si c'était un homme fort, il la terrasserait.

Ce n'était pas le cas. Enli se mit à califourchon sur lui en clouant ses bras au sol. Une barbe rêche lui avait éraflé la peau, mais il faisait trop noir pour qu'elle voie qui c'était. Alors, il parla.

« Je vous en prie, Pek Brimmidin... ne me faites pas de mal ! »

Le vieux, l'autre informateur de Pek Voratur. Bien sûr. Enli avait refusé de livrer les pilules du gouvernement à Pek Voratur, qui l'avait envoyé les voler. Elle aurait dû s'y attendre.

« Je ne vais pas vous faire de mal, vieil éboueur !

Mais vous ne trouverez pas les pilules. Elles ne sont pas là.

— Oooohhh, ne me faites pas de mal. Je suis très vieux. »

Enli le relâcha. Se remit debout et alla ouvrir le rideau du portail. Elle voulait voir son visage. Voler, bien entendu, n'était pas une violation de la réalité partagée ; tout le monde s'y attendait un peu. Pek Voratur ne lui aurait jamais pris les pilules de force. Il était réel ; un réel ne violait pas l'ultime réalité de l'être physique d'un autre. Mais bien sûr, il essaierait de se les procurer d'une autre manière ; c'étaient des biens commerciaux de valeur. Et ce vieux voleur était déjà irréel, ou il n'aurait pas été informateur. Enli voulait voir son visage à la lumière. Elle lui avait dit la vérité, les pilules étaient rangées ailleurs durant la nuit, mais elle voulait partager la réalité face à face avec le voleur afin qu'il ne recommence pas, encore et encore, à piller sa chambre, et déranger Udla et Kenthu et Essli.

Enli saisit le rideau et le tira. Quelque chose de dur lui heurta le creux des reins.

... *Et ce vieux voleur était déjà irréel, ou il n'aurait pas été informateur...*

Les informateurs pouvaient tuer. Elle, Enli, l'avait bien fait.

« Où sont-elles ? » gronda-t-il.

La douleur était stupéfiante. Elle remontait son épine dorsale, descendait le long de ses jambes. Elle écrasait tout sous ses pieds impitoyables. Enli ne pouvait pas bouger, ne pouvait pas voir, ne pouvait pas parler. Il n'y avait plus que la douleur.

« Où *sont-elles*, Pek ? »

Elle gémit et se tordit sur le sol, incapable de répondre. Il dit quelque chose qui aurait pu être *Vacherie* ou *Vas-y* ou même *Aide-nous*. Puis Enli sentit l'impensable, la chose vraiment irréelle... un couteau pénétra lentement dans sa peau, dans sa chair, dans son flanc vivant. Tout disparut.

Le temps que les quatre Terriens aient traversé les jardins obscurs jusqu'aux pièces personnelles de Pek Voratur, Bazargan avait retrouvé son sang-froid. Bon, peut-être pas son sang-froid. On ne pouvait guère être posé lorsqu'on apportait à l'un de ses hôtes extraterrestres la nouvelle d'une éventuelle destruction massive. Mais du moins, il avait retrouvé un calme apparent.

Dans le jardin privé de la maison, Ann chuchota : « Ahmed, attendons Dieter. »

Bazargan se retourna. « Dieter ? Où est-il allé ? Je croyais qu'il était avec nous.

— Il va nous rejoindre. Il est juste retourné dans sa chambre, chercher des échantillons de roche. Il veut montrer à Voratur les choses qui deviendront instables lorsque l'effet de l'onde les frappera. »

Bazargan pensait que la démonstration aurait pu attendre que l'annonce soit faite, mais Gruber était déjà parti. Ils n'avaient d'autre choix que de l'attendre, en frissonnant un peu. Quelques heures s'écouleraient avant l'aube. Une autre lune se leva ; Bazargan ignorait laquelle. La brillante lumière montait au-dessus de l'énorme et sombre mur de la maison. L'une des lunes les plus grandes et les plus lentes : Ral, ou peut-être Cut. Pas Tas, qui était en ce moment remorqué vers le tunnel spatial #438. Le parfum de fleurs invisibles dérivait dans la pâle et froide lumière.

Pas un rossignol qui ne sache/ Que dans le bouton de rose dort la fleur... Hafiz. Aucun lieu, depuis l'enfance n'avait évoqué autant de poésie persane dans son esprit. C'étaient les fleurs, l'architecture, les cours.

C'était la situation byzantine.

L'incapacité de rien accomplir sans complications, intrigue, complot nocturne. Toutes les raisons pour lesquelles le jeune Bazargan avait détesté l'Iran, et l'avait aimé. Toutes les raisons qui l'avaient poussé à étudier à l'étranger, et choisir l'anthropologie, la possibilité d'expérimenter les complots d'autres peuples. Et se trouver dans ce jardin nocturne qui sentait aussi bon qu'Ispahan.

« Me voilà », dit Gruber en apparaissant à côté de lui. Il avait pris le temps de revêtir des vêtements chauds. Il portait un gros sac plein de ses roches bien-aimées.

« Que le spectacle commence », dit Ann, et Bazargan vit de nouveau cet aspect de sa personnalité habituellement cachée, la bravade qui était le contrepoint de sa gentillesse. « Entrons. »

Chacun d'eux cueillit une fleur sur les buissons d'hospitalité, et Bazargan fit tinter les chaînes-annonces.

***

Le domestique personnel de Pek Voratur les conduisit dans la chambre particulière. Il avait tiré les rideaux extérieurs donnant sur le jardin, clignant des yeux de stupéfaction somnolente, tâtonnant pour allumer une lampe. Puis l'homme avait disparu dans les pièces intérieures, d'où avaient jailli une exclamation d'énervement, un soupir de femme, et plus de lumière. Pour finir, Pek Voratur avait émergé seul, laissant le lourd rideau retomber entre Alu et lui. Le Mondien corpulent les regardait d'un œil mauvais ; sa colletine se dressait en crêtes raides autour de ses bajoues.

« Pek Voratur, mes fleurs se flétrissent de honte de vous réveiller comme cela, dit Bazargan, mais c'est un cas d'urgence. Nous venons d'apprendre que la réalité s'est modifiée et nous devons la partager avec vous immédiatement. »

Le visage de Voratur passa de l'agacement à l'attitude calculatrice d'un négociant en alerte. « Que vos fleurs s'épanouissent, Pek Bazargan. Quelle réalité a changé ? »

Aucune invitation à s'asseoir. Le domestique se posta respectueusement contre le mur ; Voratur avait décidé de ne pas le congédier. Il ne restait plus qu'à se jeter à l'eau.

« Notre grand bateau volant nous a appelés de l'espace. Un danger plane sur Monde et tous ceux qui l'habitent. On a découvert qu'une arme étrange — il utilisa le mot mondien qui signifiait "une chose qui cause une explosion ou un feu de forêt" — tournait autour de votre planète. Les Terriens essaient de... de l'empêcher d'exploser, comme l'écorce de frel explose quand on la jette dans le feu. Mais cette explosion peut... je dis *peut*, parce que nous n'en sommes pas certains — affecter Monde de très étrange façon. Dès que les Terriens qui sont à bord de notre vaisseau nous en ont parlé, nous sommes venus partager la réalité avec vous. Il faut que vous nous emmeniez au Service d'Aide d'Urgence. Toute la planète devra se préparer. »

Voratur semblait perplexe. D'une main grasse, il essuya sa colletine indisciplinée, puis parut l'oublier. « Une arme fait le tour de Monde ? Quelle arme ? L'arme de qui ?

— Nous l'ignorons, dit Bazargan. Elle est très ancienne. Elle est en orbite autour de Monde depuis très, très, longtemps.

— Et elle va exploser ? Comment ...

— *Peut* exploser.

— ... le savez-vous ?

— Nos prêtres, qui sont à bord, ont étudié l'arme. C'est ce qu'ils pensent. Il faut que nous allions au Service d'Aide d'Urgence afin que la planète puisse se préparer.

— Se préparer comment ? » Voratur semblait plus perplexe que jamais.

« Nous vous l'expliquerons. C'est compliqué, Pek Voratur. Mais la réalité est partagée et il est possible que l'arme ne fasse de mal à personne sur Monde. » Possible, oui. Mais quelle en est la probabilité ?

« Comment... comment s'appelle cette arme que vous avez découverte ? »

Bazargan réfléchit en toute hâte. Les Mondiens étaient d'excellents observateurs du ciel ; ils allaient bientôt remarquer que Tas, la plus rapide des deux lunes à orbite basse, ne traversait plus le ciel à toute allure, comme d'habitude. « L'arme, c'est la lune Tas, qui n'est pas une lune. C'est une boule de métal creuse.

— Une boule de métal creuse ! La lune est la lune !

— Non. J'ai bien peur que non. »

Bazargan regarda Voratur se démener avec cette idée. « Mais c'est... d'accord, c'est une boule de métal creuse. Une arme. Très ancienne. Pas de Terre et pas de Monde. Et elle peut exploser.

— Oui, Pek Voratur. Elle peut exploser.

— Je n'y comprends rien ! »

David Allen dit, avec compassion : « *C'est* difficile à comprendre, Pek. Nous, les Terriens, nous ne comprenons pas la totalité du comportement de Tas. Mais nous savons que c'est une chose fabriquée. »

Voratur se figea.

Qu'est-ce que ce mot signifie pour lui ? pensa frénétiquement Bazargan. *Que va-t-il se passer... ?*

« "La chose fabriquée", répéta Voratur. Tas est la chose fabriquée. "Nous reviendrons pour la chose fabriquée" ont dit vos voyageurs, la première fois. Nous pensions que vous parliez des objets faits dans nos manufactures. Mais vous parliez de Tas. Vous êtes revenus pour Tas.

— Pek...

— Vous *saviez*. Vous saviez que ce n'était pas une lune, mais une arme. Vous le saviez, il y a près d'un an, et vous n'avez pas partagé la réalité.

— Non, se hâta de dire Bazargan. Non, non. Nous venons juste de l'apprendre. Nos gens en orbite viennent seulement de nous le dire... »

Il comprit l'erreur qu'il venait de commettre. Trop tard...

« Ils savaient, dit Voratur. Les Terriens dans

l'espace le savaient. Et ils n'ont pas partagé la réalité avec vous, avec des êtres *de leur propre espèce...* »

Le visage de Voratur changea. Le mal de tête devait être fulgurant, pensa Bazargan. Il devait l'aveugler, s'enfoncer dans sa tête, le poignarder. Mais il ne l'empêchait pas de penser, de tirer l'inévitable conclusion. Des gens qui pouvaient violer la réalité avec des membres *de leur propre espèce...* Les Terriens n'étaient pas réels. Une preuve positive, une preuve qui n'avait pas besoin de la sagesse d'un Haut Conseil. Un enfant mondien aurait pu le voir. Lui, Bazargan, devait réagir vite, ou ils mourraient tous.

Voratur et Gruber réagirent plus vite encore.

« Irréels ! » Voratur cria au domestique posté près du portail : « Appelle la maisonnée ! » L'homme se courba pour franchir le rideau. Gruber se penchait déjà sur son sac de roches, mais avant qu'il ait pu en sortir un fusil laser réglable, le domestique avait disparu, non seulement de la pièce, mais de la cour.

« *Verdammt* ! Pek Voratur, couchez-vous à plat ventre par terre, je vous en prie. »

Bazargan entendit combien sa propre voix était lasse. « Ce n'est pas nécessaire, Dieter. Ils ne vont pas régler cela ainsi. » Et en fait, déjà Voratur regardait au-travers des Terriens l'espace vide qu'ils n'occupaient plus. Ils étaient irréels.

« Quoi ? Mais le serviteur va dire à toute la maisonnée que nous sommes irréels !

— Je suis sûr qu'il l'a déjà fait. Et si Pek Voratur était assez fort pour s'attaquer à quatre adultes, il nous détruirait. Mais il ne l'est pas, alors simplement, nous n'existons pas. Nous sommes irréels.

— Mais la maisonnée tout entière est assez forte pour nous attaquer, *ja* ? Alors il faut partir. Ann, suis-moi, et vous, Ahmed, et puis... David ? David ? »

Bazargan se retourna. David Allen était figé sur place, l'air aussi cassant que du verre. Et Bazargan comprit.

Et si Pek Voratur était assez fort pour s'attaquer à quatre adultes, il nous détruirait...

Bonnie. Ben.

« David, attendez ! » Mais c'était déjà trop tard, Allen traversait la cour comme une flèche, titubant dans sa hâte, piétinant un lit d'allabenirib dans sa course, tête baissée, vers la maison crelm.

« Oh, mon Dieu, chuchota Ann.

— Ils n'ont eu que quelques minutes... » dit Bazargan, mais il n'y croyait pas. Quelques minutes pouvaient suffire. Quand on croit disposer d'une certitude morale absolue, quelques minutes étaient plus que suffisantes.

« Restons ensemble », ordonna Gruber. Il les emmena vers la maison crelm, en suivant la piste de fleurs écrasées de David Allen. À chaque cour qu'ils traversaient, le ciel s'éclairait, les fleurs s'ouvraient, et la maisonnée de Voratur se déversait des pavillons, puis apercevant les trois Terriens, se figeait sur place.

Un jardinier croisa le regard de Bazargan et lui tourna le dos.

Une femme sortit en courant de la laverie, le visage bouleversé d'horreur par la nouvelle que les Terriens étaient irréels. Elle les vit dans son propre jardin, poussa un cri perçant et pâlit, adoptant ce curieux regard dépourvu d'expression qui refusait de les voir. Elle porta les mains à sa tête.

Une autre femme passa devant eux en toute hâte, les yeux fixes, portant la réalité dans ses épaules courbées. À quelle vitesse la réalité partagée pouvait-elle se répandre sur Monde ? À la vitesse de la parole, puisque prononcer des mots, c'était les rendre vrais, les rendre crédibles. Tous étaient un dans la réalité.

Tous, sauf les humains, maintenant.

Bazargan, Ann et Gruber n'avaient pas encore atteint la maison crelm qu'ils entendirent le cri d'horreur de David Allen.

« Non, non, non », chuchota Ann, encore et encore, vainement.

On avait emmené Bonnie et Ben dans le jardin des jeux, loin des enfants réels. Celui, quel qu'il fut, qui avait tranché leurs petites gorges, était déjà parti, mais peu importait son identité. Ce pouvait être n'importe qui. Ils partageaient tous le même esprit.

Bonnie portait une chemise de nuit jaune, de la couleur de ses cheveux. Ben était déjà habillé ; les enfants se réveillent très tôt. Il portait une tunique mondienne, rouge. Le sang y était moins visible que sur la chemise de nuit de Bonnie. David, penché sur les corps, les épaules secouées par les sanglots, se lamentait.

Ann posa une main sur lui. « David... David. Venez, David. Vous ne pouvez plus rien pour eux, et il faut partir. »

Allen sauta sur ses pieds et, pivotant, se tourna vers elle, les poings serrés. S'il s'était agi de Gruber, compris Bazargan, Allen l'aurait frappé comme une brute. Mais pas Ann.

« Vous ne pouvez plus rien pour eux, mon pauvre ami, répéta-t-elle. Venez. Avant que la maisonnée s'organise pour nous attaquer. »

Il se laissa prendre par la main et emmener.

« Restons ensemble, dit Gruber. La porte la plus proche est de l'autre côté de la cour des domestiques. Par ici. » Le revolver à la main, il les conduisit ; des gens les croisaient en courant qui, dans leur hâte frénétique de communiquer pour se dire que les humains n'existaient pas, agissaient exactement comme si les quatre humains n'existaient pas.

QUINZE

LES MONTS NEURY

La lumière réveilla Enli.

Froide. La lumière était froide. Non, elle avait froid. Le vieil homme, l'informateur irréel, l'avait poignardée. Bien sûr qu'il l'avait fait ; il était irréel. Les irréels pouvaient tuer. Il l'avait tuée.

Elle était irréelle. Mais elle ne l'avait pas tué.

Froid. Elle avait si froid.

Elle était toujours couchée par terre, dans sa chambre. Quelque chose de sombre et de collant la retenait sur place. Non, elle pouvait ramper. Son sang n'était pas si collant que cela.

Elle avait tellement froid.

Il fallait qu'elle le dise à Pek Voratur. Lui était réel. Il ne voudrait plus se servir d'un informateur qui pouvait tuer. Il chasserait le vieux de la maisonnée. Il fallait qu'elle le dise à Pek Voratur.

Tabor avait été froid comme cela, couché dans son sang, au pied de l'autel de la fleur. L'autel était tellement beau, couvert de rafirib et d'adkinib et de rosib terriennes... non, non, les rosib terriennes étaient arrivées plus tard sur Monde... Tabor. Froid.

Il fallait qu'elle le dise à Pek Voratur. Ce n'est

qu'après cela qu'elle pourrait vivre pour libérer Tabor.

Enli se traîna sur le sol. Encore une longueur de bras jusqu'au porche. Sa vision se voila. Maintenant, elle avait atteint le rideau. Elle rampa dessous, il était froid. Le sol, sous elle, passa des carreaux glacés à la terre glacée du jardin.

Le matin. À peine le matin. Oh, Tabor...

Quelqu'un poussa un cri perçant. Pas dans sa cour, dans une autre. Pourquoi quelqu'un de la maisonnée Voratur, tellement disciplinée, criait-il si tôt le matin ? Ce n'était pas à cause d'elle ; elle n'avait encore vu personne. Ce n'était pas à cause de Tabor ; il était loin d'ici, mort au pied de l'autel fleuri...

« Enli ! Oh, mon dieu, Enli ! »

Pek Sikorski. Mais cela n'avait aucun sens. Pourquoi Pek Sikorski serait-elle, à l'aube, dans la cour des domestiques, alors qu'il faisait si froid... ?

« Enli ? Vous m'entendez ? »

On la retourna. Pek Sikorski était penchée sur elle.

« Ou-oui, P-P-Pek...

— Elle est vivante. On l'a poignardée. Et l'arrière de sa tête est plein de sang... Dieter, j'ai besoin de ma trousse-méd.

— La voilà », dit une autre voix, et Enli s'aperçut qu'ils parlaient terrien, pas mondien.

« Vous saviez », dit Bazargan. Alors, il était là, lui aussi, dans la cour des domestiques, à l'aube. C'était tellement étrange.

Il faisait si froid.

« Vous saviez comment Voratur réagirait, et c'est pour cela que vous aviez le revolver sur vous, Dieter.

Et la trousse-méd. Et tout ce qu'il y a d'autre dans ce sac.

— Non, bien sûr que je ne le savais pas. Qui peut savoir ce que ces Mondiens feront, Ahmed ? Mais j'ai pensé à me préparer, et c'est une bonne chose, *ja* ? Ann, tu ne peux pas prendre le temps de faire ça.

— C'est Enli », dit Pek Sikorski, ce qui était bizarre car Enli savait qui elle était. Et pas les autres ?

« Mais, Ann...

— Vous ne voyez donc pas ? » La voix de Pek Sikorski monta. « On a dû la poignarder à cause de nous. Parce qu'elle était trop associée à nous. Comme... comme...

— Chhhhhut, Ann.

— On l'emmène. Elle n'est pas trop grièvement blessée, cela paraît pire que cela n'est.

— Ann, réfléchis...

— Je vais la porter », dit une autre voix, et c'était celle de Pek Allen, seulement ce n'était pas elle.

Pek Sikorski mit quelque chose sur la peau d'Enli, quelque chose de chaud, et la douleur disparut. Juste comme cela... la douleur disparut. Enli sentit qu'on la soulevait, elle aperçut le visage de Pek Allen se dessiner au-dessus d'elle. Des gens passèrent en courant devant elle, dans le jardin, mais ne regardèrent pas dans sa direction.

« Elle n'aura plus froid dans une minute », dit quelqu'un.

Elle n'eut que le temps de dire, « Emmenez Tabor », puis la chaleur l'envahit, elle sourit, et maintenant peu lui importait que rien n'ait de sens.

Tabor et elle dansaient sur la prairie du village, entre les feux de cuisson, avec d'autres jeunes. Le vieux Pek Ramul jouait du chalumeau. Ils dansaient comme ils le faisaient tous les soirs à Gofkit Shamloe, entre les gens qui faisaient cuire le dîner et les enfants qui couraient en tous sens, dans la réalité partagée chaude et lourde de parfums. Seulement, ce n'était pas n'importe quelle nuit. C'était la nuit où Tabor et elle avaient quitté la prairie et descendu la rivière entre les pajalib, et Tabor avait dit : « Il y a des câbles dans les cerveaux qui descendent la rivière en flottant... tu ferais mieux de me donner les pilules du gouvernement », et alors le vieil homme le poignarda avec une rose terrienne.

« C'est encore à vingt kilomètres, dit Tabor, seulement ce n'était pas du tout Tabor, c'était une voix terrienne parlant en mot terriens. Je voudrais bien qu'on ait des vélos. »

Enli ouvrit les yeux. Elle était couchée sur le sol, sous les lunes et les étoiles. Celles-ci semblaient pures et vives, très très loin. L'air froid de la nuit caressait ses joues, mais le reste de sa personne se sentait au chaud sous une couverture incroyablement légère qui semblait générer sa propre chaleur. Elle n'avait mal nulle part — ni dans sa poitrine, ni à l'arrière du crâne. Au contraire, tout son corps semblait curieusement flotter, comme sur une eau invisible. Les quatre Terriens étaient tout près, sous des couvertures semblables, autour d'un petit cône de lumière comme Enli n'en avait jamais vu, ni imaginé.

« Vous croyez qu'ils vont nous prendre en chasse ? demanda Pek Sikorski.

— Pas avant demain matin, répondit la voix grave de Bazargan. Je suppose que Voratur voudra partager cette réalité avec les prêtres.

— Les prêtres. Tout cela est arrivé à cause d'eux !

— Non, David, répliqua Pek Bazargan. C'est nous, la cause. Nos gens à bord du *Zeus*. On aurait dû nous informer dès le début de toutes les facettes de cette mission. Ainsi nous aurions pu juger de ce qu'il valait mieux dire aux Mondiens.

— Et qu'est-ce qu'on leur aurait dit ? demanda Pek Gruber sur un ton de défi. L'arme extraterrestre était un secret militaire. N'importe comment, vous n'auriez rien pu dire.

— Les secrets militaires, mon cul ! s'exclama Pek Allen.

— C'est *vous* qui pensez comme cela, dit Pek Gruber.

— Arrêtez. » Enli n'avait jamais entendu Pek Sikorski parler aussi sévèrement. « Ce n'est pas le moment de se quereller. David, Dieter, vous le savez bien.

— Il faut élaborer un plan, et puis dormir, dit Bazargan. Quelques heures seulement. Puis continuer à marcher, pour atteindre les montagnes le plus tôt possible, afin que nous n'ayons pas à nous battre contre quelqu'un envoyé par Réalité et Expiation. En ce moment, des nouvelles de nous commencent à faire le tour de Monde. » Il pensait aux télémiroirs sur leurs tours si efficaces. « Je ne veux pas être obligé de tuer des Mondiens.

— Pas même les prêtres qui ont massacré Bonnie et Ben ? dit Pek Allen avec beaucoup d'amertume. Pas même les Mondiens soi-disant pieux, fous de pouvoir, qui ont tranché la gorge de bébés qui dormaient dans leur... leur... » Sa voix s'éteignit. Puis Pek Allen se leva et s'éloigna dans les ténèbres.

« Le petit con, dit Pek Gruber. Croit-il nous aider en se bagarrant avec nous ? Ou en se perdant tout seul, ici ?

— Il n'ira pas loin, dit Pek Sikorski. C'est pire pour lui, Dieter. Il s'est occupé tous les jours de ces bébés.

— Je sais, reconnut Pek Gruber d'une voix plus calme. Regardez... Enli est réveillée. »

Alors Pek Sikorski se pencha sur elle, mettant des choses sur son front, son flanc. « Comment vous sentez-vous, Enli ?

— Vous êtes irréels. Vous êtes tous irréels. »

Pek Bazargan parla, par-dessus l'épaule de Pek Sikorski, pas en terrien, mais en mondien. « Et vous aussi, Enli. N'est-ce pas ?

— Oui, répondit Enli, et ce fut un soulagement, rendu possible à cause de cette étrange impression de flotter que lui transmettait son corps.

— C'est à cause de nous ? redemanda Bazargan.

— Non. À cause de Tabor. Mon frère.

— Ahmed, dit Pek Sikorski, elle est bourrée de médicaments. Ne lui posez pas de questions maintenant, ce n'est pas juste.

— Il y a pourtant une question que je dois lui poser. Enli, nous allons dans les monts Neury. Pour beaucoup de raisons, mais entre autres pour que votre peuple ne nous suive pas à l'intérieur dans l'intention de nous tuer. Voulez-vous que l'on vous emmène avec nous, ou que nous vous laissions ici pour que les Mondiens vous trouvent ? Si vous n'êtes pas réelle à cause de nous, alors peut-être vaudrait-il mieux que vous restiez ici pour poursuivre... les arrangements, quels qu'ils soient, que vous avez passés avec Réalité et Expiation. »

Mieux de rester ici. De continuer avec Réalité et Expiation. Était-ce possible ? Réalité et Expiation avait fait d'elle un informateur, mais pas quelqu'un qui tuait, comme le vieil informateur qui avait tenté de la tuer. Est-ce qu'elle et le vieil homme irréel partageaient la même réalité ? Ou la même irréalité ? Partageait-elle l'un et l'autre avec les Terriens, qui étaient tous si irréels que leur propre peuple leur avait dit une vérité qui n'était pas vraie ?

Y avait-il, alors, un grand nombre de réalités ? Mais comment cela se pouvait-il ? Comment des gens pouvaient-ils exister si c'était vrai que l'on vivait séparément dans différentes réalités, isolés et seuls ?

Si c'était la solitude, alors, c'était réel.

Elle n'avait pas de douleur-de-tête. Elle était là, Enli Pek Brimmidin, étendue sous les froides étoiles et pensant à l'impensable, et sa tête ne lui faisait pas mal. C'était à cause des médicaments que les Terriens lui avaient donnés. Tout cela, c'était à cause des Terriens qui avaient apporté la nouvelle réalité, ou irréalité, sur Monde, ce cher Monde complètement retourné. S'ils n'étaient pas venus, elle aurait purgé sa peine comme informateur, on l'aurait déclarée une fois de plus réelle, et on lui aurait permis de libérer Tabor pour qu'il rejoigne leurs ancêtres. Toutes ces différentes réalités, ces isolements qui ciselaient et séparaient les gens et les laissaient se tordre de douleur dans la solitude, c'était arrivé à cause des Terriens.

Elle les détestaient.

Elle ne les détestait pas. Ils étaient sa réalité.

« Ne la harcelez pas, Ahmed, dit Pek Sikorski de sa douce et gentille voix irréelle. Vous allez lui donner mal à la tête. Enli, dormez maintenant, et vous pourrez décider ensuite si vous voulez venir avec nous. »

Comme si le sommeil, le petit séjour paisible avec ses ancêtres, serait jamais possible de nouveau pour elle.

Pek Sikorski rajusta la couverture sur Enli, en la repliant sous ses orteils, en la tirant jusque sous son menton. Elle se comportait comme une mère aux petits soins pour son enfant, comme Ano avec le petit Fentil. Mais c'est Pek Bazargan qui se pencha à son oreille et lui dit : « Je suis désolé, Enli. Cela n'aurait pas dû tourner ainsi. »

Bazargan s'essuya le front de la main. Il suait, bien que le vent fût froid. Aucun d'eux n'avait l'habitude de marcher autant, aussi vite. Les muscles de ses mollets lui faisaient mal.

« C'est encore loin, Dieter ? » demanda-t-il.

Gruber était assis à côté d'Ann, près du servocône. « Encore douze ou treize kilomètres. Nous pourrions y être à midi, si nous partons à l'aube.

— Même en portant Enli ?

— Je pense que oui. Mais, Ahmed, s'ils nous poursuivent, ils seront en vélos, et nous ne pouvons pas distancer des bicyclettes.

— Je ne pense pas qu'ils partiront avant le lever

du jour, et avec de la chance, nous les devancerons. Maintenant, nous avons besoin de dormir, mais d'abord, dites-moi exactement ce que vous avez mis dans votre sac. »

Gruber sourit d'une oreille à l'autre. Des quatre, c'était lui qui tenait la meilleure forme et, soupçonnait Bazargan, qui se délectait le plus du danger. Quelqu'un qu'il valait mieux avoir avec soi dans une situation comme celle-là. « Quatre combinaisons spatiales — je ne savais pas que nous aurions Enli avec nous.

— Bien sûr que non. » Bazargan jeta un coup d'œil à l'extraterrestre endormie. N'importe laquelle de leurs combinaisons spatiales lui irait, mais cela en priverait quelqu'un d'autre. Pour le moment, Enli était enveloppée dans la couverture thermique que Dieter avait aussi emportée. Mais les monts Neury étaient très radioactifs, et seule une combinaison-s pouvait protéger de cela.

« Le servocône, des lampes-p, la couverture thermique, le revolver, poursuivit Dieter. La nourriture en poudre que nous venons de manger...

— Combien en avons-nous ?

— Des réserves pour quatre personnes durant une semaine. Si nous faisons attention. La trousse-méd d'Ann, mon géologue portable, quelques outils simples de spéléologie. C'est tout.

— Pas étonnant que ce sac pèse autant.

— La survie, c'est lourd. Mais j'ai 0,9 *g* pour m'aider à le porter. » Gruber souriait de nouveau.

Quelque chose bougea au-delà du cercle de lumière du servocône. C'était David Allen, revenant de sa bouderie solitaire. Bazargan le regarda s'étendre par terre sans parler, le dos tourné à ses collègues, et feindre de s'endormir.

« Dans les montagnes, dit Gruber, en faisant comme si Allen n'existait pas, le telcom peut ne pas fonctionner. Tout dépend de l'épaisseur de la couverture rocheuse en un point donné.

— Nous essaierons de nouveau la radio avant d'entrer dans les cavernes, dit Bazargan.

— Pourquoi ? Pour leur dire quoi ? À moins que le *Zeus* l'emporte à la fois sur les Faucheurs et sur cette lune avec laquelle ils jouent, personne ne reviendra nous chercher.

— Alors, dit calmement Bazargan, il vaut mieux espérer que le *Zeus* gagnera. »

Les monts Neury s'élevaient de la plaine en pente raide. Ils avaient péniblement marché durant deux heures, descendu une douce et longue pente, puis gravi une autre, raide, et au sommet, Bazargan put donner un premier coup d'œil à leur refuge éventuel. Hors d'haleine, suant, les quatre humains et Enli s'arrêtèrent pour contempler fixement le foyer de la Première Fleur, dont les pétales en se déployant avaient créé Monde.

Les montagnes semblaient avoir été dessinées par un enfant survolté, pensa Bazargan : irrégulières, en dents de scie à certains endroits, et arrondies à d'autres, avec, à leurs bases, des crevasses, des passages, des bosses, comme un pinceau devenu fou. Elles étaient couvertes de l'omniprésente « herbe » luxuriante de Monde, parsemée de fleurs sauvages tout aussi omniprésentes, ici plus filiformes à cause du sol rocheux où elles poussaient. De grands affleurements de roche grise barbouillaient le feuillage.

« On dirait des montagnes ordinaires, dit Ann.

— Relativement jeunes, géologiquement, répliqua Gruber. Tout cela était sous l'eau dans la dernière grande ère géologique. La subduction de la plaque tectonique a soulevé l'ensemble du bassin, il y a des millions d'années. Mais attends de voir l'intérieur. » Son ton était enthousiaste.

— Enli, pouvez-vous marcher encore un peu ? demanda Bazargan.

— Oui. » Ann l'avait droguée ; elle n'éprouvait aucune douleur. Mais cela devait signifier qu'elle ne sentait pas non plus son épuisement, du moins, pas avant de tomber littéralement endormie. Elle l'avait déjà fait une fois, s'effondrant par terre et se faisant un autre hématome à la tête. Après cela, David et Gruber l'avaient portée à tour de rôle un moment, mais elle s'était avérée lourde, même pour leur force juvénile. Bazargan, que cette marche forcée rendait conscient de son âge, n'avait même pas tenté de la soulever.

« Mais c'est... c'est...

— Oui, Enli ? dit Ann.

— C'est défendu. Les montagnes. On ne doit pas y aller. »

Ann prit Enli par le bras et l'entraîna en avant. Enli résista.

Soudain, David prit la parole, prononçant ses premiers mots depuis son emportement passager d'hier soir. « Des gens sont en train de franchir cette crête basse, derrière nous. »

Bazargan se retourna brusquement. Dix à quinze

Mondiens marchaient à grands pas dans leur sillage, à environ un kilomètre de là.

« Grouillons-nous », dit Gruber avec cette énergie inépuisable qui était la sienne, et il arracha le bras d'Enli à Ann. Tirant la jeune Mondienne et courant à moitié, il partit à un rythme que les autres durent égaler.

Au bout de quelques minutes, Bazargan se retourna. Les Mondiens gagnaient du terrain.

« Plus vite, dit Gruber », et il se mit à courir, entraînant Enli avec lui. À la grande surprise de Bazargan, la Mondienne tenait le coup. Ils avaient sous-estimé son endurance.

Mais pas la sienne. Tandis qu'il courait derrière les jeunes, Bazargan sentit une douleur dans sa poitrine. Une douleur, puis une brûlure. Il ne pourrait pas continuer comme cela très longtemps. Son cœur...

« Vous... continuez, dit-il hors d'haleine, plié en deux. Prenez... ma combinaison... Enli...

— Venez, Ahmed, dit impitoyablement Dieter Gruber. Ce n'est plus très loin. »

Cela paraissait très loin à Bazargan. La douleur rampait sans se presser dans sa poitrine et ses jambes, faisant comme chez elle. Sa vision se brouilla. Son cœur, son cœur...

Gruber laissa tomber le bras d'Enli et s'empara de celui de Bazargan. Sous l'effet de cette poigne — que diantre les parents de ce type avaient-ils fait à son génome ? — Bazargan trébucha et courut, tituba et courut ; chaque inspiration haletante était une torture. Trébucher, respirer, trébucher, respirer, il ne pouvait plus respirer, arrêtez je vous en prie arrêtez...

« Ils se sont arrêtés », dit David Allen, et Dieter lâcha le bras de Bazargan. Qui tomba comme une masse, toute sa conscience concentrée sur la douleur lancinante, dans chaque côte, dans chaque fibre de sa poitrine. Respirer, douleur, respirer...

« Reprenez seulement un peu votre souffle, Ahmed », dit Gruber, et ce salaud n'était même pas hors d'haleine.

Quand il put se remettre debout, les genoux pliés, des mains le soutenant, Bazargan regarda alentour. Ils avaient passé le premier des nombreux rochers ronds énormes qui jonchaient le sol avant la pente abrupte de la montagne. Visiblement, cette pierre était une marque, d'un genre ou d'un autre ; ceux qui les poursuivaient s'étaient arrêtés deux cent cinquante mètres derrière eux, plongés dans ce qui ressemblait à de la consternation. Tandis que Bazargan les observait en respirant bruyamment, les extraterrestres repartirent en avant, tous ensemble. La réalité partagée.

« *Scheisse* ! s'exclama Gruber. Il faut continuer.

— Non », dit Enli, mais elle ne se débattit pas lorsque David Allen la prit dans ses bras et l'emporta.

Ils arrivèrent à la base de la roche grise qui les surplombait, et Gruber la longea en murmurant : « Là, là, bientôt... » Bazargan vit l'escadron de la mort extraterrestre — c'est ce qu'ils devaient être — virer afin de marcher parallèlement à eux. Ils se rapprochaient.

Ils étaient armés de lances.

Ahmed n'en avait jamais vu, ici, jusqu'à maintenant. On ne chassait pas sur Monde ; le régime était en grande partie végétarien, complété par la viande d'animaux depuis longtemps domestiqués en troupeaux dociles. Les prédateurs avaient été éliminés des millénaires auparavant. La vermine était empoisonnée par les guérisseurs. Les Mondiens se tuaient rarement les uns les autres, et seulement sous l'effet de la passion ou de l'irréalité, et alors, ils utilisaient des couteaux. D'où venaient ces lances ?

Bazargan, toujours haletant, restait à la traîne des autres. Une lance passa au-dessus de sa tête et frappa la roche grise.

« Couchez-vous ! » cria Ann en le prenant par la main et en le tirant d'un coup sec. Il tomba s'éraflant les genoux. Il laissa une traînée sanglante derrière lui lorsqu'il repartit précipitamment, derrière les autres. Ils serraient de près la base du versant d'un énorme escarpement, tantôt protégés par les rochers tombés, tantôt exposés. Bazargan vit une seconde lance manquer de peu Gruber, qui marchait en tête.

« *Ja* ! cria celui-ci. C'est là ! » Et il disparut dans la montagne.

Bazargan se hâta d'avancer. Ann était en train de disparaître, elle aussi ; on ne voyait plus que ses jambes écorchées et ensanglantées. Bazargan aperçut l'ouverture. Elle ne faisait pas plus d'un mètre de haut et était dissimulée par de l'herbe et des broussailles. David Allen fit franchir de force ce rideau à Enli, la fourra dans le tunnel. Puis, à la grande surprise de Bazargan, le jeune homme s'accroupit derrière un rocher d'une taille insuffisante et fit signe à Bazargan de continuer.

Il n'était plus temps de discuter de préséance.

Bazargan se glissa dans l'ouverture. Un moment plus tard, Allen le suivit.

Bazargan n'avait jamais aimé les tunnels. Celui-là ne faisait guère plus d'un mètre de haut, à peine assez pour y ramper, et était presque totalement obscur. Les poils de sa nuque se hérissèrent. Quelque chose de léger rampa sur son bras ; il tenta de s'en débarrasser.

« Ça s'améliore, cria Gruber, en tête. Suivez-moi ! »

Comme s'ils avaient le choix ! Bazargan rampa en essayant de calmer sa respiration hachée, se disant que c'était seulement dû à sa course effrénée. Le tunnel devenait plus obscur. La vieille peur irrationnelle revint, l'écrasant... Il allait être immobilisé, incapable d'avancer ou de reculer, enterré vivant sous des millions de tonnes de roche qui pesaient sur son corps, comprimant sa chair et ses os...

Respire à fond. Concentre-toi sur un point encore calme de ton esprit. Respire...

« On y est presque », cria joyeusement Gruber.

Bazargan ne voyait rien. Il rampa aveuglément sur la roche déchiquetée, jusqu'à ce que le tunnel tourne de nouveau et qu'il puisse voir le faible contour de l'arrière-train d'Enli. Il le suivit jusqu'à ce qu'il disparaisse, et soudain la lumière brilla. Bazargan rampa plus vite. *Respire... Respire...* Puis il émergea.

Dans une grotte aussi grande que sa pièce personnelle dans la maison Voratur, éclairée par une grande cheminée qui traversait la roche. Dans la pénombre grise, Bazargan vit un autre tunnel, heureusement plus large, qui partait du fond. Tous, dont les pupilles semblaient énormes, scrutèrent les parois irrégulières, le second tunnel, puis se regardèrent.

« Enli, demanda Ann d'un ton pressant en mondien, y a-t-il une possibilité que... les gens de votre peuple nous suivent ici ? »

Enli ne répondit pas, mais fit signe que non. Elle était incapable de parler.

« Quand j'ai exploré les montagnes, dit Gruber en anglais, j'ai parcouru partiellement beaucoup de ces tunnels, et, pendant longtemps, deux d'entre eux. Celui-ci n'est pas l'un d'eux, mais tout le système est pratiquement homogène.

— Dis-nous à quoi nous devons nous attendre, dit Ann. Brièvement, Dieter, ajouta-t-elle en souriant.

— Oui. Bon. Il y a un million d'années, tout cela était sous l'eau, dans un bassin creux. L'impact de l'astéroïde pénétra assez profondément pour atteindre le magma, et l'éruption de la roche se retrouva bourrée de gaz. C'est pour cela que nous avons tant de pumicite — cette belle roche légère et poreuse. » Il ramassa un morceau de pierre ponce et la leva vers eux. Bazargan vit qu'elle était constellée de trous.

« Pour finir, poursuivit Gruber, la subduction de la plaque tectonique souleva le bassin tout entier, le transformant en montagnes. Elles reposaient encore sur — ou peut-être dérivèrent-elles lentement vers — un endroit brûlant dans la croûte. Il s'y produisit une activité volcanique de grande envergure qui créa des tunnels de lave tels que celui dans lequel nous nous trouvons. Nous sommes toujours sur cet endroit brûlant, c'est pourquoi il y a des sources d'eau chaude souterraine. Et, avec le temps, la douce pumicite fut érodée par l'eau et le vent, formant encore plus de grottes, de cheminées et de tunnels. En outre, bien entendu, tout le système est radioactif.

— Jusqu'à quel point ? demanda David Allen.

— Cela dépend de la localisation. »

Bazargan se redressa. Il était temps pour lui de reprendre le commandement. « Nous avons quatre combinaisons qui peuvent nous protéger de la radioactivité, et nous sommes cinq. Je suggère que nous les fassions tourner en gardant un œil attentif sur le nombre de rads que chacun de nous accumule. Enli, enfilez celle-là, je vous prie. »

Il enleva sa combinaison-s. Enli le regardait avec stupeur. Les drogues que Ann lui avait données devaient probablement cesser de produire leur effet.

« Obéissez, je vous prie », dit Bazargan en mondien, et Enli réagit à son ton comminatoire. Maladroitement, elle enfila la mince combinaison flexible, la faisant remontrer sur ses jambes et son torse, sur ses bras. Ann lui montra comment la fermer, et tira le casque poreux, gonflable, de la poche.

« Ici, nous n'avons pas besoin de casque, dit Gruber.

— Bon. Si je me place directement sous cette cheminée, pourrais-je communiquer avec le *Zeus* par transmetteur ? » demanda Bazargan.

Gruber lorgna la faible flèche de lumière. « Non. Mais plus loin, vous pourrez.

« *Plus* loin ? s'exclama Allen.

— Oui. Venez. Mais cette fois, il nous faut de la lumière. » Gruber tira la lampe électrique de son sac, l'alluma et repartit. Les autres le suivirent dans le second tunnel, tous, sauf Enli, obligés de se plier en deux. D'abord Ann, boitillant un peu, le visage calme. Enli, hébétée, l'air ridicule avec sa colletine brun terne, emmêlée, sortant du col de la combinaison. Allen, jetant des regards mauvais sur les parois. Et Bazargan, à l'arrière-garde, s'armant de courage pour affronter un autre tunnel.

Celui-là n'était pas aussi étroit que le premier, mais il y faisait plus noir. La lumière de Gruber ne semblait pas éclairer beaucoup Bazargan, qui fermait la procession des dos courbés. « Tenez-vous par la main », cria Gruber. Bazargan sentit la main de David Allen s'emparer de la sienne. Les doigts du jeune homme tremblaient un peu et cela, paradoxalement, calma le chef de l'expédition.

Le tunnel continuait, semblait-il, sur des kilomètres. Les épaules de Bazargan commençaient à lui faire mal. De temps en temps, il croyait entendre de l'eau couler quelque part, derrière les épaisses parois. Une fois, quelques cailloux tombèrent du plafond, et son cœur battit la chamade. *L'érosion*, avait dit Gruber. *La roche tendre*.

Graduellement, il s'aperçut qu'il grimpait. Le tunnel faisait un angle vers le haut. Il devenait aussi plus étroit. Juste au moment où Bazargan sentait la panique monter, le passage tourna brusquement et, soudain, il put voir les autres, devant lui, le dos courbé, traînant les pieds, accrochés les uns aux autres comme des éléphants épuisés. Et Gruber disparut, puis Ann, que Bazargan entendit haleter de surprise.

Il émergea dans un bassin à ciel ouvert d'environ vingt mètres de diamètre. Du côté sud, la roche le surplombait, mais le nord s'ouvrait sur le soleil équatorial. Au centre, une source jaillissait de la roche en bouillonnant. La lumière, verticale sous l'ouverture, diffuse sous le surplomb, illuminait des douzaines d'espèces de fleurs de toutes les couleurs.

Ann se précipita vers elles comme une flèche. Bazargan fléchit les genoux, fit jouer ses épaules endolories. Il allait suivre Ann lorsque Gruber le poussa soudain en arrière.

« Attendez, Ahmed. Le compte est élevé ici. Trop élevé ! »

Les radiations. Et maintenant que Bazargan regardait plus attentivement les fleurs, il vit que beaucoup d'entre elles avaient muté. Un buisson de pajal dont les feuilles s'allongeaient au lieu de s'arrondir. Une vekifir bleue couchée sur le sol, trop lourde pour sa tige grêle. Une fleur rouge brun monstrueusement grande, semblable à du sang coagulé, bombée d'un côté, rabougrie de l'autre.

« C'est la source qui est radioactive, dit Gruber en fronçant les sourcils. Mais... peu importe. Ahmed, vous pouvez joindre le *Zeus* d'ici, je crois. »

Bazargan, prudent, ne s'éloigna que d'un pas de la paroi rocheuse et sortit le telcom de sa poche. Être le seul sans combinaison-s lui donnait curieusement l'impression d'être nu. Cela ressemblait à ces rêves où, dans un colloque, tout le monde était vêtu, sauf lui qui, nu, tentait de faire son exposé.

« *Zeus*, ici le professeur Bazargan. Répondez, je vous prie.

— Ici, le colonel Johnson. Oui ?

— Nous aimerions être mis au courant de ce qui se passe là-haut », déclara Bazargan, non sans rudesse. Pourquoi croyait-elle qu'il appelait ?

Il connaissait la réponse : Johnson ne pensait pas du tout à l'équipe qui se trouvait sur la planète.

« Nous remorquons l'artefact vers le tunnel spatial 438, répondit sèchement Johnson. Aucun signe d'appareil ennemi. Pas de changement dans la situation.

— Mais nous en avons un ici, de changement, dit Bazargan d'un ton encore plus dur. Les autochtones ont déclaré les humains irréels et ont essayé de nous tuer. Ils ont massacré Ben et Bonnie Mason. Nous nous sommes enfuis pour gagner les monts Neury où nous nous trouvons en ce moment. Nous ne pouvons pas en sortir sans être pourchassés de nouveau. Nos provisions alimentaires sont limitées. Nous avons tenté de vous contacter pour vous le dire, mais vous n'avez pas répondu. Pouvez-vous nous envoyer une navette ?

— Négatif, professeur. Il nous faudrait décélérer pour la lancer, ce qui irait à l'encontre de notre mission militaire. Si vous... » Un flot de parasites la rendit inintelligible.

« Quoi ? Qu'est-ce que c'était ? » dit Bazargan.

Encore plus de parasites. Puis le silence.

Bazargan, Gruber et Ann se regardèrent. David Allen se frappa du poing la paume de l'autre main et s'éloigna, l'air furieux, les sourcils froncés. Enli le suivit des yeux d'un air hésitant, puis regarda Ann.

« Quelque chose est en train d'arriver là-haut, dit Gruber.

— Je pense, déclara calmement Bazargan, qu'il vaut mieux supposer le pire. Dieter, si l'artefact, Tas, émet cet effet d'onde qui déstabilise les atomes, serons-nous suffisamment protégés si nous restons là ?

— Non. Cette caverne est trop à ciel ouvert. Mais la roche est un bon isolant. Si nous pénétrons plus profondément dans la montagne, nous serons hors de danger. Pourvu que nous évitions les zones à radioactivité élevée.

— Savez-vous comment gagner un endroit sûr à partir d'ici ?

— Non. Lors de ma première excursion, je suis venu jusqu'à ce bassin, et revenu ensuite par le chemin que nous avons emprunté. Mais nous ne pouvons pas faire cela. Même si les Mondiens sont partis, il y a dehors un long chemin à parcourir avant la prochaine ouverture d'un tunnel que j'ai exploré. Nous serions exposés trop longtemps. À la fois aux villageois et à l'effet de l'onde, si elle se déclenche.

— Alors, nous continuons, dit Bazargan. Y a-t-il des entrées sous ce surplomb ?

— Nous allons le découvrir, répondit Gruber. Contournez le ruisseau en longeant la paroi, Ahmed, jusqu'à ce tunnel-là. Restez loin de l'eau. Ann, il faut laisser ces plantes.

« J'emporte des spécimens », dit-elle.

Cette fois, Bazargan partit le second, derrière Gruber, ce qui lui permit de mieux bénéficier de la lampe. Le réconfort qu'elle lui apportait était contrebalancé par les inconnues du tunnel. Bazargan découvrit que tous ses muscles se nouaient en prévision d'une chute de rocher ou d'une crevasse, et, sciemment, il se força à se détendre. Souviens-toi de Iqbal de Lahore, le réformateur zélé : *Tout comme l'homme est lié à l'homme/ Ce conte est un fil dont on a perdu l'extrémité/ Et qu'il est impossible de démêler*. Bazargan eut un sourire amer.

La pente du tunnel devint forte. « Pas de roche branlante, dit Gruber, mais nous n'avons pas envie de pénétrer trop profondément. Cependant, essayons encore un petit peu.

« D'accord », dit Bazargan, en homme lié à l'homme par un fil indémêlable.

Ils marchèrent en silence pendant un temps qui parut fort long. Parfois, le tunnel se rétrécissait, mais c'était supportable. De temps à autre, il s'élargissait pour devenir une sorte de caverne longue et étroite. Bazargan entendit souvent de l'eau couler, mais n'en vit pas. Une fois, Gruber s'arrêta pour éclairer la paroi.

« Regardez, tous. Vous voyez cette fine couche d'argile ? Elle date de l'impact de l'astéroïde. » La couche ondulait tout au long de la paroi, selon les formes que dessinait la roche soulevée, courbe muette témoignant du désastre planétaire.

Une marche silencieuse plus longue, une pente plus forte. Bazargan commençait à suer. À quelle profondeur se trouvaient-ils ? Peut-être devraient-ils revenir sur leurs pas, chercher une autre ouverture... Gruber avait dit que la roche les protégerait de l'effet de l'onde que Syree Johnson pouvait lâcher sur le monde. Ce bouclier ne leur ferait aucun bien s'ils finissaient enterrés vivants.

Gruber disparut brusquement.

« Dieter ! Vous allez bien ? »

Un long moment après la voix de Gruber remonta de quelque part. « *Ja*. Tout va bien, c'est seulement une forte déclivité. Pas trop abrupte. Vous pouvez vous laisser glisser sur les fesses. Il y a des tunnels qui remontent d'ici. »

Il éclaira de sa lampe le toboggan et Bazargan vit une pente relativement lisse, de peut-être trente degrés. Il soupira, s'assit sur la couverture qu'il portait et se laissa glisser, ne soumettant son coccyx qu'à une unique forte secousse lorsqu'il passa sur une pierre très dure. Arrivé au fond, il se redressa et s'éloigna pour qu'Enli puisse le suivre.

Gruber et lui étaient dans une grande caverne obscure, éclairée seulement par la lampe électrique pointée de l'autre côté. Dans l'obscurité, Bazargan voyait des stalactites et stalagmites semblables à une dentition. De l'eau dégouttait des canines. Bazargan, qui n'était pas protégé par la combinaison régulatrice de la température, dégoulinait de sueur.

« Quelque chose ne va pas ici, murmura Gruber en étudiant l'afficheur fixé à son gros poignet.

— Qu'est-ce qui ne va pas ? » demanda Bazargan ; mais avant que le géologue ait pu répondre, Enli descendit le toboggan rocheux, la colletine battant, les yeux exorbités par la terreur. Mais la jeune fille ne protesta pas, se releva et s'écarta tandis qu'Ann s'y précipitait.

« Qu'est-ce qui ne va pas ? » répéta Bazargan. Les mots sortaient lentement de sa bouche. Sa tête ne fonctionnait pas bien ; elle semblait emmitouflée dans de la laine trempée. C'était probablement la fatigue.

Allen glissa le long de la roche, gracieux et renfrogné.

« Le gradient géothermique », dit Gruber, et sa voix parut, à Bazargan, aussi étouffée que la sienne.

Une migraine commençait à poindre entre ses yeux. La fatigue, l'anxiété, la faim. Ils ne s'étaient pas arrêtés pour manger depuis hier soir.

« Qu'y a-t-il au sujet du... gradient ? »

Gruber regardait d'un œil mauvais son afficheur-bracelet. « Plus nous descendons, plus il devient chaud, *ja.* c'est normal. Même en écartant les effets du magma, la radioactivité naturelle chauffe les roches. Les petites quantités émises ici — vous ne courez pas un trop grand danger, Ahmed — sont les mêmes que sur Terre. La roche garde la chaleur, c'est un excellent isolant. Mais quand on descend plus profondément, le taux d'élévation de la température décroît, puisque la plus grande partie de la radioactivité est proche de la surface. Mais ici, la température *s'élève.* »

C'était un véritable effort de suivre ce qu'il disait. Des profondeurs de son mal de tête, Bazargan tira la question attendue : « Pourquoi ? »

Gruber haussa les épaules. « On n'est pas sur Terre.

— On a un génie parmi nous », dit David Allen, et durant une seconde, la colère enflamma les yeux bleus de Gruber. Elle mourut, remplacée par la même léthargie qui avait envahi Bazargan.

Celui-ci se força à parler. « Allez-y, on vous suit, Dieter. »

Gruber avança d'un pas traînant, en éclairant le côté opposé de la grotte. De multiples ouvertures frangeaient la paroi éloignée. Gruber se mit en route vers l'une d'elles.

« Pek Bazargan, dit Enli qui marchait derrière lui, on ne devrait pas aller de ce côté-là. »

Il fallut une minute à Bazargan pour assimiler ce qu'elle disait, ou même le fait qu'elle avait parlé.

« Pourquoi ? Dieter, attendez. »

Dieter s'arrêta en traînant les pieds, se retourna pesamment pour les éclairer de sa lampe.

Enli dit quelque chose en mondien. Au bout d'un moment, elle le répéta en anglais. Elle parlait trop vite, sa voix était trop aiguë. « L'autre chemin monte, Vous avez dit que cela devient trop chaud plus bas. Il faut monter ! »

Monter. Oui, c'était vrai. Enli avait raison. Ils devaient monter ; Dieter disait qu'ils devaient monter.

Les humains se blottirent les uns contre les autres, l'esprit troublé.

« Allez, montez ! » dit Enli.

Monter. Oui, c'était ça. Enli avait raison. Ils devaient monter ; Dieter disait qu'ils devaient monter.

Il avait mal à la tête, pensa Bazargan.

Ils devaient monter.

Quelqu'un lui prit la main et la mit dans celle d'Ann. Enli. Elle les força à se tenir par la main, elle se glissa pour remonter la file et les tira en avant. La file d'humains se traîna derrière elle, vers le haut.

Ils se retrouvèrent dans la grotte aux stalactites. Bazargan cligna des yeux. N'était-ce pas plus bas ? N'étaient-ils pas censés monter ?

Il n'arrivait pas à se souvenir.

Enli les entraîna dans un autre tunnel. Elle tenait la lampe, pour une raison ou pour une autre ; elle marchait en tête, on ne savait pas pourquoi. Ils avançaient en titubant, comme des somnambules, dans l'obscurité. Bazargan ne savait plus depuis combien de temps ; peut-être dormait-il. Il se sentait endormi, rêvant, un long rêve dans lequel il trébuchait sur des chemins de pierre, certains plats et d'autres raboteux, certains mouillés et d'autres secs ; grimper, toujours grimper...

Le temps passait.

Plus de temps passa.

Et soudain, quelque chose arriva.

Son cou changea brusquement de position... non, sa *tête* changea brusquement d'état. À l'intérieur, quelque chose se retira et il put penser de nouveau. C'était comme si une coquille craquait autour de son crâne, le libérant.

« Que... quoi ? »

Les quatre humains semblaient tout aussi hébétés. Enli les observait avec des yeux inquiets. Pour finir, elle dit : « Le sol était très peu productif. Pour vous tous.

— Un champ d'un certain type, dit Dieter en consultant ses affichages. Seulement, ici, il n'est pas enregistré... sauf que le taux d'élévation géothermique décroît maintenant !

— Un champ qui affecte la pensée... dit Ann tout excitée. Mais, Dieter, il doit être électromagnétique !

— Non. Pas d'après mes affichages. Mais, Ahmed, pendant que nous étions... que nous étions comme cela, vous avez encaissez soixante-dix autres rads.

— Ce qui fait, au total ?

— Cent dix. »

Ce n'était pas bon. Il serait malade dans un jour ou deux, mais il n'en mourrait pas, même sans aide médicale. Pourtant, ce serait très déplaisant et abrégerait sa vie, à la longue.

David Allen ôtait sa combinaison-s. « Professeur, prenez la mienne.

— Je... vous remercie. » Pourquoi pas ? Ils avaient été d'accord pour faire tourner les combinaisons, et Allen était le plus jeune.

« Ici, ça ira pour vous, David, dit Gruber. Relativement. Écoutez. J'entends de l'eau.

— En bas de ce tunnel, dit Ann.

— Attendez ici. » Gruber distribua de plus petites lampes et disparut avec la grosse. Les autres attendirent. Ils se trouvaient dans une grotte grande comme une petite chambre, à peine assez pour que Bazargan reprenne le contrôle de son souffle, étant donné qu'elle se trouvait sous des tonnes de roche. Mais le sol était sec et relativement plat ; à la lumière de sa lampe, Bazargan put voir que le plafond arrondi était tout aussi lisse. Peut-être l'un des gisements de lave vides dont avait parlé Dieter. Dans l'obscurité, Bazargan entendait les autres respirer : Ann un peu plus vite, d'avoir grimpé. Enli plus lentement. Le souffle de David était rapide et inégal.

Le jeune homme n'aurait pas dû être si épuisé par la montée. Les muscles de Bazargan lui faisaient mal, son estomac gargouillait, mais son cœur ne s'emballait pas et il avait l'âge d'être son père. Alors, qu'est-ce qui ennuyait David ?

« Si ce n'est pas un champ électromagnétique, dit Ann, alors que diantre cela peut-il être ? » Personne ne répondit. Bazargan enfila la combinaison d'Allen et la sentit se modeler à son corps, différent.

Gruber revint, traînant un extenso plein d'eau. Les

extensos se pliaient, bien à plat, et ne pesaient presque rien, mais au contact de la main, ils formaient des sacs imperméables et solides, faits de fins tendeurs flexibles presque impossibles à briser. Toute combinaison-s en portait quelques-uns.

« L'eau est bonne, dit Gruber. Je propose que nous campions ici... pour manger, boire et dormir. C'est aussi bien ici qu'ailleurs. »

La proposition fut bien accueillie. Ils diluèrent les aliments en poudre, fades mais nourrissants, dans l'eau de Gruber, burent abondamment cette même eau, chaude, au goût métallique, et se préparèrent à dormir.

Bazargan, allongé, écoutait Gruber et Ann discuter à voix basse.

« Notre *faculté de penser* a été affectée, disait Ann. Mais pas celle d'Enli. Elle était la seule qui fonctionnait normalement. Cela ne suggère que quelques possibilités. Un gaz sans odeur qui ralentissait nos fonctions cérébrales, mais pas les siennes, et je n'arrive pas à imaginer ce que cela pouvait être chimiquement. Un phéromone auquel elle est adaptée, mais pas nous — sauf que le tunnel était trop sombre et trop sec pour n'importe quelle plante. Eh bien, peut-être pas pour toutes. Ou alors, c'est un champ électromagnétique.

— Ce n'était pas un champ électromagnétique ou l'afficheur l'aurait capté. Ce peut être des moisissures adaptées à l'obscurité qui émettaient des phéromones.

— Mais pour quelle raison ? Pourquoi auraient-elles évolué dans ce sens ? À cinq cents mètres sous terre, la pensée consciente ne peut pas constituer une menace qui pousserait des moisissures à évoluer dans ce sens !

— Probablement que non, dit Gruber à contrecœur. Bon, alors, le gaz inodore. Mais, Ann, j'arrive encore moins à comprendre pourquoi le taux du gradient géothermique s'accroît quand nous descendons et diminue quand nous montons. C'est contraire à la norme. Et si le taux d'élévation changeait selon les mêmes constantes, il ferait fondre toutes les roches à trente kilomètres de profondeur, et rien n'indique que cela se produit ici.

— Alors, qu'est-ce qui peut contrôler le gradient, à ton avis ?

— Je n'en ai aucune idée.

— Moi non plus. Seul un champ électromagnétique.

— Ann, je t'ai dit que... »

Pour finir, ils cessèrent de discuter et Bazargan entendit leur respiration devenir plus lente et plus profonde. Celle d'Enli était déjà régulière, mais c'était une extraterrestre ; impossible de savoir si elle dormait vraiment. La dernière chose que Bazargan entendit, tandis qu'il se laissait gagner par le sommeil, l'odeur terreuse de la pierre humide emplissant ses narines, ce fut la respiration de David Allen. Rapide, irrégulière, agitée, comme si, pour le jeune homme, le sommeil avait été tué en même temps que les pauvres petits Bonnie et Ben Masson.

SEIZE

EN ROUTE VERS LE TUNNEL SPATIAL # 438

Une conclusion, c'est tout simplement le moment où l'on se lasse de penser.

Syree s'efforçait de continuer à penser, même si l'opération de remorquage s'effectuait sans pépin. Sur le pont bondé, elle envisageait les éventualités, les événements imprévus et les désastres qui pouvaient se produire.

« Accélération un *g*, vitesse huit virgule huit kilomètres seconde, dit le pilote.

— Poursuivez l'accélération, répondit Peres.

— Accélération en cours. »

Quelqu'un, derrière Syree, émit un long sifflement bas entre ses dents serrées.

Maintenant, tout le monde, à bord du *Zeus*, connaissait la mission secrète du vaisseau. Il était impossible de ne pas le savoir. Le *Zeus* avait quitté son orbite géosynchrone pour descendre à deux mille trois cents kilomètres au-dessus de la planète. Il avait soigneusement rejoint sur son orbite la lune la plus petite et la plus rapide de Monde, l'Objet orbital #7. Cette lune se trouvait maintenant juste devant le nez du *Zeus*, et sa masse remplissait l'écran visuel comme un énorme grain de raisin gris, pelé. Le *Zeus* ne remorquait pas l'artefact, mais bien plutôt le poussait sans cérémonie hors de son orbite pour l'envoyer dans l'espace. Cette manœuvre mobilisait toutes les forces du vaisseau.

« Accélération d'un *g*, vitesse dix virgule six kilomètres seconde. » On avait ordonné au pilote de faire une annonce toutes les trois minutes.

« Poursuivez l'accélération.

— Accélération en cours. »

L'Objet orbital #7 faisait approximativement dix-huit fois la masse du *Zeus*, qui était capable d'atteindre 20 *g* au maximum. Personne ne voulait utiliser cette puissance maximum pendant plus de quelques instants dans une manœuvre de fuite, car personne ne souhaitait réduire en gélatine tous les humains qui étaient à bord. Mais pour accélérer un objet dix-huit fois aussi gros que vous à un *g*, il vous fallait multiplier par dix-huit votre puissance d'un *g*. Syree sentait le *Zeus* peiner autour d'elle. Elle le sentait dans ses os, dans cette vibration qui lui remplissait la tête. Combien plus, alors, Peres, son capitaine, devait-il l'éprouver.

« Rapport de stabilité.

— Stabilité maintenue. »

Le *Zeus* devait faire porter sa poussée au centre exact de la masse de l'artefact. La stabilisation électromagnétique l'y aidait, bien sûr ; Syree avait induit le champ sur toute la surface de l'objet. Dieu merci, celle-ci était un conducteur. Sinon, Syree ne voyait pas comment cette opération aurait pu réussir.

« Accélération un *g*, vitesse douze virgule quatre kilomètres seconde.

« Poursuivez l'accélération.

— Accélération en cours. »

Plus le vaisseau pousserait l'objet hors de son orbite, plus la chose deviendrait facile. La loi du carré inverse jouait en leur faveur. Le *Zeus* devrait accélérer jusqu'au tunnel spatial, et non entamer la décélération à mi-chemin. Cela réduirait le temps du transport à cinq jours, dix-sept heures, trois minutes. Cela signifiait aussi que lorsque l'artefact entrerait dans le tunnel spatial, il se déplacerait à quatre mille huit cents kilomètres seconde. Rien n'était jamais entré à une telle vitesse dans un tunnel spatial. Personne ne savait ce qui arriverait dans ce cas. Mais personne ne savait grand-chose à propos de cette opération désespérée.

Derrière Syree, quelqu'un toussa, puis toussa une fois encore.

« Évacuez le pont ! » dit Peres d'un ton brusque. Alors, lui aussi sentait les effets du stress. Syree demeura où elle était. Une image lui vint à l'esprit, celle d'un vieux film d'entraînement : un sous-marin qui avait dépassé sa profondeur maximum de plongée, les boulons arrachés de force à sa coque se fendillant sous la pression de l'eau. L'un d'eux avait pénétré dans la tête du timonier, et son crâne broyé avait été filmé accidentellement pour horrifier des générations de cadets.

Son telcom émit un bip. « Oui ?

— *Zeus*, ici le professeur Bazargan. Répondez, je vous prie.

— Le colonel Johnson, à bord du *Zeus*. Oui, professeur ?

— Nous aimerions être mis au courant de ce qui

se passe là-haut », dit Bazargan. Sa voix avait une dureté que ne lui connaissait pas Syree.

« Nous remorquons l'artefact vers le tunnel spatial #438, répondit sèchement Syree. Aucun signe d'appareil ennemi. Pas de changement dans la situation. »

Le pilote dit : « Accélération 1 *g*, vitesse 14,1 kilomètres seconde.

— Poursuivez l'accélération.

— Accélération en cours. »

« Mais nous en avons un ici, de changement, dit Bazargan d'un ton encore plus dur. Les autochtones ont déclaré les humains irréels et ont essayé de nous tuer. Ils ont massacré Ben et Bonnie Mason. Nous nous sommes enfuis pour gagner les monts Neury où nous sommes en ce moment. Nous ne pouvons pas en sortir sans être pourchassés de nouveau. Nos provisions alimentaires sont limitées. Nous avons tenté de vous contacter pour vous le dire, mais vous n'avez pas répondu. Pouvez-vous nous envoyer une navette ? »

Une navette ? Est-ce que ces prétendus scientifiques ignoraient tout de la physique qui gouvernait leurs vies ?

« Négatif, professeur, dit Johnson. Il nous faudrait décélérer pour la lancer, ce qui perturberait notre mission militaire. Si vous... » Le vaisseau subit une secousse assez violente pour lui arracher le telcom des mains.

« Bon sang, qu'est-ce que c'était que ça ? dit le commandant Canton Lee en se relevant.

« Je l'ignore, dit le pilote d'une voix mal assurée. La... l'artefact nous a repoussés ! »

Syree étudia les affichages. Rien d'inhabituel. Elle questionna le pilote, mais tout ce qu'il put dire, c'était que les afficheurs avaient clignoté et qu'une secousse avait ébranlé l'artefact. Maintenant, tout cela avait cessé.

« Relevé d'accélération ! dit Peres d'un ton brusque.

— Accélération un *g*, vitesse quinze virgule huit kilomètres seconde.

— Poursuivez l'accélération.

— Accélération en cours. »

L'opération continua, comme si rien n'était arrivé. Peres dit à Syree : « N'utilisez plus votre telcom, colonel.

— Mon capitaine, il n'y a pas de raison qu'un signal venu de la planète ou envoyé vers elle puisse affecter le...

— Vous en êtes certaine, colonel ? Comprenez-vous vraiment la physique de ce truc au point de pouvoir dire ce qui peut ou non l'affecter ? »

Syree garda le silence.

« Accélération un *g*, vitesse seize virgule cinq kilomètres seconde, dit le pilote, fidèle aux ordres.

— Poursuivez l'accélération.

— Accélération en cours. »

Syree désactiva le telcom et le rangea dans sa poche. Sur l'écran visuel, l'Objet virtuel #7, neuf cent mille tonnes de sphère grise inintéressante, se déplaçait pesamment de son orbite vers le tunnel spatial #438, sur un milliard de kilomètres d'espace vide.

Qu'est-ce qui avait secoué ainsi l'artefact ? Elle ne croyait pas que ce fut le telcom. Non, quelque chose s'était déclenché à l'intérieur de l'énigmatique sphère, peut-être une réaction automatique préprogrammée, une fois dépassée la vélocité prévue. Ou le fait de s'éloigner de la planète. Ou autre chose qu'ils étaient incapables de deviner.

Mais qu'est-ce qui s'était déclenché ? Et quel serait l'effet futur ?

DIX-SEPT

LES MONTS NEURY

David se réveilla le premier. Durant un instant, terrifié, il ne sut plus où il était. Les ténèbres absolues, le sol dur sous son dos, l'odeur de pierre... la caverne.

Il alluma sa lampe pour éclairer le plafond bas. Une étrange roche polie, mouchetée de minuscules points brillants. Du mica? De l'or? Qui s'y intéressait?

Personne, sur Monde, ne s'occuperait de l'or réel. Personne sauf lui. Et peut-être Enli.

Il s'assit et regarda l'extraterrestre endormie. Elle leur avait sauvé la vie à tous, hier, en les arrachant à cet endroit qui avait perturbé leurs pensées, et donné à David l'impression que... Mais il ne voulait pas y repenser. Pensons à Enli. Elle était courageuse, et intelligente. Et comme tous les Mondiens, elle était *bonne*. C'était une personne bien. L'évolution l'avait faite ainsi. Le mécanisme de la réalité partagée faisait de cet être endormi, trapu, à la colletine terne et emmêlée, quelqu'un de si supérieur à son espèce à lui que David avait honte d'être humain. Les Mondiens ne pouvaient pas mentir d'une façon constructive, ne pouvaient pas torturer, ne pouvaient pas tuer...

Mais les Mondiens avaient tué Bonnie et Ben.

Un crissement sourd s'amorça à l'arrière de sa tête, et, durant une minute de pure panique, il crut que c'était le retour de ce qui les avait attaqués hier, dans le tunnel profond. Mais non, il pouvait toujours penser. Les Mondiens avaient tué les enfants. Les Mondiens avaient tué...

« Pek Allen, chuchota Enli. Réveillez-vous ! Vos rêves vous fanent ! »

Assise à côté de lui, elle clignait des yeux, une main posée sur son bras. David saisit celle-ci avidement, fit courir son pouce sur la peau rugueuse qui recouvrait des os fins. Enli tenta de libérer sa main, mais il la serra plus fort. Cette main tue des enfants ? Des mains comme celle-ci, des mains qui sauvent des vies, des mains qui soignent des enfants ? Les mains de Colert Gamolin ? Ou du petit Nafret, dans quelques années ? Comment cela pouvait-il arriver ?

« Pek Allen, je vous en prie... lâchez-moi ! »

La réponse vint à David dans une explosion de sons et de couleurs, remplaçant le crissement. Voilà ce qu'il ressentait : des sons et des couleurs, empreints de la beauté inévitable du lever du soleil et du chant des oiseaux. *Cela ne s'était pas passé comme cela.*

« Pek Allen...

— Pardonnez-moi, Enli. » Il lui lâcha la main. Il avait essayé de parler d'une voix rassurante. La pauvre petite était épouvantée. Bien sûr qu'elle l'était... elle ne pouvait voir ce qu'il voyait, mettre les choses au point comme lui. Elle était bonne, et courageuse, et, par-dessus tout, elle avait une conduite morale, mais son peuple n'avait pas encore la vision, la perspicacité et la connaissance qui étaient les siennes. C'était dans l'association de tous que reposait la réponse. La réponse, le salut. La somme plus grande que ses parties.

Si cela ne s'était pas passé ainsi dans la maison crelm, comment était-ce arrivé ? Qu'est-ce qui avait vraiment tué Ben et Bonnie ? Qu'est-ce qui avait...

« Pek Allen, avez-vous besoin de vos doses ? De vos doses matinales ? »

Il lui fallut une minute pour comprendre ce que voulait dire Enli. Sa voix soucieuse, douce dans la pénombre, était une chose vivante au sein de la pierre morte. Elle parlait de sa mixture neuropharm du matin. Comment savait-elle qu'il suivait la Discipline ? Elle avait dû voir Ann le faire ; elle passait la plupart de son temps avec Ann.

« Non, Enli, je vais bien », lui répondit-il en chuchotant, mais cette précaution ne servit à rien, car voilà que ce taureau imbécile de Gruber réveillait tout le monde, *badaboum badaboum*, aucun savoir-vivre, c'était typique du bonhomme.

« Ahmed, vous êtes réveillé ? Ann, il y a assez d'eau pour le petit déjeuner, je pense, sinon, je vais aller en chercher. Et il faudra tenter de nouveau de contacter le *Zeus* dans une caverne à ciel ouvert. Voilà, les aliments en poudre... »

Gruber et Ann délayèrent les poudres dans l'eau et les firent passer dans des tasses extenso. Protéines, graisses et féculents, mélangés à des fibres déshydratées et un inhibiteur d'appétit qui mettait fin aux tiraillements d'estomac. Plus des vitamines et des arômes, ces derniers généralement insuffisants. Mais David but sa mixture en se gardant d'y goûter. Son esprit carburait, et sa main protectrice restait près d'Enli. Les Mondiens étaient *bons*. Alors que s'était-il vraiment passé dans la maison crelm ?

Une chose était sûre : aucun des autres humains n'aurait pu l'aider à trouver la réponse. Gruber, qui piétinait lourdement comme un bœuf les conventions sociales et ne savait rien en dehors des roches mortes. Bazargan, politicien achevé, disposé à croire à tout ce qui était opportun, ou agissant comme s'il y croyait. Même Ann, d'un naturel doux, avait une connaissance trop limitée de la langue, était trop absorbée par sa biologie des plantes, avait une vision du monde trop limitée.

C'était à lui, David Campbell Allen, de découvrir ce qui s'était réellement passé dans la maison crelm. Et pas seulement cela. Il la voyait maintenant tout entière, l'image plus large que Bazargan avait tenté si résolument de rendre floue devant ses yeux. C'était à David Campbell Allen de l'emporter sur Bazargan, de réhabiliter cette mission sur Monde, afin que, pour finir, les deux stocks génétiques humain et mondien puissent se rejoindre. L'humanité... non, ce n'était pas le bon mot, l'union produirait quelque chose de plus grand que l'humanité. Cette entité plus élevée deviendrait intégrale. Guérie. Capable de partager la réalité, comme le faisaient les Mondiens, capable de contrôler la réalité comme le faisait l'homme technologique. Enfin achevée. Restaurée, lumineuse, et guérie.

Cela, et rien moins que cela, voilà quelle était sa mission.

Une profonde paix emplit David. Il serra, une fois de plus, la main d'Enli, puis se leva et s'étira. Dressé de toute sa hauteur, ses doigts frôlaient le haut de la caverne, lisse et poli comme du verre. Baissant les yeux, il découvrit que Bazargan assis le regardait, un extenso vide à la main. L'anthropologue portait la combinaison abandonnée par David. Ajustée. David lui sourit. Même Bazargan ne pouvait plus l'ennuyer, maintenant. Ce n'était qu'un administrateur quinquagénaire. Lui, David Allen Campbell dépassait Bazargan, était plus grand que lui. Sublimait l'irritation causée par Gruber, sublimait la jalousie qu'éveillait Ann en lui. Il était l'élu, celui qui guérirait l'univers conscient.

Lui.

« Vous allez bien, David ? demanda calmement Bazargan.

— Bien sûr que oui. »

Il y eut une petite pause avant que Gruber dise : « Alors, si nous allons tous bien, partons. Il nous faut un endroit élevé d'où nous pourrons contacter le *Zeus* et découvrir ce qui se passe. »

« Enli, lui dit Pek Bazargan à voix basse, de quoi Pek Allen vous a-t-il parlé ce matin ? »

Ils marchaient depuis peu de temps et le tunnel les menait nettement vers le haut. Mais il n'était pas aussi lisse que ceux d'hier. Pek Allen, qui ne portait pas l'étrange vêtement terrien, marchait derrière Pek Gruber. Puis venait Pek Sikorski, Enli, et Pek Bazargan. Pek Allen ne pouvait pas entendre ce que le chef de sa maison venait de demander.

« Ses rêves se fanaient, répondit Enli. Je l'ai

réveillé. » Qui se lamentait dans les rêves de Pek Allen ? se demandait-elle. Les morts des Terriens irréels erraient-ils et gémissaient-ils dans les rêves ? Cette pensée lui serra le cœur.

Elle n'avait plus de pilules du gouvernement.

« Vous a-t-il dit de quoi il rêvait ?

— Non, il... » Un soudain élancement dans le ventre la fit s'arrêter.

« Enli ? Qu'y a-t-il ? »

Une autre douleur, envahissant ses boyaux, submergea celle de sa tête. En toute hâte, Enli tenta maladroitement de défaire la combinaisons collante.

« Qu'avez-vous ? Dites-moi !

— La diarrhée », dit-elle en mondien, s'évertuant le plus vite possible à enlever la combinaison qui la serrait. Il était clair, à l'expression de son visage, que Pek Bazargan ne connaissait pas ce mot. Enli ne savait pas l'équivalent terrien. Elle dit : « Les boyaux relâchent une sorte d'eau puante... Oh ! » Cela faisait mal.

À sa grande surprise, Pek Bazargan parut gêné. Pourquoi ? La diarrhée, c'était normal, cela faisait partie de la réalité partagée. Il devait être gêné parce qu'il n'était pas réel.

Maintenant la douleur dans sa tête dépassait celle de son ventre.

« Dieter, attendez, cria Pek Bazargan. Enli a... un problème fonctionnel. »

Il s'éloigna d'elle rapidement, longeant le tunnel à la suite des autres. Enli éteignit sa lumière et s'accroupit. Jusqu'à maintenant, tout le monde avait utilisé pour ça une niche désignée, ou un tunnel latéral, mais ici, il n'y avait ni l'un ni l'autre. L'odeur était pestilentielle. Enli espérait qu'ils n'auraient pas besoin de revenir sur leurs pas. Et puis, prise de nausée, elle n'espéra plus rien. Ses boyaux se déchaînaient à l'intérieur de son corps. Elle suffoquait.

« Enli, c'est Ann. » Elle dirigeait sa lumière obliquement, sur la paroi, et non sur Enli. « Vous avez besoin d'aide ?

— Non, je... je vais bien.

— Nous vous attendons après le tournant. »

Cela dura longtemps et la laissa épuisée. Elle finit par repartir en vacillant, et rejoignit les autres en se tenant à la paroi. Ses jambes étaient faibles et elle n'avait pas renfilé le vêtement terrien.

« Enli ? » dit Pek Allen avec douceur. Les mâles tenaient des foulards sur leur bouche et leur nez.

« Je... vais bien.

— Non, vous n'allez pas bien, dit Pek Sikorski, la guérisseuse. Venez. Appuyez-vous sur moi. Les instruments de Dieter disent qu'il y a, devant nous, une caverne plus grande.

— Ne... parlez pas, » supplia Enli, trop épuisée pour dire, *s'il vous plaît*. Mais si Pek Sikorski — elle entre tous — disait quelque chose qui violerait la réalité partagée et lui donnerait une douleur-de-tête... Ses boyaux se tordirent de nouveau.

« Je ne parlerai pas. Venez, chère Enli. Marchez lentement. »

Elles avancèrent clopin-clopant, Enli soutenue par la Terrienne. L'étrangère, la douce femelle terrienne irréelle, dont les bras semblaient chauds sur la peau froide d'Enli qui ne portait pas le vêtement terrien. La Mondienne laissa toutes ses pensées fondre en une flaque informe dans la chaleur de Pek Sikorski.

Jusqu'à ce que le tunnel se termine brusquement.

« *Verdammt*, murmura Pek Gruber. L'affichage indiquait... Attendez, c'est là-haut. »

Il leva sa puissante lampe. Juste au-dessus de leurs têtes, elle montra une étroite ouverture, à peu près haute et large comme des épaules d'homme. Gruber sauta en tenant sa lampe obliquement pour en éclairer l'intérieur. Il retomba de travers sur la roche raboteuse du tunnel et s'écrasa de biais contre la paroi.

« Dieter !

— Ça va, Ann, dit-il avec mauvaise humeur, en se frottant l'épaule. Mais je crains fort que ce soit la seule communication avec la caverne suivante. Je ne pense pas que ce tunnel-là soit très long, mais je n'en suis pas sûr ; les radiations affectent les instruments.

— Des radiations, de combien ? demanda Pek Bazargan.

— Pas trop élevées... pas encore. Cependant, Enli devrait remettre la combinaison. »

La Mondienne fit signe que non. Elle craignait une crise de diarrhée.

« Je pense qu'il faudrait d'abord que je vois quelle est la longueur du tunnel, et sa largeur. C'est peut-être le pire de tous. David, si vous voulez bien. »

Pek Allen fit un pas en avant. Il n'avait rien dit pendant qu'ils marchaient, mais maintenant Enli pouvait voir son visage. Il souriait. Dans les ombres bizarres que réfléchissait la paroi, son sourire paraissait triomphant, comme s'il venait de remporter une grande victoire. De quel genre ? Cela n'avait aucun sens, ce que faisaient ces Terriens n'avait aucun sens, rien à quoi elle pouvait s'attendre, ils étaient irréels...

« Du calme, Enli, dit Pek Sikorski. Je suis là. » Et une fois encore, la gentillesse tira Enli loin du bord, l'ancrant avant qu'elle tombe dans l'abîme.

Pek Allen mit ses mains en forme de calice. Pek Gruber grimpa dessus et l'humain plus jeune le projeta vers le haut. Il s'introduisit dans l'ouverture. Un moment, Enli pensa que ses épaules seraient trop larges, mais tandis que les quatre autres se tenaient en dessous de lui, indistincts dans la lumière plus faible de leurs lampes, le corps de Pek Gruber se tortilla comme un poisson jusqu'à ce que son torse disparaisse. Puis ses jambes, ses pieds... Il s'était faufilé dans la roche.

Personne ne parla jusqu'à ce que Pek Sikorski chuchote : « S'il reste coincé...

— C'est un spéléologue expérimenté, répliqua Pek Allen et sa voix exultante allait avec son sourire. Mais s'il restait coincé, j'irais et je l'en extirperais. Restez calme ! »

Pek Bazargan se retourna pour le regarder durement.

Le temps s'éternisa. Personne ne parlait. Pek Sikorski fit asseoir Enli et Pek Bazargan les rejoignit. Seul Pek Allen resta debout, souriant, clignant rapidement des yeux.

« *Ja* ! » Pour finir, un cri jaillit du tunnel, étouffé par la pierre. D'autres minutes s'écoulèrent, et le visage de Pek Gruber reparut dans l'ouverture, sale et souriant. « Il faut voir cela pour le croire ! Venez, le tunnel n'est pas très long. Moins de soixante-dix mètres. Et pas beaucoup plus étroit que ça.

— Voir quoi ? demanda Pek Allen.

— Je ne vous le dirai pas, mais c'est merveilleux. Et plus loin, il y a un endroit à ciel ouvert. Avec encore de l'eau. » Sortirent alors de l'ouverture, d'abord sa tête, puis ses épaules, son torse, ses hanches, jusqu'à ce qu'Enli crut qu'il allait basculer et tomber sur le sol du tunnel. Mais Pek Allen tendit les bras, Pek Gruber les saisit et il fut extirpé de la pierre comme un bouchon d'une bouteille de pel.

« Ann, vous d'abord. Puis Ahmed et Enli. David et moi, nous pouvons vous soulever, et nous partirons les derniers.

« Enli est toujours malade, je crois, dit Pek Sikorski. Ce sont les poudres de protéine. Apparemment, son système ne peut pas les assimiler. Mais j'ai pensé qu'elle devait manger un peu, et j'ai fait le pari. Seulement...

— Enli, dit Pek Allen en s'agenouillant devant elle, êtes-vous toujours malade ? Encore la diarrhée ? » Il utilisa le mot mondien ; lui n'était pas comme les autres, il le connaissait. Bien sûr, il avait travaillé à la maison crelm, avec les bébés. Elle fit signe que oui.

« Vous préférez attendre jusqu'à ce que la maladie soit passée ?

— Je vais attendre avec elle, dit Pek Sikorski.

— Impossible, répliqua Pek Allen, et Enli se demanda, un bref instant, pourquoi ce n'était plus Pek Bazargan qui donnait les ordres. Vous ne pourriez pas l'introduire dans ce trou élevé.

— Si, je le pourrais, dit Pek Sikorski en rougissant un peu. Vous sous-estimez ma force, David.

— Ann », commença Pek Bazargan juste au

moment où Pek Gruber disait d'un ton impatient : « Ce n'est pas...

— Je ne reste pas ici », dit Enli d'une voix forte, en mondien. Ces Terriens, ils agissaient comme si elle était une enfant. Elle n'était pas une enfant ; elle était la seule personne réelle ici. Et elle ne resterait pas dans cet endroit noir et exigu, alors qu'il y en avait un autre plus loin, plus grand et ouvert sur le ciel. Diarrhée ou pas. Mais, depuis qu'elle avait parlé, la crise semblait avoir diminué dans ses boyaux.

Durant un moment, les Terriens la regardèrent fixement, de leurs yeux sans profondeur. Puis Pek Gruber hocha la tête. « Enli peut décider pour elle-même. Comme nous autres. »

Imaginait-il combien il avait l'air étranger, irréel ? On ne choisissait pas la réalité ; elle *était*, un point c'est tout. Une fois encore, la douleur lui poignarda le crâne.

« Vous la faites souffrir, Dieter, dit calmement Pek Bazargan. Commencez plutôt à nous soulever. »

Pek Gruber mit ses mains en forme de calice, Pek Sikorski fut lancée vers le trou, attrapa le rebord du tunnel et se tortilla jusqu'à ce que ses pieds disparaissent. Enli se leva et enfila le vêtement qu'elle avait ôté auparavant.

« Ahmed, dit Pek Gruber.

— Je ne peux pas. »

Pek Gruber et Pek Allen se retournèrent pour le regarder. Pek Bazargan était très pâle, même pour un Terrien, et son visage luisait de sueur. Enli voyait la peau nue de son cou, là où il aurait dû y avoir de la fourrure, battre fort et rapidement.

« J'ai... des difficultés avec les tunnels. J'ai réussi jusqu'à maintenant, mais cette ouverture est si étroite... me retrouver coincé dans la roche. Je ne peux pas. » Il frissonnait violemment.

C'était la première fois qu'Enli voyait Bazargan montrer une faiblesse. Apparemment, il en était de même pour les Terriens. Pek Gruber fronçait les sourcils. Pek Allen avait de nouveau cet étrange sourire triomphant, et le jeune homme se dressa sur ses orteils. Enli n'avait jamais vu personne faire cela avant : se dresser sur la pointe des pieds, puis retomber, et recommencer encore et encore.

« Je suis désolé, chuchota Pek Bazargan. Je ne peux pas.

— Alors, restez ici, dit Pek Allen avec décontraction. Nous reviendrons vous chercher par le chemin que nous avons pris, depuis l'extérieur, après en avoir fini avec ces montagnes, lorsque cette conspiration sera enfin terminée.

— *Conspiration* ? » Enli ne connaissait pas le mot terrien.

« Il n'y a pas de conspiration, David, répliqua sèchement Gruber. Ahmed, vous *devez* venir. Nous avons besoin de vous pour contacter le *Zeus*.

— Nous pouvons emporter le...

— ... vous allez le faire, même si David et moi devons vous fourrer de force dans ce tunnel. »

Pek Allen cessa de se balancer sur la pointe des pieds. Son sourire s'élargit, changea, et Enli dut détourner les yeux. Pek Allen *désirait* enfoncer de force Pek Bazargan dans le tunnel. Il y prendrait plaisir. Pek Bazargan regarda les Terriens l'un après l'autre, d'un air sombre.

« Vous feriez cela, Dieter.

— Oui. Je vous connais, Ahmed. Je sais que vous n'êtes pas un lâche. «

Bazargan, pâle et suant, sourit. « Je suis trop vieux pour me sentir humilié par le défi d'un jeune homme, Dieter.

— Néanmoins, vous devez y aller. «

Pek Gruber ressemblait à un *tumban*, pensa Enli. Elle en avait vu un, une fois, dans un zoo itinérant. Quand ce stupide animal commençait à marcher en ligne droite, mangeant les feuilles en cours de route, rien ne pouvait le détourner de son chemin. Il avançait à pas lents, traversant des marais, des buissons épineux, passant sur les braises fumantes d'un feu. Il y avait des gens comme cela sur Monde ; la sœur du mari de sa sœur était comme cela. Et Pek Gruber, ce Terrien irréel, aussi.

Qui lui paraissait, à elle, Enli Pek Brimmidin, de plus en plus réel.

Il n'était pas très différent de la sœur-mariage d'Ano.

Cette fois, elle s'attendait à sentir la douleur aiguë, dans son crâne. Elle avait même rassemblé ses forces, comme elle s'en aperçut, bien que ce ne fut pas suffisant. Au travers du brouillard ondoyant, elle vit Pek Bazargan essayer de monter en tremblant sur les mains jointes de Pek Gruber, rater, essayer de nouveau. La seconde fois, il réussit à s'agripper au rebord rocheux. Durant un long moment, il resta là suspendu, la tête et le torse à l'intérieur du tunnel, les fesses, les jambes et les pieds pendouillant au dehors, impuissants. Les pieds battirent l'air. Pek Bazargan essayait de ressortir. Pek Allen sauta et lui poussa les fesses, de toutes ses forces.

« David, *verdammt* ... faites attention !

— Les conspirateurs ne méritent pas qu'on prenne soin d'eux », répliqua Pek Allen avec une jubilation haineuse. Pek Gruber serra les poings, se retint, regarda l'ouverture du tunnel. Les pieds agités par Pek Bazargan disparaissaient lentement dans le trou.

« Enli », dit Pek Allen, et un instant, la peur submergea son douloureux mal de tête. Allait-il la pousser dedans comme cela ? Mais Pek Allen se montra gentil, joignit les mains et la souleva avec précaution pendant que Pek Gruber la stabilisait. Les boyaux d'Enli se tordirent soudain, puis se calmèrent. Elle s'accrocha au rebord de la roche et commença à avancer en se tortillant.

La douleur-de-tête avait disparu, découvrit-elle. Elle s'était évanouie lorsque les mains jointes de Pek Allen avaient reçu la plante de ses pieds, et que les grosses mains calleuses de Pek Gruber avaient stabilisé ses hanches. Pek Gruber était un *tumban* et les fleurs, dans l'esprit de Pek Allen, poussaient follement. Pek Bazargan était un lâche. Pek Sikorski, toute gentille qu'elle fut, pouvait violer la réalité. Ils étaient tous capables de faire cela, même entre eux (comment ?). Mais ils étaient solides comme la chaleur de leurs mains sous ses pieds, et chacun d'eux avait une âme, toute bizarre et étrange qu'elle soit. Ils agissaient comme des gens — pensaient et discutaient et plantaient et moissonnaient et se jardinaient l'un l'autre, pas du tout comme ces pauvres enfants vides qui devaient être détruits parce qu'ils étaient irréels. Ces enfants-là ne faisaient pousser personne, ou ne se disputaient avec personne, ou n'espéraient rien, ou n'élaboraient pas de plan pour quelqu'un d'autre. Les Terriens faisaient toutes ces choses que font les gens. Enli les avait *vus* faire toutes ces choses que font les gens. Elle avait marché à l'aveuglette avec eux dans les tunnels enténébrés, senti leurs âmes individuelles heurter, caresser et percer la sienne — d'une façon que les prêtres ne faisaient pas.

Enli rampa sur la pierre dure. Elle était un informateur. Très bien, elle s'était informée elle-même. Elle avait rassemblé de l'information et la disséquait rigoureusement, et c'était là, aussi fâcheux et aussi inévitable que la pourriture d'une fleur.

Les Terriens étaient réels.

DIX-HUIT

EN ROUTE VERS LE TUNNEL SPATIAL # 438

Cela faisait trois jours et deux heures qu'ils avançaient vers le tunnel. Il faudrait encore deux jours et quinze heures pour l'atteindre.

Syree avait à peine dormi, bien qu'aucun pépin ne se soit produit lors du processus ardu consistant à mettre en route l'Objet orbital #7. Ils n'avaient pas encore parcouru un tiers de la distance. Leur vélocité atteignait maintenant deux mille six cents kilomètres seconde. Syree se surprenait toujours en train de prier silencieusement — *plus vite, plus vite, plus vite* — exercice émotionnel totalement vain. Le *Zeus* fournissait toute la puissance dont il disposait.

Le vaisseau n'avait pas été désassemblé, bien qu'il fut soumis à une tension grave. S'il pouvait tenir encore deux jours et quinze heures de plus, on pourrait couper les moteurs et laisser l'inertie emporter l'Objet orbital #7 dans le tunnel spatial à quatre mille huit cent soixante-treize kilomètres seconde.

Si, bien entendu, l'Objet orbital #7 pouvait y passer.

Syree avait, par manque d'activité, saisi les équations des douzaines de fois, avec des douzaines de variables, des estimations pleines d'espoir, des facteurs carrément inventés de toutes pièces. Si la capacité de ce tunnel spatial-là ne variait que de trois pour cent de tous les autres... si la capacité standard estimée par les ingénieurs martiens était fausse de deux pour cent seulement... si la masse de l'artefact était inférieure de quatre pour cent à celle qu'ils avaient fixée...

Rien de tout cela ne faisait une réelle différence. Toute masse était soumise à la limite de Schwarzschild, c'est-à-dire le rayon au-dessus duquel, si vous comprimiez suffisamment un objet, il devenait un trou noir. C'est ce qui était arrivé à l'*Anaconda* cinquante-trois ans auparavant. C'est aussi ce qui arriverait à l'artefact. À moins que les équations aient un point faible que les physiciens humains ignoraient.

Les points faibles, ça existait. Autrement, les Faucheurs n'auraient pas pu construire leur modificateur de phase ondulatoire. Et les humains savaient si peu de chose sur l'artefact, construit par les mêmes êtres disparus qui avaient créé les tunnels spatiaux. Probablement. Il se pouvait donc que l'Objet orbital #7 puisse s'introduire dans le trou de ver du tunnel #438 alors qu'un autre objet de masse égale, mais d'origine différente serait comprimé jusqu'à se transformer en un minuscule trou noir.

Mais pas d'après les équations.

Au moins, si l'Objet orbital #7 était détruit, les Faucheurs ne l'auraient pas. Et il y avait encore cette petite chance d'une variable non prise en compte qui enverrait l'artefact sortir de l'autre côté, en donnant de la bande.

« Un signal de communication en provenance de

l'*Hermès*, capitaine, dit Lee assis devant ses afficheurs, sur le pont.

— Transmettez la communication », ordonna Peres. Tout le monde fit une pause pour écouter.

L'*Hermès*, le minuscule aviso du *Zeus*, devait être en train d'approcher rapidement du tunnel, à huit cent cinquante millions de kilomètres d'eux. Le pilote, le lieutenant Amalie Schuyler, avait dû s'infliger beaucoup trop de *g* pour y arriver si vite avant le vaisseau mère. En tout cas, ce qu'elle avait à dire prit 47 minutes pour atteindre le *Zeus*.

« Salut, capitaine », dit-elle, et Syree reconnut, dans l'élocution laborieuse du lieutenant Schuyler, le signe d'un corps humain qui ne pourrait guère en encaisser plus. « Le temps que vous receviez ce message, j'aurai franchi le tunnel. Il est à moins d'une minute devant moi. Aucun problème en cours de vol, aucun signe de l'ennemi. Instructions à transmettre au capitaine de Caligula comprises et inchangées. Bonne chance à vous tous. Terminé. »

Lee sourit à Syree. *Jusqu'ici, ça va*. Et maintenant, Amalie était saine et sauve de l'autre côté du tunnel, dans l'espace de Caligula, planète tenue par les humains. Ce système était un avant-poste militaire ; il gardait un aviso équipé en orbite stable autour du trou-de-ver du tunnel spatial. Le lieutenant Schuyler ferait son rapport au pilote de l'aviso, qui transmettrait alors l'information au capitaine de Caligula suffisamment à temps pour agir.

« Tous les plans en cours d'exécution », dit Peres au pont tout entier. Sa voix contenait moins de satisfaction que celle d'Amalie Schuyler. La part que jouait le *Zeus* dans tous les plans était considérablement plus ambiguë que celle de l'*Hermès*.

En traversant le Tunnel spatial #438, l'*Hermès* s'était assuré que le prochain objet qui s'y engagerait pour la première fois se matérialiserait aussi dans l'espace de Caligula. Ce pouvait être l'artefact, mais ni Syree ni Peres n'y croyait vraiment. Les Faucheurs avaient compris aussi bien que les humains le fonctionnement des tunnels spatiaux (peut-être mieux, étant donné le nouveau transformateur de la phase ondulatoire). Tôt ou tard — probablement tôt — un vaisseau faucheur émergerait du tunnel spatial. Il y retournerait, si bien que tout ce qui s'y engagerait après lui surgirait dans l'espace faucheur, et non dans l'espace humain.

L'*Hermès* transportait des ordres conçus pour empêcher que cela n'arrive. Syree avait calculé la vélocité, le temps et la distance de l'artefact-cum-le-*Zeus*, à la huitième décimale près. Si rien ne venait troubler l'opération de remorquage, l'Objet pénétrerait en trombe dans le Tunnel spatial #438 dans deux jours, quinze heures, cinquante-sept minutes, trois secondes, c'est-à-dire à 14 h 37, heure du vaisseau. Cinq minutes avant, selon les instructions du lieutenant Schuyler, un aviso foncerait de l'espace de Caligula dans le tunnel, pour émerger dans ce système stellaire. Puis il y rentrerait immédiatement, préparant ainsi le chemin pour l'artefact qui le suivrait.

Les Faucheurs pouvaient anticiper cette manœuvre, bien entendu. Dans le passé, ils s'étaient avérés d'excellents stratèges. Donc, un second aviso humain pénétrerait et sortirait de l'espace de Caligula, telle une flèche, quatre minutes après le premier, et seulement soixante secondes avant que l'artefact n'atteigne le tunnel.

« Soixante secondes ? avait dit Peres lorsque Syree lui avait montré ses calculs. On peut arriver à une telle précision, colonel ?

— Oui », avait répondu Syree avec plus de confiance qu'elle n'en éprouvait. Les chiffres étaient bons, mais la réalité pouvait introduire des variables qui n'étaient pas présentes dans les nombres. Elle ne le dit pas.

« Alors, nous détacherons l'artefact à la dernière minute, avait dit Peres, et il traversera pour ressortir dans l'espace de Caligula. Et après ? »

Mais à cette question, il n'y avait pas eu de vraie réponse. Le lieutenant Schuyler avait reçu l'ordre d'avertir le commandant de Caligula qu'ils pouvaient recevoir une arme extraterrestre d'une valeur inestimable. Ou un petit trou noir voyageant peut-être à 4 373 kilomètres seconde. Ou une onde puissante qui déstabilisait les noyaux des éléments dont le nombre atomique dépassait soiante-quinze. Ou rien du tout.

Entre-temps, les officiers vivaient sur le pont, dormaient dans les fauteuils, ne se lavaient pas et ne souriaient pas. Et constamment, la grande sphère grise remplissait l'écran visuel, masquant les étoiles.

« Le déjeuner, capitaine. » Un soldat sorti de la coquerie arriva, portant un grand plateau couvert. De délicieuses odeurs flottèrent dans l'air. L'homme d'équipage posa le plateau et le découvrit.

« Merci, dit Peres. Rompez. »

Lee prit un sandwich chaud et mordit dedans à pleines dents. Syree s'obligea à en manger un autre.

Elle n'aurait pu dire à quoi, mais c'était du carburant pour son organisme.

Le commandant Ombatu, dont l'humeur n'avait pas été améliorée par le message de l'*Hermès*, dit d'un ton irrité : « Je ne peux pas manger avec cette odeur qui règne ici. Quelqu'un devrait se laver.

— Taisez-vous, Ombatu.

— Je ne me tairai pas, répliqua-t-il sur le même ton, dites-moi que faire, Lee. »

Ils se regardèrent avec mépris, le mépris sans rime ni raison de personnes vivant ensemble trop longtemps, soumis à une trop grande tension, et qui néanmoins avaient besoin l'un de l'autre. Tout le monde devrait se laver. Personne ne voulait quitter le pont assez longtemps, même si rien de fâcheux ne devait arriver.

Et alors, sept heures plus tard, cela arriva.

Le commandant en second, Debra Puchalla, avait le connecteur. Elle dit à Peres, allongé sur un siège inclinable, dans un coin du pont, mais qui ne dormait pas : « Capitaine ! Un objet vient d'émerger du tunnel spatial #438... j'ai la signature... c'est un frelon.

— Des Faucheurs. Direction ?

— Vers nous... attendez... un deuxième objet a émergé. J'ai sa signature... un vaisseau de guerre faucheur. »

Peres et Syree se postèrent devant les afficheurs. Les deux vaisseaux ennemis, de simples points sur un écran, se séparèrent. Le frelon demeura à côté du tunnel spatial, prêt à y replonger comme une flèche. Le vaisseau se mit en marche vers le *Zeus*. Sans doute, les Faucheurs avaient-ils identifié la signature de ce dernier et découvert (surprise !) que sa masse avait été multipliée par dix-neuf. L'ennemi savait maintenant ce que les humains faisaient. Leur prochaine manœuvre consisterait à entraver l'action du *Zeus*.

« Mon capitaine, dit Puchalla, changement de direction de l'ennemi. Le frelon revient sur ses pas... il se rapproche du tunnel spatial... il y pénètre.

— Il est retourné dans l'espace faucheur pour y faire son rapport. » Syree savait que Peres voulait dire qu'il y avait quarante-trois minutes que le frelon avait disparu dans le tunnel. Toutes leurs informations, n'avaient rien de neuf, limitées qu'elles étaient par la vitesse de la comm. Alors que les tunnels spatiaux ne l'étaient pas, eux.

« Le vaisseau de guerre ennemi avance, dit Puchalla. Son accélération est de 2 *g*... distance actuelle sept cent quatre-vingt millions et...

— Éteignez les moteurs, dit Peres.

Syree se hâta de dire : « Attendez, mon capitaine. » Le *Zeus* était une fourmi avançant avec peine sous un cantaloup maintenu soigneusement en équilibre, mais le colonel ne pouvait pas permettre qu'on laisse tomber, maintenant, le cantaloup. « Un instant, s'il vous plaît !

— Différez ce dernier ordre », dit Peres à Puchalla. Il pivota pour affronter Syree. « Professeur Johnson ? »

Le titre en disait long ; Peres lui rappelait qu'ici, elle était un spécialiste du projet, et non pas un officier supérieur. Elle hocha la tête. « Mon capitaine, je devine que vous voulez éteindre les moteurs pour détacher l'artefact. Le laisser suivre sa trajectoire sans nous vers le tunnel spatial ; afin que le *Zeus* soit libre de combattre. Mais si vous le détachez maintenant, l'artefact se déplacera à... juste un moment ... »

Frénétiquement, elle saisit les données et résolut les équations. « Si vous le détachez maintenant, l'artefact continuera à notre vélocité actuelle, deux mille huit cent soixante kilomètres seconde. Au lieu des quatre mille huit cent soixante-treize qu'il atteindra si le *Zeus* continue à accélérer. À vitesse réduite, il faudra à l'artefact... juste une seconde... quatre jours et quinze heures pour arriver au tunnel spatial. Si nous continuons à l'accélérer aussi longtemps que possible, nous pouvons diviser le temps que cela prendra par un facteur élevé.

— Professeur Johnson, on nous attaque !

— Pas encore. Le frelon est parti. Et lorsque nous serons à portée de feu du vaisseau ennemi — même en laissant une marge confortable à l'inconnu — nous pourrons détacher l'artefact. Mais pas tout de suite. Même une heure de plus d'accélération augmentera sa vélocité de trente-six kilomètres seconde. Avec dix heures, nous pourrons la faire monter à trois mille deux cent seize kilomètres seconde. Et cela nous donnera encore le temps de le détacher et d'effectuer une manœuvre. De le faire exploser, si c'est cela que vous choisissez. »

Peres demeura silencieux. Comme s'il réfléchissait. Syree poursuivit vivement.

« Et souvenez-vous que nos avisos arriveront au moment désigné. Plus l'intervalle de temps entre l'apparition de nos avisos et le contact de l'artefact avec le tunnel sera réduit, moins nous aurons de chances qu'un autre vaisseau faucheur émerge pour détourner l'artefact dans l'espace ennemi. Pour garder cet intervalle le plus bref possible, nous devons continuer d'accélérer l'artefact aussi longtemps que nous le pourrons.

— Vous croyez vraiment que les Faucheurs, maintenant qu'ils sont là, dit Peres en se renfrognant, laisseront cela arriver ? Ils tireront sur l'artefact juste avant qu'il entre dans le tunnel spatial. Ils le feront exploser.

— Ils peuvent essayer. Mais nous ne *savons* pas vraiment ce qui arrivera d'ici là. Jusqu'alors, en continuant à accélérer l'artefact, nous ne perdons rien et réduisons le temps dont disposent les Faucheurs pour faire quelque chose d'autre contre nous. Si nous restons attachés à l'artefact et qu'ils le veulent pour eux, ils seront moins prêts à nous attaquer, du moins jusqu'au moment où nous serons à proximité du tunnel et où ils verront qu'ils n'ont plus le choix. Et alors, bien sûr, nous aurons aussi rapproché les détonateurs de l'artefact du vaisseau ennemi. »

Peres paraissait pensif. « Si nous le faisons exploser juste quelques minutes avant qu'il atteigne le tunnel spatial... si nous faisons cela, pourrons-nous entraîner le vaisseau faucheur dans la même explosion ?

— Cela dépendra de leur proximité du tunnel. Mais au moins, c'est une possibilité. Que nous n'aurions pas si nous le détachons et le faisons exploser maintenant. »

Peres réfléchit. Syree retenait son souffle.

« D'accord, finit-il par dire. Nous continuons à accélérer. Pour le moment, du moins. Tant que la situation ne change pas.

— Merci, capitaine », dit Syree en ravalant son orgueil. C'était sa décision à lui, et elle savait qu'elle devait le reconnaître ou risquer d'avoir l'air de ne pas tenir compte de la chaîne de commandement.

« Pilote, maintenez notre course et l'accélération.

— Accélération maintenue.

— Officier Puchalla, préparez les systèmes d'armement. Tout l'équipage aux postes de combat.

— Tous les systèmes d'armement en cours de préparation. »

Le *Zeus* était un croiseur militaire remis à niveau et équipé pour une mission scientifique. Syree doutait que ses armes puissent égaler celles d'un vaisseau de guerre faucheur. Mais maintenant son attention était fixée sur l'Objet orbital #7. Elle l'avait sauvé, du moins pour une durée inconnue. Les klaxons des postes de combat résonnaient dans tout le *Zeus*.

« Point sur l'armement.

— Tous les systèmes sont armés et prêts. La vitesse de l'ennemi change... il décélère, mon capitaine... une forte décélération... position stationnaire. L'ennemi est à deux cents kilomètres du tunnel spatial #438, à quatre-vingt dix degrés de la trajectoire de l'artefact. »

Séparés par presque huit cent millions de kilomètres, les deux vaisseaux suivaient la même trajectoire. Leurs données remontaient à quatre-trois minutes, mais le délai servait ce jeu du chat et de la souris. Le chat immobile près du trou, la souris se déplaçant de plus en plus vite. Et transportant un cantaloup. Syree refoula son image mentale ; grand-mère Emily ne l'aurait pas approuvée.

« Professeur Johnson, dit Peres, calculez l'heure et le point de l'explosion de l'artefact pour un effet maximum sur le vaisseau de guerre faucheur, en supposant qu'il ne change pas de position, et que l'artefact continue d'être accéléré par le *Zeus* jusqu'à ce que nous soyons à cent kilomètres de la portée de tir connue de l'ennemi.

— Oui, mon capitaine. « Syree commença les calculs.

Ne pas cesser de bouger. L'une des plus vieilles maximes militaires. Ne pas cesser de bouger, rester hors de portée du tir ennemi, être prêt à tout changement de stratégie de l'ennemi.

Mais dans ce cas, pensa Syree, l'ennemi n'avait pas de raison de changer de tactique. À moins qu'il ne soupçonne que l'artefact était armé pour exploser, ce qu'il pouvait soupçonner, ou pas. Si oui, il laisserait probablement l'artefact s'approcher du tunnel spatial avant d'attaquer. Mais à quelle distance ?

Aucun moyen de le savoir jusqu'à ce que le Faucheur se déplace.

Et jusqu'à ce qu'il le fasse, il fallait continuer à pousser l'Objet orbital #7, l'ex-lune Tas, dans l'espace. Encore intact et encore à leur disposition.

DIX-NEUF

DANS LES MONTS NEURY

La roche se refermait sur lui, le faisait suffoquer. Bazargan la sentait dans sa gorge, dans ses poumons. Il ne pouvait plus respirer. L'odeur froide de la pierre humide l'asphyxiait tandis que, tout autour de lui, la roche implacable réduisait son corps en bouillie...

Bazargan ferma les yeux de toutes ses forces et cessa d'avancer en se tortillant. Il n'y arrivait plus. Déjà ses épaules touchaient les deux parois rugueuses du tunnel et, devant lui, le passage devenait encore plus étroit. *Il n'y arriverait pas*. La roche l'étouffait, l'écrasait, et il allait mourir ici. Il ne pouvait plus se forcer à avancer. Des vagues de nausée le balayaient et son cœur battait si fort qu'il semblait sur le point d'éclater. Une sueur anormalement froide ruisselait dans ses yeux.

Il n'y arriverait pas. Il entrait en état de choc et allait mourir ici.

Il fouillait frénétiquement son esprit, cherchant quelque chose — n'importe quoi — qui pourrait le sauver. Des pensées pouvaient-elles empêcher un corps d'entrer en état de choc ? Il n'avait pas de neuropharms pour conjurer le choc, c'était des gens comme David Allen qui comptaient sur eux. Des Américains, habitués à la facilité, au luxe. Lui était iranien, il n'avait pas besoin de neuropharms, il avait besoin de...

De quoi ? Il allait mourir ici. Il n'y arriverait pas.

Une chose — n'importe laquelle — à quoi se raccrocher pour...

Que ta main n'abandonne jamais la coupe de vin/ Que tes doigts ne lâchent pas la tige de la rose...

La tige de la rose ! Derrière ses paupières closes, Bazargan imagina cette tige, tendit vers elle ses doigts glacés qui s'égratignèrent à la froide roche.

Il n'arrivait pas à se rappeler le reste du poème. Hafiz, le plus grand poète lyrique persan ; et Bazargan n'arrivait pas à se rappeler les autres vers. Mais la rose elle-même était encore là, tiens bien la rose... Il y avait d'autres poèmes...

Comme est doux le grand souffle du matin !/ Douces sont les nouvelles du plaisir qu'il apporte...

Respirer le grand vent du matin. L'air frais, doux, qui sent les fleurs et la rosée...

La nouvelle que la rose bientôt approche/ l'oiseau mélodieux de la nuit, il apporte...

Tenir la rose. La humer, caresser le pétale soyeux, entendre le chant du rossignol s'élever, pénétrant et doux.

Le cœur d'Ahmed Bazargan se calma, un peu, mais d'une façon perceptible. La pression du froid moite sur son corps diminua légèrement. Il n'était pas dans un tunnel qui l'écrasait, sous des tonnes de roche, mais dans un jardin, au matin. Les oiseaux chantaient. Les roses dégageaient des bouffées de parfum lorsqu'il se penchait sur elles.

... le parfum du voile de la rose en bouton, et du manteau blanc du jasmin, il apporte...

Le jasmin. Oui. Les longues feuilles élancées, les fleurs blanches odorantes.

Bazargan s'engageait dans le jardin. Sans se presser, absorbant chaque instant du matin, chaque senteur, chaque odeur, chaque son. Grenadier, rose, jasmin, amandier. Le jardin ensemencé de poésie était le plus vivant, le plus concret, qu'il ait jamais connu, chaque goutte de rosée était gravée dans le cristal, chaque pétale rayonnait de brillantes couleurs. Il traversait ce jardin en cueillant des fleurs, en les tenant dans ses doigts chauds et vivants : Fais attention aux épines, mets les lys blancs à coté des roses rouges et savoure leur contact velouté, respire profondément les merveilleux parfums...

Par toutes les fibres de son être, aveugle à toute autre réalité, Ahmed Bazargan créait le jardin. Et s'enfonçait dans le tunnel.

« Ahmed ! Ahmed ! »

Lentement il revint à lui. Il était assis, le dos contre la pierre. Ann, penchée sur lui, écoutait son cœur avec un petit instrument en métal. Derrière elle, se pressaient Dieter et David et Enli. La tunique de David était en lambeaux et du sang tachait ses épaules. Bien sûr, il avait dû ramper dans cet espace étroit alors qu'il ne portait pas de combinaison.

« Vous vous êtes évanoui, à l'extrémité du tunnel. Vous vous rappelez ? »

Non. Ann hocha la tête, rassurée par ce qu'elle

voyait sur son minuscule écran. « Vous semblez aller bien maintenant. Pas de mal de tête ? De nausée ? Avez-vous l'impression d'être glacé ?

— Je ne suis pas en état de choc.

— Non. Et vous êtes là, c'est ça l'important. Nous sommes tous là.

— Regardez ! » s'exclama Dieter, et il s'écarta pour ne plus lui masquer la vue. David Allen s'était déjà détourné, avec un air dédaigneux. Le dos de sa tunique voltigeait en rubans ensanglantés. Gruber alluma sa puissante lampe et Bazargan en eut le souffle coupé. Il se releva en vacillant.

Ils étaient dans la caverne d'Aladin, dans la chambre au trésor d'un bey. Tandis que la vue de Bazargan s'adaptait à la brillante lumière, il vit que les joyaux étaient des millions de cristaux d'or. Le petit groupe était entouré de paillettes brillantes d'or pur, aussi grosses qu'un ongle de pouce. Des pépites scintillaient sur le sol. Les tas de sable de quartz blanc luisaient comme du verre filé.

« C'est une druse, dit Dieter tout heureux. Mais je n'ai jamais entendu parler d'une druse aussi grande que celle-ci.

— Une quoi ? » demanda Bazargan. La caverne devait faire six mètres de haut et sept mètres cinquante de rayon.

« Une druse. En fait, c'est l'intérieur d'une géode. La caldeira d'un volcan a dû se trouver juste ici, autrefois. L'or qui était dans l'eau courante chauffée par le magma s'est condensé. »

Bazargan toucha la paroi. L'or en s'effritant se déposa sur ses doigts comme une pluie scintillante. « C'est incroyable.

« N'est-ce pas ? dit Gruber en éclairant toutes les parois d'un air de propriétaire.

— Vous ne me comprenez pas, dit Bazargan. Je veux dire, c'est incroyable qu'il soit resté ici depuis... combien de temps, Dieter.

— Des centaines de milliers d'années.

— ... et que personne sur Monde n'ait jamais exploré ces grottes, ne soit venu ici exploiter ces mines d'or. »

Allen dit d'un ton plein de mépris. « L'or n'est pas un étalon monétaire sur Monde.

— Non, répliqua Bazargan. Mais on s'en sert en joaillerie et dans la décoration. Cela aurait pu rendre quelqu'un très riche — pourrait encore le faire.

— Non, dit Ann. Aucun négociant ne violerait les montagnes sacrées en venant ici, ou en y prélevant quelque chose. »

Enli hocha la tête. « Je suis la seule Mondienne qui verra jamais cela. »

Elle le dit avec une autorité nouvelle qui les fit tous se retourner pour la regarder. Petite, trapue, sa colletine terne emmêlée et empoussiérée de poudre rocheuse, Enli contemplait calmement le cœur scintillant et interdit des croyances de sa planète. Dans le silence, Bazargan prit soudain conscience que de l'eau s'égouttait quelque part.

« Enli, vous allez bien ? demanda Ann. Avez-vous mal à la tête ?

— Oui. Mais je vais bien. »

Quelque chose était arrivé à cette extraterrestre. Bazargan n'arrivait pas à imaginer quoi.

David Allen dit, sans se donner la peine de dissimuler son mépris. « Les Mondiens savent qu'ils ont des plaisirs bien plus grands que celui que pourraient leur apporter ces pierres brillantes. »

Gruber passa aux questions géologiques. « La radioactivité n'est pas trop élevée ici. Vous pouvez vous passer de combinaison, David. Mais le taux de gradient thermique a diminué. Je ne comprends pas ce phénomène. Le taux devrait augmenter lorsqu'on monte et décroître lorsqu'on descend. Or c'est le contraire. » Il regardait son afficheur-bracelet, les sourcils froncés.

« Redites-moi pourquoi ce devrait être ainsi, réclama Bazargan.

— Sur toutes les planètes que nous avons étudiées, la radioactivité des roches est très lente, près de la surface. La désintégration produit de petites quantités de chaleur, accumulée pendant des millions d'années — la roche est un excellent isolant, vous le savez. Et ce taux d'élévation de la température diminue lorsqu'on descend, puisqu'il n'y a pas beaucoup de radioactivité dans les couches plus profondes. Mais pas ici.

— Est-ce que cela ne signifie pas qu'il y a quelque chose de radioactif enterré dans ses montagnes ? demanda Ann.

— C'est possible. Mais il faudrait que ce soit très grand pour générer un tel accroissement du taux. Ou très inhabituel.

— Mais, dit Bazargan — à l'expression peinte sur le visage de Dieter, il sentait que c'était important, même si lui se serait plutôt attaché à des préoccupations plus immédiates — ne savions-nous pas déjà que les monts Neury étaient exceptionnellement radioactifs ? À bord du *Zeus*, le professeur Johnson a parlé d'un flux de neutrinos provenant d'ici...

— Oui. Mais pas si localisé que cela devrait l'être pour causer ce genre d'effet thermique. Il y a quelque chose de très petit, mais de très puissant, qui rayonne dans ces montagnes, et qui le fait d'une façon très irrégulière... Une partie des variations est due aux différentes propriétés d'isolation de la roche. Il y en a tellement ici : du basalte léger et du granit lourd, des coulées de pahoéhoé [1] et des coulées d'aa [2], tout un bric-à-brac géologique...

— Bon, alors...

— Mais tout ne vient pas des différences de composition des roches, non. Pas tout. Et la distribution de la radioactivité, aussi... elle est très étrange.

— Oui, dit Bazargan. Si vous le dites. Mais maintenant, il faut poursuivre notre route, Dieter. »

Le géologue continuait à regarder son afficheur, les sourcils froncés, en appelant différentes combinaisons de données. Bazargan soupira intérieurement. Il se sentait encore flageolant, la tête lui tournait et il était très, très fatigué. Autour de lui, la somptueuse caverne dorée étincelait comme un décor sorti d'un conte de fées, mais les quatre humains qui s'y trouvaient ressemblaient à ce qu'ils étaient : égarés, meurtris et désespérés.

À l'extrémité la plus éloignée de la druse, David Allen parlait doucement à Enli. Bazargan ne pouvait

1. Coulée de lave vitreuse à surface lisse. *(N.d.T.)*
2. Coulée rugueuse d'une lave scoriacée généralement basaltique. *(N.d.T.)*

voir le visage de la Mondienne, mais celui de David, si. Sa lèvre supérieure, qui se tordait convulsivement, n'allait pas avec son étrange sourire omniprésent et la barre oblique, rageuse, de ses sourcils. Les lambeaux de sa chemise le faisaient ressembler à un Arlequin meurtri.

« Dieter, dit Ann, Ahmed veut que nous repartions. Vous avez parlé d'un endroit découvert où l'on pourrait contacter le *Zeus* ? Et où nous pourrions manger, puisqu'il y a de l'eau ? »

À contrecœur, Gruber laissa ses données et repartit le premier. Bazargan fut soulagé de voir que le tunnel suivant était assez haut pour qu'y on reste debout. Mais le fond raboteux et glissant se remplit rapidement d'eau froide. Deux fois Bazargan tomba et se trempa. Sa combinaison le gardait suffisamment au chaud, mais il était si fatigué. Le tunnel paraissait s'étendre à l'infini.

Quelque chose de vivant s'enfuit loin de lui en ondulant dans l'eau.

Ici ? Dans une montagne ? Mais le tunnel fit alors un angle de presque quatre-vingt-dix degrés et soudain, ils en émergèrent.

Bazargan se retrouvait sous un gros surplomb rocheux dans ce qui ressemblait, au premier coup d'œil, à une caverne. Mais lorsque ses yeux se furent adaptés, il vit qu'il s'agissait d'une grande crevasse, bien plus large que la dernière. Presque une vallée cachée au sein des monts. Les étoiles brillaient dans un clair ciel nocturne.

Il faisait de nouveau nuit. Il avait perdu le sens du temps.

Gruber balaya de sa torche la petite vallée. Une

végétation basse, sombre, parsemait le sol. Il les conduisit, entre des buissons qui leur arrivait à l'épaule, jusqu'à une petite chute d'eau jaillissant de la paroi rocheuse.

« Nous pouvons camper ici, dit-il, lorsque j'aurai testé l'eau. Regardez, là le surplomb est beaucoup moins mouillé, et il y a des niches sèches en dessous. David, c'est votre tour de porter ma combinaison, je crois, même si les radiations sont moins dangereuses ici.

— Je ne veux pas de votre combinaison puante ! répliqua le jeune homme dont les yeux lançaient des flammes. Vous croyez que je ne sais pas ce que vous manigancez, espèce de salaud ! » Il s'enfonça dans les ténèbres.

Gruber lança d'une voix lourde de sarcasme : « Et que suis-je censé manigancer ?

— Rien, dit Bazargan. Non, Ann, ne le suivez pas. Contentons-nous de camper et d'appeler le *Zeus*.

— Qu'est-ce qui lui prend ? » demanda Gruber, en colère.

Subitement, Ann répondit. Sa voix était très triste. « C'est une schizophrénie, une mégalomanie paranoïaque, je crois. Son mélange quotidien de Discipline était joliment fort, et maintenant, il en est privé.

« Une mégalomanie paranoïaque ? dit Gruber. Vous voulez dire qu'il se prend pour Napoléon et que nous sommes tous prêts à l'assassiner ? »

Bazargan ne put réprimer un sourire. « Ce n'est pas tout à fait aussi grave. Mais Ann a raison. Enli, de quoi est-ce qu'il vous a parlé dans la caverne dorée ?

— De la douleur-de-tête de la réalité non partagée. Et si je l'avais en ce moment. »

Bazargan avait besoin de le savoir. « Vous l'avez ?

— Oui. Mais c'est différent. La réalité partagée a changé. Maintenant, la réalité est différente. »

La petite extraterrestre parlait calmement, cependant un petit silence suivit ses paroles. Ann posa la main sur son épaule. Gruber, blindé contre les subtilités, éclata. « Pourquoi diantre, en premier lieu, Allen a-t-il été choisi pour cette expédition ? »

C'est son père qui a arrangé cela pour lui, pensa Bazargan, mais il ne le dit pas. Les Allemands comprenaient mieux que les Américains les obligations familiales, mais pas tellement plus. Bazargan était si fatigué. Pourtant, il sortit le telcom officiel, profitant de ce qu'ils étaient à ciel ouvert.

Le *Zeus* ne répondit pas.

« Bon, eh bien, campons. De l'autre côté, il y a... Enli ? Que se passe-t-il ? Qu'est-ce que vous avez ? »

Que Gruber ait remarqué l'état émotionnel de quelqu'un d'autre fit se retourner rapidement Bazargan. Enli se tenait à la lisière du cercle lumineux de la lampe du géologue, le visage levé vers le ciel. « La lune... la lune *s'en va.* »

Juste au-dessus de la roche qui les surplombait, l'une des lunes de Monde traversait le ciel. Il fallut un moment à Bazargan pour comprendre que c'était l'une des deux qui s'épanouissaient vite — ne traversait-elle pas le ciel toutes les deux trois heures ? Oui. Et elle bougeait si vite que son mouvement semblait rétrograde. Maintenant, elle paraissait presque immobile, sauf un léger déplacement en direction du zénith.

« L'artefact, expliqua Gruber.

— Tas, dit Enli, hébétée. Tas nous quitte.

— Les Terriens du grand vaisseau volant sont en train de la tirer de son orbite, lui dit Gruber, avec ce qu'il croyait être un grande délicatesse. Vous vous souvenez, nous l'avons dit à Voratur. Vous étiez là. »

Enli ne répondit pas. Cette nuit-là — y avait-il seulement deux jours de cela ? — rongeait l'esprit de Bazargan. Ben, Bonnie, le sang sur la chemise de nuit jaune... il repoussa cette image. Mais elle reviendrait vite le hanter.

Ann dit, dans son mondien imparfait : « Enli, nous n'avons pas de médicaments semblables aux pilules du gouvernement, mais je peux vous donner quelque chose pour dormir, pour calmer le mal de tête.

— Je n'ai pas mal. » Puis, arrachant ses yeux du ciel, elle ajouta : « Ici, je n'ai pas la-douleur-de-tête. Pas de douleur-de-tête. Pas depuis le plus petit des tunnels. »

Même dans la pénombre, Bazargan vit que Ann la regardait avec une attention plus vive. « Aucune douleur ? Aucune ?

— Aucune. C'est différent maintenant.

— *Pourquoi* est-ce différent ? Pourquoi, Enli ? »

La Mondienne répéta ses paroles précédentes. « La réalité partagée est différente maintenant », mais apparemment Ann trouva cela insuffisant. Elle se tourna rapidement vers Gruber. « Dieter ? »

Il avait déjà sorti son pad. « *Lieber Gott* ! Regardez ça.

— Quoi ? demanda Bazargan.

— La radioactivité... il n'y en a plus. On la détectait un peu plus tôt, mais maintenant... » Il se mit à faire le tour de la vallée rocheuse en emportant la lumière. Bazargan, Ann et Enli attendirent dans l'obscurité. Bazargan avait l'impression que la lune se déplaçait plus vite maintenant, mais peut-être était-ce seulement son imagination.

David ruminait toujours, quelque part, dans les ténèbres, marchant de long en large, avec des mouvements convulsifs. *Une mégalomanie paranoïaque. Masquée par la Discipline, jusqu'à maintenant.*

Nous finissons par payer cher la technologie qui nous façonne.

Gruber revint. « Écoute, Ann. La distribution géothermique fait un tracé toroïdal. Tu sais, comme un beignet, avec un vide au centre. La partie la plus épaisse, se rapporte à l'endroit où nous avons tous eu un trou de mémoire et où nous ne pouvions plus penser, sauf Enli. Et maintenant, nous sommes au centre même de la distribution.

— Je ne comprends pas, dit Ann.

— Vous voulez dire, intervint Bazargan, que la répartition de la chaleur et le... les perturbations de la pensée sont liées ? Nous ne pouvions pas penser clairement, *et* maintenant, Enli est privée du mécanisme de la réalité partagée ?

— Oui, répondit Gruber. D'après les données.

— C'est impossible, répliqua Ann. Dieter, tu as vérifié s'il n'y a pas un deuxième champ, électromagnétique, peut-être généré par le premier ?

— Oui, oui. Ce n'est pas électromagnétique. Je ne sais pas ce que c'est. Il n'y a rien comme cela dans la nature. Ou pas dans la nature ! Cela ressemble plus à... à un cyclone. L'œil du cyclone, le calme, puis la force du vent s'accroît et s'étend, puis décroît de nouveau. »

Bazargan, pas physicien pour un rond, même quand il n'était pas épuisé, luttait pour suivre les idées de Gruber. « Un ouragan. Mais sans vent. Que *fait* cette force ? Je veux dire, comment agit-elle ?

— Je l'ignore. Je n'en sais rien du tout.

— Si seulement j'avais mon équipement Lagerfeld ! éclata Ann. Si seulement je pouvais scanner nos cerveaux dans des endroits différents ! Dieter, crois-tu que... »

Il n'écoutait pas. Il tapait rapidement sur les touches de son pad ; il étudia les résultats, puis s'éloigna. Quelques minutes après, il revint.

« Le centre. Il est *ici*, quoi que ce soit.

— Où ?

— Sous terre, juste en dessous de nous. À environ deux cent cinquante mètres de profondeur. »

Bazargan éprouva un immense soulagement. Deux cent cinquante mètres, c'était trop pour que Gruber se mette à creuser avec un bâton fourchu. Mais celui-ci dit : « Il y a tellement de passages qui descendent. Comment trouver le bon ?

— Non, dit Bazargan, surpris le premier par la force et la violence de sa réaction. Non, Dieter. Des tunnels latéraux, c'est une chose. Faire de la spéléologie dans des toboggans et des cheminées — je sais combien c'est dangereux. Et vous n'avez pas l'équipement nécessaire. Nous ne pouvons pas nous permettre de vous perdre.

— Ahmed, cette chose, en bas, c'est un autre artefact. Comme les tunnels spatiaux, comme Tas. Il est là depuis que ces montagnes ont jailli du fond de la mer, et il génère toujours un type de champ aux propriétés totalement nouvelles. C'est la plus grande découverte potentielle du siècle... Il faut aller l'étudier !

— Non. Pour finir, peut-être, avec une expédition équipée pour creuser et qui pratique la spéléologie, et seulement après avoir obtenu les permissions nécessaires, à la fois de l'Alliance solaire et de Rafkit Seloe. Syree Johnson...

— Au diable Syree Johnson ! C'est ma découverte !

— Cette chose appartient à Monde », dit Bazargan ; il espérait que l'anglais d'Enli n'était pas encore assez bon pour qu'elle puisse suivre la discussion. « N'avons-nous pas déjà fait assez de mal à cette planète ? Nous ne savons même pas si l'autre artefact, Tas, ne va pas émettre une espèce de force qui la transformera en morgue radioactive. »

Gruber regarda longuement Bazargan. Pour finir, il hocha tristement la tête. « Vous avez raison. Nous ne pouvons pas introduire une grande expédition de forage dans un endroit que les Mondiens tiennent pour sacré. »

Bazargan le regarda soudain avec intérêt- cela ressemblait si peu à Gruber — mais avant qu'il ait pu répondre, Enli dit : « Obri était la maison de la Première Fleur, avant qu'elle descende pour déployer ses pétales et créer Monde. Maintenant, les monts Neury sont la maison de son âme. Si vous bêchez les montagnes, l'âme de la Première Fleur se fanera. Et Monde se fanera avec Elle.

— Personne ne va bêcher les monts Neury, Enli.

— Oui. » Il était impossible de comprendre, à sa

voix, ce que l'extraterrestre voulait dire. Sa réalité n'était pas la leur.

Quelque chose de gros s'effondra dans un buisson invisible. Bazargan se hâta de dire : « Ne parlez pas à David du champ toroïdal. Ou du nouvel artefact, ou de... Pas dans l'état où il est. »

Ann et Gruber hochèrent la tête. Cette fois encore, Bazargan ne pouvait pas dire ce que pensait Enli. Puis David se joignit à eux.

« Le *Zeus* ? demanda-t-il.

— Il ne répond pas », fit Bazargan.

David acquiesça d'un bref signe de tête. « Alors, campons. Il y a là-bas un endroit plus sec et plus abrité. Suivez-moi.

— *Mein Gott*, dit Gruber, il agit comme un général donnant des ordres à des esclaves.

— Allons-y », conseilla Bazargan.

Ils déroulèrent leurs couvertures au fond d'une crevasse sèche qui s'enfonçait sur environ quatre mètres cinquante dans la roche. Gruber laissa l'une des petites lampes allumée ; assez pour voir, mais sans gâchis d'énergie. Maintenant au sec, réchauffé par sa combinaison-s, alimenté par les poudres diluées dans l'eau, Bazargan essayait de dormir. Cela aurait dû être facile ; il était épuisé. Mais son esprit tournoyait.

Des forces inconnues. Sous terre, dans le ciel. La force des Faucheurs contre le *Zeus*, de « l'effet ondulatoire » de Syree Johnson contre les Mondiens, de l'esprit de David privé de médicaments se retournant contre lui-même. La force de la foi religieuse d'Enli, de son mécanisme de la réalité partagée, de la nouvelle réalité, quelle qu'elle soit, le troublait. Que faisait Enli de tout cela ? La vérité n'était-elle pas irrévocablement transformée pour elle ? Elle avait pénétré dans les monts Neury et n'était pas morte. Elle était restée proche de personnes irréelles et ses maux de tête avaient mystérieusement cessé. Elle avait vu les Terriens, qui lui étaient supérieurs intellectuellement et technologiquement, réduits à l'état de zombies qu'elle avait dû emmener en les tenant par la main. Enli avait cru à tant de choses avant de découvrir qu'elles étaient fausses.

Le faux n'était pas toujours dépourvu de valeur, Bazargan le savait. Pas même lorsqu'il n'était pas du tout fondé sur la réalité physique. C'était la chimère du jardin matinal qui lui avait fait traverser le tunnel.

Examinons la foi religieuse, une chimère dont le système solaire s'était en grande partie débarrassée. Tant qu'elle avait duré, tant qu'on y avait cru, elle avait fourni une série de valeurs qui remplaçaient celles récompensées par la réalité darwinienne. Le monde récompensait maintenant le fait de virer quelqu'un, de gagner de l'argent, du pouvoir, ainsi que la ténacité, l'avancement grégaire. Les religions — du moins la plupart d'entre elles — avaient promu la modestie, le sacrifice, la modération. Elle avait entouré d'un halo de gloire émotionnelle la vie tranquille consacrée au devoir, la vie de sacrifice au service de la famille, la vie altruiste qui ne brandissait pas l'argent ou le pouvoir. Tout le monde en avait bénéficié. L'épouse et la mère silencieuse, l'humble travailleur qui pouvait offrir son travail aux dieux, le conciliateur qui n'accumulait pas le pouvoir, mais cherchait à le désamorcer. Ils pouvaient, grâce à leur foi, se mesurer à l'aune d'autres valeurs que la pompe et la renommée célébrées par le monde. Quand la foi s'éteignait, c'était comme si on arrachait la moitié d'une balance.

De quel pourcentage de son équilibre avaient-ils dépouillé Enli ? Monde tout entier ?

En supposant que Monde ait survécu à la réalité darwinienne humaine.

Envahi de pensées aussi perturbées, Bazargan finit tout de même par s'endormir. Quand il se réveilla, la large bouche de leur caverne révélait la lumière du jour. Il se leva en craquant de toutes ses articulations — la dure roche sur ses vieux os — et cligna des yeux d'un air ensommeillé. Brusquement, il se retrouva bien réveillé.

Seule Ann dormait à côté de la lampe encore allumée. Dieter Gruber, David Allen et Enli avaient disparu.

Il ne les trouva nulle part dans la petite vallée. Bazargan se risqua à appeler. Personne ne répondit. Il réveilla Ann, puis s'empara de la lampe et se força à retourner, par le tunnel à demi submergé, dans la druse où ils étaient peut-être retournés gratter l'or des parois... mais Enli ne se serait pas emparée de l'or du foyer sacré de la Première Fleur. Gruber aurait pu aller recueillir des échantillons, mais il n'aurait pas emmené Enli avec lui, et encore moins David. Ce dernier avait clairement exprimé son mépris de l'or.

Ils n'étaient pas dans la géode.

Quand il revint, mouillé et bouleversé, Ann l'attendait à l'entrée du tunnel. Ses cheveux raides et ternes encadraient son visage aux traits tirés. Elle avait des cernes bleuâtres.

« J'ai fait l'inventaire des provisions, dit-elle. Ils nous ont laissé des aliments en poudre, une petite torche, un extenso pour l'eau, ma trousse méd, et toutes les couvertures. Mais...

— Mais quoi ?

— Ils ont emporté l'équipement géologique de Dieter, bien entendu. Mais ils ont aussi son arme.

— L'arme, répéta stupidement Bazargan.

— Un revolver dont nous ignorions l'existence. Celui dont il s'est servi pour nous tirer de la maison Voratur.

— Oui », dit Bazargan avec lassitude. *Quand la foi s'éteignait, c'était comme si on arrachait la moitié d'une balance.* « Je m'en souviens. Le revolver. Mais qui a fait cela, et pourquoi ? »

VINGT

DANS LES MONTS NEURY

Enli se préparait à mourir, avec une jubilation qu'elle s'efforçait de dissimuler à Pek Allen.

Il l'avait réveillée dans la partie abritée de la caverne où elle dormait, vêtue de son étrange vêtement terrien, à côté de Pek Sikorski. Si près d'elle qu'elle sentait le souffle doux de la femme sur sa joue. Mais Ann n'avait pas bougé lorsque Pek Allen s'était penché sur Enli pour lui parler à l'oreille, et mettre le *revolver* — il n'y avait pas de mot mondien pour cela — contre son cou. « Venez avec moi, Enli. En silence. Tout de suite. »

Elle s'était levée sans faire de bruit et l'avait suivi hors de la grotte. Pek Bazargan et Pek Sikorski dormaient profondément. Enli ne vit pas Pek Gruber ; il devait être dans un coin plus éloigné. Pek Allen et elle marchèrent à pas feutrés pour sortir du cercle de lumière projeté par la lampe, traversèrent à l'aveuglette la zone de pénombre et émergèrent dans l'obscurité plus profonde d'une nuit sans étoiles, au cœur de la minuscule vallée. L'air sentait la pluie, qui ne saurait tarder. Pek Allen alluma sa propre lampe, bien moins puissante que celle de Pek Gruber, et lui fit faire, en la tenant par la main, le tour de la vallée jusqu'au tunnel menant à la druse. Il ne lui reparla qu'une fois arrivés là.

« N'ayez pas peur, Enli. Je ne vous ferai jamais de mal. »

Enli hocha la tête. Elle n'était pas effrayée. Si Pek Allen la tuait, ou si elle mourait au cours de l'exécution de son plan, quel qu'il fût, cela n'avait pas d'importance. L'important, c'était qu'elle mourrait ici. Hors de portée des prêtres qui, ailleurs, l'auraient emprisonnée dans des produits chimiques et dans du verre, l'empêchant ainsi de rejoindre ses ancêtres. Ici, au cœur des montagnes interdites, son corps pourrirait et libérerait son âme, et Enli rejoindrait ses ancêtres. C'était un grand cadeau que lui faisait Pek Allen.

Bien sûr, Tabor était encore prisonnier du bain chimique et du cercueil en verre, dans la maison d'Ano. Mais une fois Enli saine et sauve dans le monde des esprits, peut-être pourrait-elle œuvrer pour le libérer. Il y avait tant de choses inconnues. Envoyer des rêves aux prêtres, troubler le sommeil d'Ano (pauvre Ano), faire de grandes choses inconnues avec son nouveau pouvoir et celui que possédaient leurs ancêtres. Oui, Pek Allen était le sauveur d'Enli, et sa gratitude envers lui coulait, profonde.

« Il faut que vous compreniez ce qui se passe, poursuivit Pek Allen qui parlait mondien couramment. Bien sûr que vous comprenez, vous pouvez partager la réalité. Les autres ne le peuvent *pas*. Bazargan, Dieter, même Ann... vous, vous comprendrez, bien sûr. Ils sont bornés, ils ont l'esprit étroit, ils sont mauvais. Oui, mauvais, Enli, comme le mauvais irréel qui perturbe les rêves. J'ai fini par le comprendre. Bazargan en particulier. Il participe à la conspiration des prêtres qui ne veulent pas que les humains et les Mondiens ne fassent plus qu'un. Il veut empêcher cela afin que lui et les prêtres puissent gouverner Monde ! »

Enli hocha de nouveau la tête. Elle ne savait pas ce que voulait dire le mot terrien *mauvais*, mais cela n'importait guère. Pek Allen était visiblement fou. La terre de son esprit était devenue trop acide, et les fleurs y poussaient tordues et difformes. Il suffisait de le regarder pour savoir que, même s'il avait été réel hier, quelque chose lui était arrivé pendant ce voyage, semblable à un rêve, dans la maison de la Première Fleur. Les muscles de son visage terrien se tordaient et ses étranges yeux lumineux brûlaient. Tel un feu, tout son corps dégageait de la chaleur et le consumait. Enli révisa de nouveau ses pensées. Quoi que puissent être les autres Terriens, David Pek Allen était la personne la plus irréelle qu'Enli ait jamais vue.

Elle se demandait pourquoi, en sa compagnie, elle n'avait pas de douleur-de-tête. Peut-être était-ce un don de la Première Fleur, qu'Elle lui faisait ici, dans la maison de Son âme. Enli ne trouvait pas d'autre explication.

« Mais je suis sur leur piste. Ils ne gagneront pas. Le mécanisme de la réalité appartient à nous tous, et c'est à moi de veiller à ce qu'elle soit donnée à tous. Il n'y a personne d'autre pour le faire, Enli... vous le voyez, bien sûr. C'était écrit. Je n'ai pas choisi de devenir le sauveur de ma race et de la vôtre... j'ai été choisi. Refuser d'agir *serait* mal. Qu'est-ce qu'a dit ce Terrien[1], autrefois ? : « Pour que le mal triomphe, il suffit que les hommes de bien ne fassent rien. Non ! Mon père peut bien penser de moi ce qu'il veut ! »

Maintenant, il mélangeait les mots mondiens et les terriens. Enli respira à fond. S'il la tuait ici, peut-être que Pek Bazargan remporterait son corps à Rafkit Seloe. C'était le genre de choses que pouvait faire Pek Bazargan : le comportement d'un responsable, d'un chef. Alors les prêtres l'emprisonneraient, la gardant irréelle à jamais. Elle ne devait pas laisser Pek Allen la tuer ici.

Elle posa la main sur son bras. « Il faut que nous partions maintenant. »

Ses yeux flamboyèrent encore plus. « Oui ! Vous comprenez, forcément ! Je savais que vous comprendriez ! Suivez-moi, Enli. N'ayez pas peur. »

La lampe à la main, il l'emmena dans le tunnel, où l'on avait de l'eau jusqu'aux genoux. Enli pataugeait en le suivant de près. Son vêtement terrien et ses bottes la gardaient au chaud, mais Pek Allen, sans combinaison, devait être glacé jusqu'aux os. Il n'agissait pas comme quelqu'un de glacé. Il avançait à grands pas, tombant parfois, se relevant tant bien que mal, parlant sans arrêt. À elle ? À lui-même ? Il ne semblait plus capable de se taire.

« Les gens ont peur d'agir en faveur de la réalité. Pas parce qu'elle est dangereuse, non. Parce qu'ils

1. Edmund Burke, homme politique et écrivain anglais (1729-1797). *(N.d.T.)*

ont peur d'avoir l'air idiot, de choisir le mauvais camp, de risquer leur statut social, d'échouer... oh, d'un millier de choses ! Des saloperies de trouillards... c'est seulement quand quelqu'un est prêt à agir, prêt à faire le bien, prêt à risquer l'échec... *Moi*, je n'échouerai pas. Je ne peux pas échouer. L'histoire est pour moi ; à la longue, l'idée hardie finit par triompher... c'est dans toute l'histoire ! Galilée... L'humilité, Enli. C'est ce que je ressens. C'est un honneur d'avoir été choisi, je n'ai pas demandé cet honneur, mon Dieu, ce que mon père pensera quand il entendra dire... mais ce n'est pas à cause de cela. Jamais ! Quelqu'un doit agir pour la vérité et le salut... la conspiration procure du pouvoir, le but le plus méprisable... aux dépens de la paix et de la réalité partagée ! Mon dieu ! Comment *sont* les gens... »

Ils arrivèrent à la géode. Enli vida l'eau de ses bottes. Pek Allen éclaira le plafond. L'or étincelait, scintillait. L'or entourait l'humain dégoulinant et divaguant, le visage tordu par le feu de la non-réalité. Enli détourna les yeux.

« Pourrez-vous le faire, Enli ? Pouvez-vous retraverser le tunnel étroit, le pouvez-vous ? Là, prenez la lampe, entrez la première, vous le pouvez ? »

Pourquoi n'avait-elle pas une douleur-de-tête à lui faire éclater le crâne ? Pourquoi ?

« Je peux le faire.

— Bien sûr que vous le pouvez. Je serai tout près, derrière vous. Là, allez-y, n'ayez pas peur, vous pouvez le faire, nous pouvons faire tout ce qui sera nécessaire, la force vient de quelque part avez-vous remarqué cela quand le besoin est assez crucial je n'ai pas demandé à être choisi... »

C'était un soulagement de s'introduire, en se tortillant, dans l'étroit tunnel, et ainsi, de ne plus entendre le son de sa voix.

Enli, protégée par la solide combinaison, avança en se halant sur les coudes. La lampe éclairait les parois rapprochées et le plafond raboteux. Plus court que dans ses souvenirs, le tunnel s'ouvrit soudain, haut sur la paroi. Une puanteur flotta vers elle.

Un peu plus loin, c'était l'endroit où elle avait eu la diarrhée à cause des aliments terriens en poudre. Ils devraient repasser par là, et les Terriens réagissaient curieusement aux excréments. Mais Pek Allen ne pouvait guère agir plus curieusement qu'il ne le faisait déjà.

Enli n'avait rien mangé depuis les aliments en poudre. Son estomac gargouilla lorsqu'elle émergea, tête la première, du minuscule tunnel. Qu'il gargouille. Bien assez tôt, il serait silencieux.

Retourne auprès de tes ancêtres ! Si elle faisait cela de sa main, ils la rejetteraient complètement, ne la laisseraient jamais pénétrer dans le monde des esprits. Mais ce ne serait pas de sa main. À l'inverse de Tabor, couché mort au pied d'un autel fleuri — blasphème presque impensable. Mort de sa propre main, parce qu'ils s'aimaient trop, plus qu'un frère et une sœur penseraient jamais à le faire... Même maintenant, elle pouvait se souvenir des mains de Tabor sur les endroits secrets de son corps...

Pas de douleur-de-tête. *Pourquoi* ?

Enli s'extirpa de la roche jusqu'à la taille. Elle chercha une prise en balayant le bas de la paroi du faisceau de la lampe. En dessous d'elle, sur sa droite, une pierre déchiquetée dépassait de la paroi. Elle s'y agrippa en se tortillant, afin de libérer le reste de son corps, et ralentit ainsi quelque peu sa chute, mais la pierre dure la meurtrit au travers du costume indéchirable.

Un peu plus tard, Pek Allen jaillit du tunnel et tomba lourdement sur le sol. Il se releva en titubant et lui sourit. Du sang coulait de ses larges épaules, dépourvues de protection, et de l'une de ses joues. Il tachait ses lèvres, si bien que de minuscules gouttes s'envolèrent lorsque Pek Allen parla. Il ne parut pas s'en apercevoir.

« Jusqu'ici ça va ! Venez, Enli, nous pouvons le faire, nous sommes presque dehors ! »

Ce n'était pas du tout le cas. Pek Allen la prit par la main, réclama sa lampe et descendit à grands pas le tunnel raboteux, en glissant et en titubant et en parlant, parlant, parlant. Il ne parut même pas remarquer l'odeur de merde, ni la merde elle-même sur laquelle ils durent marcher.

Ils arrivèrent dans une autre caverne, petite et de forme irrégulière, dont partaient deux tunnels. Non, pensa Enli tandis que Pek Allen balayait les parois de sa lumière... non, trois tunnels. La voix du Terrien ne montra aucune hésitation.

« C'est celui de droite que Dieter nous avait fait prendre. Nous sommes venus de là, Enli, j'en suis certain, allons-y ! Qui sait dans combien de temps le colonel Johnson va faire exploser l'arme étrangère qui est dans la lune ? ... faire exploser la lune ! Mon Dieu ! Syree aussi fait partie de la conspiration, bien entendu, elle partagera le pouvoir avec Bazargan et ces sales prêtres, gouverner tout un monde certaines personnes en ont besoin en ont soif c'est comme une maladie dans leur sang, Enli, mais malgré cela... venez ! C'est le tunnel de droite ! »

Enli savait bien que non.

Elle réfléchit à toute vitesse. S'ils prenaient le mauvais tunnel, ils pourraient mourir tous les deux... elle, lorsque ce Terrien fou s'en prendrait à elle et la tuerait, lui, s'il ne retrouvait plus le chemin du retour. La mort du jeune homme pouvait être horrible, il mourrait de faim, ou de ses blessures. Mais si Pek Allen trouvait le moyen de sortir des montagnes, il tuerait les premières personnes qui le reconnaîtraient, les premières qui le verraient. Maintenant, sur Monde, tout le monde partageait la réalité au sujet des Terriens.

Pek Allen serait tué rapidement et sans souffrir, mais ensuite son corps serait emprisonné dans le bain de produits chimiques et le cercueil de verre, pour l'empêcher de rejoindre ses propres ancêtres. (Les Terriens avaient-ils des ancêtres ? Bien sûr, ils devaient en avoir.) D'autre part, si Pek Allen mourait de faim à l'intérieur des monts Neury, son corps, comme le sien, relâcherait son âme. S'il en avait une. En avait-il une ?

Les autres Terriens en avaient une. Peu importe ce que disaient les prêtres, Pek Bazargan et Pek Gruber et Pek Sikorski étaient réels. Et peut-être même que l'âme dérangée de Pek Allen pouvait retourner à la réalité, par la bonté de la Première Fleur, si le vase tordu de son esprit recevait la permission de la relâcher.

« Enli ! Vous ne m'entendez pas ? C'est le tunnel de droite !

— Oui, Pek Allen. C'est celui-là. »

VINGT ET UN

DANS LES MONTS NEURY

Bazargan et Ann attendaient dans la vallée encaissée. Pourquoi, cela leur échappait quelque peu, mais c'était, semblait-il, la meilleure des options, fort limitées, qui s'offraient à eux.

Suivre les trois fugitifs, ils en avaient discuté. Mais les suivre *où* ? De l'autre côté de la druse, il y avait le tunnel très étroit ; Bazargan savait qu'il ne pourrait pas y ramper une deuxième fois. Il s'y refusait catégoriquement. Ann et lui décidèrent de ne pas se séparer ; ce serait trop dangereux. Un grand nombre de tunnels semblaient partir de leur petite vallée, mais impossible de savoir où ils menaient, ni lequel les autres avaient pu prendre, ni pourquoi. Aussi ils firent fondre de la poudre alimentaire dans de l'eau fraîchement recueillie, puis Ann rassembla d'autres échantillons de plantes et Bazargan tenta, sans aucun succès, de joindre le *Zeus*.

« Ann, dites-moi ce que vous savez de la mégalomanie paranoïaque. »

Ann chassa un insecte qui s'était posé sur sa main. Ils étaient assis par terre, sous le surplomb. La botaniste avait étalé sur une couverture, devant elle, les échantillons recueillis. « Peu de chose, je le crains. L'analyse et la cure biochimique sont venus à bout de nombreuses maladies mentales, mais pas des formes délirantes. On peut calmer les symptômes, mais pas remédier aux causes chimiques de la schizophrénie comme on le fait pour des troubles mentaux tels que la dépression ou l'angoisse. Les origines neurologiques de la schizophrénie sont trop multiples.

— Vous pensez que David a la folie des grandeurs ? »

Ann lui répondit lentement. Les mèches de ses cheveux gras encadraient son visage écorché et sale. « Oui, je le crois. Mais je ne sais pas jusqu'à quel point. Si je pouvais analyser son sang pour connaître son taux de phényléthylanine... David ne nous a pas beaucoup parlé depuis ces derniers jours, vous le savez. Il garde tout pour lui... le meurtre des jumeaux, les mensonges du colonel Johnson et ce qui a affecté nos cerveaux lorsque nous avons traversé ce champ dont Dieter ne cesse de nous parler. Mais j'ignore s'il pourra continuer comme cela indéfiniment.

— Vous pensez que le "champ" de Dieter a empiré l'état mental de David ? Plus que les nôtres ?

— Oui. Mais je ne sais pas pourquoi. Pas plus que je ne sais pourquoi Enli est soudain capable de tolérer les énormes brèches faites à sa conception de la réalité. Elle aurait dû avoir des migraines et des nausées handicapantes, et même entrer en état de choc. Et soudain, absolument rien.

— Ann, vous connaissez Dieter mieux qu'aucun

de nous. Où pensez-vous qu'il a emmené David et Enli ?

— Vous supposez que c'est lui qui les a emmenés, et non David. Armé du revolver. »

Bazargan s'agita sur le sol raboteux. « Non, bien sûr que non. J'y ai simplement pensé. Mais ils sont partis depuis au moins douze heures, maintenant. Dieter est fort, intelligent, et il connaît beaucoup mieux cet environnement que David. Si celui-ci a été assez fou pour faire Dieter prisonnier, je ne crois pas que notre ami le restera. Pas s'il est assez désentravé pour s'adonner à la spéléologie.

— Alors pourquoi est-ce que Enli n'a pas crié ? Tout cela n'a aucun sens. Je ne... Vous avez vu ça ?

— Quoi ? » Bazargan n'avait rien vu, sauf beaucoup plus d'insectes. Des donneurs-de-vie, comme les Mondiens les appelaient, les pollinisateurs de leurs précieuses fleurs. L'essaim avait cessé de harceler Ann et s'en était pris à Bazargan, bourdonnant autour de ses mains immobiles.

« Les donneurs-de-vie, répondit Ann. Vous avez tapé sur celui-là pour le chasser de votre main. Il s'est envolé et a failli atterrir sur votre joue. Là... celui-ci s'y *est* posé !

— Et alors ? Ils ne piquent pas !

— Ils ne se posent jamais sur la tête de quelqu'un. Jamais. Ni sur celle des humains, ni sur celle des Mondiens. Je l'ai remarqué à Gofkit Jemloe et j'ai questionné Voratur et Enli à ce sujet. Les donneurs-de-vie ne se posent jamais sur la tête de quelqu'un. Regardez, il y en un autre sur votre front !

— Partons. » Les donneurs-de-vie ne piquaient pas, mais ils chatouillaient.

« Non. Si vous voulez bien, attendons encore un peu... En voilà un autre. Sur moi. Je le sens.

— Que pensez-vous, Ann ?

— Je n'en suis pas encore sûre. Mais ici, ils se posent sur les têtes, alors qu'ils ne le font pas, partout ailleurs, sur Monde... Ce doit être parce qu'ils sont au centre du champ de Dieter. Ou plutôt, dans l'œil du cyclone, où le champ n'opère pas. C'est la seule chose qui différencie cette vallée et la druse des autres endroits que nous avons traversés ! »

Bazargan se redressa. « Pensez-vous que l'absence de mal de tête chez Enli est liée, aussi, au centre du champ ?

— Comment le saurais-je ? Mais ce sont tous des phénomènes cérébraux. »

Bazargan tenta d'assimiler tout cela. La biochimie n'était pas son domaine ; la culture, si. Tout ce qu'il savait sur les cerveaux, c'était qu'ils fonctionnaient de concert pour créer des sociétés. Et puis, il avait la nausée, et froid aussi, trop froid pour quelqu'un portant une combinaison-s.

Gruber l'avait prévenu : il avait encaissé beaucoup trop de radiations en traversant les tunnels.

Ann n'avait pas remarqué son épuisement. Elle était trop excitée. « Ahmed, si ce "champ" affecte vraiment le mécanisme de la réalité partagée et nos processus mentaux, et même la schizophrénie de David, alors il n'est pas biochimique. Même un mystérieux gaz invisible, ou un pollen, ou quoi que ce soit de ce genre, ne pourrait pas produire une telle diversité d'effets biochimiques. Il s'agit de centres totalement différents du cerveau, utilisant des cascades de produits neurochimiques totalement différents. Je n'arrive pas à y croire. »

Bazargan hocha la tête. Il se sentait défaillir.

« Et Dieter jure qu'il n'y a pas de champ électromagnétique particulier. D'aucune sorte. Bien que je ne voie pas comment il peut en être sûr... Mais s'il a raison, si ce n'est pas un phénomène biochimique, ni électromagnétique, alors qu'est-ce que c'est ? Des gradients thermiques si faibles n'affectent pas le cerveau. Qu'est-ce qui reste ? À moins que... Dieter ! »

Gruber marchait vers eux, si recouvert de boue et de poussière de roche que Bazargan se demanda comment Ann avait pu savoir que c'était lui, et non David Allen. Elle se leva d'un bond et se jeta dans ses bras, démonstration qui lui ressemblait si peu que, pour la première fois, Bazargan comprit combien elle aimait le géologue.

« Me voilà de retour », dit Gruber en se dégageant de l'étreinte d'Ann. Sa combinaison aussi était terriblement sale. « Ahmed, ne me réprimandez pas. Pas jusqu'à ce que vous ayez entendu ce que j'ai trouvé. *Ach*, c'est incroyable ! Appelez les autres qu'ils entendent cela !

— Les autres ? dit Bazargan, sachant qu'il avait l'air stupide. David et Enli ? Ils ne sont pas avec vous ?

— Avec moi ! Bien sûr que non. Quand je vous ai quittés, la nuit dernière, et que je suis allé à la recherche des tunnels qui descendent vers la source enterrée de ce champ, vous étiez tous endormis... où sont David et Enli ?

— Partis, dit Ann sombrement. Avec ton revolver, Dieter. »

Chose fort curieuse, Gruber ne dit rien. Personne n'agissait comme à l'ordinaire, pensa Bazargan avec lassitude. Pas même lui. Il ne voulait pas entendre parler de l'expédition de Gruber, qu'il avait lui-même interdite. Il avait seulement envie de dormir.

« Bon. Je vais essayer de les retrouver. Mais d'abord, il faut que je dorme un peu. Et avant, je dois vous dire ce que j'ai trouvé. Il faut, Ahmed, que vous décidiez de ce que vous allez dire, et comment vous le direz, à Syree Johnson.

— Nous n'avons pas réussi à joindre le *Zeus*, dit Ann.

— Est-ce que Tas est passé au-dessus de vous aujourd'hui ?

— Non. Nous avons fait particulièrement attention. Quoi qu'il se soit passé là-haut, ils ont réussi à emporter la lune.

— Il aurait mieux valu pour eux qu'ils prennent garde à ce qu'ils voulaient en faire, dit Gruber. Parce que je crois que la chose, là en dessous, est une autre pièce de ce que Tas était avant qu'il devienne une lune. »

Le tunnel serpentait, mais ne devenait pas plus étroit, et la plupart du temps, Enli et David pouvaient y marcher sans se courber. Autant qu'elle puisse en juger, ils descendaient plus profondément dans la montagne, même si, par endroit, il y avait des montées abruptes. Parfois, ils entendaient de l'eau couler ; parfois, ils pataugeaient dedans. Des parties du tunnel s'étaient effondrées et, plusieurs fois, ils durent passer par-dessus de gros rochers ou se frayer un chemin entre des moellons de roche. Pek Allen ne semblait pas remarquer — comment l'aurait-il pu ? — que cette route ne ressemblait en rien à celle par laquelle Pek Gruber les avait introduits dans les montagnes. Pek Allen était perdu dans son propre jardin, et parlait, parlait, parlait.

« Tous les gens peuvent faire des choix moraux, Enli, ils le peuvent, ils le peuvent. Mais la plupart n'en font pas. Ils mènent leur petite vie pathétique par habitude, ou par commodité, ou pour impressionner les autres, ou pour en tirer un plaisir immédiat... c'est vrai ! Ils sont comme ce garçon de ferme qui s'engage dans une armée de passage... vous connaissez cette histoire ? Non, bien sûr que non, c'est une histoire humaine et vous n'avez pas d'armées sur Monde, ni de guerre ni... Il s'engage dans une armée de passage parce que les récoltes sont mauvaises et que l'armée lui offre des repas chauds, un sac de couchage et un endroit où aller, et il ne sait même pas contre qui ils se battent ou pourquoi... il ne le sait même pas, Enli ! Et cela lui importe peu ! Il se peut qu'il se batte bien, montre une admirable loyauté envers ses camarades, et même devienne un héros, mais rien de tout cela n'est un choix moral, il n'est pas du côté du *bien* ou du côté du *mal*, il est dans une zone mal définie, une espèce de limbe spirituelle, c'est une vieille histoire, sur Terre et sur Mars aussi, mais elle ne finit jamais, Enli, elle se répète constamment ; faire quelque chose de différent exige non seulement du courage — ce garçon de ferme en avait peut-être — mais que l'on voit loin, aussi, et exige que... »

Enli ne comprenait pas un grand nombre de ces mots terriens. Elle suivait Pek Allen en trébuchant et remarquait, à la lumière de la lampe électrique, que les tunnels se subdivisaient, encore et encore. Ils ne retrouveraient jamais le chemin du retour. Elle mourrait là, et pourrirait, et son âme rejoindrait ses ancêtres. Et Pek Allen aussi, si la Première Fleur en décidait ainsi.

« ... le sauveur des deux races, une idée pas si ridicule que cela, ou peut-être l'est-elle, mais des idées aussi ridicules peuvent acquérir de la grandeur et... »

Depuis combien de temps étaient-ils dans les tunnels ? Un jour et une nuit ? Ils avaient dû s'arrêter afin qu'Enli puisse dormir, mais elle n'avait rien mangé. Pek Allen avait-il dormi ? Elle pensait que non. Ni mangé, non plus. Il semblait incapable de faire l'un ou l'autre, ni de se taire ni de s'arrêter assez longtemps pour qu'ils meurent tous deux tranquilles. Et il ne laisserait pas, non plus, Enli, mourir. Il la tirait, parlant et parlant, et elle trébuchait d'épuisement et de faim jusqu'à perdre tout sens du temps et de la direction qu'ils suivaient.

Quelque part, dans cette perpétuelle confusion grise, la combinaison d'Enli se mit à parler. La Mondienne cria, puis reconnut les mots. Celle de Pek Bazargan les avait déjà prononcés, une fois.

« Stop. Cette zone enregistre soixante rads. Quittez immédiatement cette zone. Vous êtes en danger. Stop. Vous avez été soumis à...

— Mettez votre casque, Enli ! » ordonna Pek Allen.

Elle le regarda avec de grands yeux, sans comprendre. Il avait parlé en terrien. Il tendit la main vers elle et tira, d'une poche de la combinaison, quelque chose de mou, d'informe, dont elle ignorait l'existence. Il le pressa entre ses mains et cela devint un bol rigide et transparent qu'il retourna et lui fourra sur la tête. Elle demeura passive ; autant mourir de suffocation qu'autrement. Il scella les gants sur ses mains et fit quelque chose à l'endroit où ses bottes rejoignaient les jambes de sa combinaison.

« Voilà ! Vous êtes hors de danger maintenant.

— Quel danger ? » À sa grande surprise, les paroles traversaient le bol transparent qu'elle avait sur la tête. « Et vous... »

Pek Allen sourit. À la lumière oblique de sa lampe, le visage et les bras sanguinolents, vêtu de lambeaux de chemise, il ne ressemblait à rien qu'Enli ait jamais vu ou imaginé. Ses mains remuaient convulsivement, si bien que la lampe projetait des ombres mouvantes sur les parois de la grotte.

« Le danger, Enli, ce sont les radiations. La maladie particulière des monts Neury... vous en avez entendu parler ?

— Oui. » Elle comprenait maintenant. « Mais vous... sans combinaison... » Elle était de nouveau stupide. N'importe comment, ils allaient mourir, tous les deux.

Pek éclata de rire, horrible son qui se répercuta dans le tunnel. « Oh, non, pas moi ! Vous ne comprenez donc pas ? Je suis immunisé ! Tous les sauveurs sont au-dessus de la maladie, même lorsque nous avons l'air d'y succomber. C'est la récompense, et la gloire de faire ce que personne d'autre ne fera, pour le bien de l'humanité. Le vôtre, le mien... venez ! »

Il la prit par la main et la tira, titubante, afin de pénétrer plus profondément dans le tunnel. La combinaison continuait à parler : « Stop. Cette zone enregistre cent quatre-vingts rads. Quittez immédiatement cette zone. Vous êtes en danger. Stop. Cette zone enregistre deux cents trente rads. Quittez...

— Venez ! » cria Pek Allen. Le tunnel, qui s'élargissait, renvoya un écho : *nez nez nez nez.*

Ils couraient. Enli avait de plus en plus chaud — la combinaison n'était-elle pas censée arrêter cela ? L'air devait être brûlant. La lampe de Pek Allen s'agitait follement pendant qu'il courait, le faisceau lumineux frappait tantôt la paroi, tantôt le plafond, tantôt le dos nu ensanglanté de Pek Allen. Il dégoulinait de sueur, on aurait dit une chute d'eau.

« Stop. Cette zone enregistre sept cent soixante rads. Quittez immédiatement cette zone. Vous êtes en danger. Stop. Vous avez été soumis à...

— Venez, Enli ! » *Li li li li.*

Elle tomba. Il la releva brutalement, lui déboîtant presque le bras, et continua à courir.

« On y est presque ! » *Que que que.*

Où ?

« Stop. Cette zone enregistre mille quatre cents rads. Quittez immédiatement cette zone. Vous êtes en danger. Stop. Vous avez été soumis à... »

Un dernier pan incliné. Ils dégringolèrent tous deux, pour atterrir sur un lit de roches. Aussitôt Pek Allen se remit sur pied, souriant d'une oreille à l'autre. L'un de ses bras pendait, cassé. Il ne parut pas s'en apercevoir.

« Regardez ! Le feu purificateur ! »

Enli se releva lentement. Sa combinaison lui parlait toujours de la maladie des montagnes sacrées. Elle suait tant qu'elle pensa, je vais m'évanouir. Ils étaient dans une petite cavité, dans l'eau jusqu'aux chevilles. La chaleur était colossale, étouffante. Et les murs luisaient.

« Stop. Cette zone enregistre trois mille six cents rads. Quittez immédiatement... »

Pek Allen éteignit la lampe. Les murs luisaient toujours d'une froide et sinistre lumière qui fit soudain frissonner Enli. Elle s'assit et se prépara à mourir.

« Non, non, pas vous, dit Pek Allen en rallumant sa lampe. Pauvre enfant, vous n'êtes pas le sauveur. Et vous n'avez certes pas besoin d'être purifiée... non, pas un Mondien ! Ce ne sont pas des garçons de ferme qui s'engagent ! Venez ! »

Toujours courant, ils traversèrent en pataugeant la brûlante petite grotte, sortirent d'un autre tunnel, puis d'un autre, et d'un autre, serpentant et tournant dans la roche plus grise et plus dense que jamais. Et qui ne luisait plus.

« Stop. Cette zone enregistre mille soixante rads. Quittez immédiatement cette zone. Vous êtes en danger. Stop. Vous avez été soumis à... »

Elle n'arrivait plus à respirer. Ses poumons, masse compacte de douleur, criaient...

« Stop. Cette zone enregistre neuf cents rads. Quittez immédiatement cette zone. Vous êtes en danger. Stop... »

Sa vue se brouilla. Ce devait être cela, parce qu'elle crut voir quelque chose d'autre passer comme l'éclair devant eux, dans le tunnel qui s'élargissait, un animal. Un freb. Mais cela signifiait-il qu'ils étaient près de la sortie...

« Stop. Cette zone enregistre cent dix rads. Quittez

immédiatement cette zone. Vous êtes en danger. Stop... »

Courir encore. Pour finir, Enli tomba et ne put se relever.

« Cette zone n'est pas radioactive. » La voix se tut.

Elle suffoquait, prise de grandes quintes douloureuses, incapable de retrouver son souffle, incapable de voir. La douleur brûlait tout au long de chacun de ses muscles, dans chacun de ses os. Lentement, celle-ci diminua, une longue marée descendante, et sa vision s'éclaircit.

La lumière. Elle vit une faible lumière grise, qui ne ressemblait en rien à celle jaune, brillante, créatrice d'ombres, de la lampe.

Pek Allen avait dû ôter le bol transparent de sa tête. Elle était couchée sur un sol de pierre raboteux, il y avait de la roche derrière sa tête et à ses pieds. Et quelque part, devant, la lumière du jour.

Sa vision s'éclaircit encore, et Enli vit Pek Allen debout au-dessus d'elle, ses longues jambes de chaque côté de son corps affaissé, comme pour le protéger. Ou pour une autre raison. Il regardait fixement le bout du tunnel.

« Nous sommes sortis, Enli. » Sa voix avait encore changé. Maintenant elle était calme, plus du tout délirante. Cependant son ton lui fit penser que l'esprit de Pek Allen était encore plus tordu qu'avant.

« Nous sommes dehors, et il y a un village là-bas. Un village mondien. Maintenant, je peux accomplir la tâche qui m'est dévolue, et il faut que vous m'aidiez. »

Enli était, de nouveau, plongée dans la douleur. Pas musculaire, cette fois, et qui n'était ni dans ses os, ni dans ses poumons. C'était la douleur familière, dans sa tête, entre les yeux, parce qu'elle regardait Pek Allen. Dans les monts Neury, un moment, elle avait disparu, mais maintenant, elle était revenue : la douleur-de-tête de la réalité non-partagée. Le mal d'être quelqu'un d'irréel.

Elle était revenue.

« Allons-y », dit Pek Allen en mondien, et il la releva de force.

VINGT-DEUX

EN ROUTE VERS LE TUNNEL SPATIAL # 438

Le vaisseau de guerre faucheur demeurait stationnaire, planant dans l'espace à deux cents kilomètres du tunnel, et quatre-vingt dix degrés par rapport à la trajectoire du *Zeus*. « Une araignée qui attend la mouche », murmura le commandant Ombatu. Syree fit comme si elle ne l'avait pas entendu.

Le *Zeus*, mouche peinant lourdement, continuait à pousser son fardeau. L'Objet orbital #7 accélérait sereinement. Les officiers et l'équipe du Projet spécial, demeuraient sur le pont, moins sereinement, parlant peu, dormant encore moins. Syree savait que cette brume grise engendrée par la fatigue était dangereuse. Elle ralentissait ses pensées, son temps de réaction. Et chaque fois qu'elle s'endormait, des rêves la réveillaient.

Elle avait quatre ans et, dans la cuisine de sa grand-mère, écoutait Emily James Johnson réciter la liste des soldats de la famille morts honorablement au combat. Le caporal James L. Johnson, en Bosnie. Catherine Syree Johnson, en Argentine. Tam Wells Johnson sur Mars. *Une Johnson se maîtrise, Syree. Souviens-toi de cela.*

Elle était à Bolivar, en train de perdre sa jambe. *Robméd! Robméd ici!* hurlait quelqu'un, et elle s'aperçut vaguement, avec plaisir, que ce n'était pas elle.

Elle était à l'intérieur de l'Objet orbital #7 et apprenait ses secrets, se délectant de chaque instant, quand il lui annonça qu'il allait exploser. *Non, vous devez accélérer encore!* cria Syree prise de panique. *Nous ne sommes pas encore arrivés chez grand-mère!*

« Accélération un *g*, vitesse 4.732 km/s.

— Poursuivez l'accélération.

— Accélération en cours. »

Le pilote et Peres. Syree se secoua, totalement réveillée. Depuis combien de temps sommeillait-elle ? Étaient-ils encore loin ? Elle consulta les affichages en se frottant ses yeux.

Elle avait dormi quatre heures dans son fauteuil. Le *Zeus* avait emporté l'artefact à plus d'un milliard de kilomètres de son orbite planétaire. Dans six heures, ils atteindraient le tunnel spatial #438.

« Capitaine, changement de position de l'ennemi. Le vaisseau de guerre faucheur se déplace vers le tunnel spatial. Vingt kilomètres... trente... quarante...

— Ils ont choisi de combattre, dit Puchalla. Que nous ayons ou non l'artefact.

— Non, se hâta de répondre Syree. Ils ne le feront pas. Ils ont toutes les raisons de vouloir que l'artefact traverse le tunnel spatial jusque dans leur espace. Ils ne tireront pas sur nous avant que nous le détachions.

« ... cinquante kilomètres... soixante... »

Peres tourna sur les talons pour regarder Syree fixement. « Vous ne pouvez pas en être certaine, professeur Johnson. L'ennemi peut anticiper la manœuvre de notre aviso et s'assurer que le tunnel spatial s'ouvre sur *leur* espace. Nous en avons discuté. Ce vaisseau ne peut, sous aucune condition, laisser les Faucheurs tirer sur nous sans que nous tentions des manœuvres évasives, tirer les premiers, ou effectuer un tir de représailles. C'est inacceptable. Ceci est d'abord et avant tout, une guerre.

— Oui, mon capitaine, dit Syree. Mais songez que notre second aviso va sortir du tunnel au tout dernier moment. Je suppose que nous ne devons pas détacher l'artefact avant. Ensuite, nous pourrons le détacher et tirer simultanément.

— Quatre-vingts kilomètres... quatre-vingt-dix...

— Cela ne marchera pas, répliqua Peres. Le vaisseau faucheur manœuvre pour se mettre *entre* nous et le tunnel. Dès que l'ennemi verra notre premier aviso émerger, puis y retourner comme une flèche, les Faucheurs tireront sur l'artefact — auquel nous serons encore attachés — pour l'empêcher de s'y engager. Ou, s'ils sont suffisamment près, ils s'y précipiteront avant l'artefact pour reconfigurer le tunnel spatial. Nous ne pourrons pas tirer sur eux si l'artefact est entre nous. Et alors, celui-ci émergera dans leur espace, après eux.

— Ce vaisseau de guerre ne peut pas se déplacer si vite que cela, dit Syree. Ils peuvent devancer le premier aviso revenant par le tunnel, peut-être, mais pas le second. Regardez... Ils se sont arrêtés. Le vaisseau est de nouveau stationnaire... Commandant Lee, a combien se trouve-t-il de l'entrée du tunnel ?

— Toujours à deux cents kilomètres, professeur, mais maintenant, droit sur notre trajectoire.

— Écoutez, les chiffres sont corrects, insista Syree. Notre premier aviso arrivera aujourd'hui à quatorze heures trente-deux. Il y rentrera aussitôt. À ce moment-là — si nous n'avons pas détaché l'artefact avant — nous serons à cinq minutes de l'impact et voyagerons à... juste une seconde ... à quatre mille huit cent soixante kilomètres par seconde. » Ne mentionne pas maintenant les facteurs de dernière minute ou les points faibles. « Nous nous détacherons alors, mon capitaine, et souvenez-vous que le *Zeus* voyage aussi à quatre mille huit cent soixante kilomètres. C'est *rapide*.

— Nous avons la preuve que les armes des Faucheurs peuvent nous suivre à cette vitesse. Et nous serons à portée de tir.

— Oui. Mais à une vitesse aussi élevée, ce n'est pas facile de suivre quelque chose. Et ils seront désorientés pendant un bref instant, forcés de décider s'ils doivent tirer sur nous, sur l'artefact, ou essayer de l'envoyer dans le tunnel spatial. Nous gagnons au moins quelques secondes en les surprenant, ce qui nous permettra de tirer les premiers.

— L'ennemi peut-il envoyer l'artefact dans le tunnel ? demanda Peres, les sourcils froncés. L'ennemi pourrait voir le premier aviso sortir, et essayer d'entrer dans le tunnel avant l'artefact, sans tirer du tout. Peut-il le faire, en cinq minutes, à deux cents kilomètres de distance ?

— Malheureusement, oui, répondit Syree à contrecœur. Franchir deux cents kilomètres en cinq minutes — oui, le vaisseau de guerre peut le faire aisément. *Mais*... notre second aviso arrivera quatre minutes plus tard de l'espace de Caligula. Si le vaisseau ennemi s'y engage après l'apparition du premier aviso, il ne s'apercevra même pas que le second a changé de nouveau la destination du tunnel. Si le vaisseau de guerre n'y entre pas après notre premier aviso parce qu'il s'est engagé contre nous, même s'il gagne la bataille, il n'aura pas le temps d'empêcher le second aviso de retourner dans le tunnel. Il devrait franchir deux cents kilomètres en soixante secondes, plus perdre quelques secondes à prendre sa décision. Il ne peut pas faire cela.

— Pas même en manœuvre kamikaze ? De combien de *g* auraient-ils besoin pour arriver au tunnel en soixante secondes ?

— Onze virgule trois. Ce serait une manœuvre kamikaze. Mais je ne crois pas qu'ils le feront. Enclencher les moteurs leur prendra quelques secondes. Et nous tirerons sur eux, en tout cas. Dès que nous nous détacherons, nous pourrons faire une embardée pour tirer sur eux sans toucher l'artefact. Ils devront alors, soit accomplir une manœuvre d'évasion, soit manœuvrer pour rendre coup pour coup.

— C'est vrai, dit Peres. Et, bien entendu, nous pouvons toujours faire exploser l'artefact et l'utiliser comme une arme contre les Faucheurs, si nous y sommes obligés. »

Syree hocha la tête. L'explosion devrait être programmée en dernier ressort. Elle espérait que Peres y pensait, aussi. « Si nous nous détachons à cinq minutes du tunnel, nous aurons aussi le temps de nous éloigner de l'explosion. Nous nous déplaçons vraiment vite, capitaine. Mais je dois vous dire ceci : nous devrons être suffisamment loin de l'onde de choc de nos propres explosifs. J'ignore quel genre d'onde une explosion de l'artefact pourrait générer. »

Aussi, ne le faites pas sauter, signifiait-elle. Peres le comprit. Cependant, il se contenta de dire : « Compris, officier Puchalla ?

— Je ne crois pas que nous aurons un problème si nous attendons jusqu'à T-moins-cinq-minutes pour nous détacher. N'importe comment, nous ne serons pas à portée de tir à ce moment-là, alors ce n'est pas comme si nous évitions la bataille.

— D'accord, dit Peres. Bon. Pilote, poursuivez l'accélération.

— Accélération en cours.

— Commandant Lee, ne la quittez pas des yeux, vous m'avez compris, ne quittez pas des yeux la position de l'ennemi.

— Oui, mon capitaine. »

Le *Zeus* accélérait, gagnant de la vitesse à chaque seconde, avançant vers ce que l'ennemi, ou l'artefact, ou le tunnel spatial, choisirait de faire.

VINGT-TROIS

DANS LES MONTS NEURY

Ann et Bazargan écoutaient un Gruber tout incrusté de crasse et excité expliquer, avec de grands gestes, ce qu'il avait trouvé sous les monts Neury. Bazargan comprit que c'était capital : peut-être l'explication la plus importante qu'il ait entendue depuis son arrivée sur Monde. Mais il n'arrivait pas à se concentrer. Il avait été exposé à beaucoup de rads. Sa maladie n'était pas assez grave pour le tuer. Mais l'homme irradié pouvait se sentir vraiment mal, surtout s'il n'avait pas assez mangé, pas assez dormi, et parcouru, terrifié, des kilomètres de tunnels souterrains malsains dans cet étrange champ de force auquel seul Gruber croyait vraiment.

« J'ai essayé plusieurs tunnels jusqu'à ce que j'en trouve un, à environ cinq cents mètres d'ici, avec une cheminée qui s'enfonçait profondément. Et toujours dans l'œil du cyclone, selon mon pad. J'ai des pitons et des cordes, aussi...

— Tu as pris un terrible risque, dit Ann. Tu aurais pu mourir. » Dans son visage sale, ses yeux bleus étaient fascinés, pleins de reproches et admiratifs, tout à la fois. Vous êtes sans doute restée jeune, pensa Bazargan, pour gérer ce mélange. Ses os lui faisaient mal jusqu'à la moelle.

« *Ja*, répondit joyeusement Gruber. Mais je ne suis pas mort. La cheminée aboutissait à une autre série de tunnels de lave lisse, soutenue par un grand nombre de socles de granit bien plus anciens... une structure inhabituelle. J'ai emprunté tous les tunnels, en marquant soigneusement mon passage, jusqu'à ce que je la trouve. Que j'y arrive. Que je la découvre !

— Quoi ? demanda Ann. Quoi ?

— Une petite grotte. Qui ne faisait pas plus de quatre mètres de diamètre — si elle avait été assez régulière pour avoir un diamètre, ce qui n'était pas le cas. La marque d'une pustule variolique dans la roche. Et, enfoncée dans le sol, une sphère métallique. On n'en voit qu'une partie seulement, une très petite partie. Le reste est encastré dans la roche. J'ai pratiqué quelques tests rapides. L'âge de la roche fondue qui la renferme correspond à celui de la couche d'argile qui s'est déposée lorsqu'une chose a pénétré violemment dans le bassin océanique préhistorique, et créé ces tunnels. Avant que le sol tout entier se relève pour former des montagnes.

— L'astéroïde, murmura Ann.

— Pas un astéroïde ! C'est un artefact, un objet manufacturé. D'environ vingt-cinq mètres de rayon, à en juger d'après la courbure. La surface semble être composée d'une sorte de carbone allotropique, quelque chose comme de la fullerite. Je ne peux pas en dire plus avec l'équipement que j'ai. Sauf une chose cruciale... Ahmed, vous ne dormez pas ?

— Non. »

Ann s'arracha à l'intense fascination que Gruber

exerçait sur elle pour regarder Bazargan. Il vit qu'elle enregistrait alors combien sa mine était effroyable. La compréhension se peignit sur son visage sale. « Vous êtes souffrant, Ahmed. Vous avez été irradié.

— Oui. Mais je... je n'ai pas été soumis à trop... de rads. Je me remettrai. » Il tourna la tête juste à temps pour vomir par terre et non sur elle.

Tous deux le transportèrent dans la caverne, lui firent un lit avec les couvertures. Gruber régla sa lampe puissante et la posa sur le sol pour baigner, dans sa chaleur, le corps frissonnant de Bazargan. « J'aurais dû veiller à cela, dit Ann en se faisant d'amers reproches. Il y a toujours un laps de temps entre l'exposition et le début des symptômes... Ahmed, vous devez suer mais pas vous déshydrater. Buvez cela. » Elle lui apporta de l'eau, puisée au ruisseau de la vallée, qui sentait un peu la vase. Il but autant qu'il le put.

« Je ne suis pas équipée pour pratiquer des lavages internes, dit-elle profondément frustrée. Mais je vais nettoyer ce que je peux... vous n'avez pas à vous montrer pudique avec moi, Ahmed. Vous êtes anthropologue. »

Et les anthropologues sont meilleurs observateurs que sujets, aurait voulu dire Bazargan, mais il ne le put. Sa gorge était trop serrée.

Gruber et Ann le frottèrent avec de l'eau et de petits graviers rugueux. Ils lui coupèrent les cheveux aussi ras que possible. Bazargan, sachant qu'ils avaient raison, endura tous ces outrages, mais il haïssait sa propre faiblesse.

Lorsqu'ils eurent terminé et qu'il reposa dans la

grotte, enveloppé dans des couvertures, Ann et Gruber revinrent à la trouvaille du géologue. Bazargan écoutait aussi bien qu'il le pouvait.

« Ann, l'artefact enterré se trouve au centre exact du champ. Ou de la courbe de distribution toroïdale. J'ai, depuis notre arrivée, soigneusement sauvegardé les données enregistrées partout où nous sommes passés dans ces montagnes. Toutes, plus celles de ma première visite. Le gradient thermique dont le taux s'accroît lorsqu'on descend plus profondément, au lieu de décroître... il devrait décroître car la plupart des roches radioactives sont proches de la surface, générant une chaleur que la roche retient depuis des millions d'années. Mais pas ici, parce que la *source* des radiations, c'est cet artefact. Qui n'est pas une source normale ; la distribution thermique et la distribution radioactive sont, aussi, hors phase. Écoutez, Ahmed, il faut que vous entendiez cela, vous aussi... c'est la plus grande découverte que l'on ait faite ici. Et de loin ! »

Encore plus de gesticulation. Gruber, généralement sardonique, était maintenant à un niveau d'enthousiasme intellectuel que Bazargan ne pouvait qu'observer avec un émerveillement plein de lassitude.

« La force de la radiation décroît normalement selon la loi du carré inverse. Plus on se rapproche de la source, plus il y a de rads. Mais ici, la radiation n'existe plus du tout à proximité de la source. Elle commence à faiblir à environ deux cent cinquante mètres de l'objet, puis s'accroît rapidement, puis diminue tout aussi rapidement. Je n'ai pas encore résolu les équations. Nous avons frôlé la limite maximale, je pense, lorsque Ahmed ne portait pas sa combinaison, et a encaissé les rads qui le rendent malade maintenant.

— Je te suis.

— Alors, écoute la suite, c'est la clé. L'artefact enterré n'émet pas de radiations. Mais un genre de champ qui *rend* radioactives les substances qui l'entourent, et modifie aussi le gradient thermique. Il y a un délai, un temps de montée, avant que le champ n'agisse, qui rend compte de la zone morte, « l'œil » dans lequel nous sommes maintenant. Mais le principal effet — c'est exactement celui que le professeur Johnson a dit que pouvait produire, dans l'espace, la lune qu'ils sont en train de déplacer, Tas ! »

Ann leva la main, puis la laissa retomber. Elle dit, médusée : « Tu penses vraiment que c'était autrefois une autre lune, identique à Tas, qui a fini par tomber ?

— Pas identique, *nein*. Parce que Syree Johnson a dit que l'effet de l'onde dans l'espace était sphérique. Celui-là est toroïdal aplati. Mais d'après mes données, on dirait que le champ généré, à son tour génère, ou renforce, ou affecte, un champ bien plus grand qui enveloppe la planète tout entière. Et celui-là n'est pas radioactif. N'est pas du tout électromagnétique. Et il n'est pas thermique.

— Dieter... pendant que tu étais parti... Ahmed et moi, nous nous sommes demandés si...

— Laisse-moi finir d'abord. Cet étrange champ secondaire... bien qu'après tout, pour ce que j'en sais, ce peut-être lui le champ primaire, et l'autre le secondaire... mais en tout cas, lui aussi, a la zone morte, « l'œil » dans lequel nous sommes maintenant. Une trouée qui entoure directement la source. Aussi, tout ce que je peux faire, c'est m'interroger à partir de mes données précédentes. Le second champ recouvre la surface de la planète, s'accroît brutalement si l'on s'élève de la surface, puis décroît de nouveau. Il...

— À quelle hauteur ? » demanda Ann d'une voix stridente, du moins pour elle. Elle empoigna le bras de Gruber. « *À quelle hauteur* ? »

Il la regarda fixement. « Je ne le sais pas avec certitude.

— Fais une estimation !

— Le champ semble se densifier à environ cinq cents mètres de la surface.

— Et où étions-nous lorsque nous avons tous eu la tête vide, sauf Enli, dans les tunnels ? À quelle altitude ? »

Bazargan, couché dans ses couvertures sans pouvoir rien faire, regardait le visage de Dieter changer. « *Mein Gott...* ; oui ! Nous étions à cette hauteur au-dessus du niveau de la mer, la seule fois où nous... les tunnels montent et descendent. Nous étions dans la partie la plus dense du champ quand nous avons été plongés dans ce stupide obscurcissement mental... mais pas Enli... Ann, qu'est-ce que c'est ? Qu'est-ce que vous vous êtes demandés, Ahmed et toi ? Ahmed, vous entendez cela ? »

Aucun d'eux ne s'attendait à ce qu'il réponde. Ann dit : « Il s'agissait seulement de suppositions, Dieter. Mais voilà. Ton champ planétaire n'est pas électromagnétique. Il n'est pas radioactif... même du *Zeus*, on pouvait enregistrer que l'activité radioactive, concentrée dans les monts Neury, n'est pas distribuée également sur Monde.

— Oui. D'après le faisceau de neutrinos. Continue.

— Le champ n'est pas biochimique : ce ne sont pas des phéromones ou quelque chose comme cela. J'en suis convaincue. Cependant, il affecte le cerveau. Les nôtres quand nous sommes entrés dans la zone de densité la plus élevée. Celui d'Enli depuis que nous sommes entrés dans ton « œil » mort... je ne sais pas si tu l'as remarqué, mais elle n'a plus souffert des maux de tête de la réalité non-partagée pendant qu'elle était dans l'œil. Peut-être, aussi, le cerveau de David, dont l'instabilité a empiré ces cinq derniers jours, quoique, pour être juste, cela pourrait être dû à la privation de la Discipline.

— Alors, vous...

— Attend. Il y a un élément supplémentaire. Les donneurs-de-vie, tu sais, les pollinisateurs semblables à des insectes, ne se posent jamais sur la tête d'un Mondien ou d'un humain hors de ces montagnes. Jamais. Mais ici, dans la petite vallée, dans ton œil mort du champ, ils le font.

— Ils le font ? Alors ?

— Alors, je pense qu'ils sont, eux aussi, sensibles à ton champ secondaire inconnu. Et je crois que celui-ci agit spécifiquement sur certains tissus vivants. Parce qu'ils ont *évolué* en interaction avec le champ. Qui agit sur le tissu neuronal du cerveau. »

Gruber changea de position, par terre, et fronça les sourcils. « Non, c'est impossible. Le cerveau est biochimique et électromagnétique. Et je viens de passer beaucoup de temps à te dire que ce champ n'est ni l'un ni l'autre.

— Le cerveau est biochimique et électromagnétique, oui. La conscience est un schéma de déclenchements neuraux, une synchronie dans l'oscillation gamma. Mais il y a de nouvelles découvertes, en biochimie, qui n'ont pas encore été vulgarisées. Des preuves à l'appui d'une théorie autrefois considérée comme radicale, mais de moins en moins chaque année, avec l'arrivée de connaissances nouvelles. Sais-tu, Dieter, ce que c'est qu'une grille vésiculaire paracristalline ?

— Non, répondit le géologue.

— Je vous l'ai déjà expliqué, quand nous discutions tous du scan Lagerfeld de Voratur, tu t'en souviens ? Peu importe. En fait, il y a dans notre cerveau des milliards de grilles vésiculaires. On les trouve aux extrémités des synapses neuraux. Elles contrôlent la quantité de neurotransmetteurs relâchée à chaque impulsion nerveuse, qui, à son tour, affecte tout ce que nous pensons et ressentons. Les grilles vésiculaires paracristallines sont très petites. Elles opèrent selon les lois de la physique quantique, Dieter, et non selon celles de la physique classique. Elles peuvent causer des événements quantiques *à l'extérieur* de leur barrière d'énergie, parce que leur champ de probabilité quantique y est présent. De plus en plus, il semble que c'est ainsi que la conscience affecte le cerveau. En altérant son champ de probabilité. Il n'y a pas d'autre moyen, pour un événement purement mental — tel que la décision de se lever de son fauteuil — de produire un effet sur le monde matériel sans violer la loi de la conservation de l'énergie.

— Attends, attends. Je n'ai pas dormi la nuit dernière, je suis très fatigué. Es-tu en train de me dire que le cerveau opère par l'intermédiaire d'un champ de probabilité ?

— Seulement en partie. Les déclenchements neuraux électromagnétiques et les événements biochimiques sont là aussi, bien sûr. Mais la libération de neurotransmetteurs, causée par des événements quantiques — *et* le champ de probabilité qui leur est associé — constitue la base des événements électriques et chimiques du cerveau.

— Un champ de probabilité, dit Gruber d'un air pensif. Dans tous les cerveaux ? Le tien, le mien, ceux des Mondiens ?

— Si la théorie s'avère exacte.

— Et l'artefact enterré génère son propre champ de probabilité. Qui affecte tous les cerveaux sur Monde. Sans interruption hors des monts Neury, de façon irrégulière à l'intérieur, selon l'endroit où on le traverse dans la distribution toroïdale. Nos cerveaux réagissaient différemment de celui d'Enli parce que sa race a évolué ici et pas nous... Ann ! Le champ de probabilité a dû commencer à affecter Monde lorsque l'artefact a frappé l'océan à l'ère préhistorique ! Il se pourrait qu'il explique l'évolution divergente des cerveaux humains et mondiens et résolve ta difficulté à comprendre pourquoi la réalité partagée prévaut ici, alors que les équations disent que ce n'est pas une stratégie génétique gagnante !

— Ouiiiiii. » Ann semblait hébétée. « Dieter, j'ai besoin de réfléchir à tout cela. J'ai besoin de...

— En plus ! s'écria Dieter. Si tu fais intervenir la mécanique quantique, tu introduis aussi la possibilité d'un réseau quantique !

— D'un quoi ?

— Un réseau quantique ! Si deux électrons sont en réseau quantique, faire quelque chose à l'un affecte instantanément le second, même s'il se trouve à l'autre extrémité de l'univers. L'espace et le temps ne comptent plus. Les scientifiques pensent que ce peut être la théorie sur laquelle se fondent les tunnels spatiaux ; même si nous ignorons comment ils agissent. Mais si l'artefact enterré et Tas sont en réseau, d'une façon ou d'une autre... si tous deux utilisent des champs de probabilité... »

Ann semblait avoir oublié qu'elle venait de refuser toute autre spéculation. « Le cerveau aussi utilise la probabilité. La décharge de neurotransmetteurs humains a un caractère de probabilité, aussi est-il logique que les cerveaux mondiens fonctionnent de même. Mais si ton champ de probabilité exerce un effet sur la libération des neurotransmetteurs, en favorisant sélectivement certaines grilles, et s'il fait cela durant une très longue période, une durée temporelle de l'ordre de l'évolution... il se peut qu'il ait formé le mécanisme de la réalité partagée. Cela pourrait expliquer pourquoi la biologie ne montre aucune différence entre les cerveaux humains et mondiens, et pourtant cette différence existe. Elle est dans la fréquence des événements probabilistes. Pas étonnant que le scan Lagerfeld n'ait rien révélé.

— *Mein Gott*, tout est lié !

— Il nous faut quelqu'un qui sache plus de physique que nous. Quelqu'un comme Syree Johnson. »

La voix d'Ann changea « Dieter, si nous mourons ici, personne ne saura jamais cela. »

Il la prit dans ses bras. « Nous ne mourrons pas ici, *Liebchen*.

— Tu n'en sais rien. »

Il ne répondit pas. Il était tombé endormi, effondré sur le sol, tas sale, épuisé, rempli de joie.

Ann l'allongea sur le dos. Elle vérifia que Bazargan dormait aussi. Puis elle prit le pad de Dieter, l'activa et commença à prendre des notes aussi rapidement qu'elle le pouvait. Hors de la caverne, le ciel s'assombrissait d'épais nuages, et au bout d'un moment, il se mit à pleuvoir.

VINGT-QUATRE

GOFKIT RABLOE

Enli laissa Pek Allen la remettre de force sur ses pieds. Elle haletait encore de leur folle équipée dans les cavernes et les tunnels. Mais outre la douleur dans ses poumons et la douleur-de-tête de la réalité non-partagée, une pensée pleine de colère lui vint.

En définitive, ils n'étaient pas morts dans les espaces cachés des monts Neury.

Et à cause de cela, les fleurs tordues de l'esprit, devenu fou, de Pek Allen les forçaient à aller trouver des Mondiens, afin qu'il puisse les « sauver ». Bien entendu, ceux-ci tueraient Pek Allen et Enli. Les prêtres emprisonneraient leurs corps dans des produits chimiques et du verre pour les empêcher de rejoindre leurs ancêtres et de polluer le monde des esprits. Enli et Tabor resteraient à jamais irréels.

Elle tenta de libérer sa main de la poigne de Pek Allen, mais il était trop fort. Ensanglanté, meurtri, un bras cassé pendant à son côté, atteint de la maladie des monts Neury (même son propre vêtement terrien l'avait crié le plus fort possible !), Pek Allen était encore vigoureux. C'était la force d'une terrible irréalité.

« Regardez, Enli. Un village. »

Ils étaient au bord d'un tunnel qui les avait conduits hors des montagnes. Une pente abrupte de roche brisée menait à une corniche, puis à une autre pente, moins rocheuse et parsemée de buissons rabougris. Au-delà, s'étendaient des champs et, plus loin encore, se dressaient les cheminées fumantes de maisons aux toits luisant sous la pluie.

« Pek Allen...

— Ne faiblissez pas maintenant, Enli. Le temps d'agir est venu. Et qui sait combien de temps cette garce de Syree Johnson va nous laisser avant de faire sauter son arme et d'irradier Monde ? »

Il parlait en mondien, mais deux des mots étaient terriens : *garce* et *irradier*. Enli ne se souciait plus de ce qu'ils signifiaient. Sa tête l'élançait de l'irréalité de Pek Allen. Son ventre pleurait sa perte et celle de Tabor. Même dans cet état, une petite partie de son cerveau désolé remarqua que Pek Allen avait cessé de délirer. Il parlait calmement, rationnellement, comme s'il pouvait vraiment faire ce qu'il disait.

« Venez, Enli. Il n'y en a plus pour longtemps maintenant. D'abord, ôtez cette combinaison-s. Allez ! Bon, maintenant, venez avec moi. »

Ils avançaient en trébuchant sous la pluie incessante. Les champs luxuriants étaient consacrés à des cultures alimentaires, mais au-delà, autour des maisons, se déployaient des parterres fleuris. Enli regardait goulûment les fleurs. Des pajalib, des jelitib, des trifalitib bleues dans une dentelle de nuée. De petites mittib brillantes. Des ralibib odorantes, des vékifirib à l'ombre. Des sajib, aux fleurs roses cireuses grandes comme sa main. Toutes les fleurs qui faisaient la gloire de Monde.

Le village était en grande partie désert, ses foyers du petit déjeuner, sur la place, dissimulés sous leurs protecteurs en métal impeccables, ses maisons fermées. Tout le monde devait être en train de cueillir les fruits du zeli. C'était la saison pour cela, même sous la pluie ; les fruits n'attendaient pas. Dans une aussi petite communauté rurale, même le prêtre participait aux moissons et aux cueillettes. Pourtant, il devait y avoir quelques personnes restées derrière les portes mouillées. Les très âgés surveillaient les très jeunes, les malades, les gens qui avaient la maladie de la fleur de la cariltef, toujours plantée près des fruits du zeli.

Pek Allen s'arrêta au milieu de la prairie entourée par son anneau de foyers de cuisson. « Ohé ! Habitants de Monde ! Je viens vous apporter un message important de la Première Fleur ! »

Enli ferma les yeux, puis les rouvrit. Encore, peut-être, quelques instants à vivre. *Oh, Tabor...*

« Habitants de Monde ! Je viens vous apporter un message important de la Première Fleur ! »

Une porte en bois s'ouvrit. Une très vieille femme, courbée par les saisons, regarda dehors. Quand elle aperçut Enli et l'immense Terrien ensanglanté, son visage se figea d'horreur et elle rentra en claquant la porte.

« Habitants de Monde ! Je viens vous apporter un important message de la Première Fleur ! »

Une autre porte s'ouvrit. Un homme sortit à grand pas, jeune et fort. Sans doute dispensé de travail à cause de la maladie de la fleur ; sa colletine était tressée en signe d'expiation. Il tenait un long couteau.

Le jeune homme ne perdit pas son temps en paroles. Il se précipita sur eux, l'arme brandie vers la poitrine de Pek Allen.

Celui-ci l'empoigna avec son bras indemne. Aux yeux d'Enli le mouvement parut aisé, presque inévitable, comme si le corps martyrisé par la roche avait vécu toute sa vie pour cet instant. Pek Allen arracha le couteau à l'homme, puis le jeta par terre et se dressa au-dessus de lui avec un petit instrument de forme étrange. C'était, comprit-elle soudain en se souvenant de conversations terriennes, le *revolver* de Pek Gruber. La pluie dégoûtait de son extrémité. Pek Allen fit quelque chose, et le *revolver* émit un bruit assourdissant. Cependant, lorsque les oreilles d'Enli cessèrent de lui faire mal, la chose n'avait pas explosé, mais était toujours dans la main de Pek Allen, et un bol de bois, laissé négligemment sur la prairie, avait été brisé en morceaux inutilisables.

« Écoutez, Pek, dit-il en mondien. Je suis David Pek Allen, un Terrien. Vous le savez. Réalité et Expiation m'a déclaré irréel. Mais je viens vous avertir que quelque chose de terrible va arriver bientôt à Monde, peut-être aujourd'hui même. Un changement de la réalité partagée. Il faut m'écouter.

« Vous savez que Tas a disparu. Les autres Terriens l'ont volée. Vous le savez. Ce que vous ne savez pas, c'est que les Terriens irréels vont vous envoyer une maladie émise par les monts Neury, semblable à celle qui sévit déjà là-bas, mais bien plus forte. Elle rendra les gens un peu malades. Mais les choses — les pots de cuisson, les bijoux, les mémoriaux de la fleur — le seront bien plus. Ces choses deviendront aussi dangereuses que les monts Neury. Il faut que vous avertissiez les gens de ce changement de la réalité partagée. »

Le jeune homme cloué au sol détourna la tête du bol en bois brisé et cracha sur les pieds de Pek Allen.

« Enli, dit Pek Allen, entrez dans la maison, là, dont la vieille femme a claqué la porte. Amenez-moi l'enfant qui est dedans. »

Enli sursauta. Mais oui, bien sûr, il y aurait un enfant dans la maison... la femme âgée n'était pas assez infirme pour manquer la cueillette. On l'aurait emmenée à l'arrière d'une carriole, elle aurait aidé à préparer le repas de midi, prit part à la joie partagée.

« Enli ! Allez-y ! »

Enli ne bougea pas.

Les yeux de Pek Allen glissèrent vers elle, revinrent à l'homme couché sur le sol. « Si vous n'y allez pas, Enli, je vais être obligé de tuer cet homme. Tout un monde est en jeu. Ne m'obligez pas à faire cela. »

Les fleurs de son cerveau étaient tordues *à ce point* ! Elle ne l'avait pas su.

Enli s'avança vers la maison. La porte était fermée par une barre à l'intérieur. Enli brisa la vitre d'une fenêtre et cria dans le trou : « Ouvrez, Pek, ou ce cerveau fou, là, dehors, va faire exploser la maison. Avec l'enfant et vous dedans. Je suis désolée, mais c'est comme cela. »

La douleur, dans sa tête, l'aveuglait presque. Faisait-elle vraiment cela ? Elle, Enli Pek Brimmidin, au service d'un fou irréel ?

La porte s'ouvrit. Enli entra — comme cela semblait normal ! de pénétrer dans une maison par une porte ouverte, de partager cette simple réalité — et parla doucement à la vieille femme. « Sortez par la porte de derrière. Dites à l'enfant de ne faire aucun bruit. Descendez cette petite colline, en gardant la maison entre vous et le Terrien, et cachez-vous dans un jardin potager. »

La femme âgée se contentait de la regarder fixement. Non parce que Enli était irréelle, mais parce que la pauvre était si terrifiée qu'elle en devenait stupide. Dans le coin, la porte d'un buffet bougea un peu. Au moins l'enfant caché là était assez âgé pour rester silencieux.

« Partez tout de suite ! » dit Enli, en essayant de prendre le ton avec lequel Pek Bazargan lui donnait des ordres. Malgré cela, elle fut un peu surprise lorsque la femme obéit.

Enli retourna dehors. « Il n'y a pas d'enfant, Pek Allen. J'ai regardé. »

Il jeta un bref coup d'œil sur son visage. « Vous *mentez.* » Le mot était terrien, mais la signification évidente ; ne pas partager la réalité, mais quelque chose d'autre. Maintenant, il allait la tuer avec le *revolver*. C'était peut-être aussi bien. Enli ferma les yeux.

Quelqu'un cria.

Mais elle vivait toujours. Elle était toujours debout sous la pluie. Et quand elle ouvrit les yeux, bien qu'il n'y ait eu aucun bruit assourdissant, le jeune homme se tordait par terre en gémissant et tenait sa jambe à deux mains.

« Cela ne fait qu'un peu mal, dit Pek Allen, de cette même voix forte. Comme cela, vous ne me ferez pas de mal avant que je délivre mon message. Vous guérirez, Pek. Enli, venez. »

Elle le suivit en silence. Elle n'arrivait pas à imaginer ce qu'elle pourrait faire d'autre. Elle avait des élancements dans la tête, et combien cela devait être pire pour l'homme sur le sol ! Elle avait eu le temps de voir cette irréalité de Pek Allen. Plus longtemps on voit l'irréalité, avait découvert Enli, plus on a de mal à dire la différence.

Son mal de tête s'estompa un peu.

Pek Allen gagna rapidement, et infailliblement, le potager et en tira la femme qui y était tapie. Une petite fille, agrippée à son cou, cachait son visage dans le sein de sa grand-mère.

« Sortez de là, vieille mère, dit Pek Allen. Je ne vous ferai pas de mal. Et à l'enfant non plus. »

Mais il dut la traîner entre les légumes. « Écoutez-moi, je suis David Pek Allen, un Terrien. J'apporte un message de la Première Fleur depuis les monts Neury. Y a-t-il un guérisseur dans ce village ? »

La femme âgée, au crâne creusé de sillons par la douleur, était dans l'incapacité de répondre.

Pek Allen soupira. Il tendit la main vers la petite fille, alors la femme cria et la serra plus fort. Durant un effroyable instant, Enli crut qu'il trancherait la gorge de l'enfant avec le couteau qu'il avait pris au jeune homme. N'était-ce pas ce que les Mondiens avaient fait aux enfants terriens ? Mais Pek Allen détacha l'enfant de sa grand-mère et la prit gentiment dans ses bras. « Venez, Enli. »

La femme criait, hurlait. L'enfant braillait. Sans tenir compte du bruit, Pek Allen partit à grands pas sur la route.

Enli suivait. Que faire d'autre ? Si elle pouvait lui arracher l'enfant... mais il avait toujours le *revolver*. Et il était fou. Elle courut après lui. La vieille femme clopina derrière eux en criant des paroles incohérentes.

Il marchait si vite que, tous les deux ou trois pas, Enli devait courir pour ne pas se laisser trop distancer. Le sol était boueux, mais le Terrien tenant dans ses bras l'enfant en larmes, semblait ne pas s'en apercevoir. Rapidement, la grand-mère perdit du terrain. Quand Enli tourna la tête pour regarder pardessus son épaule, la vieille femme s'était arrêtée, désespérément, au milieu de la route embourbée, et le bruit de la pluie occultait ses paroles.

Au bout d'un moment, la petite fille se tut et alors, Enli qui, en trottant, rejoignit le Terrien, l'entendit chanter en mondien. Une vieille berceuse, tendre et douce. Apprise dans la maison crelm, bien sûr. Il la chanta deux fois, trois fois, et Enli vit la petite, jusque-là raide entre ses bras, se détendre peu à peu.

Il ne tuerait pas l'enfant. Enli en était certaine. Ce qui ne laissait plus qu'une question : quand finirait-il par la tuer, elle.

Son chant s'entrecoupa. Puis il trébucha, se rattrapa, continua. Mais elle avait compris. La force de Pek Allen, cette fleur artificielle nourrie par sa folie, se fanait. Et alors ? Elle pouvait s'enfuir... mais il fallait le faire maintenant, si elle le décidait. Il s'affaiblissait, et il détenait l'enfant, et elle pouvait partir. Pour où ? Il n'y avait nulle part où aller.

C'était sa réalité. Elle était obligée de la partager.

Une carriole, chargée de fruits du zeli et de cueilleuses, apparut en haut d'une petite côte. Deux hommes la tiraient et une femme marchait à côté pour veiller au chargement. Lorsqu'ils aperçurent Pek Allen, ils s'arrêtèrent. Puis ils virent l'enfant dans ses bras, et repartirent de nouveau, les roues de la carriole grinçant d'humidité. Enli vit leurs visages émerger, ceux d'individus horrifiés et torturés par la douleur-de-tête.

« Je suis David Pek Allen, un Terrien. Je vous apporte un important message de la Première Fleur.

— Donnez-moi Estu, dit l'un des hommes, parlant avec l'accent doux, mal articulé, des villages de montagne, et un calme admirable. Donnez-la-moi. »

L'enfant reconnut le ton familier de l'homme. Elle se remit à pleurer.

« Écoutez-moi, dit Pek Allen, assez fort pour qu'on l'entende. Je viens vous avertir d'une chose terrible qui va bientôt arriver à Monde, peut-être aujourd'hui. Un changement de la réalité partagée. Vous devez m'écouter.

« Vous savez que Tas est partie. Les autres Terriens l'ont volée, notre lune qui s'épanouit rapidement. Vous le savez. Ce que vous ne savez pas, c'est que les Terriens irréels vont envoyer une maladie sortie des monts Neury, comme la maladie qui y est déjà, mais beaucoup plus puissante. Elle rendra aussi malades des choses — les casseroles, les bijoux, les mémoriaux de la fleur — beaucoup de choses. Elles deviendront aussi dangereuses que les monts Neury. Vous devez avertir tout le monde de ce changement de la réalité partagée.

— Rendez-moi Estu.

— Voici Enli Pek Brimmidin. Elle vous confirmera ce que je vous dis, c'est la réalité partagée. »

Enli regarda Pek Allen. Pensait-il vraiment qu'elle le croyait, ou que ces gens la croiraient, elle qui avait été déclarée irréelle ? Après tout, il ne savait rien de Monde. Jusqu'à maintenant, sa folie avait eu un sens, tout aussi fou, telle des fleurs qui poussent tordues mais qui, du moins, se tournent vers le soleil. Mais ceci... pourtant Pek Gruber avait dit la même chose à propos des bijoux et des mémoriaux de la fleur, ainsi que d'une longue liste d'autres objets... et Pek Gruber n'était pas fou. Est-ce que cela signifiait que cette maladie des objets pouvait vraiment venir sur Monde, juste parce que Tas avait été enlevée ?

Pek Allen parlait toujours : « Vous devrez sortir tous ces objets de vos maisons et les jeter au loin. Ou vous pourrez quitter vos maisons et rester dans des caves à provisions jusqu'à ce que la maladie passe. Elle ne durera pas longtemps. Je vous le dirai, quand vous ne craindrez plus rien. Partagez cette réalité, faites-là passer sur Monde tout entier. Moi, David Pek Allen, je vous dis ceci pour vous sauver la vie, à vous et à vos enfants. »

Il s'avança en trébuchant et tendit Estu à l'homme le plus proche. Tandis que le Mondien la prenait, Enli entendit Pek Allen dire à voix basse : « Sois sage, Bonnie. Porte-toi bien. »

L'homme recula avec l'enfant en pleurs. Les trois adultes s'écartaient du Terrien et d'Enli, l'irréelle, mais ne semblaient pas bien savoir quoi faire d'autre. Ils les tueraient tous les deux, bien sûr. Tout le monde, sur Monde, devait partager cette réalité. Mais ces trois-là n'avaient pas d'arme. C'était des gens tranquilles, pas du tout habitués aux violations de leur calme réalité. Ils se regardaient l'un l'autre, et veillaient à ne pas regarder Enli qui sentait leur trouble et leur peur, pouvait la partager totalement.

Pek Allen pencha d'un côté, s'avança d'un pas pour se ressaisir, puis pencha de nouveau.

Soudain, Enli sut ce qu'elle devait faire.

Elle s'avança vers le groupe, qui aussitôt recula. « Il est mourant, dit-elle. Le Terrien irréel se meurt de la maladie des monts Neury. Il n'était pas malade à l'intérieur de la montagne. Personne n'est malade dans la maison de la Première Fleur. On ne devient malade que lorsqu'on en sort. »

Cela, du moins, était la réalité partagée.

« Mais Pek Allen a quitté, quand même, les montagnes. Pour vous apporter le message de la Première Fleur. Et il se meurt à cause de cela. Cela ne vous montre-t-il pas qu'il est réel ? Qui, sauf une âme réelle, donnerait sa vie pour une autre ? »

La femme cria d'une voix stridente : « Il se meurt parce qu'il a quitté les monts Neury, comme doivent mourir tous ceux qui les quittent. Il ne meurt pas pour nous !

— Non. La Première Fleur se sert de lui pour vous envoyer un message disant que la réalité a changé. Tas est partie. La maladie des... des objets fabriqués commencera bientôt. Vous devez abandonner tous ceux que Pek Allen a nommés et rester dans les caves à provisions pendant quelques jours. »

L'homme le plus grand s'avança vers Enli, les poings serrés. Soit il avait résolu son trouble, soit le blasphème de la jeune femme avait augmenté son mal de tête plus qu'il ne pouvait le supporter. Il ramassa un gros bâton.

« Ce que je dis est la réalité partagée, se hâta de

répéter Enli. Le signe de la Première Fleur est dans mes paroles : moi aussi j'ai été dans les monts Neury. Vous le savez. Cependant, je ne suis pas malade. Regardez-moi ! Je ne suis pas malade ! »

L'homme s'avançait toujours vers Enli. Elle sentait presque le coup sur sa tête... elle avait souhaité mourir. Mais pas comme cela. Leur prêtre la mettrait à jamais dans les produits chimiques et le verre. Pas comme cela !

« Je ne suis pas malade ! » cria-t-elle. Pek Allen tendit la main vers elle, mais il trébucha de nouveau, et cette fois, ne put se reprendre ; il tomba sur la route. Elle eut l'impression qu'il tombait très lentement, comme si la réalité du temps avait changé avec tout le reste. Le *revolver* glissa de sa main dans la boue.

« Attends, Riflit, dit la femme. Elle... elle n'a pas l'air malade. »

Riflit grommela quelque chose et continua d'avancer.

« Je te dis *attends* », reprit la femme, et une partie de l'esprit d'Enli comprit que c'était son épouse. *Attends*, transmettait son ton matrimonial, *ou tu le regretteras d'une centaine de petites façons différentes en bien des occasions*.

Juste comme Tabor avait ordonné à Enli de quitter l'autel de la fleur afin qu'il puisse expier. Seulement, après cela, il n'y avait plus eu d'occasions.

Riflit s'arrêta en se renfrognant, le bâton toujours levé.

« Elle n'a vraiment pas l'air malade, dit la femme. Crois-tu que...

— Elle est irréelle ! s'entêta Riflit. Réalité et Expiation a dit qu'elle devait mourir !

— Alors, tuez-moi ! s'empressa de dire Enli. Je mourrai pour mon message, tout comme ce Terrien se meurt. Mais la Première Fleur m'a protégée de la maladie des monts Neury pour que je vous porte ce message. Partagez la réalité du message ! »

L'homme qui portait Estu dit, d'une voix hésitante, sous l'effet d'une douleur-de-tête visible : « Elle est prête à mourir pour que son message soit partagé. Riflit... lui aussi est prêt à mourir... La réalité partagée est plus grande parmi ceux qui sont prêts à donner leur vie pour les autres...

— Oh, je ne sais pas, moi ! cria Riflit aux abois. Je suis fermier, pas prêtre ! »

La femme s'avança, l'air résolu. « Ne la tue pas. Si elle n'a pas la maladie des monts Neury, c'est vraiment un signe de la Première Fleur. Forcément. Si elle a la maladie, tout ce qu'elle a dit est aussi irréel. Alors, nous la tuerons.

— Toi non plus, tu n'es pas prêtre, Imino ! » répliqua sèchement Riflit. Mais il abaissa son gourdin.

L'homme qui portait Estu dit timidement : « Si elle et lui ont tous deux choisi de mourir pour nous transmettre ce message... Mourir pour les autres fait s'épanouir la réalité partagée même chez les irréels, ma grand-mère le disait toujours. Et *elle*, elle était prêtre. »

La lassitude envahit Enli. Elle y résista ; elle ne devait pas avoir l'air malade. Ils l'observaient attentivement, pour déceler tout signe de faiblesse ou de maladie. Elle devait paraître en bonne santé.

Pek Allen vomit faiblement.

Enli s'agenouilla à côté de lui pour lui tenir la tête, et lui essuyer la bouche après. Il lui sourit. La peau de son visage rougissait, comme si elle brûlait. Quand il ouvrit la bouche pour parler, elle vit que sa langue avait enflé.

« Vous êtes réelle, Enli.

— Et vous aussi, David », dit-elle, bien que plus tard, elle ne serait jamais certaine d'avoir vraiment utilisé son nom d'enfant.

— Dites-leur... comment faire pour sauver Monde... de nous.

— Confiez-le-nous, Pek », dit l'homme qui avait porté Estu, visiblement le plus gentil de ces Mondiens. Il prit David Pek Allen dans ses bras et le déposa sur les fruits du zeli, dans la carriole, où la petite fille était déjà assise. Imino et le féroce Riflit soulevèrent les barres-à-tirer de la carriole et la firent tourner lentement; ils repartirent vers les lieux de la cueillette, où étaient les villageois habitués, pour commencer à partager cette réalité nouvelle avec Monde tout entier.

VINGT-CINQ

LE TUNNEL SPATIAL # 438

Quatorze heures six au temps du vaisseau. Dans vingt-six minutes, le premier aviso traverserait comme une flèche le tunnel spatial 438, puis y retournerait. Le *Zeus* détacherait l'artefact et commencerait à se battre. Quatre minutes plus tard, le second aviso apparaîtrait, et soixante secondes après, l'artefact se glisserait dans le tunnel. Sur le pont, l'équipe du Projet spécial et les officiers supérieurs, regardaient les afficheurs. Dans l'air, la tension était aussi pesante qu'une nappe de chaleur.

Le vaisseau de guerre faucheur se mit en marche.

« Merde, dit Lee en brisant le silence. Mon capitaine, changement de position de l'ennemi. Le vaisseau de guerre faucheur accélère dans notre direction.

— Coupez le propulseur, dit Peres. Détachez l'artefact.

— Propulseur coupé », répondit Lee.

Syree mit le programme en marche sur son pad. Elle savait que, cette fois, il n'était pas question de dissuader Peres ; il devait libérer le *Zeus* de l'artefact si l'engagement était sur le point de se produire.

L'artefact était seul maintenant. Vingt-six minutes d'accélération perdues. Cependant, il atteindrait le tunnel spatial 3,4 secondes seulement plus tard que prévu, ce qui n'était pas très grave. À moins que quelqu'un le fasse exploser avant.

Le propulseur du vaisseau s'était arrêté, ses fusées de correction modifièrent sa course, et l'artefact disparut du hublot d'observation du *Zeus*.

Syree cligna des yeux. Depuis cinq jours, cet énorme fardeau sisyphéen bouffi l'avait hanté, et soudain il était parti, diminuant visiblement tandis que le *Zeus* changeait de direction sous les ordres de Peres, et maintenant il poursuivait sa trajectoire première à 4 860 km/s. La vibration avait aussi cessé dans la tête de Syree. Elle s'y était tant accoutumée qu'elle ne l'avait remarquée qu'une fois disparue. Le *Zeus* n'était plus obligé de se tendre pour produire ses vingt *g* de poussée, afin de gagner un *g* d'accélération. Le vaisseau était en chute libre, si l'on ne tenait pas compte de ses fusées de correction latérales.

Encore vingt-cinq minutes avant que le premier aviso traverse le tunnel. Et trente avant que l'artefact s'y introduise.

Syree se corrigea : *ne tente de s'y introduire*.

« Un lancement du vaisseau ennemi ! dit Lee. Un frelon.

— Quoi...

— Un frelon volant droit vers le tunnel spatial. Le vaisseau de guerre vient à notre rencontre. »

Syree tapa frénétiquement les données, mais elle connaissait la réponse. Le frelon était à moins de trois cents kilomètres du tunnel. Il l'atteindrait bien avant l'artefact qui était à quatre minutes et demi de là. Lorsque le premier aviso humain sortirait du tunnel, le frelon le descendrait. Puis le frelon s'engagerait dans le tunnel, changeant sa configuration afin que l'artefact ressorte dans l'espace faucheur.

Est-ce que le frelon resterait alors de l'autre côté du tunnel ? Si oui, le second aviso changerait à nouveau la configuration. Le traverserait comme une flèche, reviendrait en sécurité... le vaisseau de guerre faucheur serait trop loin pour atteindre le tunnel, même s'il n'avait pas engagé la bataille avec le *Zeus*. Et l'artefact suivrait le second aviso pour pénétrer dans l'espace du système de Caligula.

Oui.

Mais Syree eut une autre idée.

Pendant combien de temps la *mémoire* du tunnel, si c'était bien le terme, restait-elle opérante ? Un millénaire ? Plus ? À un moment donné, ceux qui avaient fabriqué l'artefact avaient dû le faire quelque part dans l'espace-temps. Peut-être ici, dans ce système. Peut-être pas. Peut-être avait-il été fabriqué ailleurs et apporté ici par ce tunnel spatial. Si oui, le tunnel spatial s'en souvenait-il, et rapporterait-il alors l'artefact dans le système d'où il venait ?

Si c'était le cas, les humains et les Faucheurs perdaient leur temps.

Mais, n'importe comment, la masse de l'artefact était trop grosse pour pouvoir traverser un tunnel spatial.

À moins que les calculs humains ne soient faux. À moins que n'existât cette variable inconnue, ce facteur flou, ce point faible.

Frustrée et impuissante, Syree ne put qu'observer

les afficheurs. L'artefact se déplaçait vers le tunnel spatial. Le frelon tournait en accélération rapide autour du tunnel. C'était logique... il voulait être protégé par son modificateur de phase ondulatoire, qui apparemment avait besoin d'une vélocité élevée pour fonctionner (quelle en était la raison ?) Le vaisseau de guerre faucheur et le *Zeus* avançaient l'un vers l'autre. Quelque part, dans le système de Caligula, à cinquante années-lumière de là et juste de l'autre côté du tunnel, deux avisos approchaient du Tunnel spatial #438. À la rencontre d'un frelon qui les attendait, d'une mort rapide qu'ils ne verraient pas venir. À moins que n'existât cette variable inconnue, ce facteur flou, ce point faible...

L'issue n'était pas certaine, se dit-elle. Pas vraiment. C'était une question de probabilités.

VINGT-SIX

DANS LES MONTS NEURY

Dieter Gruber avait dormi dans la caverne peu profonde durant vingt heures d'affilée. Lorsqu'il se réveilla, l'état de Bazargan paraissait s'être amélioré. Il ne vomissait plus et put se redresser.

« Je crains, Ahmed, que le pire soit à venir, dit Ann avec pondération. Dans la maladie des radiations, les premiers symptômes sont souvent suivis d'une période de rémission. Mais elle ne dure pas.

— Je me contenterai d'une rémission », dit sèchement Bazargan. Il s'aperçut qu'il pouvait se remettre debout, même si ses genoux semblaient encore faibles. « Je sais que j'ai probablement des tissus lésés, et aussi subi des dégâts génétiques. Heureusement, je ne prévoyais pas d'avoir d'autres enfants. Bonjour, Dieter.

— C'est le matin ? De nouveau ? » Gruber s'assit et regarda l'ouverture de la grotte en clignant des yeux. « J'ai dormi pendant combien de temps ?

— Vingt heures, répondit Ann. C'est l'après-midi, en fait.

— Ahmed ?

— Je vais mieux », fit Bazargan, ne disant qu'à

demi la vérité. Il sortit lentement du tunnel. Dans l'espace à ciel ouvert de la petite vallée, maintenant inondée par les rayons du soleil, il sortit le telcom et tenta de joindre le *Zeus*. Toujours rien.

« Laissez la liaison branchée, suggéra Gruber en le rejoignant. Comme cela, s'ils pensaient à faire de même de leur côté et que le contact se rétablisse, nous le saurons. Nous entendrons le bruit blanc du *Zeus*.

— J'en avais l'intention », répliqua calmement Bazargan. Bien entendu, le sarcasme passa au-dessus de la tête de Gruber. Il étira ses bras athlétiques, bailla à se décrocher la mâchoire et rit.

« Je meurs de faim. Avons-nous encore de la poudre de protéine, Ann ? Et je vais me laver dans le ruisseau. Faire la trouvaille scientifique du siècle, c'est un sale boulot !

— Eh bien, ce n'est pas encore une trouvaille, fit remarquer Ann. Même si tu as raison et que la chose génère une espèce de champ de probabilité ...

— J'ai raison. » Gruber sourit d'une oreille à l'autre.

« ... qui serait responsable de la réalité partagée des Mondiens, tu ne sais pas ce qui lui arrivera lorsque Syree Johnson fera sauter Tas. Si elle le fait. Et si Tas est liée d'une manière ou d'une autre à ce truc enterré. »

Gruber cessa de sourire. « Tu as raison, bien sûr. Quand ces cinglés atteindront-ils le tunnel spatial ? Selon nos meilleures estimations ?

— Aujourd'hui, je pense, répondit Bazargan. Mais nous ne savons pas vraiment ce qui se passe là-haut. Ils ont peut-être déjà fait sauter Tas, pour ce que nous en savons. Ou l'artefact est entré dans le tunnel spatial. Ou autre chose. »

Gruber prit des mains de Ann un extenso de poudre de protéines mêlée à l'eau. « Pas entré dans le tunnel spatial. Ce n'est pas possible. Il est trop gros... je ne cesse de vous le dire. Syree Johnson essaiera, si elle le fait, par pur désespoir. » Il but son petit déjeuner d'une seule goulée.

« Tas ne s'est pas levée, hier soir, dit Ann. Lorsque les nuages se sont dissipés, j'ai vérifié, pendant que vous dormiez, tous les deux. Plusieurs fois.

— Alors, c'est que le *Zeus* l'a arrachée à son orbite. Je pense que nous ferions mieux de décider où il faudra que nous nous trouvions lorsque l'artefact explosera, si cela se produit. Dieter, cette caverne, est-ce le meilleur endroit ?

— Oui. Pour Ann et vous. Mais, Ahmed, je veux retourner près de l'artefact enterré. Pour voir ce qui arrivera si son homologue explose à un million de kilomètres de là. Et s'il émet ce prétendu "effet ondulatoire" du professeur Johnson. »

Bazargan s'attendait à cela. « Ce n'est pas une bonne idée, Dieter, dit-il avec douceur. Vous avez dit vous-même que la descente dans cette cheminée n'était pas chose facile. C'est dangereux, n'est-ce pas ?

— Ahmed, toute chose qui en vaut la peine implique forcément des risques qui...

— Dieter, si tu mourais en retournant là, il n'y aurait plus personne pour expliquer au Comité d'Investissement de l'Université transplanétaire si déterrer cet artefact vaudrait l'argent dépensé et la perturbation culturelle qui s'ensuivrait. Ahmed et moi n'avons pas tes connaissances en physique. Déjà toi, c'est juste. Sans toi, l'artefact enterré pourrait bien rester pour de bon dans les monts Neury. »

Elle ne regardait pas Gruber en disant cela ; le visage soigneusement dépourvu d'expression, elle fixait la minuscule vallée inondée de soleil. Mais Bazargan aperçut une palpitation révélatrice au doux creux de son cou. Elle jouait son atout pour empêcher Gruber de renouveler ce dangereux exploit. Bazargan sourit intérieurement de la duplicité des femmes amoureuses, et ce sourire secret lui parut la meilleure chose qu'il ait connue depuis des jours. Il lui apportait une force particulière et inespérée. Même lorsque des mondes entiers étaient en danger, les relations humaines se perpétuaient.

« J'ai peur que Ann ait raison, Dieter. Si vous mouriez en tentant de jeter un second coup d'œil sur l'artefact enterré, il resterait probablement ainsi à jamais. »

Gruber émit un son qui ressemblait à un cinglant juron allemand. Il s'en alla vers le ruisseau en criant par-dessus son épaule : « Je vais me laver. »

Bazargan se demanda s'il ne fallait pas le rappeler, au cas où l'artefact spatial exploserait durant le bref moment où Gruber serait immergé dans l'eau de montagne exposée à ciel ouvert. Il décida de laisser aller le géologue. Cela l'aiderait peut-être à refroidir sa tête brûlante.

« Revenez à l'abri, Ahmed, dit Ann.

— Oui. Mais le telcom doit rester ici pour rester en contact avec le *Zeus*. Et je ne dois pas m'engager trop à l'intérieur, ou je ne pourrais pas l'entendre. »

En supposant qu'il y ait quelque chose à entendre.

Bazargan et Ann s'installèrent à quelques mètres de l'entrée de la caverne. Ann apporta les couvertures et improvisa un lit. Lorsque Gruber les rejoignit, il avait remis sa combinaison-s. Elle paraissait superficiellement plus propre, encore grise, mais non plus encroûtée de saleté. Le joyeux naturel de Gruber lui était revenu. Il installa divers appareils sortis de son sac, à l'extérieur et l'intérieur du tunnel, puis offrit à Ann une fleur d'un rouge éclatant cueillie dans la vallée. « Pour toi, *meine Blume*. »

Ann sourit. Bazargan non. Il se sentait de nouveau faible, mais pas nauséeux. « Asseyez-vous, Dieter. Asseyez-vous et redites-moi ce qui pourrait arriver à ce « champ de probabilité » enfoui si Tas explose.

« Je n'en ai pas la moindre idée. Aucune. En réalité, Ahmed... jusqu'à hier, j'ignorais qu'un champ de probabilité grand comme une planète pouvait exister. Et vous voulez que je vous dise ce qu'il fera si un second artefact, situé à un milliard de kilomètres, et peut-être relié au champ, pénètre ou non dans un tunnel spatial ?

— Même pas de suppositions ?

— Des suppositions, bien entendu. Pourquoi pas ? Tas s'effondrera dans un trou noir, la mécanique quantique obligera son homologue enterré ici à inverser son état, et nous trois serons magnifiés, transformés en dieux. Capables de contrôler toutes les probabilités. De traverser les murs, d'aligner les atomes, de faire l'amour sans arrêt pendant des jours et des jours. Pourquoi pas ? »

Ann regarda Gruber avec un mélange d'exaspération et d'amusement, ce même regard que les mères posent sur leurs petits garçons écervelés. Bazargan se remémora que Gruber, aussi, avait été soumis à une grande tension.

« D'accord, Dieter. Bon. Nous nous contenterons d'attendre.

— Que faire d'autre ? dit Gruber, redevenu calme. J'ignore tout de cette situation, Ahmed. Comme tout le monde. Contentons-nous d'attendre. »

VINGT-SEPT
GOFKIT RABLOE

« Vous ne pouvez pas attendre, dit David Pek Allen au prêtre penché sur la carriole. Pas même une minute.

Comme il détestait parler à un prêtre ! pensa Enli. Mais il le faisait tout de même, d'une voix râpeuse, extirpant les mots de sa gorge enflée, l'air de ne plus savoir ce qu'il disait. C'était probablement le cas. « Espèce de créature visqueuse, perverse, repoussante... la seule chose qui vous intéresse, c'est d'utiliser tout ce que vous pouvez trouver pour garder le pouvoir, hein ? Même *cette* situation-là ! Je voudrais pouvoir vous tuer, vous mettre en pièces, espèce d'ordure... *salaud* d'exploiteur... »

Le prêtre le regardait, penché sur lui ; c'était une femme douce, presque mûre, portant la tunique grossière des cueilleurs, où étaient restés accrochés des brindilles et des morceaux de fruits de zeli. Elle était enceinte jusqu'aux yeux. Ses yeux bruns, perplexes, passaient de l'humain frappé par la maladie à Enli, la Mondienne irréelle. Enli voyait la-douleur-de-tête que tous deux lui donnaient, que toute la situation lui donnait.

« Ses mots n'ont pas de sens...

— Ce sont des mots terriens, dit Enli. Je vais parler en mondien, à la place de Pek Allen.

— Oui.

— Il dit que la Première Fleur nous a envoyés, lui et moi, comme... messagers. Que je sois entrée dans les monts Neury et que je ne sois pas mourante, c'est le signe que le message vient bien de la Première Fleur. Que Pek Allen soit en train de mourir afin de délivrer le message qui sauvera Monde, c'est le signe qu'il est réel. »

Le prêtre hocha la tête, son crâne sillonné de crêtes. Elle se démenait pour comprendre, Enli le voyait. Pas pour accepter — en cela, la réalité partagée était claire. Pourquoi un Terrien mourrait-il pour sauver d'autres personnes, s'il ne partageait pas la réalité plus vaste ? Il n'y avait pas de preuve plus forte. Mais rien de semblable à cela n'était jamais arrivé dans le tranquille village de Gofkit Rabloe, et on n'y avait jamais vu quelqu'un comme Pek Allen.

Il souffrait visiblement beaucoup. Des taches rouges étaient apparues sur son visage, ses bras, son torse revêtu de haillons déchirés par les roches. Sa langue enflée devenait noire, et des postillons sanglants s'envolaient de ses lèvres à vif tandis qu'il se répandait en injures contre le servant de la Première Fleur, dans une langue que celle-ci ne comprenait pas.

« Vous croyez que je ne sais pas ce que vous êtes ? dit-il d'une voix râpeuse. Ou qui d'autre est impliqué dans votre petite conspiration ? Bazargan, Voratur, cette chienne de Syree Johnson... » Il essaya de se redresser dans la carriole en brandissant son poing serré, mais il retomba sur les fruits du zeli.

Autour des plaques rouges, une lente brûlure teintait sa peau, plus que fièvre ou que rage le ferait. On aurait dit, pensa Enli, que Pek Allen cuisait vivant, de l'intérieur... Était-ce cela que les monts Neury faisaient aux gens ? Mais pas à elle, vêtue de la combinaison-s terrienne qu'il avait ôtée pour sauver Enli.

« Vous êtes des monstres, des conspirateurs, de la vermine... vous êtes le *mal*. Vous gardez le pouvoir pour opprimer les autres...

— Il dit qu'il faut envoyer la nouvelle, immédiatement. Dire au télé-miroir le plus proche qu'il s'agit d'un épouvantable danger. Une terrible... maladie qui vient du ciel. Les gens doivent se réfugier dans leur cave à provisions et y rester jusqu'à ce qu'on leur dise d'en sortir. Ou ils mourront.

— Oui, ils mourront ! cria Pek Allen, en mondien, cette fois. Tous les conspirateurs mourront ! Mais vous non, parce que je vais vous sauver tous, c'est ma charge, c'est la réalité... » Il recommença à murmurer, et à un moment, il revint au terrien. Enli ne pouvait plus faire la différence. Elle ne savait pas non plus ce que ce simple prêtre de village, avec son ventre énorme et ses doux yeux bruns consternés, comprenait vraiment.

D'autres villageois s'attroupèrent autour de la carriole, arrachés à la cueillette par la nouvelle partagée. Chacun d'eux jetait un coup d'œil sur Pek Allen, reculait horrifié, et leurs voisins se hâtaient de faire part du changement de la réalité. Chacun d'eux retournait alors à la carriole, le crâne fouaillé par la-douleur-de-tête, pour regarder fixement la réalité terrienne qui était un cadeau de la Première Fleur.

Pek Allen trouva la force de lever le bras droit. Il traça un curieux signe dans l'air, en abaissant tout droit la main puis en la déplaçant horizontalement, de gauche à droite. « Soyez bénis... » Ses yeux se fermèrent.

Il n'était pas mort, comprit Enli. Mais il cuisait toujours de l'intérieur.

Le prêtre dit, dans son doux parler montagnard : « Pek Arit, Pek Villatir, et toi, Unu... courez à Gofkit Besloe. Pek Tarbif...

— Non, attendez, dit Enli en se retournant rapidement vers elle. Il y a encore plus de réalité à partager. La maladie va rendre certains objets dangereux. Aussi mortels que les monts Neury. Personne ne doit emporter ces choses avec lui dans sa cave à provisions. *Personne*. Ces choses sont... Pek Allen ? »

Il s'était évanoui, ou il était tombé endormi, ou il était entré en état de choc. Ses lèvres enflées se craquelèrent pendant qu'Enli le regardait, et se mirent à saigner. Elle se détourna, essayant frénétiquement de se souvenir de tout ce que Pek Gruber avait dit.

« Personne ne doit emporter de bijoux » — ou est-ce que Pek Gruber avait dit, seulement des bijoux en or ? Enli n'arrivait pas à s'en souvenir, mais cela n'était pas grave — « aucun bijou. Pas de pots de cuisson. Pas d'hommage floral, surtout pas de mémorial de la fleur... » *C'est le mercure qui court à l'intérieur de ce verre ornemental*, avait dit Pek Gruber en terrien, en parlant des mémoriaux de la fleur, ce qui ne transmettait aucune signification à Enli, mais cela importait peu maintenant. « ... Et... et pas de pierres qui brillent ou étincellent dans le noir. C'est très important !

— Que vos fleurs s'épanouissent à jamais, Pek Brimmidin, dit le prêtre.

— Que vos fleurs réjouissent votre âme, répondit Enli, et la femme fatiguée, d'âge mûr, devint soudain floue à la vue Enli.

« D'accord », dit le prêtre de la même voix douce et hésitante, et personne ne discuta. C'était la réalité partagée. « Vous avez entendu les objets qu'il ne faut pas emporter dans les caves à provisions. Pek Harit, Pek Villatur, et toi, Unu... courez jusqu'à Gofkit Besloe. Pek Tarbif, c'est toi qui as la bicyclette neuve la plus rapide ... prends la route principale et va jusque chez Pek Rafnil, elle transmettra la nouvelle au télé-miroir de Gofkit Amloe. Toi, Unja, va en bicyclette jusque chez les Cannihif... »

En quelques minutes, ses émissaires partirent. Dans quelques heures, Enli le savait, la réalité partagée de la maladie venue du ciel serait connue de tout Monde. Des messagers le diraient à des messagers, chacun en enverra d'autres en plus grand nombre, sans poser de question.

Enli non plus ne mettait pas en doute le fait que tous obéiraient. C'était un message de la Première Fleur. C'était la réalité partagée.

La pluie, qui n'avait jamais cessé, tomba soudain plus fort. Le petit prêtre prit Enli par le bras. Celle-ci vit qu'elles étaient les seules restées à côté de la carriole. « Je suis Azi Pek Laridor, servant de la Première Fleur. Venez avec moi, Pek Brimmidin. Nous allons tirer la carriole jusqu'à ma maison, et vous et le... le terrien Pek pourrez manger avant que nous allions dans la cave à provisions. Il reste de la soupe du petit déjeuner, je crois, et la grand-mère a fait cuire du pain, hier. Venez. »

Enli la suivit en trébuchant sur la route boueuse, vers le repos et la chaleur.

VINGT-HUIT

LE TUNNEL SPATIAL # 438

Quatorze heures trente et une. Le *Zeus* et le vaisseau de guerre faucheur, séparés par neuf millions de kilomètres, se rapprochaient l'un de l'autre. Le *Zeus* avait rallumé son propulseur principal. Se déplaçant à la vitesse gagnée par sa longue accélération, il aurait pu aisément échapper aux Faucheurs, mais cette stratégie était la plus incompatible avec l'esprit de Peres. C'était la guerre. Il avait lancé son vaisseau sur un long arc de cercle qui devrait amener bientôt les deux ennemis à portée de tir l'un de l'autre.

Il restait encore cinquante secondes avant que le premier aviso, venu du système de Caligula, jaillisse comme une flèche du Tunnel spatial #438.

On parlait de nouveau sur le pont du *Zeus*, on échangeait des propos calmes et impersonnels. C'était, pensa Syree, comme si chacun d'eux était un terminal de données distinct, tous efficacement reliés, mais pourvus de programmes d'exploitation qui ne se touchaient pas.

Le frelon faucheur tournait à grande vitesse autour du tunnel, à moins de trente kilomètres des panneaux nébuleux qui rendaient la machinerie visible.

Quarante secondes.

Syree prit son pad. Cependant, il n'y avait rien à lui dire. Toutes les données sur l'artefact — tout ce qu'ils savaient — y étaient déjà enregistrées, ainsi que dans la bibliothèque du vaisseau. La plus grande partie avait été emportée par l'*Hermès* à destination du commandement militaire de Caligula. Ainsi que la moindre information sur le modificateur de phase ondulatoire faucheur, sur le tunnel spatial #438, plus tout ce qu'avait recueilli l'expédition anthropologique sur la planète, ce qui n'avait pourtant aucun rapport avec le sujet. Il n'y avait pas de nouvelle information à ajouter. Mais restaient les suppositions.

Examinons, par exemple, le faisceau de neutrinos issu des monts Neury, sur Monde. Ils n'en avaient tenu aucun compte. C'était probablement une anomalie de la distribution des roches radioactives, ou de la formation de la planète... Syree n'était ni géologue ni cosmologue. Et ce faisceau de neutrinos restait dans les limites normales de ce qu'émettaient les roches radioactives d'une planète de cette masse. Seule son intense concentration dans ces montagnes était particulière. Mais puisque le champ radioactif était purement local, n'avait aucun effet sur l'artefact ou sur tout autre objet en orbite, Syree avait abandonné son étude au géologue rustre, souriant toujours d'une oreille à l'autre, de l'équipe envoyée sur la planète. Le professeur Gruder ou Gruler, quelque chose comme cela. Les roches radioactives ne faisaient pas partie de la mission de Syree.

Trente secondes.

Pourtant, l'effet ondulatoire émis pas l'Objet orbital #7 modifiait l'énergie de liaison des noyaux, ce qui était, bien sûr, la définition même de la radioactivité. Pourquoi est-ce que personne n'avait jamais fait le lien auparavant ? Pourquoi elle, Syree, ne l'avait-elle pas fait ? Elle s'était trop concentrée sur l'artefact lui-même, et sur les contraintes temporelles limitant son étude avant que l'ennemi arrive. Les contraintes de la guerre. Elles entravaient la pensée aussi bien que l'action.

Deux facteurs affectaient la stabilité des noyaux. L'interaction nucléaire forte attirait tous les protons et les neutrons les uns vers les autres, alors que la force électromagnétique opérait seulement sur les protons déjà présents dans le noyau et les repoussait les uns des autres. Comme la première décroissait plus rapidement en fonction de la distance de séparation que la force électromagnétique, pour des noyaux dépassant une certaine dimension, l'interaction forte perdait toujours. Ces noyaux-là ne disposaient pas de suffisamment d'énergie de liaison pour rester ensemble, et ils étaient donc instables. C'était si fondamental qu'elle n'y pensait presque jamais. Simplement une donnée. La réalité.

Vingt secondes.

Mais parfois, les molécules émettaient une radiation, en dépit des contraintes de l'énergie de liaison. Des événements quantiques arrivaient tout le temps hors de la barrière énergétique, bien qu'il fût impossible de les prédire ou de les contrôler. C'était la nature même de la théorie quantique, dont la réalité ne reposait sur aucune certitude, mais dépendait uniquement de la probabilité. Une partie du champ de probabilité d'un noyau donné se trouvait toujours hors de la portée escomptée, si bien que, disons, l'émission d'une particule alpha se produisait en dépit de l'interaction forte du noyau. Le noyau se déstabilisait temporairement. De fait, on pouvait dire de l'effet ondulatoire de l'Objet orbital #7, qu'il affectait les champs de probabilité théoriques de tout ce qui se trouvait à sa portée. Aussi, des atomes normalement stables — ou relativement stables, en tout cas — se déstabilisaient. C'était ce qui avait tué Daniel Austen. Une concentration anormale d'atomes déstabilisés...

Comme les neutrinos que les détecteurs avaient identifiés dans les monts Neury.

Dix secondes.

Syree resta pétrifiée, pendant trop longtemps. Deux secondes, trois. Non, ce n'était pas possible. Pire encore, on ne pouvait pas démontrer si c'était possible ou non. Les mathématiques nécessaires n'existaient pas. La *théorie* n'existait pas. Personne n'avait identifié, encore moins créé, un champ de probabilité manipulable. N'était-ce pas à cela que se ramenait, dans son essence, le nouveau modificateur de phase ondulatoire des Faucheurs ? Il avait manipulé le faisceau de particules lancé par le *Zeus* pour le garder sous une forme ondulatoire dont le chemin n'était jamais celui observé. En d'autres mots, le modificateur de la phase ondulatoire manipulait la probabilité. Mais dans un champ donné seulement, un champ qui enveloppait le frelon, sinon le tissu même de l'espace-temps aurait pu être affecté, y compris son point nodal occupé par le *Zeus*. Ce qui n'était pas arrivé.

Les changements de probabilité causés par *l'effet*

radioactif qu'avait émis l'Objet orbital #7 n'étaient-ils pas liés, d'une manière ou d'une autre, à l'improbable concentration de neutrinos venant des monts Neury ? Si oui, comment ? L'un ou l'autre était-il causal ? Ou bien l'artefact et la source de neutrinos de la planète étaient-ils "quantiquement enchevêtrés", de la manière tout aussi inconnue dont les deux extrémités d'un tunnel spatial étaient enchevêtrées afin d'éliminer toute dimension spatiale entre elles ?

Et si l'artefact — autrefois, lune planétaire — et les monts Neury étaient enchevêtrés au niveau macro, jusqu'où s'étendait ce champ ? L'Objet orbital #7 sur son orbite était éloigné de plus d'un milliard de kilomètres des monts Neury. Était-ce possible que ce que l'on faisait à l'un d'eux puisse affecter l'autre ? L'enchevêtrement quantique était indépendant de la distance.

« L'aviso numéro un émerge du tunnel spatial, dit Lee d'une voix sèche. Capitaine... Oh, mon Dieu... »

L'aviso avait émergé exactement à l'heure prévue, comme surgi du néant. L'instant d'après, le frelon en orbite lança un rayon. Qui désintégra l'aviso. Le frelon s'engouffra dans le tunnel.

« Aviso détruit, dit Lee, et sa voix faiblit sur la dernière syllabe.

— Feu sur l'ennemi ! lança Peres.

— Feu... tir réussi, commandant. Niveau plus-cinq. »

Un coup de niveau plus-cinq n'infligeait que de légers dommages. Le vaisseau de guerre était à peine à leur portée, et Peres le savait. Son ordre de tirer, pensa Syree, avait été, en quelque sorte, un réflexe de représailles. Un pilote d'aviso venait de mourir. À la place du capitaine, elle aurait fait de même.

Trois minutes quarante et une seconde avant qu'apparaisse le second aviso.

Peres regardait fixement l'artefact fonçant vers le tunnel spatial autour duquel tournait déjà le frelon en attente, qui en était ressorti comme une flèche. « Faites-le sauter. Maintenant, dit Peres à Lee.

— Non, attendez ! » cria Syree. Elle avait besoin de penser, de calculer... si l'artefact *était* générateur d'un champ de probabilité manipulable, il fallait le sauver et l'utiliser, d'une manière ou d'une autre, il avait trop de valeur pour qu'on le perde à cause de l'ennemi...

— Explosion », dit Lee et Syree le vit saisir les ordres sur les commandes manuelles à sûreté intégrée.

Rien ne se produisit.

L'artefact continuait à foncer à 4 800 km/s vers le tunnel spatial, maintenant à moins de quatre minutes de là.

« Merde, je vous ai dit de le faire exploser ! tonna Peres.

— Je l'ai fait ! Encore... et encore... il ne saute pas, mon capitaine. Non, il ne saute pas, les instruments disent que les explosifs ont été mis à feu, mais n'ont pas affecté l'artefact. Et il n'y a pas de radiations résiduelles... il n'y en a pas *du tout*. C'est comme si l'explosion avait eu lieu, et pas eu lieu , en même temps... ou alors les ondes sont simplement parties quelque part ailleurs ! »

Hors de la barrière d'énergie, pensa Syree. Dans

une configuration de probabilité différente. Une autre réalité. La défense parfaite.

« Cent cinquante-cinq secondes avant que le second aviso émerge du tunnel. Deux cent dix secondes avant que l'artefact atteigne le tunnel... cent quarante-cinq secondes...

— Changement de cap ! dit Peres. Droit sur le tunnel, accélération à 5 *g*, préparez-vous à tirer.

— Cap modifié. Accélération... »

L'accélération désespérée écrasa Syree dans son fauteuil. Dernier effort de Peres pour protéger le second aviso. Il pourrait revenir plus tard attaquer le vaisseau de guerre faucheur, maintenant plus proche du tunnel que ne l'était le *Zeus*, à cause de l'arc de cercle que celui-ci avait emprunté. Maintenant, le devoir de Peres, tel qu'il le voyait, était de tirer sur le frelon, puisqu'il ne pouvait utiliser l'artefact pour le détruire. Oh, Syree savait exactement comment pensait Peres. Peut-être ce frelon, différent du premier, n'était-il pas équipé du transformateur de phase ondulatoire. Peut-être Peres pourrait-il détruire le frelon, sauver la vie du pilote *et* propulser l'artefact dans l'espace de Caligula. Le capitaine jouait une carte folle, espérait désespérément miser sur les chances à long terme, l'échappatoire, la probabilité inespérée.

Syree, clouée dans son fauteuil, suffoquait. Ils ne pouvaient pas rester longtemps à cinq *g* sans mourir tous. Mais il ne restait plus que quatre-vingt-dix secondes... quatre-vingt-cinq...

Elle n'aurait pas pu parler. L'accélération pesait sur ses membres, sa gorge, l'étouffait. Mais elle pouvait entendre. Son telcom, plus résistant que les faibles tissus humains, se manifesta par une explosion de parasites, suivie par la voix de Bazargan. Quand le telcom s'était-il réactivé ? Quand l'artefact avait-il échappé à l'explosion ? Quand le *Zeus* l'avait-il détaché ? Plus tôt ? Il n'y avait aucun moyen de le dire. Et aucun moyen de répondre ; à cette distance de Bazargan, le délai était de cinquante-quatre minutes. Tout ce que Syree pouvait faire, c'était écouter les paroles prononcées il y avait près d'une heure.

« Professeur Johnson ? Professeur Johnson ? Que se passe-t-il ? Écoutez-moi, je vous en prie, nous avons fait une découverte, quelque chose qui est enterré dans les monts Neury... »

La pression exercée sur la poitrine de Syree diminua. Lee, ou les shunters du vaisseau, avaient ralenti pour sauver l'équipage. Syrec sentit ses globes oculaircs brûlants et exorbités, soudain libérés de leur poids quintuplé.

Soixante-dix secondes avant que le second aviso apparaisse.

« ... pense que c'est une sorte de champ de probabilité, et qui peut être relié à Tas... à l'artefact que vous êtes en train de remorquer vers le tunnel spatial. Je vous passe Dieter, il pourra vous expliquer cela bien mieux que *moi*... »

Syree essaya de parler, mais ne put. N'importe comment, il n'y avait rien à dire.

Cinquante secondes.

« Professeur Johnson, ici Dieter Gruber. M'entendez-vous ? »

Sur l'écran visuel, le vaisseau de guerre faucheur accélérait encore, se déplaçant aussi vite qu'il le pouvait vers le tunnel spatial. Sans doute pour détruire le *Zeus* avant qu'il s'en prenne au frelon.

« *Scheiss*, qu'est-ce qui ne tourne pas rond dans ma tête ! Ils sont à une heure de nous à la vitesse de la lumière, Ahmed, bien sûr qu'ils ne peuvent pas nous répondre. »

Répondre. Non, Syree ne pouvait pas répondre, et ne le pourrait peut-être jamais dans cette vie. Dommage, vraiment, elle aurait aimé travailler sur ce nouveau problème fascinant, ce champ de probabilité. Qui n'accroît la probabilité de l'émission nucléaire que dans des rayons d'action particuliers et sur des atomes spécifiques... stupéfiant. Sans précédent. Une autre réalité.

« Feu », dit Peres.

Le faisceau de protons jaillit du *Zeus* tandis que le vaisseau fonçait vers le tunnel spatial. Meurtris, les yeux exorbités de la physicienne essayaient désespérément de se concentrer sur les écrans. Le faisceau frappa le frelon... et le traversa.

Non, pensa Syree. Traversa une configuration de matière différente, avec de différentes probabilités d'être « observé ». « Détecté ». « Intercepté ». Et qui n'existait pas.

Le frelon plongea dans le tunnel et y disparut en trente secondes.

Trente secondes après, le frelon était de retour.

L'aviso humain jaillit du tunnel spatial.

Le frelon qui l'attendait le détruisit. Puis pénétra une fois de plus dans le tunnel.

« Feu sur l'artefact », dit Lee, et Syree prit conscience qu'elle n'avait pas entendu Peres en donner l'ordre, mais il l'avait forcément fait. Les détonateurs n'avaient pas fonctionné, mais un faisceau protonique du *Zeus*... la probabilité était...

Le faisceau tiré par le vaisseau franchit l'espace à la vitesse de la lumière et frappa l'artefact. Rien ne se passa. Quatorze secondes plus tard, l'Objet orbital #7 atteignit les bords extérieurs invisibles du Tunnel spatial #438. La limite de Schwarzschild, appliquée au rayon d'une masse, n'est pas un nombre probable. Il ne doit pas, parfois exister, et parfois non. La masse de l'Objet orbital #7, trop grande pour traverser le tunnel, devait s'effondrer et imploser, mais pas avant que ce qu'il contenait, quoi que ce fut, envoie un effet ondulatoire massif dans toutes les directions — il avait été conçu pour cela — c'était une ultime défense quand celui qui l'attaquait était trop fort pour qu'il en emploie une autre. C'était une simple question d'équations, sans variables inconnues, sans lacunes, sans facteurs flous. Sans anomalies hors de la barrière d'énergie.

La physique classique, et non la physique quantique, contrôlait la fin de l'artefact.

Le vaisseau de guerre faucheur, plus proche, capta l'onde le premier. Syree vit la chose se produire sur l'écran. Le vaisseau ennemi se mit à briller de plus en plus, puis explosa, comme les millions de milliards de minuscules bombes nucléaires qu'il était devenu. L'onde le traversa à la vitesse de la lumière, mais comme la destruction de la navette de Daniel Austen l'avait démontré, elle était aussi sujette à la loi du carré inverse. Le *Zeus* était bien plus éloigné que le vaisseau faucheur l'avait été. Peut-être, pensa Syree, assez loin pour que l'onde s'épuise d'elle-même... Ou si, à sa force maximum, elle affectait vraiment les éléments dont le nombre atomique était inférieur à soixante-cinq...

Son plus grand regret fut que, selon toute probabilité, elle ne saurait jamais ce qui s'était réellement passé...

La voix de Gruber — Gruber, c'était son nom —, sortie du telcom, dit écœurée : « Ahmed, on ne peut pas leur parler... »

Non, parce que nous sommes quelque part ailleurs, pensa Syree, *ou nous le serons*, et elle sentit ses lèvres se retrousser en un rictus lorsque l'effet ondulatoire les frappa, si peu atténué par la distance qu'il n'y eut pas de délai perceptible avant que le *Zeus* explosât sous l'effet des noyaux extérieurs sélectionnés, et cessât d'exister.

*
**

L'onde s'étendait rapidement dans toutes les directions.

Syree Johnson et son équipe de physiciens ne s'étaient pas trompés; à son réglage le plus bas, l'effet ondulatoire de l'Objet orbital #7 obéissait à la loi du carré inverse. L'arme avait été conçue ainsi. Les choses qui devaient être détruites à proximité pouvaient l'être sans que des dommages excessifs soient infligés aux objets plus éloignés qui ne devaient pas être touchés.

Cependant, au réglage maximum, c'était une autre affaire. Le champ ne s'activait qu'en rencontrant une force capable de détruire l'arme tout entière, et la chose, quelle qu'elle fût, qui pouvait le faire était très dangereuse. Elle devait être également détruite, quelle que puisse être sa distance.

En quatorze minutes deux secondes, l'onde atteignit la planète la plus proche du système solaire. Les Mondiens, en la regardant flâner dans le ciel, l'avaient baptisée Nimitri, « la fleur sœur ». Un globe rocheux gelé, dépourvu d'atmosphère. Nimitri était riche en iridium et en platine, et comptait des quantités exceptionnellement grandes de thorium et d'uranium. Les noyaux de ces gisements, plus ceux de tout autre élément comptant plus de soixante-quinze protons, furent déstabilisés. Ils subirent de substantiels accroissements de la probabilité selon laquelle chaque noyau émettrait une particule radioactive à un temps donné. La désintégration s'accéléra d'une façon spectaculaire.

Quand le phénomène décrut, la radioactivité de Nimitri avait été multipliée par vingt-neuf ; c'était le corps le plus radioactif du système... pour le moment. Cependant, il n'y avait pas de vie sur Nimitri pour enregistrer ce fait, ou pour en être affecté.

L'effet ondulatoire fonçait à toute vitesse vers Monde.

VINGT-NEUF

DANS LES MONTS NEURY

Tandis que l'interminable après-midi s'écoulait, Bazargan reposait sur les couvertures collectives des humains, juste à l'entrée de la caverne, pendant que Gruber et Ann, assis à l'écart, parlaient à voix basse. Bazargan n'arrivait pas à énoncer des mots. À la réflexion, il décida que cela valait mieux. S'ils discutaient de l'effet de l'onde qui allait survenir, il se sentait trop faible pour suivre ce qui serait, indubitablement, de multiples spéculations complexes. Si, d'autre part, tous deux parlaient de choses personnelles, Bazargan n'avait pas envie de les entendre.

Il devait surtout penser à ce qu'il faudrait faire après que l'effet de l'onde ait frappé. Il était toujours le chef de cette désolante mission. Le chef, cuit à petit feu par les radiations, d'une équipe qui comptait deux enfants morts, un membre fou disparu et une extraterrestre enlevée qui, à cette heure, avait peut-être été rendue folle, soit par le Terrien malade mental, soit par sa propre biologie.

Les anciens poètes persans n'avaient pas écrit de vers qui rendaient compte de ce genre de situation. À moins, bien entendu, que l'on décide de l'étendre autrement. Sadi, par exemple :

Si le cœur s'égare, cherche un éternel changement,
Quitte sa tranquille solitude pour vagabonder,
Il ne trouve aucune paix, aucun avantage
nouveau...

C'était, certes, assez vrai ! Il avait quitté la tranquille solitude de l'université pour le terrain et, pour le moment, la paix et les avantages n'abondaient guère, semblait-il.

Ou peut-être — autre pensée — lui, Ahmed Bazargan, était-il seulement devenu trop vieux pour le travail de terrain. Comme cela finit par arriver, à tout anthropologue.

« Ahmed, à quoi pensez-vous ? » demanda Ann, toujours aussi sensible. Gruber regarda autour de lui d'un air distrait ; sans doute que plongé dans ses théories, il avait oublié jusqu'à l'existence de Bazargan.

« J'étais seulement en train d'envisager ce que nous devrions faire lorsque l'effet ondulatoire aura cessé. Si nous sommes encore vivants.

— Nous quitterons les montagnes, dit Gruber. Pour appeler le *Zeus*, retrouver David, quitter Monde et convaincre les autorités, sur Terre, d'envoyer une expédition convenablement équipée afin de dégager l'artefact enterré.

— À vous entendre, Dieter, tout cela serait simple.

— Eh bien, non, pas simple...

— Nous commencerons par sortir des montagnes,

ça, cela ne fait pas de doute. Ahmed, vous ne pouvez pas retourner par où nous sommes venus. Vous êtes trop souffrant. »

Et vous avez trop peur pour reparcourir ce minuscule tunnel. Bazargan lui fut reconnaissant de ne pas avoir dit cela tout haut.

« Mais, poursuivit-elle, Dieter pense que nous pouvons trouver un autre chemin, basé sur son exploration d'hier. Il partira le premier, reconnaîtra le terrain, et reviendra nous chercher.

— Bien, dit Bazargan. Mais d'abord... écoutez ! Le telcom ! »

L'appareil, laissé allumé hors du tunnel, crachait un flot de parasites. Bazargan se leva tant bien que mal et, soutenu par Gruber, sortit en titubant dans la lumière déjà faiblissante de l'après-midi. Ann se pencha pour ramasser le telcom et le lui tendit.

« Professeur Johnson ? Professeur Johnson ? Que se passe-t-il ? Écoutez-moi, je vous en prie, nous avons fait une découverte, quelque chose qui est enterré dans les monts Neury... » Commençons par le commencement. Bazargan ignorait combien de temps quelqu'un l'écouterait, à l'autre bout. « Le professeur Gruber pense que c'est une sorte de champ de probabilité, et qui peut être relié à Tas... à l'artefact que vous êtes en train de remorquer vers le tunnel spatial. Je vous passe Dieter, il pourra vous expliquer cela bien mieux que moi... »

Gruber s'empara du telcom. « Professer Johnson, ici Dieter Gruber. M'entendez-vous ? »

Pas de réponse.

« *Scheisse*. Qu'est-ce qui ne tourne pas rond dans ma tête ! Ils sont à une heure de nous à la vitesse de la lumière, Ahmed, bien sûr qu'ils ne peuvent pas nous répondre.

— À un milliard de kilomètres », ajouta Ann.

Pour finir, Gruber dit, écœuré : « Ahmed, on ne peut pas parler avec eux. Seulement leur faire un rapport.

— Bon, alors, faites-le. Et après, laissez l'appareil branché. »

Bazargan retourna avec les couvertures dans le tunnel. Ann et Gruber demeurèrent dehors, sous le ciel. Bazargan les regarda se passer le telcom, chacun expliquant ce qu'il avait noté, découvert, supposé. Bazargan, au travers d'une brume de faiblesse, saisissait parfois un mot. Scan Lagerfeld. Champ de probabilité. Exocytose des neurotransmetteurs. Artefact enterré. Tunnel spatial, champ toroïdal, radioactivité bêta...

Oui. Il était trop vieux pour le travail de terrain.

Il sombra dans le sommeil agité, guère reposant, d'un malade. Gruber le réveilla en criant, depuis l'ouverture de la grotte : « Ahmed ! Ahmed ! Syree Johnson a parlé, au telcom. Elle a dit : Professeur Gruber. Ici Syree Johnson », et puis s'est tue. Elle...

Un rugissement : de cataclysme, d'explosion. Si fort que le telcom en plastique tressauta sur le sol. Bazargan entendit le son se répercuter derrière lui dans la caverne, et un peu plus tard, revenir en écho, renvoyé par les parois rocheuses de l'autre extrémité de la vallée.

Puis le silence.

Pour finir, Bazargan dit doucement : « C'était le *Zeus*, je pense. Ils sont tous... morts...

— Enfonçons-nous dans la caverne. Immédiatement. L'effet ondulatoire voyage aussi à la vitesse de la lumière. »

Tous trois se précipitèrent dans le tunnel. Bazargan essayait de ne pas penser à ce qui pouvait arriver si l'onde provoquait un tremblement de terre à l'échelle de la planète, et que la grotte s'effondre. Mais ne serait-ce pas arrivé en même temps que la communication radio ? Non, Gruber avait parlé d'une sorte de délai temporel...

Ils se laissèrent tomber par terre et attendirent.

Rien n'arriva.

« J'ignore à quoi je m'attendais, exactement... finit par dire Ann. Une lumière, un bruit, un effet matériel...

— Regardez, dit Gruber. Ma combinaison — toutes nos combinaisons — elles n'enregistrent pas d'accroissement des radiations. Si l'effet ondulatoire déstabilise vraiment tout élément ayant un nombre atomique supérieur à soixante-quinze, la radiation résiduelle de ces roches aurait du faire un bond... mais rien. *Nichts*.

— Qu'est-ce que cela signifie ? demanda Ann.

— Il faut que j'interroge mes instruments. » Il se releva.

« Pas encore, dit sèchement Bazargan. Vos instruments sont dehors. S'il y a un effet retard, vous serez exposé aux radiations. Restez-là et attendez. »

Gruber se rassit à contrecœur. Les minutes s'écoulèrent. Pour finir, il dit : « Attendre, combien de temps ? »

Ann gloussa. Les deux hommes la regardèrent fixement. « Excusez-moi, dit-elle, soudain horrifiée par ce qu'elle venait de faire. C'est horrible, je sais...

mais je n'ai pu m'empêcher de penser à ma mère qui nous avertissait toujours d'attendre, avant d'aller nager, qu'une heure se soit écoulée après le déjeuner ! »

La mère de Bazargan le lui avait dit aussi. En dépit de lui, il sourit.

« Eh bien, moi, je n'attendrai pas une heure ! » s'exclama Gruber.

Il se leva d'un air décidé, lança un coup d'œil de défi à Bazargan, et sortit à grands pas du tunnel.

Dix minutes plus tard, il était de retour. « J'ai tout vérifié », dit-il, et même dans la pénombre, Bazargan lut sur son visage rougeaud combien il était perplexe. « Tous les instruments, dans toute la vallée. Aucun accroissement des radiations, d'aucune sorte, même près d'un petit gisement de thorium ! Aucun accroissement thermique, rien du tout ! L'onde ne nous a pas frappés !

— Peut-être s'est-elle beaucoup trop affaiblie avant d'atteindre la planète, dit Bazargan.

— C'est possible. La loi du carré inverse... mais il y a autre chose !

— Quoi, Dieter ? demanda Ann. Tu as l'air... Qu'y a-t-il ?

— Les appareils, ils enregistrent l'écoulement du temps. Il y a une heure, une onde sismique a pris naissance à deux cent cinquante mètres sous la vallée. Trop faible pour que nous la remarquions, mais certaine, et provenant de l'artefact. Il y a une *heure* !

— Alors ? » Bazargan ne comprenait pas.

« L'onde sismique s'est produite exactement cinquante-quatre minutes avant que Syree Johnson nous réponde au telcom. Cinquante-quatre minutes avant l'explosion ! Vous voyez ce que cela signifie ? »

Bazargan, trop faible pour penser clairement, ne voyait pas. Mais Ann dit : « L'onde nous a atteints cinquante-quatre minutes avant que nous entendions le *Zeus* exploser. Le bruit de l'explosion — et les paroles du colonel Johnson — voyageaient à la vitesse de la lumière. Mais l'activité sismique déclenchée par l'artefact enterré — s'est produite *au moment* où Tass a explosé.

— Au même instant, acquiesça Gruber. *Ach*, Ann, vous voyez... cela signifie qu'ils étaient entremêlés ! Il n'y avait aucun espace-temps entre eux, comme les électrons en enchevêtrement quantique. Ce qui *pourrait* signifier... que tout est différent de ce que nous connaissons. Tout a changé.

— S'il y a eu un accroissement instantané du champ de probabilité qui entoure Monde... Mais nous ignorons par quel moyen s'assurer que cela est arrivé. Nous ne savons même pas comment mesurer quelque chose comme un champ de probabilité. Quelles unités de mesure utiliser ? Aucune qui nous soit familière. Tes instruments n'ont rien montré, sauf un mouvement des roches, et c'est certainement un effet secondaire de ce qui s'est passé. Quoi que ce fût !

— Mais je ne peux pas prouver que quelque chose est arrivé ! Ou que l'artefact enterré a fait quelque chose !

— Peut-être n'a-t-il rien fait. Peut-être l'onde sismique n'était-elle qu'une coïncidence.

— Une coïncidence ! À la seconde même où le *Zeus* a explosé ! Non, non... l'artefact enterré a été instantanément affecté quand Tas a explosé, ou a été détruit de quelque manière que ce soit. L'artefact enterré a réagi — il a généré un champ de probabilité qui a neutralisé tout effet de l'onde atteignant Monde. Écoute, *Liebchen* — l'émission de radiation par les noyaux est toujours une question de probabilité. La particule émise doit percer la barrière d'énergie, et elle ne peut le faire que parce que le champ de probabilité se déploie hors de la barrière. Alors si le champ de probabilité entourant Monde a changé les probabilités des noyaux de l'onde déstabilisante... *Mais je ne peux rien prouver de tout cela!* »

C'était un gémissement de désespoir intellectuel.

Bazargan s'efforça de parler. « Mais nous avons une mesure du champ de probabilité... Ann l'a dit... le cerveau humain.

— Mais mon cerveau n'a senti aucune différence! Et le vôtre? Le tien? »

Bazargan et Ann firent non de la tête.

« Pas le cerveau humain, Ahmed, dit alors Ann. Nous sommes au milieu de cette zone morte du champ, souvenez-vous? Et, en tout cas, notre cerveau n'a pas évolué dans ce champ de probabilité. C'est pour cela que nous ne jouissons pas de "la réalité partagée". Il faut voir quel a été l'effet de l'onde, s'il y en a eu un, sur des cerveaux *mondiens*. Sur Enli.

— Oui! s'exclama Dieter. Bon, Ahmed, pouvez-vous marcher? Partons! »

Protester n'aurait servi à rien, Bazargan le voyait bien. Et, n'importe comment, il ne serait pas plus apte dans un futur proche. Pas la peine de demander un délai.

« Ne devrais-tu pas trouver, d'abord, un chemin plus facile, Dieter ? Rendre ce déplacement le plus aisé pour Ahmed.

— Je connais un moyen de rendre cela plus aisé pour lui, répliqua Gruber impossible à arrêter. En grande partie. Venez, Ahmed, je vais vous porter. »

Bazargan se releva. Il ne voulait pas que Gruber le porte. Mais en s'appuyant à la fois sur le géologue et sur Ann, Bazargan pouvait marcher, clopin-clopant, sans trop de désagrément. Sortir des monts Neury.

Pour pénétrer dans quoi ? Si l'onde avait affecté le reste de Monde, hors de la zone morte de Gruber, il y aurait peut-être des dégâts physiques fort étendus. Si l'onde — ou le champ de probabilité qui se défendait peut-être contre elle — avait affecté les cerveaux mondiens... alors, comment savoir *ce* qu'ils trouveraient une fois sortis des montagnes ?

TRENTE

GOFKIT RABLOE

Après avoir envoyé ses compagnons alerter Monde, Azi Pek Laridor, servant de la Première Fleur, conduisit Enli et Pek Allen dans la cave à provisions du village, un local communal vaste et solide. Enli en avait vu beaucoup comme celle-là dans les petits villages. Si les plus grandes agglomérations venaient à manquer d'aliments conservables, Gofkit Rabloe était prêt à échanger ses surplus contre « les douceurs de la ville » : belles étoffes, bicyclettes, récipients en verre, mémoriaux de la fleur.

Cette cave à provisions avait été creusée dans le versant d'une petite colline. Azi ouvrit la porte déclive, en bois. La plupart des cueilleurs étaient partis porter le message, mais les vieux, les jeunes et les infirmes rassemblaient leurs biens les plus nécessaires afin de rejoindre Azi dans la cave. Enli les vit partir de la place du village et en direction de la colline.

« Pouah, dit Azi. Ça sent l'humidité. Il a beaucoup trop plu... Mais nous l'avons bien aménagée, Enli. Elle n'est pas trop inconfortable. » Elle leva la lampe à huile et passa la première, son ventre gravide la déséquilibrant un peu sur les trois marches de pierre conduisant à une plate-forme en bois qui recouvrait tout le sol et gardait la cave au sec au-dessus de la terre battue. L'endroit sentait le terreau et le bois, odeur mêlée à celle, épicée, des fruits séchés du zeli. Sur les murs, des étagères rudimentaires étaient bourrées de pots, de caisses et de légumes. Les tonneaux servaient aussi de tables pour d'autres lampes à huile qu'Azi alluma l'une après l'autre. Aucun effort n'avait été tenté pour créer de la beauté ; sauf les barils ronds, tout avait des lignes droites et des angles aigus. Cependant, il y avait un autel de la fleur, à droite de la porte.

Enli le toucha. Elle en avait le droit, maintenant qu'elle était de nouveau réelle. Puisqu'il habitait sous terre, l'autel ne portait pas de fleurs vivantes. Mais sur sa pierre sculptée, il y avait un vase de trifalitib séchées dont la couleur violette était devenue bleu lavande, et leur délicat parfum s'élevait de l'autel. À côté, reposait le mémorial de la fleur, consacré aux jardins des années passées. Celui-là venait visiblement d'un endroit autre que Gofkit Rabloe. Dans la cavité du haut, il y avait d'autres trifalitib séchées — ce devait être la fleur patronne de Gofkit Rabloe. Dans la cavité du bas coulait le liquide brillant et rapide que Monde appelait *l'âme-fleur* et que Pek Gruber appelait *mercure*.

« Il faudra sortir cela, j'en ai bien peur, dit Enli à Azi. Voulez-vous ...

— Oui, il faut que je le fasse », acquiesça le prêtre. Elle finit d'allumer les lampes ; ses gestes étaient ralentis par l'excessive rondeur de son ventre. « Mais d'abord, installons confortablement Pek

Allen à l'intérieur. Voilà Pek Callin qui arrive, la première, comme d'habitude. Rien n'arrive que cette vieille femme n'ait entendu la première. »

Enli regarda en haut des marches, à l'extérieur. La femme âgée que Pek Allen avait menacée clopinait vers elles, la grand-mère de l'enfant enlevée par le Terrien. Pek Callin tenait Estu par la main. Toutes deux marchaient lentement, mais d'un air déterminé. Comme elles passaient devant la carriole sur laquelle reposait Pek Allen, la vieille lui jeta un coup d'œil, eut un mouvement de recul, puis continua à avancer, clopin-clopant. Mais Enli vit que ce geste était dû à l'aspect de Pek Allen, meurtri, sanguinolent, et comme cuit par la maladie, plutôt qu'au fait qu'il les avait terrorisées, elle et sa petite-fille. Alors, il en était bien ainsi : c'était la réalité présente. La réalité avait changé, et maintenant Pek Allen était réel, alors, bien entendu, la femme âgée l'acceptait. C'était la vérité partagée.

Enli comprenait. Mais elle ne pouvait pas partager, pas pleinement. Elle savait beaucoup trop de choses que la vieille ne savait pas, et ne saurait jamais. Enli était réelle, mais néanmoins, la violente douleur-de-tête, qui avait disparu pendant que Azi et elle tiraient la carriole, se faisait sentir entre ses yeux.

Azi s'affairait dans la cave à provisions. « Entre, entre, Udello, prends ce coin avant que les autres arrivent. Tu as apporté des couvertures ? Bien, celles qui sont ici semblent un peu humides ... Quoi d'autre as-tu apporté ? Enli regardera, il y a des objets qui attraperont la maladie du ciel, tu le sais, et ceux-là, nous n'en voulons pas ! Mais d'abord, installons confortablement Pek Allen. »

Cela paraissait impossible. Il dormait toujours, mais s'agita et cria lorsque les deux femmes le soulevèrent. Le toucher, le déplacer, semblait lui causer d'horribles douleurs. Mais il le supporta, fermant les yeux de toutes ses forces, sans émettre d'autre son, tandis que Enli et Azi l'installaient sur une pile de bâches, dans le coin le plus éloigné de la cave, et le recouvraient d'une couverture sèche.

« De l'eau ...

— Dans ce tonneau », dit Azi à Enli, et le prêtre la laissa afin d'emmener le mémorial de la fleur dehors, avec déférence. Enli apporta à Pek Allen une louche, mais il ne put boire que quelques gouttes. Le reste dégoulina sur son menton et son cou rougis, comme brûlés, et cela parut le rafraîchir. Soigneusement, Enli l'aspergea d'autres gouttes.

Il ouvrit alors les yeux, et Enli vit leurs blancs ensanglantés et les iris bruns voilés par une pellicule. Ceux-ci regardaient droit devant, mais ne voyaient pas. Pek Allen était aveugle.

D'autres villageois apparurent, y compris quelques messagers déjà de retour. Ils entrèrent tous pendant que Azi les comptait et que Enli vérifiait que chaque personne n'avait pas introduit dans la cave ce qui était sur la liste des objets interdits, dressée par Pek Gruber. Certains des villageois maugréaient parce qu'ils rataient le jour de la cueillette. Certains semblaient avoir peur de cette maladie inconnue venue du ciel. D'autres prenaient comme un événement religieux ce signe de la Première Fleur et restaient en contemplation devant les bouquets qu'ils avaient apportés. Quelques jeunes profitaient de la promiscuité forcée pour s'enlacer dans les coins obscurs, mains et cuisses se touchant.

Mais personne ne protesta, n'émit d'objections, ne refusa la situation. Personne ne blâma Enli, ou Azi, ou Pek Allen. Tout le monde acceptait l'obligation de rester là pendant une courte période, aussi n'y eut-il aucun dissentiment. C'était la réalité partagée.

« Nulle part... ailleurs... dans l'univers... connu », dit Pek Allen d'une voix entrecoupée, et Enli dut se pencher sur lui pour saisir les mots prononcés d'une voix rauque. Du sang coulait, goutte à goutte, des coins de sa bouche. « Enli... dites-leur.

— Leur dire quoi ? » lui répondit-elle en murmurant, mais Pek Allen avait déjà refermé les yeux.

« Tout le monde est là, annonça Azi, bien plus tard. Ferme la porte, Hertil. »

Un grand homme musclé à la colletine luxuriante abaissa la porte de la cave aux provisions. La lumière en fut à peine diminuée. Dehors, la pluie incessante tombait des sombres nuages ; à l'intérieur, les lampes à huile luisaient joyeusement. Aux odeurs de terre battue, d'eau et du zeli séché s'ajoutait maintenant celle de trop de corps dans un trop petit espace. Enli respira profondément et son mal de tête s'atténua un peu.

Les villageois se mirent à chanter. Personne n'avait réellement commencé, et d'abord, deux ou trois différentes chansons rivalisèrent, mais tout le monde se joignit rapidement au même air, un chant de moisson. On en chantait une version dans le village d'Enli, Gofkit Jemloe. Elle se joignit au doux chant.

D'autres encore, et puis, toujours à l'unisson, tout le monde se tut. Azi dit, parlant au nom de tous : « Pek Allen ? Combien de temps devrons-nous rester ici pour nous protéger de la maladie du ciel ? »

Dites-leur, lui avait ordonné Pek Allen. Enli répondit d'une voix aussi forte qu'elle pouvait, en dépit de la souffrance que cela lui causait. « Nous devons rester ici jusqu'à ce que vienne un signe de la Première Fleur. »

Tout le monde hocha la tête, puis recommença à chanter, cette fois les plus anciens, les plus aimés des chants : les hymnes à la fleur.

Seule, Enli demeura silencieuse. Elle avait dit la première chose qui lui était venue à l'esprit, et cela avait été accepté comme une réalité partagée. Elle l'avait dit, parce que quelqu'un devait dire quelque chose, même si personne ne savait avec certitude ce que la réalité était vraiment. Et parce que les villageois — ici et sur le reste de Monde — ne pouvaient rester indéfiniment sous terre. Et parce que, en le regardant durant la plus douce et la plus mélodieuse chanson des chants la fleur, Enli avait vu que Pek Allen était mort.

Tout le monde, sauf Enli, tomba endormi, à peu près en même temps. Elle pensa que ce devait être le soir, mais dans la cave aux provisions, il n'y avait aucun moyen de le savoir. Auparavant, elle avait toujours pu faire ce que les autres faisaient : dormir quand elle le décidait, quand il n'y avait rien d'autre à faire, quand les autres dormaient autour d'elle. Pas cette fois-ci. Un doux bruit de respiration s'élevait et retombait dans la pénombre des lampes à huile, et la confortable odeur des corps sommeillant paisiblement remplissait ses narines. Mais elle ne pouvait pas partager la réalité du sommeil avec les autres, même si elle était de nouveau réelle.

Elle contempla le visage mort de Pek Allen. En combien de temps les corps des Terriens pourrissaient-ils assez pour libérer leur âme ? S'ils avaient une âme, bien sûr.

David Pek Allen avait une âme. La réalité partagée le disait. Et aussi le propre cerveau d'Enli.

Assise à côté de lui, sur le parquet, Enli réfléchissait à ce qu'elle ferait ensuite. Pas ce que la réalité partagée lui imposait : ce qu'*elle* ferait, même si se cacher dans la cave aux provisions était une chose partagée.

Aussitôt la douleur-de-tête réapparut.

Enli se retrouva séparée de la douleur, en train de l'observer. Aucun être vivant n'avait connu cela, ses yeux s'écarquillèrent. Elle n'avait jamais fait une chose pareille auparavant : se tenir à l'écart d'une douleur-de-tête de la réalité partagée, comme si elle n'était pas « elle », mais quelque chose d'autre. Bien sûr que la douleur était elle. Alors, comment pouvait-elle l'observer de l'extérieur ? Il n'y avait pas d'extérieur, il y avait seulement son cerveau, seulement la réalité ...

La douleur-de-tête empira brusquement. Elle n'était pas aussi terrible, comprit-elle, que celle qu'elle éprouvait lorsqu'elle était irréelle. Mais maintenant, elle était faible, affamée, effrayée, et la douleur était suffisamment forte. Enli gémit tout bas, et appuya les mains sur ses yeux. Cela ne finirait-il jamais ? Elle était de nouveau réelle, *merde alors*, cela n'était pas censé arriver à quelqu'un de réel... *merde* était un mot terrien, pas mondien, les mots s'étaient juste glissés dans son esprit... dans sa tête ! Oh, sa tête !

Soudain, la douleur cessa.

Elle ne s'était pas effacée. Elle avait disparu d'un coup et totalement, entre une respiration et l'autre. À sa place, quelque chose était arrivé au cerveau d'Enli, quelque chose envoyé à elle de l'extérieur de son crâne. Une exultation la remplit, une joie pure, la plus grande qu'elle ait jamais connue. Plus grande que celle de la cérémonie de la fleur, plus grande que celle d'une crémation d'adieu, plus grande que son amour pour Tabor ... Tabor ! Qui serait aussi libre, maintenant, qui rejoindrait leurs ancêtres, qu'elle reverrait dans le monde des esprits !

Enli rit tout haut. Dans la cave à provisions mal éclairée, entourée de cultivateurs endormis, elle rit comme un enfant, comme Fentil, et elle ne savait absolument pas pourquoi. Ce n'était pas parce que Tabor était libre — cela, ce n'était pas une idée nouvelle. Cependant, *c'était* parce que Tabor était libre, parce qu'elle-même était libre, parce que Monde était plein de fleurs et que la Première Fleur venait de lui envoyer un signe.

« Quoi... vous avez parlé ? dit Azi d'une voix ensommeillée, en soulevant sa tête du plancher. J'ai cru vous entendre... j'ai rêvé... »

L'exultation disparaissait maintenant, plus lentement qu'elle n'était venue. Dans son reflux, Enli sourit au petit prêtre rond. « Azi, nous pouvons sortir maintenant. La maladie du ciel est terminée.

— Vous avez eu un signe ?

— Oui. De quoi avez-vous rêvé ? »

Azi cligna des yeux, l'air perplexe. « Je ne sais pas. Mais c'était merveilleux. Attendez... ma sœur était dans le rêve. Et notre vieille maison aussi, à Gofkit Kenloe. Oh, et un rocher qui parlait... quelque chose d'étrange et d'invraisemblable !

— *La basse probabilité.*

— Quoi ?

— Rien. C'est un mot terrien. Nous pouvons sortir maintenant, Azi. Réveillez tout le monde. »

Sans poser de questions, Azi se détourna pour le faire. « Enli... Pek Allen est mort !

— Oui. Je sais.

— Que son âme se réjouisse parmi les fleurs de ses ancêtres.

— Que son jardin fleurisse à jamais. Ferez-vous la crémation d'adieu ?

— Bien entendu. Unji, réveille-toi, nous pouvons sortir. Riflit, Unu, Pek Callin... réveillez-vous. Enli, puis-je vous poser une question ? »

Enli, debout, regardait Pek Allen. Ils auraient besoin de fleurs pour la cérémonie, et les cueillir retarderait encore plus la récolte du zeli. Bon, on n'y pouvait rien. « Oui, Azi ?

— Nous savons maintenant que Pek Allen est réel. Les autres Terriens le sont-ils aussi ? Pek Bazargan et Pek Sikorski et Pek Gruber ? La réalité a-t-elle changé pour eux aussi ? »

Même dans ce Gofkit Rabloe reculé, ils connaissaient les noms étrangers. Enli tendit la main et recouvrit de la couverture le visage brûlé de Pek Allen.

« Je l'ignore, Azi. La Première Fleur ne me l'a pas

dit. C'est une question qui dépend toujours de Réalité et Expiation. »

Azi hocha la tête. « Bien sûr. Unji, espèce de paresseux, réveille-toi ! Il est temps de ressortir ! »

TRENTE ET UN

GOFKIT RABLOE

Gruber était un excellent spéléologue. Contre toute probabilité, il découvrit un tunnel qui menait presque directement hors des monts Neury, et n'était ni trop étroit, ni trop long, ni trop mouillé. Bazargan fut surpris, même s'il se dit qu'il n'aurait pas dû l'être. Gruber n'avait pas seulement des connaissances, mais aussi une énorme force physique et un optimisme qui pouvait se concentrer dans un lieu clos très réduit. Il était fait pour les tunnels.

Ils émergèrent, le soir, dans une zone boisée, la luxuriante forêt, à croissance rapide, de Monde, sous une myriade de feuilles vertes et pourpres qui ressemblaient à des mains protectrices. Le soleil se couchait déjà et la faible lumière perlée paraissait curieusement pure. Des sentiers avaient été tracés dans les broussailles, semblables à ceux que l'on rencontrait en tous lieux de ce continent domestiqué. Les narines de Bazargan se remplirent des délicieuses senteurs du soir. Les fleurs diurnes refermaient leurs pétales, et les nocturnes déployaient les leurs, modestes tachetures colorées dans l'ombre froide.

Bazargan s'appuyait sur Gruber ; Ann, qui portait le sac du géologue, traînait hardiment derrière eux. En dépit de son affaiblissement persistant, Bazargan découvrait qu'il pouvait marcher. Évidemment, il oscillait entre les premiers symptômes de la maladie des radiations et l'étiolement encore à venir.

« Le bois ne doit pas être très étendu », dit-il à Gruber, qui hocha la tête. Sur Monde, les forêts ne l'étaient jamais. Elles suppléaient mieux, petites et nombreuses, aux besoins des Mondiens, si bien que tous avaient accès au bois de charpente et aux fleurs sauvages. Bazargan, boitillant, était reconnaissant à Monde de sa générosité partagée.

« Je ferais mieux de m'armer, alors », dit Gruber, ce à quoi n'avait point pensé Bazargan. Mais le géologue avait raison. Les humains étaient encore des proscrits, des êtres irréels, qui appelaient le meurtre. Gruber confia Bazargan à Ann, puis partit à la découverte d'une branche épaisse qui pourrait lui servir de gourdin, et en chercha ensuite une seconde. C'était David Allen qui avait le revolver. Qu'avait-il fait avec cette arme depuis qu'Enli et lui avaient disparu ?

La réponse ne pouvait être qu'affreuse.

« Voilà quelqu'un qui vient, dit rapidement Ann. Dieter ? »

Gruber, une branche dans chaque main, vint se poster devant les deux autres humains.

Un Mondien, à demi dissimulé par les arbres, cria : « Habkint ? C'est toi ? As-tu déjà entendu la nouvelle ? »

Gruber, dont le mondien était moins bon que celui des autres, chuchota : « Que dit-il ?

— Habkint ? On peut sortir maintenant, la maladie du ciel est passée, mais tu as déjà dû l'apprendre de ... » Le Mondien s'arrêta net.

Il venait juste de sortir de l'adolescence, sa colletine était dorée et bouclée, la peau de son crâne lisse comme un œuf. Les poils étaient collés par la sueur ; elle assombrissait les dessous-de-bras et le devant de sa tunique grossière, et emperlait sa lèvre supérieure. Il avait couru à toute vitesse dans la lumière mourante, avec la force joyeuse du jeune qui transmet des nouvelles, quelles qu'elles soient, à ceux qui demeurent dans des villages plus loin que lui.

Bazargan dit rapidement en mondien : « La maladie du ciel est passée ? Comment le savez-vous ?

— La nouvelle vient ... vient de Gofkit Rabloe ..., murmura le garçon. Vous êtes des Terriens ! »

Bazargan sourit, malgré lui. Il vit que ce sourire était enregistré en même temps que naissait la douleur-de-tête du jeune homme. Qui porta une main à son crâne et repartit en courant par où il était venu, heurtant violemment des broussailles bordant le sentier et dérangeant un essaim de donneurs-de-vie qui s'élevèrent en tourbillonnant d'une touffe de vekifirib jaunes.

Ann dit sombrement : « Ceci répond à cela. Je suppose que nous sommes toujours irréels.

— Dans ce cas, nous n'irons pas plus loin. Les villages sont dangereux pour nous. En fait, Ahmed, je pense que nous devrions retourner vers les montagnes. Y pénétrer un peu. Ils ne viendront pas nous y tuer, et je pourrais, la nuit, dérober de quoi manger dans les champs.

— Et David et Enli ? »

Gruber resta silencieux.

Au bout d'un moment, Ann dit d'une voix accablée : « Je crois que tu as raison, Dieter. Il faut que nous restions dans un endroit où les Mondiens ne nous suivront pas. Nous ne pourrons pas nous enquérir de David et d'Enli. Personne ne nous dira rien. Pour ce que nous en savons, ils sont peut-être encore quelque part dans les montagnes. Sinon ... » Elle ne termina pas sa phrase, mais Bazargan le fit.

« Sinon, ils sont probablement morts. »

Ann détourna les yeux. Bazargan poursuivit, aussi fermement qu'il le pouvait, voulant que tous trois regardent la réalité en face. « Si nous allons dans les montagnes, il faudra y rester combien de temps ? Si nous sommes irréels, nous ne pourrons jamais nous montrer aux Mondiens. Le *Zeus* a été détruit — Peres ne nous enverra pas de navette. Personne ne le fera, surtout si les Faucheurs tiennent maintenant ce système solaire. Devrons-nous vivre comme des hommes des cavernes, dans les monts Neury, en volant la nourriture et en buvant l'eau radioactive jusqu'à ce que nous mourrions ?

— Et qu'en sera-t-il de nos recherches ? demanda Gruber. Si les cerveaux des Mondiens sont vraiment la seule évaluation factuelle du champ de probabilité, il faut que nous demandions à Enli ce qu'elle a ressenti lorsque Tas a explosé.

— La recherche n'est pas notre souci le plus immédiat, répliqua Bazargan irrité. Notre survie, oui. Pendant combien de temps croyez-vous que nous pourrons nous cacher dans les grottes ? »

Gruber et Ann se regardèrent. C'est elle qui répondit, mais cela aurait pu être l'un des deux. Parfois,

Bazargan oubliait combien ils étaient jeunes, pleins d'un optimisme juvénil. « Aussi longtemps qu'il le faudra, Ahmed. Nous resterons dans les cavernes aussi longtemps qu'il le faudra.

— Qui sait ce qui arrivera ? » ajouta Gruber.

Bazargan n'avait pas la force de discuter. Il ne savait même pas en faveur de quelle option argumenter. Ils n'avaient pas le choix, à moins qu'ils souhaitent se suicider tous ensemble. Ou laisser les Mondiens les tuer.

« Alors, allons-y. »

Ils revinrent sur leurs pas. La nuit tombait vite sur les planètes qui n'avaient qu'une faible inclinaison axiale. Déjà deux des lunes étaient visibles, Ap et Lil, ou Cut et Ral, ou Sel et Obri. Mais pas Tas. Plus jamais Tas.

Ann rompit le silence. « Attendez ... Je viens de comprendre quelque chose. Vous avez entendu ce qu'a dit le jeune messager ? "Nous pouvons tous sortir maintenant, la maladie du ciel est passée." David ou Enli, ou les deux, ont dû sortir des monts et avertir les Mondiens de l'effet ondulatoire !

— *Ja!* s'écria Gruber. Tu penses que ... »

La sonnerie du telcom retentit.

Bazargan sursauta ; il avait oublié qu'il le portait encore. Les trois humains se regardèrent follement. Ann chuchota : « Le *Zeus* ? Mais comment... »

Fouillant maladroitement les poches de sa combinaisons, Bazargan finit par retrouver le telcom et activa le message qui venait d'être enregistré.

« Professeur Bazargan, dit une voix en anglais, mais avec un fort accent difficile à identifier, ici le lieutenant Michihiko Gray, à bord de l'aviso *Mous-*

tique, attaché au vaisseau de guerre *Hachiya*, de la base du Conseil de l'Alliance solaire #32, système de Caligula. Je viens juste de sortir du tunnel spatial #438 et je me dirige aussi vite que possible vers la planète habitée, afin de récupérer votre équipe. Pour le moment, ce système n'abrite plus de vaisseau ennemi, mais sachez, je vous prie, que cette situation ne durera peut-être pas. Ce message vous atteindra dans cinquante-quatre minutes. Mon ATE est de trois jours vingt heures. Répondez discrètement, mais en incluant les coordonnées de votre position sur la planète, plus le nombre de personnes que compte votre équipe. Fin du message.

— Ha ! s'écria Gruber. Ils viennent nous chercher ! Ahmed, envoyez notre position.

— Faites-le, vous », répondit Bazargan, anéanti par un accès de faiblesse. Gruber s'empara du telcom et entra les données en terminant par : « Nous sommes... Ahmed ? Trois ? Quatre ? Cinq ? »

Cinq. Gruber devait penser à Enli, si elle était toujours vivante. Son propre peuple l'avait déclarée irréelle. Elle avait échoué en tant qu'informateur. Alors, ils la tueraient, sauf si les humains l'emmenaient avec eux. Mais si Enli avait délivré son message, ou David, et si elle ou lui vivait encore... Il n'y avait aucun moyen d'être certain de ce qui s'était passé.

« Trois ou quatre ou cinq, répondit-il.

— Nous sommes trois ou quatre ou cinq, impossible de le déterminer pour le moment, dit Gruber. Envoyez-nous l'heure probable de l'atterrissage. Et merci. »

Bazargan repartit d'un air las... tout ce long chemin pour retourner dans les montagnes. Mais Gruber posa une main sur son bras pour l'arrêter.

— Attendez, Ahmed. Juste encore une minute. Je dois faire cela pendant que nous sommes encore à découvert. »

Dans l'obscurité croissante, il ôta sa combinaison-s et s'assit par terre. Bazargan aperçut le bref reflet du clair de lune sur le couteau tandis que Gruber se tranchait la peau et tirait de sa cuisse le telcom à n'utiliser qu'en cas d'urgence. Il n'essuya même pas le sang avant de l'utiliser.

« David... David Allen. Ici, Dieter Gruber. Répondez, je vous prie. »

Silence. *C'est moi qui aurait dû l'appeler*, pensa Bazargan. Mais il était trop épuisé pour y penser, trop malade pour le faire. Sans un mot, Ann s'agenouilla à côté du géologue et tamponna l'estafilade avec une compresse imprégnée d'un cicatrisant.

« *Ach*, vous ne répondez pas, David. Alors, je vais enregistrer le message. »

C'est inutile, pensa Bazargan. Si David Allen ne répond pas, c'est qu'il est mort. Les Mondiens l'ont tué. Preuve qu'ils avaient décidé que les Terriens étaient irréels.

Mais Gruber ne s'intéressait pas aux faits. Il fonctionnait à l'espoir. « Si vous recevez ce message, David, répondez sur la fréquence planétaire. Donnez votre position. Nous viendrons vous chercher si nécessaire, ou vous nous rejoindrez. Un aviso va nous récupérer dans trois jours vingt heures. Amenez Enli avec vous si elle est en danger de mort. Nous pensons tous à vous.

— C'est tout ce tu peux faire, Dieter, dit Ann d'une voix douce.

— Je sais. Nous devons partir. Venez, Ahmed, appuyez-vous sur moi. »

Ce que fit Bazargan ; pourtant il aurait parié que Gruber ne se souvenait pas vraiment de sa présence. Avançant aussi vite que possible sur le chemin de plus en plus assombri, Gruber, excité, dressait des plans avec Ann. « Grâce à l'équipement de balayage radar de l'aviso, nous avons une autre chance de les retrouver, *ja* ? Et puis, nous pourrons demander à Enli, en détails, ce qui est arrivé à son sens de la réalité partagée quand l'effet ondulatoire a frappé Monde ... peut-être qu'un Lagerfeld nous montrera même les effets permanents qu'il a eu sur son cerveau. Et on pourra former une expédition pour extraire des montagnes l'artefact du champ de probabilité ; Ann, une ère scientifique totalement nouvelle va commencer, la découverte de choses sur lesquelles nous n'avons émis que des spéculations. »

Elle répondit sur le même ton excité, mais Bazargan perdit le fil de son discours. Il essayait d'imaginer ce qui avait pu arriver sur Monde si David et Enli avaient délivré leur message sur la « maladie du ciel ». La nouvelle, efficacement transmise, se serait répandue sur toute la planète, nullement mise en doute, et tous auraient obéi à l'appel aux mesures de sécurité. Nulle part ailleurs, dans l'univers connu, une telle réalité aurait été possible. Nulle part.

Et Enli... si les Mondiens la considéraient toujours comme une personne qu'il fallait tuer, alors les humains devaient l'emmener avec eux. Mais dans le système de Caligula, ou sur Terre, ou sur Mars, ou dans la Ceinture, plongée constamment dans l'irréalité, le mal de tête d'Enli serait terrible et incessant. Absolument pas de réalité partagée pour elle ; Bazargan n'était pas certain qu'elle puisse y survivre. Quoique, si on lui en donnait le choix, peut-être Enli préfèrerait-elle mourir sur Caligula que sur Monde, parce que alors, son corps pourrirait et elle aurait, selon sa foi, une chance de rejoindre ses ancêtres.

Mais avant cette mort, qui pouvait prendre des années, Enli vivrait sans partager la réalité des mondes terriens. Ce serait, pour elle, une existence épouvantable, totalement déphasée. Comme de plonger une fleur délicate, tirée d'un poème floral, dans le hurlement d'un lancement de navette.

Ou comme de mettre un humain sur Monde.

Ann et Gruber débordaient toujours d'enthousiasme. Bazargan n'avait pas le cœur de leur dire que rien de tout cela ne se passerait. Une expédition pour explorer l'artefact enterré devrait surmonter le fait politique incontournable que les humains n'étaient plus les bienvenus sur Monde. Un examen du cerveau d'Enli, ou même de sa mémoire subjecive, pourrait peut-être révéler que quelque chose était arrivé à son mécanisme de la réalité partagée lorsque Tas avait explosé. Mais ce ne serait qu'une preuve anecdotique, non fiable, et, par définition, non renouvelable. Donc, non scientifique.

Et une autre vérité devait être reconnue et partagée, aussi. Même si le plus grandiose fantasme du pauvre David devenait réalité, et qu'un généticien arrive à trouver un moyen d'implanter le mécanisme de la réalité partagée dans le génome humain, cela ne ferait aucune différence. La réalité partagée ne pouvait se développer que sur Monde, emmaillotée dans le champ altérant la probabilité, issu de l'artefact enterré. La réalité partagée était peut-être une vraie réalité, mais celle-là était fermée aux êtres humains.

Les dernières lueurs du soleil disparurent dans la petite forêt. Gruber alluma sa puissante lampe qui fournit aux trois humains, un étroit et temporaire chemin de lumière dans les bois extraterrestres.

ÉPILOGUE

GOFKIT RABLOE

Toute la journée, les gens étaient arrivés, généralement par deux ou trois, à bicyclette ou à pied ou dans des carrioles. Certains portaient des tuniques et des châles coûteux, mais ils n'étaient guère nombreux. Sauf les prêtres de Réalité et Expiation, qui venaient de Rafkit Seloe, la plupart d'entre eux habitaient les villages avoisinant les monts Neury. C'était eux qui s'étaient appropriés cette cérémonie particulière. Enli vit Azi Pek Laridor survenir, tirant une petite carriole délabrée, où Calit sautait sur place, à côté du petit enfant endormi dans un panier. Azi, couverte de poussière, avait très chaud et semblait contente. Elle s'arrêta à l'orée de la petite foule, déposa les brancards, fit jouer les articulations de ses épaules et regarda Calit, les sourcils froncés. L'enfant se calma, mais fort peu.

Enli se tenait, ni loin ni près de l'autel de la fleur. Il était bien ordinaire pour un autel, simple dalle concave nue, portée par trois pieds infléchis comme des tiges de trifalit. Les massifs de fleurs qui l'entouraient n'avaient rien de spectaculaire non plus, mais les luxuriants buissons de pajal offraient un tableau coloré. Jaunes et oranges, les couleurs de l'hospitalité. Les Terriens seraient les bienvenus s'ils revenaient sur Monde.

Quoique, durant trois ans, ils ne l'aient pas été.

Un servant de la Première Fleur leva les bras et la foule éparse s'apaisa. Tous ensemble, ils commencèrent à chanter. D'abord les chants de la moisson, puis les hymnes à la fleur, dans l'ordre exact où ils avaient été entonnés dans la cave à provisions de Gofkit Rabloe. Du coin de l'œil, Enli vit le petit Calit se mettre à danser dans la carriole. Gentiment, sa mère le calma.

« Peuple de Monde, commença le prêtre lorsque le chant prit fin, que vos fleurs se réjouissent.

— Que les fleurs de votre âme s'épanouissent à jamais, répondit la foule.

— Nous sommes venus ici en ce jour pour honorer un messager de la Première Fleur, David Pek Allen, qui a sauvé Monde de la maladie du ciel. »

Les gens hochèrent la tête. Au cours des ans, Enli avait entendu courir des rumeurs selon lesquelles la réalité partagée incluait maintenant des doutes sur l'existence même de la maladie du ciel. Certes, celle-ci n'avait laissé aucune trace lorsque tout le monde avait émergé des caves à provisions. Pas d'animaux malades, pas de fleurs fanées, pas de pots de cuisson affectés, comme Pek Gruber l'avait prédit, et comme cela arrivait toujours lorsque des gens s'aventuraient trop loin dans les monts Neury. Mais personne ne pensait sérieusement que Pek Allen leur avait joué une sorte de tour insondable d'étranger. Que la maladie du ciel soit vraiment advenue faisait partie de la réalité partagée, et n'avait pas encore suscité d'incrédulité ouvertement exprimée. C'était vrai, même si, chaque année, le sacrifice de Pek Allen devenait une partie moins importante de la réalité partagée, laissant place à des doutes passagers. Une cérémonie mineure, célébrée uniquement en ce lieu.

Le servant de la Première Fleur termina son discours et appela ceux qui devaient remettre les cadeaux. Ils s'avancèrent, un par un, et déposèrent leurs offrandes sur l'autel nu, en murmurant des bénédictions de la fleur.

Estu, l'enfant que Pek Allen avait enlevée pour forcer Gofkit Rabloe à l'écouter, offrit un bouquet de fleurs sauvages qu'elle avait cueillies elle-même. Les gens sourirent; une offrande tout à fait appropriée, venant d'une jeune fille.

Pek Callin, la vieille grand-mère d'Estu, déposa sur l'autel une couronne tressée de rafirib, un travail d'art par ses charmantes courbes. « Aaaaaahhhhhh », dit la foule comblée.

De Riflit Pek Lafit et son épouse Imino, une miche de pain sortant du four.

D'un homme que Enli ne reconnut pas, une montagne en bois sculpté.

Azi s'avança, tenant le grincheux Calit par la main. Le petit garçon, trop jeune pour être réel, observait néanmoins tout avec des yeux vifs, intelligents, qui ne semblaient guère plus capables de rester tranquilles que le reste de sa personne. Enli soupira. On ne sait jamais quel genre d'enfant on aura. La douce Ano, par exemple, avait donné naissance, non seulement à l'obéissant Fentil, mais aussi à la nièce d'Enli, Obora, qui était l'enfant, de loin, la plus bruyante de Gofkit Shamloe. Azi déposa sur l'autel son offrande de fruits du zeli entourés de trifalitib.

L'offrande suivante surprit Enli ; un homme en tunique de la maison des Voratur. L'année dernière, Pek Voratur n'avait pas envoyé d'offrande. Qu'était-il arrivé à cette maisonnée pour que Pek Voratur change d'avis ? Probablement Enli ne le saurait-elle jamais. Il s'agissait d'une tapisserie florale de belle facture mais pas ostentatoire, que le messager drapa sur le devant de l'autel.

Enli passa la dernière. Quand il fut clair qu'il n'y avait plus de remises de cadeaux, elle se fraya un chemin jusqu'à l'autel. Quelques personnes la reconnurent, ceux qui s'étaient trouvés dans la cave à provisions ce jour-là, et ils lui sourirent. Beaucoup d'autres étaient des étrangers, surtout des jeunes, attirés là par les danses et le festin qui s'ensuivraient. On ne changera jamais la jeunesse.

La foule commençait à s'agiter, mais leur attention devint plus vive lorsque Enli déballa son offrande et la déposa sur la tapisserie Voratur. « Aaaaahhhhhhh », dirent-ils de nouveau, mais pas sur le même ton que lorsqu'ils avaient apprécié la couronne de la vieille Pek Callin. Enli avait apporté un mémorial de la fleur, le plus beau que l'argent puisse vous procurer à Rafkit Seloe. Pour lui, elle avait économisé pendant trois ans. Elle aurait voulu que sa sœur vienne avec elle pour le présenter au nom de Tabor, mais Ano — qui avait accompagné Enli à la cérémonie de l'année dernière — était enceinte de nouveau, et très proche de la date de l'accouchement.

Le mémorial de la fleur, en verre soufflé, déployait des courbes exquises et complexes, révélant qu'il était l'œuvre du plus doué souffleur de verre de Monde, Aviso Pek Molarian. Cette foule rurale n'avait jamais entendu son nom, mais ils reconnurent la subtile beauté des tunnels de verre imbriqués. Le métal liquide brillant, l'âme-fleur, y coulait entre deux rosib terriennes parfaitement naturalisées. Les rosib, provenant du commerce floral des Voratur, étaient à jamais capturées dans le verre.

Enli chuchota, car son offrande n'avait de signification que pour l'esprit de Pek Allen. « D'Enli Pek Brimmidin de Monde, et de Tabor Pek Brimmidin parmi ses ancêtres. »

« Que vos jardins fleurissent dans la joie », dit le prêtre de la Première Fleur, en levant de nouveau les bras, et la cérémonie prit fin. La foule commença à se disperser. Les jeunes se rassemblèrent sur un terrain plat et nu, suffisamment loin de l'autel ; en quelques instants, le son des flûtes de danse s'éleva dans l'air chaud. Les visiteurs de Réalité et Expiation enfourchèrent leurs bicyclettes pour retourner à la capitale.

Azi tira sa carriole pour rejoindre Enli. « Que vos fleurs s'épanouissent, Enli.

— Et les vôtres, Azi. » Enli souriait.

« Resterez-vous pour la danse ?

— Non, je dois retourner auprès de ma sœur. Son temps approche.

— Mon jardin se réjouit pour elle. Alors, aimeriez-vous ... Calit ! Arrête !

« Il est beau, Azi.

— C'est une douleur-de-tête à lui tout seul. Vous avez l'air d'aller bien, Enli.

— Merci. » Elle savait qu'elle était toujours la même : grosse, ni belle, ni distinguée. Mais comparée à l'allure que lui avait vue Azi le jour de la maladie du ciel, Enli savait qu'elle devait paraître magnifique. C'est ainsi qu'Azi la verrait toujours.

Calit avait trouvé une pierre à examiner, qui avait une drôle de forme. Dans ce moment de paix, Azi dit soudain : « Enli... croyez-vous qu'ils reviendront un jour ? Les Terriens ? »

Enli regardait fixement l'autel de la fleur ; elle ne pouvait oublier qu'il lui avait coûté plus de trois mois de salaires de sa vie restituée. Personne, pas même Ano, n'avait compris pourquoi elle avait insisté pour acheter un mémorial de la fleur au célèbre Avino Pek Molarian, et Enli ne s'était pas expliquée. Elle avait beaucoup appris en vivant avec les Terriens, durant cette brève et terrible période : il y avait des choses que l'on ne pouvait pas expliquer. Elle savait maintenant ce que Ano et Azi, et même les servants de la Première Fleur, ne savaient pas : qu'il existait de nombreuses réalités. Certaines étaient ce que Pek Gruber appelait la *hauteprobabilité*, d'autres la *basseprobabilité*, termes pour lesquels il n'existait pas de mots mondiens. Certaines réalités, même, existaient et n'existaient pas en même temps, jusqu'à ce que quelqu'un comme David Pek Allen, par la simple force de sa volonté, les fasse advenir.

Les Terriens avaient toujours su cela, et maintenant, Enli aussi le savait. Cette connaissance la mettait à part des autres ; déjà elle sentait venir la douleur-de-tête. Mais c'était sa réalité.

Azi attendait toujours. « J'ignore s'ils reviendront ou pas, finit-elle par répondre. C'est à la Première Fleur d'en décider. »

Azi hocha la tête ; elle était prêtre. « Aimeriez-vous venir chez moi, boire un verre de pel avant de retourner auprès de votre sœur ?

— Oui. Avec plaisir », dit Enli.

Elle s'empara du second brancard de la carriole, Azi y déposa Calit qui, tenant toujours sa pierre à la forme curieuse, protesta, et les deux femmes la tirèrent ensemble jusqu'à la maison d'Azi, dans le village.

Achevé d'imprimer sur les presses de

BUSSIÈRE
GROUPE CPI

à Saint-Amand-Montrond (Cher)
en juillet 2005

POCKET - 12, avenue d'Italie - 75627 Paris Cedex 13
Tél. : 01-44-16-05-00

— N° d'imp. : 51956. —
Dépôt légal : janvier 2004.
Suite du premier tirage : août 2005.

Imprimé en France